BIJ ELKE WENDING

EEN GAMING THE SYSTEM-ROMAN

Brenna Aubrey

Vertaling door Jacodine van de Velde

SILVER GRIFFON ASSOCIATES
ORANGE, CA, USA

Omslagontwerp: Sara Hansen

Tweede editie juni 2024
ISBN 979-8-88908-033-6
Silver Griffon Associates
P.O. Box 7383
Orange, CA, USA 92863
www.BrennaAubrey.nl

DE EERSTE MISSIE

Findelglora heeft ingelogd op Dragon Epoch.
Findelglora is Yondareth binnengekomen.

ZE KOMT UIT HAAR GEBOORTESTAD, EEN JONG zelfenmeisje dat is getraind en geschoold door de besten. Met de gate naar de oostelijke stad in haar rug kijkt Findelglora met grote ogen om zich heen, klaar om de wereld te veroveren en de vele mysteriën ervan te ontdekken.

Maar iedere held heeft een quest nodig om van start te kunnen gaan.

Terwijl ze loopt te peinzen over welke missie dat kan zijn, belandt haar blik op een oudere man die een en al verdriet uitstraalt. Zijn schouders hangen verslagen naar beneden en hij draagt het uniform van de High Guard van de Elven; een jas in militaire stijl, bezaaid met glinsterende medailles van dienst, en een kilt. Wanneer hij haar blik vangt, recht hij zijn rug en salueert halfhartig naar Findelglora.

'Hallo, jonkie. Je ziet er stralend en vol hoop uit, klaar om die vreselijke, wrede wereld aan te pakken! Ik wens je succes. Je zult een klein lichtpuntje in de zegevierende duisternis zijn.'

Findelglora buigt voor deze gerespecteerde man, aangezien ze weet dat hij ooit de Commandant van de Guard van de stad was. Generaal SylvanWood heeft zijn hele leven gewijd aan het dienen van zijn koning en land. Heel triest dat hij tegenwoordig zijn gouden jaren besteedt aan het ronddolen bij de meest afgelegen stadsgate en slechts een lege, gekwelde schaduw is van de man die ooit de grootste held van de stad was.

'Meneer, ik sta te springen om de wijde wereld in te gaan en uw grootse voorbeeld te volgen. Heeft u een quest voor me?' vraagt ze.

SylvanWood strijkt met zijn bevende hand over zijn gezicht. 'Had ik haar nou maar kunnen redden. Hadden we onze levens nou maar samen kunnen doorbrengen.'

Findelglora raakt in de war. 'Wie bedoelt u, meneer? Hoe kan ik helpen?'

SylvanWood schudt zijn hoofd. 'Ooit had ik een geliefde en ik ben haar kwijtgeraakt, voor eeuwig. Iedere dag, ter nagedachtenis aan haar, leg ik een bos narcissen bij deze gate, de plek waar ik haar voor het laatst heb gezien op de dag dat ik haar gedag kuste. Maar vandaag voel ik me niet goed en ik weet niet of het me lukt naar het weiland te gaan om de bloemen te plukken.'

Het doet Findelglora pijn om SylvanWoods verdrietige verhaal te horen. Ze schudt haar hoofd en vraagt zich af wat voor soort heldendaad hem zou helpen. Een draak doden? Een kwaadaardige tovenaar overmeesteren? Dan fleurt ze op en draait zich terug naar hem.

'Laat mij dan de bloemen voor u plukken, zodat u uw geliefde vandaag kunt gedenken.'

SylvanWood kijkt sceptisch. 'Je bent nog jong en er zijn allerlei tegenstanders, zelfs in de weilanden buiten deze muren.'

Findelglora gaat kaarsrecht overeind staan, steekt haar borst naar voren en zwaait met het roestige zwaard dat ze heeft verworven voordat ze uit de stadsgate vertrok. 'Ik ben er klaar voor, meneer. Vandaag zult u, net als op andere dagen, uw geliefde gedenken met een bos narcissen!'

Findelglora heeft de quest bereikt om narcissen te plukken en ze terug naar Generaal Sylvan Wood te brengen.
Beloning voor het volbrengen van de quest: Het eerste deel van haar wapenuitrusting voor haar verdere avonturen in de wijde wereld.

HOOFDSTUK
ÉÉN

VIJF WEKEN VAN PURE MARTELING. NOG DRIE kilometer voordat het erop zat. Bijna liet ik me bij dat besef op mijn knieën vallen, of wellicht had dat meer te maken met het feit dat ik al twee dagen niet had gegeten. Dat en het feit dat ik de afgelopen achthonderd kilometer over de hoogste bergen van Californië had afgelegd en mijn voeten fucking veel pijn deden.

Het was laat in de middag, tegen etenstijd. Avondeten. *Dat* klonk fantastisch. Het laatste wat ik had gegeten was een chocoladereep die ik de dag ervoor van een medewandelaar had afgetroggeld. Ik had dat ding gekoesterd, hapje voor hapje tot op de laatste kruimel opgepeuzeld, tot hij vanmorgen bij het ontbijt op was. Ik kon wel een maaltijd gebruiken. En een nacht in een heerlijk, zacht bed slapen.

De afgelopen vijf weken had ik op de grond geslapen of in mijn hangmat, als ik een plek had kunnen vinden om het ding op te hangen. Maar deze beproeving zat er nu bijna op, godzijdank.

Voor de duizendste keer vervloekte ik mezelf om het feit dat ik zo koppig was geweest om dit idiote plan door te zetten. Ik was niet in staat geweest het idee van een lange-afstand-trektocht op te geven toen ik mijn zinnen er eenmaal op had gezet. Met een diepe zucht vroeg ik mezelf wederom af of ik mijn gezonde verstand had verloren. Waarom had ik de bewoonde wereld verlaten? Waarom had ik *haar* achtergelaten?

Emilia en ik hadden slechts anderhalve maand als een stel met elkaar kunnen doorbrengen. Een week samen op de ranch van haar moeder toen we eenmaal hadden besloten om echt iets met elkaar te beginnen en vervolgens nog vijf weken in mijn huis om deze trip, mijn versie van Supermans bezoek aan het *Fortress of Solitude*, te plannen.

Uiteraard steunde Emilia me hierin volledig. Ze dacht dat het een goed idee was om weg te gaan, helemaal los te komen van mijn werk – ofwel mijn minnares, zoals zij het noemde. Maar ik was er verdomme helemaal niet klaar voor om los te komen van Emilia.

Ik was er bijna. *Bijna.* Dat woord was de laatste honderd kilometer van deze afmattende tocht mijn mantra. De Happy Isles in Yosemite Valley – het noordelijke deel van het beroemde, en in mijn geval beruchte, John Muir trail – lagen nu slechts drie kilometer voor me uit. De eerste paar honderd kilometer was het landschap prachtig geweest, maar inmiddels was ik wel klaar met het landschap van de High Sierra. Als ik nooit van mijn leven meer een naaldboom zou zien, zou ik er geen traan om laten.

De Merced River bulderde een stukje verderop. Ik had de neiging mijn rugtas ter plekke neer te gooien, zo strontzat was ik het om dat zware ding met me mee te zeulen. Ik probeerde daar verder echter niet aan te denken en hield mijn ogen gericht op de routebordjes terwijl ik me stap voor pijnlijke stap voortsleepte.

Ik wist dat ze daar zou zijn, aan het begin van de route. Die wetenschap zorgde ervoor dat ik mijn tempo opschroefde. Ik kon niet wachten haar weer te zien, haar in mijn armen te trekken… God, wat miste ik haar.

Voor me merkte ik een wandelaar op die zuidwaarts ging, dus ik schoof naar de rechterkant van het pad. Ik keek niet eens op. Ik voelde me verre van de kwieke, sociale gast die een maand geleden aan deze wandeltocht was begonnen. Die idioot was ergens op het loodzware stuk tussen Mountain Whitney en de Silver Pass achtergebleven.

De wandelaar die me naderde was een vrouw, dat merkte ik aan het geluid van haar manier van lopen. Ze veranderde haar positie op het pad, zodat ze recht voor me liep. Ik schoof terug naar het midden en zij stapte recht voor me, zodat we bijna tegen elkaar opbotsten voordat ik bleef stilstaan. Ik keek op, klaar om een reeks scheldwoorden op haar los te laten toen ik haar prachtige, lachende gezicht zag.

Ze was beeldschoon. Lang, donkerbruin haar met vleugjes rood en grote amberkleurige ogen. Ze was aan de lange kant voor een vrouw en ze had lange, goed gevormde benen die onder haar korte broek vandaan kwamen. En ik had haar al vijf weken niet gezien. *Emilia.*

Ik slaakte een zucht van verlichting en liet mijn bepakking vallen, die met een klap op de grond viel.

'Adam?' vroeg ze met een lach in haar stem. 'Ben jij dat?'

Ik trok haar in mijn armen. 'Verdomme… je bent een lust voor het oog,' mompelde ik terwijl ik mijn gezicht in haar heerlijk-geurende hals begroef. Ik was er vrij zeker van dat ik niet zo lekker rook, maar ze beantwoordde de omhelzing. Ik negeerde de aanhoudende pijn in mijn spieren en verstrakte mijn greep op haar.

Haar lichaam voelde zacht, vlijde zich tegen me aan en het voelde als thuiskomen om haar in mijn armen te kunnen trekken. Haar haren voelden als zijde tegen mijn ruig bebaarde gezicht. En die geur van perzik en vanille... Ik zou er dronken van kunnen worden. Weer duwde ik mijn gezicht in haar hals.

Ze kromp ineen en lachte. 'Je ziet eruit als een holbewoner!'

Ik ging ervan uit dat dat betekende dat ze geen kus wilde, met die baard en mijn haren die vijfendertig dagen waren gegroeid. Nou, jammer dan, ik ging haar hoe dan ook kussen.

Toen ik mijn gezicht draaide en mijn lippen op die van haar duwde, beantwoordde ze mijn kus voordat ze zich lachend van me losmaakte. 'Je kussen kietelen nu.'

Ik grijnsde. 'Kom hier en laat me je nog wat meer kietelen.' Ik plantte nog een paar kussen op haar mond voordat ze zich weer terugtrok.

'Hoe was je wandeltocht?'

Ik zuchtte diep. 'Lang.'

Ze glimlachte. 'Dat is alles? Geen diepe openbaringen over het leven?'

'Ik heb besloten dat rugzakken een ramp zijn.'

Ze bukte en raapte mijn bepakking op om hem over een van haar schouders te hijsen. 'Dat ding is behoorlijk zwaar.'

Ik reikte ernaar, maar ze hield me tegen. 'Jij hebt hem achthonderdkilometer gedragen. Ik denk dat ik er wel drie red.'

Grimmig keek ik haar aan, op het punt om in discussie te gaan, tot ze haar wenkbrauw naar me optrok. 'Niet zo koppig doen. We leven in een moderne wereld. Ik kan je rugzak dragen.

Later kun je het goed maken door mijn boeken naar mijn lokaal te dragen. Kom, je ziet er uitgeput uit.'

Ik hield mijn norse façade vast terwijl ik in feite bewondering had voor die vastberadenheid waardoor ik zo veel van haar was gaan houden. Die onafhankelijkheid die helemaal Emilia was. Het had haar door behoorlijk wat zware shit in haar leven geholpen en het maakte haar tot de geweldige vrouw die ze was. Soms irriteerde het me, maar het was wat haar tot *haar* maakte.

'Eerder uitgehongerd dan uitgeput.' Ze draaide zich om en ik paste me aan haar stappen aan terwijl we samen naar het begin van de route liepen, schouder en schouder.

Oprechte bezorgdheid trok over haar beeldschone gelaat. 'Hoe kan dat? Hebben we je bevoorradingspunten verkeerd ingeschat?'

Over de hele route verspreid, lagen punten waar nieuwe voorraad heen kon worden gestuurd. Voordat ik aan deze krankzinnige uitdaging begon, hadden we berekend hoeveel ik nodig zou hebben en waar we het heen moesten sturen.

Ik aarzelde en vroeg me af of ik haar de waarheid moest vertellen over hoe ik zonder eten was komen zitten, met het risico dat ik een domme idioot leek. Misschien kon ik een andere oorzaak bedenken. Mijn behaarde wangen werden rood van schaamte. O, wat maakte het ook uit.

'Twee avonden geleden heb ik de voedselton te dicht langs de berghelling laten staan. Toen ik de volgende ochtend wakker werd, was hij weg. Hij lag op de bodem van een diep ravijn.' Vanwege de strikte regels om te voorkomen dat beren aan voedsel van de wandelaars kwamen, waren alle trekkers in het achterland verplicht hun voedsel mee te nemen in tonnen die beer-proof zijn. Er waren ook strikte regels over het hangen van eten in bomen. We mochten ze ook niet te dicht bij de plek waar we sliepen zetten, want dan zou je de beren je tent in kunnen lokken. Maar een of andere avontuurlijke beer was 's nachts blijkbaar langsgekomen en had mijn eten het ravijn in gerold.

Ik had beter moeten weten dan dat, maar ter verdediging, ik was zo uitgeput geweest dat ik niet normaal meer had kunnen denken. Eén punt voor de natuur, nul voor Adam.

'Mam en Peter staan aan het begin van het pad te wachten, dus we hebben een lift.' Ze lachte. 'Laten we maar eens iets te eten voor je regelen dan. Misschien een grote, sappige hotdog? Je bent niet meer dan een paar kilometer van dat kleine restaurantje in Yosemite Village vandaan.'

Ik ging bijna kwijlen bij het woord hotdog. Ik wierp haar een vuile blik toe en ze schoot in de lach. 'Of misschien heb je liever een grote, sappige hamburger of...' Ik haakte mijn arm rond haar middel en schuurde met mijn baard langs haar nek. Ze kronkelde tegen me aan en liet de tas vallen.

Ik trok haar in nog een lange kus. Haar lippen waren zacht, geopend voor mij, en zelfs ondanks deze dikke baard was ieder contact van onze huid elektrisch. Mijn tong glipte uit mijn mond om haar te proeven en ze zuchtte terwijl haar handen omhoogkwamen om ze rond mijn nek te klemmen. Zo dicht bij het begin van het wandelpad was het druk met trekkers, sommigen die simpelweg voor een uur of twee gingen wandelen, niet allemaal van die toegewijde idioten zoals ik. Hoofden draaiden onze kant op, maar het interesseerde me niet wie het zag. Ik trok haar strak tegen me aan, alsof ze op wonderbaarlijke wijze zou kunnen verdwijnen.

Nadat ik mijn maag had gevuld, zou ik een ander soort honger moeten stillen... Ze stapte bij me vandaan, ademloos, blozend. 'Je zult die baard moeten lozen als je wilt scoren, meneertje.'

Vanonder mijn baard grijnsde ik. Dat klonk niet heel erg overtuigend. Ik boog voorover en griste de rugzak van de grond voordat zij hem weer kon pakken, waarop ze met haar ogen naar me rolde en iets mompelde over mijn koppigheid.

'Kom, er zijn daar ergens een stuk of drie hamburgers met mijn naam erop,' zei ik.

***

Verdorie zeg, die hamburger smaakte hemels, als het lekkerste wat ik ooit in mijn mond heb geschoven.

Ik kon niet stoppen met kreunen toen ik zat te eten, wat ertoe leidde dat Emilia en haar moeder, Kim, me met gefronste wenkbrauwen bezorgd zaten aan te kijken. Emilia was de zeshonderdvijftig kilometer van Zuid-Californië met haar moeder en mijn oom Peter hierheen gereden om me aan het eind van mijn helse trektocht op te wachten. Hoe fijn het ook was om ze te zien, ik had liever tijd met Emilia alleen gehad zodra ik eenmaal mijn essentiële behoeftes als eten en een bad had afgehandeld. En slapen in een echt bed.

'Hij eet als een Neanderthaler,' fluisterde Emilia tegen haar moeder. 'Vallen mannen meestal terug in hun ontwikkeling als ze in het wild verblijven?' Pret danste in haar goudbruine ogen. Gewoon om haar te dollen, kreunde ik zelfs nog luider en schoof het laatste stuk van de derde hamburger in een keer in mijn mond.

Kim grinnikte. 'Maak je geen zorgen. Volgens mij is het niet blijvend. Zodra hij eenmaal terug is in zijn eigen mannen-honk, vervalt hij binnen no-time in het achteroverslaan van bier terwijl hij naar Darth Vader in een *Star Trek* film kijkt.'

Emilia en ik draaiden allebei haar kant op, verbijsterd door haar regelrechte blunder, de nachtmerrie van iedere nerd. Kim stak haar handen ter overgave omhoog. 'Grapje!'

Peter grinnikte en schudde zijn hoofd terwijl ik de frietjes zo snel als ik kon in mijn mond begon te proppen. Behoedzaam keek hij me aan. 'Wil je dat ik nog een burger voor je haal? Je zult wel uitgehongerd zijn nadat Yogi je picknickmand heeft gejat.' Hij wierp een blik op mijn bord. 'De volgende trakteer ik. Je ziet er een beetje magertjes uit. Doet me denken aan de tijd dat je op de middelbare school zat.'

Ik staarde hem aan. Zo, *die* was onder de gordel. Ik woog niet meer dan vijfenveertig kilo op de middelbare school. Peter stond op en ging naar de bar om zijn bestelling te plaatsen.

Emilia trok haar mobiel tevoorschijn om naar de tijd te kijken. 'Ik ga de conciërge van het hotel vragen of ik een afspraak voor je kan maken bij de kapper.'

Met een geveinsde gekwetstheid keek ik haar aan. 'Wat? Vind je mijn nieuwe look niet leuk?'

Zij grijnsde. 'Is dat hoe je het noemt? Er hangt eten in je baard, Grizzly Adams.'

Ik schoof een volgende hand vol friet in mijn mond en kreunde. 'Verdomme, wat is dat lekker!'

Ze trok haar neus naar me op. 'Je bent walgelijk.'

'*Bo Shuda!* kraamde ik met halfvolle mond uit in mijn beste imitatie van Jabba de Hutt.

Ze rolde met haar ogen. 'Sjee, *nu* wil ik je echt pas kussen...'

Mijn blik schoof naar haar volle lippen. Ik ging haar kussen zodra ik mijn tanden had gepoetst. Na de volgende hamburger, of misschien twee. Die baard moest ze maar gewoon accepteren.

Nadat ik klaar was met eten, checkte ik in en stortte op het bed neer. We verbleven in het Ahwahnee Hotel in Yosemite Valley, ooit het speelveld van beroemdheden gedurende het eerste deel van de twintigste eeuw. Tegenwoordig was het een luxueuze lodge voor degenen die het park wilden bezoeken, maar die niet zaten te wachten op het ongemak van kamperen. Aangezien ik de afgelopen vijf weken ofwel op de grond ofwel in mijn hangmat had geslapen, met de insecten om me heen, had ik behoefte aan een beetje luxe.

Ik nam een douche en liet me vervolgens in de jacuzzi zakken om het meeste van mijn pijn te verzachten, maar ik was niet in staat iets te veranderen aan mijn behoorlijk beschadigde en met blaren bedekte voeten. Waarschijnlijk zou ik de komende paar weken ten allen tijden mijn sokken aan moeten houden, om te voorkomen dat ik Emilia zou laten walgen.

Vroeg in de avond kroop ik in bed en bewoog niet tot halverwege de volgende ochtend, toen Peter me riep en vroeg hoe laat we gingen ontbijten. Eten. Dat ik niet uit een pakje hoefde te trekken om het klaar te maken en boven een propaangasbrandertje voor trekkers moest koken om vervolgens weg te werken. Een ontbijt dat geen klef, waterig havermoutpapje was.

Spek, eieren, pannenkoekjes, geroosterd brood en nog meer spek. Ik zag er nog steeds ruig uit, maar ik rook niet langer naar eau-de-overreden-dier. Ik was schoon en ik wilde Emilia echt heel graag zien. Ik had haar iedere dag van die vijf weken dat ik weg was geweest gemist. Ze had de nacht bij haar moeder doorgebracht om mij de kans te geven wat slaap te pakken, maar vandaag zou ze naar mijn kamer verhuizen. Ik kon niet wachten.

Gedurende de langste, eenzaamste en meest afgezonderde stukken van het Pacific Crest Trail, klonk een stem in me die zo luid en vasthoudend was dat ik hem niet kon negeren, vooral niet op dagen van complete afzondering. Er gingen dagen achtereen aan me voorbij zonder te praten. Ik had uren en uren om na te denken over het leven, Emilia, alles.

Ik was aan die tocht begonnen in een poging dingen over mezelf te ontdekken, na te denken, mezelf los te weken van de gevaren van een verslavende levensstijl die mijn gezondheid en geluk in gevaar bracht. Maar ik kwam tot de ontdekking dat opgesloten zijn in mijn eigen hoofd niet zo prettig bleek te zijn als ik had gedacht. Ik had bewezen dat ik kon leven zonder mijn verslaving. Achtentwintig dagen van herprogrammering in een afkickkliniek werkte goed voor drugs- en alcoholverslaafden. Wat was er beter voor iemand als ik, die verslaafd was aan zijn werk, dan zichzelf los te koppelen van het bereik van telefoon, WIFI en andere moderne technische mogelijkheden?

Nou, ik had het volbracht. Ik voelde me tevreden en ik koesterde het gevoel iets te hebben bereikt. Ik had mezelf alle gemakken ontzegd en opnieuw waardering gekregen voor de dingen die echt belangrijk waren. Of dat hoopte ik althans. Ik had ook een nieuw idee opgedaan voor een nieuwe game waaraan ik wilde werken, een klein project dat ik voor nu nog even geheimhield, want... het was nu eenmaal mijn stijl om dingen op mijn eigen gekozen moment te onthullen.

Toen ik eenmaal over het gemis van mijn mobiel en WIFI heen was, had ik veel tijd doorgebracht met het denken over Emilia en die nieuwe entiteit, *wij*. Mijn gevoelens voor haar waren tijdens mijn afwezigheid alleen maar sterker geworden. En die volgende dag, terwijl we door de Yosemite Valley reden, de hoogste waterval van de Verenigde Staten bezochten en ons vergaapten aan de wonderen van steile, granieten rotsen als El Capitan en Half Dome, kon ik mijn handen niet van haar afhouden. Ik moest haar aanraken, de ronding van haar heupen, haar onderrug, haar middel, haar handen.

Ik kon niet naast haar staan en haar *niet* aanraken. De ik van vijf jaar geleden zou over zijn nek zijn gegaan van de huidige ik. Ik koesterde de kleine dingen waar ik voorheen zelfs niet bij stilstond. De manier waarop ze haar hoofd mijn kant op draaide en tegen mijn aanraking aanleunde. De manier waarop ze met haar duim over de mijne streek als we hand in hand liepen. De manier waarop ze lachte en een geveinsde, lange zucht slaakte als ik mijn hoofd liet zakken om haar hals te kussen.

Terwijl we de regenbogen die het late middaglicht over het schuimende water van Bridal Veil Falls wierp stonden te bewonderen, nam ik een moment om haar prachtige gezicht te bestuderen. Ze leek in gedachten, kilometers hiervandaan.

Ik verstevigde mijn greep op haar hand. 'Alles oké?'

Met een ruk draaide ze haar hoofd mijn kant op en haar uitdrukking lichtte direct op. 'Ja. Ik ben blij dat je veilig terug bent. Iedere avond maakte ik me zorgen over je. Ik bleef maar inloggen op het kaarten-programma om te kijken waar je je volgens je GPS bevond.'

Het was het enige beetje technologie dat ik met me had meegenomen, zij had erop gestaan. De zender liet haar ten alle tijden op een kaart zien waar ik was.

'Is er niets bijzonders gebeurd terwijl ik weg was?'

'Hmm,' reageerde ze terwijl ze zich met een frons weer op de watervallen richtte. 'Ik ben afgewezen.'

Ik fronste ook. 'Voor je studie geneeskunde? Welke idioten hebben je afgewezen?'

Halfslachtig trok ze een schouder op, alsof ze het wilde wegwuiven, maar ik kon merken dat het haar dwars zat. Ik bracht haar hand naar mijn lippen om hem te kussen.

'Davis,' zei ze.

'Hm. Die wilde je toch niet. De reistijd zou je dood worden.'

Ze lachte. 'Ze waren niet mijn favoriet, dat is waar.' Ze trok wederom stijfjes haar schouders op en heel even verscheen er weer een frons op haar voorhoofd. Ze wendde haar blik af maar ik gaf haar een kneepje om haar aandacht te vangen.

'Nee, echt, gaat het wel met je?'

Ze sloeg haar blik neer. 'Zenuwachtig, denk ik. De eerste reactie een nee. Het is gewoon... alsof ik die MCAT-test weer opnieuw verknal. Ik vraag me af of dit de eerste in een lange reeks van nee's is.'

'Met die manier van denken ben ik het niet eens. Iemand moet nee zeggen. Je hebt alleen toevallig die nee het eerste gehoord. Ik durf te wedden dat die afwijzing nog niet eens iets met jou te maken heeft, maar gewoon is vanwege een of andere deadline bullshit of zo.'

Ze zuchtte. 'Maar... als *zij* zo snel waren met hun afwijzing, vraag ik me af of een van de anderen me wel wil.'

'Maar je hebt deze keer je MCAT met vlag en wimpel gehaald. Je had een retegoeie score. En daarbovenop nog eens fantastische cijfers. Je bent briljant en iedere universiteit die dat niet ziet, is te idioot om jou te verdienen.'

Ze legde haar hoofd op mijn schouder en liet mijn hand los om haar armen rond mijn middel te slaan. Ik draaide mijn hoofd om een kusje in haar haren te drukken terwijl een stortvloed aan emoties mijn borstkas samenkneep.

Ik haatte het om haar zo teleurgesteld te zien. Ik wist hoe hard ze had gestudeerd om die die test te herkansen en op een bepaalde manier had het zakken voor die eerste poging haar vertrouwen behoorlijk onderuitgehaald. Ze zuchtte. 'Je bent behoorlijk goed voor mijn ego. Ik denk dat ik je nog maar een poosje hou.'

Ik schraapte mijn keel en besloot dat het het best was om haar af te leiden van die negatieve gedachten. 'Dus, hoe zit het met wat goed nieuws? Heb ik nog iets interessants gemist?'

Ze ging rechtop staan en grijnsde naar me. 'Eerlijk gezegd kon ik niet wachten je dit te kunnen vertellen. De verborgen quest in Dragon Epoch is ontdekt! Alle blogs staan er bol van.'

Ik verstijfde. Mijn hart begon te hameren en ik wist vrij zeker dat het bloed uit mijn gezicht trok. Die quest was mijn kindje en pas *nu* kreeg ik dit te horen? Vreemd. Ik slikte een brok in mijn keel weg en keek naar haar terwijl ze me lachend aankeek.

Toen fronste ze. Ik stond als bevroren. Sprakeloos. De emotionele reactie was verbazingwekkend, zelfs voor mij. Ze maakte zich los. 'Shit, gaat het wel? Ik maakte maar een grapje.'

De golf van opluchting raakte me met de kracht van een stortvloed aan water van die waterval. Ik was er bijna duizelig van. Terwijl ze naar me keek, verscheen er een frons in haar voorhoofd. 'Sorry. Dat was fucking gemeen van me. Ik had geen idee dat je... Wat gebeurde er nou eigenlijk? Het leek bijna alsof je... in paniek raakte.'

Met een schouderophalen wendde ik mijn blik af in een poging het weg te wuiven. Ik begreep die reactie zelf nauwelijks, dus hoe kon ik het in godsnaam aan haar uitleggen? 'Ik weet niet. Gewoon balen dat ik het had gemist. Je hebt gelijk... het *was* fucking gemeen.'

Ze trok me met een knuffel tegen zich aan. 'Het spijt me echt. Ik voel me vreselijk.'

Ik sloeg mijn armen om haar heen en hield haar stevig vast. Toen boog ik mijn hoofd om aan haar oor te knabbelen. 'Je weet dat dit betekent dat je het later goed moet maken met me, of niet?'

Ze schoot in de lach. 'Ik voel me er zo rot over.'

Ik bleef haar oor kussen. 'Niet doen. Zorg er maar gewoon voor dat je het goed maakt,' zei ik, mijn stem dik van een diepere bedoeling. Ik trok haar strakker tegen me aan, zodat er geen twijfel was over waar ik op doelde. Terwijl ik haar kuste, probeerde ik de vreemde opluchting die volgde op het feit dat ze een grapje maakte, niet verder te onderzoeken. De quest was nog steeds veilig verborgen. Het was nog geen tijd. Alles was goed.

Toen we die middag terug in het hotel aankwamen, liet ze me achter met de opdracht te douchen en naar de kapper te gaan. Ik melkte de grap dat ik deze nieuwe look ging houden zo lang mogelijk uit, voordat ik gek werd van de jeuk. Het lukte me echter wel, nu ik de kans nog had, een paar keer met mijn baard tegen haar aan te wrijven. Maar eerlijk gezegd stond ik te springen om dat bontje te lozen. Ik was zo geil als boter en waarschijnlijk ging ze me niet in de buurt laten komen zolang ik eruitzag als *B.C. the caveman*, die holbewoner uit die strip.

Toen ik terugkwam van de kapper, was ze zich in mijn kamer aan het klaarmaken. Ze riep vanuit de badkamer terwijl ik me omkleedde voor het diner. We hadden met z'n vieren om zeven uur afgesproken in de eetzaal, maar toen ze de badkamer uitstapte, klaar om te gaan, wist ik dat we te laat zouden komen.

Want, godsamme, ze was prachtig. Ze droeg een of andere strakke wikkeljurk die haar slanke lijf omsloot. Hij was donkerrood en liet haar blanke huid stralen.

Nee. We gingen niet weg voordat ik iets had gedaan aan mijn constante stijve. Ik slikte terwijl ik haar van top tot teen bekeek.

Ze schoot in de lach. 'Je hebt een baardkleurtje!'

Ik wreef over mijn gladde wang. 'Is dat zo? Nou, het is in ieder geval *een* kleurtje. Meer dan wat ik normaal heb.'

'Je zult je wel tien kilo lichter voelen zonder al dat haar.'

Ik grijnsde. 'Kom hier en geef me nu maar eens een echte kus.'

Ze aarzelde, waarschijnlijk had ze feilloos in de gaten wat er op dat moment door m'n hoofd ging, aangezien mijn blik op die heilige vallei tussen haar borsten landde. 'Oké, maar helaas hebben we geen tijd voor meer dan dat. We moeten over vijf minuten beneden zijn,' zei ze.

'Oké. We hebben na het eten nog een hele nacht. Je bent me nog wat verschuldigd na dat gemene grapje van je,' zei ik terwijl ik gebaarde dat ze mijn kant op moest komen. Het was geen leugen. Na het eten zou ik meer dan klaar zijn voor ronde *twee…* en waarschijnlijk drie. Misschien zelfs wel vier als ik een grote biefstuk en een dessert zou nemen om tijdens het diner op te laden. Het enige wat me wellicht nog zou kunnen tegenhouden, was vermoeidheid. In ieder geval zou het niet aan een gebrek aan verlangen liggen.

Ze kwam naar me toe gelopen. '*Alleen* een kus voor nu.'

'Oké,' zei ik weer terwijl ik haar in mijn armen trok en een duizelingwekkende kus op haar zachte, volle lippen plantte. Ze opende zich onmiddellijk voor me en ik vouwde mijn hand rond de achterkant van haar nek om haar mond tegen de mijne te kunnen houden. Haar lippen waren stevig en zacht als bloemblaadjes. Ze bewogen onder de mijne, boden tegendruk terwijl ik haar stevig tegen me aanhield. Mijn tong gleed in haar mond, gretig om haar te claimen. *Van mij.* De woorden echoden door mijn hoofd terwijl een krachtige golf van bezitterigheid over me heen spoelde.

Die wandeltocht had op meer dan een manier voor schaarste gezorgd. Ik trok haar lichaam strak tegen het mijne aan. Onze tongen dansten om elkaar heen. Ik wilde haar nu, ter plekke. Niet echt een verrassing. Ik had meer dan vijf weken geen seks gehad.

Mijn handen gingen naar haar borsten. Soepel, stevig, precies de juiste grootte onder mijn handen. Haar tepels reageerden gehoorzaam op mijn strelingen. Ze was net zo onweerstaanbaar als ik me herinnerde. Ik verdiepte de kus en…

Ze duwde mijn handen weg en stapte naar achteren, blozend en snel ademend, zo mooi. Ze ontweek mijn blik. 'Oké, ehm, tijd om te gaan,' zei ze met hese stem, maar ik wist dat haar hart het er niet mee eens was.

Een blos kroop over haar nek en de bovenkant van haar borsten.

Ik likte over mijn lippen als een uitgehongerde tijger waar een bloederige steak voor zijn neus bungelde voordat die werd weg gegraaid. Echt niet dat die tijger zonder strijd uitgehongerd achterbleef.

'Geluk komt toe aan hen die wachten.' Ze lachte en mepte mijn hand weg toen die weer naar haar reikte.

Ze stapte bij me vandaan. Lange tijd keken we elkaar aan, de lucht dik van verwachting. Ze ademde diep in en zette nog een stap achteruit, maar ik bewoog me niet. Met een zucht draaide ze zich om en ging naar de deur. Ik keek naar haar, maar volgde haar niet. Ze trok de deur open voordat ze zich realiseerde dat ik geen vin had verroerd. Toen keek ze over haar schouder. 'Kom je?'

Mijn blik gleed over haar lange benen naar beneden, waar ze net boven haar knieën vanonder de zoom van haar jurk kwamen. Al het bloed in mijn lichaam werd naar mijn pik gepompt en ik was opgelucht dat mijn meest essentiële gereedschap nog steeds naar behoren werkte na een lange periode van droogstaan.

Ik ging naar haar toe, bracht mijn hand omhoog en maakte die van haar zachtjes los van de deurknop om vervolgens de deur te sluiten.

'Adam...' begon ze.

Ik sloeg mijn andere arm rond haar middel en begroef mijn gezicht in haar hals. 'Ze wachten wel. Ze kunnen een aperitiefje bestellen.'

Ze keerde zich naar me om en nu had ik haar gevangen tussen mij en de deur. *Perfect.*

Ze lachte en kronkelde om los te komen, wat maakte dat er een scheut van genot door me heen schoot. 'Je gaat geen nee accepteren, of wel? Typisch.'

Ik gromde en kuste haar hals weer. 'Geef me vijf minuten,' zei ik.

'Vijf minuten? *Dat* klinkt niet bepaald leuk.'

'Geef me vijf minuten om je ervan te overtuigen waarom het een goed idee is om nu te neuken.' Nog voor ze ermee kon instemmen of in discussie kon gaan, ging mijn hand omhoog om de band die haar wikkeljurk bijeenhield los te trekken.

Hij viel open en onthulde een zwarte, kanten bh en een bijpassend slipje. O, hel nee... We *gingen* nergens heen tot er sprake was geweest van *komen*.

Ik schuurde met mijn bekken tegen dat van haar en ze hapte naar adem. Mijn mond lag weer in haar hals en zoog op haar zachte, heerlijke huid. 'Dit lijkt net het uitpakken van mijn cadeau op kerstochtend.'

'Nee,' zei ze met een quasi strenge toon in haar stem. 'Het lijkt op te vroeg je cadeaus openmaken, de avond van tevoren.' Ze was echter niet in staat het hese randje in haar stem, dat ik zo goed kende, te verhullen. Ze was opgewonden. Heel erg opgewonden.

'Ik was altijd al een ongeduldige eikel,' zei ik terwijl ik de voorsluiting van haar bh open klikte. Het ding week uiteen als het rode gordijn van een ouderwets theater.

'Adam,' hijgde ze.

'Shht. Mijn vijf minuten van overtuigen zijn nog niet voorbij.'

'Ze zullen weten waarom we te laat zijn.'

Bijna moest ik in mezelf lachen. Ze gaf zich behoorlijk snel over, ongetwijfeld net zo geil als ik. 'We hebben elkaar meer dan een maand niet gezien. Dat is niet bepaald een groot mysterie.'

Toen ze op het punt stond nog meer te zeggen, smoorde ik haar protest met een kus terwijl ik haar tegen de deur drukte en haar overweldigde met mijn behoefte naar haar. Mijn handen op haar borsten, haar heupen, de zijdezachte binnenkant van haar dijen. Mijn mond op die van haar terwijl mijn tong bij haar naar binnen drong zoals ik op een andere manier bij haar naar binnen wilde dringen. Ik was een man die in brand stond en de enige manier om de vlammen te doven was om in haar te duiken en te verdrinken.

Haar smaak enhet gevoel van haar rondingen die tegen me aan drukten, dreven me voorbij het punt waarop er geen weg meer terug was. Als ze nu nog ideeën had om te willen stoppen, wist ik met geen mogelijkheid hoe ik het diner zou moeten doorkomen tot we de draad weer konden oppakken.

Ik omvatte haar borsten, voelde de drang toenemen terwijl ik aan haar tepels likte. Mijn erectie werd strakker, pijnlijk. Het was verdomd lang geleden en proberen mijn libido nu onder controle te houden was als proberen die hongerige tijger aan een dunne draad tegen te houden.

Ze hijgde en kromp ineen toen ik haar te stevig vastpakte. Niet de reactie waarop je zit te wachten als je probeert je partner in korte tijd te overtuigen. Ze verstijfde tegen me aan.

'Sorry,' hijgde ik tegen haar mond. 'Ik ben veel te gretig en een beetje wanhopig.'

Ze lachte zachtjes en trok haar mond weg terwijl ze haar hand bracht naar de plek waar ik haar pijn moest hebben gedaan.

'Kan ik het beter kussen?' vroeg ik.

Ze fronste even, alsof ze niet hoorde wat ik zei, dus ik tilde mijn hand op en trok die van haar zachtjes van haar borst om hem om te wisselen voor mijn mond, kussend, mijn tong gleed teder over haar borst om haar te kunnen proeven. Ze smaakte naar gekruide wijn en bramen. En een vleug van iets wat ik niet kon omschrijven, een unieke smaak van haarzelf. De gladde, zachte textuur van haar huid voegde alleen nog maar een extra laag aan haar essentie toe. Ik likte haar en ze kreunde mijn naam.

Ik hield mijn mond waar hij was en liet mijn hand over haar gladde buik glijden om hem op de warme plek onder haar slipje te laten rusten. Ze beloonde mijn inspanningen met een klein kreuntje vanachter uit haar keel. Ik streelde haar daar en haar adem stokte, haar handen verstrakten rond mijn biceps. Dit was als een dans met passen die we nog steeds moesten leren en ontdekken. En iedere keer was het weer anders.

Haar handen gleden onder mijn overhemd, dat ze gehaast uit mijn broek had getrokken. Haar aanraking was gloeiendheet, haar handpalmen schoven over mijn torso. Sissend liet ik mijn ademhaling ontsnappen.

'Je hebt geen grammetje vet. Je bent keihard.'

Ik schonk haar een stoute grijns. 'Dat is niet de enige plek waar ik keihard ben,' zei ik terwijl ik mijn broek openritste.

Ik moest in haar zijn. Dat was op dit moment het ultieme doel en ik was niet van plan nog een minuut te verspillen.

Mijn hand ging weer naar haar slipje. Ik trok het middenstuk opzij en zij legde haar handen op mijn schouders. Ik keek in haar ogen. 'Ik moet je neuken. Ik kan geen seconde langer wachten.'

Direct duwde ik me in haar natte hitte. Ze klemde zich om me heen, strak, omvattend. Ik gromde. De bevrediging om in haar te zinken was van korte duur, want die knoop van spanning trok strak samen in mijn kruis. Als ik niet een beetje kalmeerde, zou ik zo snel als een onervaren tiener klaarkomen.

Ze sloeg haar lange benen rond mijn heupen en trok me naar zich toe. Ze was zo verdomd sexy, onweerstaanbaar, echt waar. Niet dat ik haar op wat voor manier van plan was te weerstaan. Mijn instinct schreeuwde naar me om de leiding te nemen. En dus was dat wat ik deed. Ik duwde me helemaal naar binnen, pinde haar vast tegen de muur. Mijn mond vond die van haar weer, dwong me het rustig aan te doen.

Het was veel te lang geleden en ik was zo opgewonden dat ik er vrij zeker van was dat deze eerste keer niet lang ging duren, hoe hard ik het ook probeerde. Na het eten zouden we de tijd nemen, ervan genieten. Er misschien uren over doen, als we dat wilden. Shit, ik was nog niet eens klaar en ik stond al een volgende beurt te plannen. Het was gestoord, echt, want ik was in haar en ze was geweldig en ze slokte me helemaal op met haar lichaam, haar lippen, haar ogen.

Ik bracht mijn hand tussen ons in om over haar clit te strijken en kreunend liet ze haar hoofd tegen de deur vallen. Haar greep om me heen verstrakte terwijl ze zich steviger aan me vastklampte. Ze stond al op het punt te komen en ik kon mezelf nauwelijks staande houden. Ik stootte mijn bekken tegen dat van haar, mijn spieren strak en gespannen. Iedere keer dat ik voelde dat ik bijna kwam, stopte ik en streelde haar daarvoor in de plaats.

'O, God!' kreunde ze terwijl ze klaarkwam. Ik voelde de stuiptrekkingen om me heen verstrakken en blies langzaam mijn ademhaling uit, klaar om haar over de rand te volgen. Ze kromde haar rug, duwde haar weelderige borsten tegen mijn borstkas. De samentrekkingen van haar orgasme knepen alle lucht uit me. Ik stootte me nog een laatste keer tegen haar aan, liet alles los toen ik kwam, terwijl ik me diep in haar boorde. Puur genot overspoelde me, overviel me hevig. Ik hijgde haar naam.

Toen ik weer wat ontspande en terugkwam van mijn hoogtepunt kuste ik haar, mijn armen strak om haar heen geslagen. Ik wist dat ik me uit haar moest trekken en haar moest laten gaan, maar dat wilde ik niet.

Ik kuste haar hals. Met slechts een klein beetje gevlei zouden we dit vast nog een keer kunnen doen. Met elk greintje zelfcontrole dat ik bezat, maakte ik mijn gezicht van haar los en keek in haar ogen.

Ik legde mijn handen op allebei haar wangen en duwde mijn gezicht tot vlak tegen dat van haar.

'Ik hou van je,' zei ze.

'Dat weet ik,' reageerde ik en grinnikte toen ik de beroemde reactie van Han Solo aan Prinses Leia in *The Empire Strikes Back* nabootste.

Ze schoot in de lach en ik kuste haar weer.

'Ik wil *nooit* meer zo lang bij je vandaan zijn.'

'Nee,' zuchtte ze, tevreden. 'Je moet ophouden me achter te laten om op je grote avonturen te gaan.'

Ik staarde haar aan, haar wangen rozig van onze vrijpartij. *Zij* was mijn volgende grote avontuur. Ze was *van mij*.

'Van mij,' zei ik.

'Wat?'

'Je bent van mij. Voorgoed. En aangezien je het niet leuk vindt om achtergelaten te worden, kun je volgend jaar op mijn echte trektocht over de Appalachian Trail meekomen.' Uiteraard was dit grotendeels een grap. Alleen al bij de gedachte aan een volgende epische trektocht kreeg ik overal pijn.

Ze snoof die schattige lach van haar. 'Flikker op.'

Grijzend maakt ik me van haar los. 'Laten we ons weer aankleden, ik ben uitgehongerd.' Ik keek naar beneden, naar mijn gekreukte overhemd. 'Ze gaan zo ontzettend weten wat we aan het doen waren, aangezien jij mijn overhemd praktisch hebt gemolesteerd terwijl je me schaamteloos aan het verleiden was.'

Lachend gaf ze met de achterkant van haar hand een mep op mijn arm en maakte vervolgens haar bh weer dicht. 'Laat me dit weer vastmaken, dan kunnen we gaan.'

'Ja,' zei ik en propte mijn overhemd in mijn broek. 'Pak dat prachtige geschenk maar in, dan kan ik het later vanavond met alle plezier weer uitpakken.' De gedachte aan 'later' stuurde direct weer een schok van lust recht naar mijn kruis. Als ik niet zo'n verrekte honger had, zou ik binnen een paar minuten klaar zijn voor ronde twee.

De volgende keer zou ik in ieder geval wachten tot we horizontaal lagen. Ze deed haar jurk uit en we namen een minuut de tijd om onszelf te wassen. Emilia deed haar best iedere aanwijzing van wat we net hadden gedaan te verbergen. Dat lukte haar, met uitzondering van een grote, donkere plek onderaan haar hals, die ze blijkbaar niet in de spiegel had gezien en ik weerhield me ervan haar erop te wijzen.

Mijn ogen fixeerden erop en ik lachte in mezelf. In mijn golf van lust had ik haar gemarkeerd. *Van mij.*

Ik legde mijn hand op de wellustige ronding van haar onderrug en leidde haar de deur uit. Het proces van een vrouw opgewonden laten raken, was niet anders dan het ontwerpen van een computerprogramma. Ontwerpers van de oude stempel legden altijd stroomdiagrammen uit voordat ze een coderegel opstelden. Programmeren had alles te maken met oorzaak en gevolg. Een vrouw opwinden was precies zo; je voerde zeker informatie in om de gewenste uitkomst te krijgen, bij wijze van spreken.

Bij machines was de uitgangssituatie altijd hetzelfde, maar bij een vrouw was die variabel. Het proces volgde een patroon, maar er waren verschillende factoren die haar uitgangssituatie beïnvloedden: hoe haar dag verliep, of ze al dan niet moe was, hoe lang de laatste keer geleden was. Kijk op een slechte dag met een duidelijke bedoeling diep in haar ogen en ze zou zuchten en zich van je afdraaien, je eenvoudigweg afwimpelen. Maar op een goede dag kon je je door de verschillende onderdelen en programma's heen werken; bepaalde plekken strelen en ze zou nat worden, haar op de juiste plekken kussen en je zou haar laten kreunen, haar likken en ze zou zich voor je openstellen. Het werkte niet altijd. Soms bereikten de formules die je volgde niet het beoogde resultaat.

Net als met coderen was het nodig te experimenteren. Als de ene plek geen lustvolle reactie opwekte, dan was het nodig een andere te proberen of nog een andere. Ingevoerde parameters waren zeer belangrijk; als een kerel *wat dan ook* wilde invoeren, zou hij ervoor moeten zorgen dat de parameters klopten, want anders zou de hele formule mislukken.

Ik had mijn vijf minuten van vrije verleiding dan ook wijs gebruikt, had me ervan verzekerd dat mijn formules het hoogste rendement zouden opleveren. Binnen een mum van tijd had ik haar in mijn greep gehad. Net zo makkelijk als coderen!

Toen we bij onze tafel kwamen, onderbraken we Peter en Kim die lachend van een wijntje en een bord met voorgerechten zaten te genieten, hun hoofden vlak bij elkaar gestoken.

Ze keken op toen we plaatsnamen. Ik grijnsde. 'Sorry dat we zo laat zijn.'

Peter en Kim wisselden een blik en Emilia bloosde.

'Geen probleem,' zei Kim.

'Het was mijn schuld. Oké, wat is de specialiteit? Ik sterf van de honger.'

'Ik hoop dat je je manieren weer terug hebt en we geen imitaties van Jabba de Hutt meer gaan zien,' zuchtte Emilia dramatisch terwijl haar lippen in een grijns opkrulden.

Ze had die grondig-bevredigde, net-geneukt uitstraling. Haar huid was rozig, haar haren lichtjes in de war, haar tepels nog steeds enigszins hard terwijl ze tegen haar jurk wreven. Ik likte mijn lippen. Op dit moment had ik verdomde veel trek in eten. Later zou ik trek hebben in meer van *haar*.

HOOFDSTUK TWEE

NADAT WE THUISKWAMEN VAN HET NATIONAAL PARK hadden we tien heerlijk luie dagen om van elkaar te genieten voordat ik weer aan het werk moest. We zorgden ervoor dat iedere seconde daarvan telde. Tot de laatste dag toe.

Onze vrije dagen eindigden op een donkere maandagochtend, eind september. Ergens rond zes uur hoorde ik haar woelen in bed en draaide ze zich om alsof ze op wilde staan. Ze reikte naar de wekker en rommelde ermee, waarschijnlijk om hem uit te zetten voordat hij was afgegaan. Toen ze het dekbed pakte om uit bed te stappen, rolde ik naar haar toe en sloeg mijn arm rond haar middel om haar op haar plek te houden. Ze verstijfde.

'Sorry. Heb ik je wakker gemaakt?'

'Nope,' reageerde ik terwijl ik haar tegen me aan trok en mijn ochtenderectie tegen haar heerlijke kont duwde. 'Ik ben wakker.'

Ze lachte. 'Op meer dan één manier, zo te voelen.'

Mijn lippen hapten in de zachte, lekker ruikende huid van haar nek, op het punt waar hij overging in haar schouder. 'Ik heb gisteravond geen klachten gehoord. Of gistermiddag in het zwembad...'

Ze huiverde onder mijn aanraking, maar slaakte een diepe zucht. 'Je gaat me helemaal uitputten door al dat extra uithoudingsvermogen dat je met die trektocht hebt opgebouwd.'

'O, ik geloof niet dat je daar bang voor hoeft te zijn. Maar dat betekent niet dat ik er niet van ga genieten het te proberen – je uitputten, bedoel ik.' Ik grinnikte tegen haar nek en bracht mijn hand naar haar borst. We waren allebei nog naakt van de seks van gisteravond. Het was goed om weer thuis te zijn.

'Hmm,' zei ze en ik kon merken dat ze deed alsof ze moeilijk te krijgen was. Ik hield altijd van de uitdaging om uit te vogelen hoe ik haar kon overtuigen. 'Ik wilde gaan hardlopen.'

Mijn tong liefkoosde haar tussen haar schouderbladen. 'Je kunt daarna gaan.'

'Maar we moeten vandaag aan het werk...' zei ze, haar stem hijgend door het effect van mijn handen die haar tepels streelden.

Ik liet een hand van haar borst over haar buik glijden en verder naar beneden, tussen haar dijen. Ze liet een lange kreun horen, die mijn bloed liet ontbranden. Soms moest er een hele formule afgewerkt worden en soms was slechts een enkele knop voldoende. Ik legde mijn mond tegen haar oor. 'Ik weet vrij zeker dat je baas het niet erg vindt als je te laat komt.'

Ze rolde op haar rug om me aan te kijken. 'Je bent onverzadigbaar.' Ze sloeg haar armen rond mijn nek toen ik haar kuste.

'Mm-hmm,' stemde ik in. 'Doordat jij onweerstaanbaar bent.'

'O, dus het is *mijn* schuld?' vroeg ze met grote ogen terwijl er een grote, lome glimlach rond haar heerlijke lippen trok.

Ze duwde tegen mijn schouder en rolde me op mijn rug. Net zo snel ging ze schrijlings op me zitten. *O, hel, ja.*

'Nou, laten we het maar vlug afhandelen dan.' Ze lachte.

Het werd geen vluggertje, maar dat vond ze niet erg.

***

Dit was mijn eerste ochtend terug op mijn werk na drie maanden afwezigheid. En, voor de eerste keer ooit, reden we samen naar het werk. Vreemd genoeg voelde het vertrouwd en huiselijk.

De ik van vijf jaar geleden draaide zich om in zijn graf. Maar de huidige ik had niet gelukkiger kunnen zijn. Voordat ik Emilia had leren kennen, was het leven als een ouderwets videospelletje op een versleten apparaatje. Klein, veel verbeelding nodig om het nog een beetje op te leuken en heel veel ruimte voor verbetering. Samen met haar was het alsof je volledig in beslag werd genomen door een overweldigende virtual reality, een op zichzelf staande, unieke ervaring. Vóór Emilia was er geen leven geweest.

Ik wierp een blik op haar. Ze had haar hoofd gebogen, focuste zich op haar handen, die in haar schoot friemelden. Op haar verzoek had ik het dak dicht gelaten, zodat haar haren niet in de war zouden raken. Nadat ik mijn arm had uitgestoken om terug te schakelen, nam ik een van haar handen in de mijne.

'Wat is er?'

Ze schonk me een ongeruste blik. 'Niets. Behalve dat we laat zijn. En iedereen ziet ons samen naar binnen lopen.'

Ik trok een wenkbrauw op. 'Is dat een probleem?'

Ze zuchtte. Ik liet haar hand los om weer te schakelen, plaatste hem toen terug op die van haar. 'Niemand weet van onze relatie. Ze zullen weten waarom ik de baan heb gekregen.'

'Je bent aangenomen om Cathleen tijdens haar zwangerschapsverlof te vervangen. Iedereen vindt dat je het hartstikke goed doet. Mac is dolblij met je hulp voor DracoCon. Doet het ertoe hoe je de baan hebt gekregen?'

Ze schudde haar hoofd. 'Nee, maar… Ik wilde nooit *dat* meisje zijn, weet je?'

Ik fronste. 'Welk meisje?'

'Het meisje dat het met de baas doet.'

'Klinkt mij wel sexy in de oren.'

'Uiteraard.'

Ik was even stil en zag dat ze weer met haar handen friemelde. 'Het komt wel goed. Waarom ga jij niet gewoon eerst naar binnen en dan blijf ik nog wel een paar minuten in de auto zitten. Niemand ziet ons dan samen naar binnen komen.'

Ze glimlachte. 'Bedankt.'

'Maar hoe zit het dan vanavond? Iedereen ziet ons samen vertrekken.'

Met haar vrije hand streek ze haar rok glad. 'Ja, dat bedacht ik me ook al. Ik heb naar een appartement uitgekeken. Ik kan het me niet veroorloven iets in Irvine te huren, maar…'

'Wat? Waarom?' Nors keek ik haar aan.

'Omdat Irvine een van de duurste plekken is om te wonen. Misschien Tustin. Vorige week heb ik daar een appartement bekeken…'

Ik weerhield me ervan naar haar te kijken. Ik kon me maar het best van de domme houden en haar het me laten 'uitleggen'. Soms, als je iemand zijn zorgen liet uitspreken, kwamen ze zelf tot de ontdekking hoe ongegrond die eigenlijk waren. 'Nee, ik bedoel waarom je naar een appartement op zoek bent. Je hebt in mijn huis gewoond toen ik er niet was. Kun je niet gewoon blijven?'

'Nou, we woonden niet samen. Ik was er gewoon min of meer… aan het logeren.'

Ik hield mijn gezicht in de plooi, al was ik erg geneigd om in de lach te schieten. 'Maar nu wonen we er samen.'

Ze kuchte en schoof ongemakkelijk heen en weer in haar stoel terwijl ze met haar handen friemelde zoals ze altijd deed als ze ergens niet over wilde praten.

'Ja… omdat het toevallig zo is gelopen.'

Ik veinsde verwarring terwijl ik weer schakelde. 'Dus je bent overstuur dat ik je niet officieel hebt gevraagd bij me in te trekken?'

Ze trok een gezicht. 'Nee.'

Ik wist wat dat betekende. *Ja.*

'Emilia, wil je bij me intrekken?'

'Ik ben daar al.'

'Nee, ik bedoel je spullen naar mij verhuizen en bij me komen wonen.'

Lange tijd bleef ze stil. 'Dat is nogal een grote stap, vind je ook niet?'

Deze keer was het veel moeilijker om mijn lach te onderdrukken. Ze werd nerveus. 'Nou, we doen het al zo, omdat het zo is gelopen. We hoeven er geen stempel op te drukken.'

'Dus we zouden… huisgenoten zijn?'

Ik opende mijn mond en klapte hem weer dicht om een blik op haar te werpen. Ze zat te grijnzen alsof ze lol had om een geweldige grap. 'Huisgenoten *with benefits*,' verbeterde ik haar.

'Hmm. Is "benefits" te vertalen als "ochtendseks waardoor we iedere dag te laat komen"? Want dan zou ik problemen met mijn baas kunnen krijgen.'

'Echt niet. Zo lang die ochtendseks met *mij* is, kom je niet in de problemen.'

Ze gaf me een elleboogstoot. 'Ik bedoelde problemen met Mac.'

'Maar ik ben Macs baas.'

'Ik meen het. Ik bedoel, misschien is het geen goed idee om samen te wonen terwijl ik voor je werk.'

'Ten eerste, de kans bestaat dat we elkaar nauwelijks zullen tegenkomen. Ten tweede waren we al een *wij* voordat je hier werkte. Plus, heb je nooit zo'n fantasie gehad over het met je baas doen in zijn kantoor tijdens je lunchpauze?'

'Nee,' antwoordde ze doodserieus. 'Nooit.'

Ik liet mijn lach tevoorschijn komen, eindelijk. Dat zouden we nog wel eens zien. Plotseling moest ik het beeld onderdrukken van hoe ik haar rok omhoogduw en haar over mijn bureau leg... O, ja, dat zouden we *zeker* nog wel eens zien.

Ik schakelde weer. 'Als de conventie eenmaal achter de rug is en Cathleen weer terug is, heb je alle tijd om je in het nieuwe jaar voor te bereiden op je studie geneeskunde. Ik vermoed dat tegen die tijd de aanbiedingen binnenstromen, ook al weten we allebei dat je naar UCI gaat.'

Ze keek me vanuit haar ooghoek aan. '*Als* ik daar word aangenomen.'

Ik knikte. 'Dat word je.'

We reden het parkeerterrein van het bedrijf op en het voelde... vreemd. Ik was bijna drie maanden weggeweest. Gedurende de vijf jaar daarvoor had ik hier, en op onze vorige locatie, praktisch gewoond. Na maanden weg te zijn geweest, voelde het bizar om weer terug te zijn. Het was verontrustend. Al kon ik niet zeggen waarom.

Ik was vertrokken om iets aan mezelf te bewijzen, en aan haar. Ik was verslaafd geweest aan mijn werk, maar ik had mezelf ervan los moeten breken. Ik kon het verslaan. Ik had het als een toevlucht gebruikt om het leven op een afstand te houden. Ik was op mijn hoede om niet weer in die bekende valkuil te vallen. Als een alcoholist die naar een onaangeraakte martini zat te staren of iemand die verslaafd was aan eten en een hamburger voor zijn neus had staan.

De glinsterende spiegelende torentjes van het moderne, kasteelachtige gebouw torenden boven het parkeerterrein uit, bijna als armen die zich voor me openden om me als een oude bekende te verwelkomen.

Ik ademde diep in en herinnerde mezelf eraan dat ik had bewezen dat ik zonder het bedrijf kon en het bedrijf zonder mij, in ieder geval voor een kwart jaar.

Toch was ik er niet zeker van of ik mijn huidige Zen-staat kon vasthouden, of dat ik terug zou vallen in oude patronen. Ik keek naar Emilia, die naar me toe leunde en me kuste.

'Ik hou van je,' zei ik.

'Dat weet ik,' antwoordde ze met een grijns, stapte de auto uit en liep over de parkeerplaats. Zij zou me op het rechte pad houden en ervoor zorgen dat ik niet terug in mijn verslaving terugviel. Zelfs al wist ze niet eens dat dat was wat ze deed.

Toen ik een paar minuten later het gebouw binnenliep, werd ik door iedereen met gelach en gejuich begroet, van de beveiligingsmensen tot aan mijn secretarieel medewerkers. Mijn stagiaire was ronduit verrukt en mijn persoonlijke secretaresse, Maggie, gaf me een uitgeputte blik en een dertig centimeter hoge stapel met 'slechts de meest urgente post' waarnaar ik moest kijken.

Mijn financieel directeur, Jordan, was overduidelijk niet al te blij geweest om me te moeten vervangen. Hij had zijn uiterste best gedaan me af te houden van mijn idee om verlof te nemen. Daar kwam bij dat hij en Maggie nooit met elkaar hadden kunnen opschieten. Ik had gehoopt dat ze na drie maanden van noodgedwongen samenwerking hun weg daarin hadden gevonden. Blijkbaar was dat niet het geval.

De ochtend begon tamelijk rustig. Ik werd in beslag genomen door de stapel met dringende post en maakte aantekeningen op de brieven voor Maggie. E-mails zouden later komen, al had ik mijn stagiaire, Michael, gevraagd ze door te nemen en ze op prioriteit te ordenen.

Na ongeveer een uur kwam Jordan binnengelopen nadat hij met zijn knokkels zijn gebruikelijke korte roffel op mijn deur had gegeven. Ik legde het document dat ik aan het bekijken was opzij en ging achterover zitten, mijn volledige aandacht op hem gericht. Hij leek... geschrokken en een beetje bang. Ik fronste. Jordan was gedurende mijn korte studietijd mijn beste vriend geweest en toen ik een zakenman nodig had voor mijn beginnende gamebedrijf wist ik dat hij daar perfect voor was. Hij had nog echt zijn diploma op Caltech gehaald ook, terwijl ik gestopt was om naar San Diego te verhuizen vanwege een baan bij Sony.

'Hoi,' begroette ik hem. 'Daar ben je. Ik vroeg me al af of je langs zou komen en je ontslag ging aankondigen of zo.'

Hij fronste, zijn voorkomen hield het midden tussen pissig en schijtbang. Wat de hel? Was hij zo overstuur dat ik terug was?

'Goed dat je weer terug bent. Ik ben echt waardeloos in jouw werk,' zei hij. Hij verkreukelde met zijn greep het papier dat hij vasthield, vouwde het dubbel, toen nog een keer en vervolgens nog een keer. Hij leek behoorlijk... *nerveus*. Ik maakte net een grapje, maar straks was hij hier echt om zijn ontslag in te dienen. Shit.

Hij slaakte een luide zucht en liet zich op de stoel tegenover me zakken, zijn gezicht getekend door grimmige lijnen. 'Ik had eerder willen komen, maar ik heb de moed bijeen moeten rapen om degene te zijn die je dit ging vertellen.'

O-o. Ik rechtte mijn schouders en zette mezelf schrap terwijl ik mij handen op het bureau voor me ineenvouwde. 'Wat moet je me vertellen?'

Jordan kneep in de brug van zijn neus. Ik wachtte, bestudeerde hem. Hij was de Don Juan van het kantoor. De helft van de medewerkers was verliefd op hem terwijl hij hen niet eens opmerkte. Hij datete voornamelijk modellen en aankomende actrices. Altijd als ik bij mij thuis iets organiseerde of als we bij een sociaal gebeuren aanwezig moesten zijn, had hij een andere vrouw aan zijn vrouw. Hij wisselde vrouwen in zoals een Hollywood filmsterretje van designjurk wisselde.

Vandaag was hij echter in zichzelf gekeerd, zag bleek en zijn haar zat in de war alsof hij zijn hand er een paar keer doorheen had gehaald. Het kwam erop neer dat hij er niet uit zag.

'Fuck, Adam. Het is je eerste dag terug. Ik weet niet hoe ik je dit moet vertellen.'

Ik ademde diep in en wachtte af.

'Er is een nieuwsbericht. Gisteravond heeft een twintigjarig joch uit New Jersey een moord en vervolgens zelfmoord gepleegd. Hij reed naar het huis van zijn vriendin, knalde haar overhoop en schoot vervolgens zichzelf neer. Vanmorgen vroeg, oostkust tijd, heeft de familie een verklaring aan de pers afgelegd. De ouders wijten zijn daden aan zijn "ondermijnende verslaving aan Dragon Epoch." Er doen geruchten de ronde over een rechtszaak.'

Ik verschoof in mijn stoel en wreef over mijn kaak terwijl ik lange tijd uit het raam staarde. Mijn hersenen draaiden op volle toeren. 'We moeten onze advocaat bellen...'

'Ik heb Maggie net gevraagd Josephs kantoor te bellen. We kunnen er een conference call van maken als je wilt. Ook moeten we niet al te lang wachten die kerels van de aansprakelijkheidsverzekering erbij te betrekken. Ik heb de inloggegevens van dat joch en zo'n beetje alles waar we op zijn account bij kunnen opgevraagd. Iemand, ik vermoed zijn vriendin, heeft afgelopen weekend zijn accountinformatie gebruikt om in te loggen en al zijn items vernietigd of verkocht. Een aantal dingen waren zeldzame shit waar hij maandenlang aan gewerkt moet hebben. Hij heeft bij de klantenservice om teruggave gevraagd, maar we hebben hem ons standaardantwoord gegeven.'

Fuck. Heel even draaide de kamer, toen sprong ik op uit mijn stoel en begon te ijsberen. Er was een standaardprocedure in dit soort gevallen, omdat we behoorlijk wat gezeik hadden gehad met mensen die misbruik maakten van het systeem door items en uitrusting te klonen en ze vervolgens voor echt geld op veilingsites te verkopen. We gaven geen uitrusting die was verwijderd terug als er met legitieme gegevens was ingelogd. Hacken was een heel ander geval.

'Dus toen klantenservice zijn aanvraag bekeek, hebben ze geen bewijs van hacken gevonden? Neem contact op met de persoon die hem heeft gesproken. Hij zal een verklaring moeten opstellen.'

Jordan leunde naar voren, griste een leeg notitieblok van mijn bureau en trok een pen uit zijn zak, waarna hij driftig begon te schrijven. Hij was linkshandig, dus hij schreef altijd met zijn hand in een vreemde hoek gedraaid.

Al wrijvend over mijn voorhoofd dacht ik na. Ik bevond me inmiddels aan de rand van mijn kantoor, van waar ik uitkeek over een inpandige tuin in een atrium. Mijn ramen waren volledig geblindeerd vanaf de buitenkant, wat me complete privacy verschafte. Ik staarde over de begroeiing heen en probeerde enige innerlijke kalmte te bewaren. Dat ging deze ochtend niet lukken.

'We moeten een afspraak maken met de PR-afdeling. Sluit de externe lijnen. Zet een automatisch beantwoordingssysteem op. Niemand praat met iemand tot ze zijn getraind in hoe ze hiermee om moeten gaan.'

'Zal ik proberen contact op te nemen met een extern bedrijf dat is gespecialiseerd in dit soort situaties?'

Ik knipperde met mijn ogen. 'Zoek de nodige informatie op. Maak maar een lijst. Dat kunnen we bespreken. En doe het snel.'

'Ga je een verklaring afleggen?'

'Niet tot ik met de advocaat heb gesproken, dus laten we meteen contact met hem opnemen.'

'We kunnen er maar beter op voorbereid zijn belaagd te worden door de pers. De eerste busjes zijn waarschijnlijk al op weg hierheen.'

Ik sloot mijn ogen en wreef er met mijn duim en wijsvinger over. 'Zorg dat alle beveiligingsmedewerkers die vrij zijn hier naartoe komen voor overwerk en waarschuw de hele afdeling dat er waarschijnlijk binnen de kortste keren een vloot busjes voor de deur staat. Ik wil alle afdelingshoofden spreken.

Niemand mag het gebouw verlaten tot we ze hebben geïnstrueerd hoe ze met vragen van de pers moeten omgaan.'

'Ja, dat zal ik regelen. Maak je klaar voor een fucking lange dag.'

Er kwam een misselijk gevoel in mijn maag op. 'Vertel me alles wat je weet over dat joch... en over het incident.'

Dat deed hij. Nadat hij was vertrokken, liet ik me achterover in mijn stoel vallen en staarde uit het raam voor wat een eindeloos kwartier leek, voordat de hel losbrak.

HOOFDSTUK
DRIE

D E VOLGENDE TWEEËNZEVENTIG UUR SLIEP IK nauwelijks, bracht ik de meeste tijd op kantoor door en was, zo leek het, drie van de vier uur aan de telefoon. Emilia was geweldig. Ze bracht me spullen van thuis, maaltijden die we samen in de kantine aten en zat me geen enkele keer op mijn nek voor het feit dat ik op kantoor overnachtte.

Een paar dagen later had ik een conference call met de mannen van de verzekering toen Emilia me avondeten kwam brengen, speciaal bereid en ingepakt door mijn chef. Ik had er weinig aandacht voor en beende heen en weer door mijn kantoor. De verzekeringsgasten in New York droegen me op wat ik moest doen conform de termen van de dekking van de aansprakelijkheidsverzekering. Ze hadden me bij de ballen en dat wisten ze. Ik zou door heel wat hoepels moeten springen en ik vocht tegen de neiging mijn geduld te verliezen.

'Klootzakken,' brieste ik toen ik ophing.

Ik draaide me naar haar toe. Ze had de tafel in het zitgedeelte van mijn kantoor helemaal leeggeruimd, er stoelen omheen gezet en er een tafelkleed op gelegd en op dit moment zette ze twee gevulde borden neer die in speciale containers apart warm waren gehouden. De geur van eten liet me onmiddellijk watertanden en pas nu besefte ik hoe veel honger ik had. Sinds het ontbijt had ik niet meer gegeten, ondanks haar herhaaldelijke appjes – waarvan ik de meeste niet eens had kunnen beantwoorden – waarin ze me op mijn huid zat om tussen de middag te eten.

'Hmm. Je grote vrienden in New York blijven lang op, alleen maar om jou te kwellen. Wat is het daar, uurtje of negen?'

Ik wreef over de achterkant van mijn nek en keek toe hoe ze ijswater in onze glazen schonk. 'Bedankt dat je dit hierheen brengt. Ik weet niet zeker hoeveel tijd ik zal hebben om er ook daadwerkelijk van te eten. Ik moet vanavond een verklaring schrijven, die voor goedkeuring naar de juridische en PR-afdeling gestuurd moet worden. En daarna...'

Ze liep naar me toe, pakte met beide handen mijn bovenarmen beet en trok me naar de tafel. 'Dan ga je nu eten in plaats van tijd te verspillen door me te vertellen wat je allemaal moet doen *in plaats van* eten. Ik heb zelfs een beetje wijn voor je meegenomen, als je dat wilt. En ik heb speciaal voor jou chocoladekoekjes gebakken. Je chef probeerde niet te lachen toen ik de eerste lading liet aanbranden, maar de rest is vrij aardig gelukt.'

Ik ging zitten en viel onmiddellijk aan door een stuk van mijn steak gorgonzola af te snijden. Ik dwong mezelf te kauwen, zodat ik niet een te groot stuk zou inslikken. Het was lief van mijn chef om een van mijn lievelings-troostmaaltijden te bereiden. Ik vermoedde dat Emilia dat had geopperd.

Ik schudde mijn hoofd. 'Geen wijn. Ik heb nog uren werk voor de boeg.'

Ze pinde me vast met een lange, bezorgde blik. 'Gaat het wel met je?'

Ik slikte mijn volgende hap door en knikte. 'Voordat je iets zegt over de uren die ik maak...'

'Daar ging ik helemaal niets over zeggen. Ik weet dat deze situatie al je tijd opslokt, of je dat nu wilt of niet.'

Ik slaakte een opgelucht zucht. 'Bedankt voor je begrip.'

'Uiteraard begrijp je wat dit betekent, of niet? Je zult dit weekend offline moeten gaan.'

'O, is dat zo?'

Ze knikte. 'Geen mobiel. Geen laptop. Oké?'

Ik grimaste. 'Ik kan niets beloven.' Wie weet wat die eikels van de verzekering nog meer van me wilden.

'Er is een nieuwe film over die astronauten in het ruimtestation. We zouden erheen kunnen...'

De telefoon op mijn bureau piepte en Maggie's stem klonk over de intercom. 'Adam, meneer Macy voor je aan de lijn.'

Ik sprong uit mijn stoel, veegde mijn mond af en gooide mijn servet neer. Emilia liet zich achterover zakken, duidelijk teleurgesteld. Ik draaide me terug naar haar terwijl ik de telefoon opnam. 'Het is mijn advocaat. Ik kan hem niet afwimpelen.'

'Hoi Joe,' zei ik in de telefoon. Het volgende half uur zat ik met hem te praten terwijl Emilia op mijn bureau zat en mijn steak in de kleinst mogelijke stukjes sneed. Iedere keer als ik even stopte met praten, voerde ze me een stukje. En als ik wel sprak, hield ze de vork vlak voor mijn mond, alsof ze klaar zat om me aan te vallen.

In eerste instantie was ik zo op het gesprek geconcentreerd dat ik nauwelijks lette op waar ze mee bezig was en kauwde ik gewoon als ze een klein hapje in mijn mond stopte. Maar na een poosje – en door het aanhoudende juridische jargon van Joe –

werd het een spelletje. Het was een *lange* dag geweest en mijn brein begon zich uit te schakelen.

Ik stopte met praten en rukte mijn hoofd opzij om haar aanval te ontwijken. Of ik duwde mijn kin omlaag. Tegen het eind van het gesprek moest ik echt mijn best doen om niet in lachen uit te barsten toe ze bijna het puntje van mijn neus doorboorde met haar vork. Ik slikte het laatste hapje koude steak ongeveer een minuut voordat het gesprek ten einde was door.

Ik leunde achterover in mijn stoel en zag hoe zelfvoldaan ze keek. Dit was de eerste keer in de hele dag dat ik het gevoel had dat ik kon glimlachen, laat staan hardop lachen. 'Lastpak,' zei ik.

Ze droeg een zakenpakje – een wit bloesje, een korte, grijze rok tot vlak boven haar knie en een donkere panty. Retesexy. Ik verslond haar met mijn ogen en wenste dat ik de tijd had om een beetje met haar te rotzooien. Ze moest mijn gedachten hebben gelezen, want ze legde haar voet op mijn dij. Haar schoenen had ze allang uitgeschopt. Haar ogen glinsterden.

'Hm, ik word een lastpak genoemd omdat ik je je steak voer? Hoe noem je me dan als ik *dit* doe?' Haar voet gleed van mijn dij om tegen mijn kruis te wrijven. Haar aanraking liet een schok van genot door me heen schieten. Ik klemde mijn kaken op elkaar, want mijn lichaam reageerde meteen.

Sissend liet ik langzaam mijn adem ontsnappen terwijl ik harder werd onder haar aanraking. Ik pakte haar enkel beet en trok haar voet weg. 'O, daar heb ik heel wat namen voor. Allemaal heel geschikt.'

Ze trok een wenkbrauw naar me op. 'Je wilt niet meer?'

Ik zuchtte vermoeid. 'Het gaat er niet om wat ik wil. Het gaat om alle shit die ik vanavond nog moet doen. Trouwens, ik dacht dat je niet *dat* meisje wilde zijn.'

Ze glimlachte, liet haar andere voet langs mijn been glijden, hetzelfde pad als de eerste had afgelegd. 'Een meisje kan van gedachten veranderen, toch? Vooral als de baas *extreem* lekker is op die stropdas-net-verwijderd-en-overhemd-open-geknoopte-manier.'

Ik gaf haar een laatste, halfhartig protest. 'Maggie is er nog...'

Ze lachte. 'Geef me vijf minuten om je ervan te overtuigen waarom het een goed idee is om nu te neuken.'

Ik schoot in de lach om haar herhaling van mijn woorden van die eerste avond samen in Yosemite. Haar voet gleed weer over mijn kruis en ik liet mijn gespannen ademhaling ontsnappen. God, het voelde zo goed.

Ik greep haar andere been vast en trok haar naar me toe. Ze gleed van het bureau en ging schrijlings op mijn schoot zitten, waardoor haar rok over haar dijen omhoog kroop. 'Je hebt maar anderhalf nodig,' mompelde ik voordat ik een kus op haar sappige mond plantte.

'Negentig seconden?' vroeg ze, toen ik haar op adem liet komen. Mijn mond bewoog al langs haar hals naar het bovenste knoopje van haar bloes. 'Ik moet het zijn verleerd.'

Haar shirt had ik open geknoopt, haar bh losgemaakt en haar heerlijke, harde tepel in mijn mond toen mijn telefoon weer piepte. Maggie. Godsamme.

Ik trok mijn mond los. 'Wat?' snauwde ik.

Stilte. 'Ik wilde alleen even laten weten dat ik naar huis ga. Heb je nog iets nodig?' Het kan zijn dat ik in de lach schoot. Emilia had mijn oorlel in haar warme mond, schraapte er lichtjes met haar tanden over terwijl ze erop zoog. Hete lust schoot dwars door me heen. Aan al mijn behoeftes zou worden voldaan op dat moment. Mijn handen kropen onder haar rok, naar het kanten randje van de panty die tot de bovenkant van haar dijen reikte. Mijn vingers haakten achter haar ondergoed.

'Ik ben van alles voorzien. Bedankt,' gromde ik. Zodra de intercom uit klikte, scheurde ik haar slipje kapot.

'Van nul tot slipje-scheuren in vier minuten,' lachte ze terwijl ik mijn broek openritste. 'Misschien ben ik het bij nader inzien toch nog niet verleerd.'

Mijn hand gleed over haar natte vlees en mijn pik welde op. 'Dus, even over die baas-werknemer fantasieën...' Ik begon haar te strelen en haar ogen rolden naar achteren in hun kassen terwijl ze haar hoofd achterover gooide en zo haar hals voor me blootlegde op die manier die me helemaal gek maakte.

'Ik zei toch al dat ik die niet heb.'

'Hmm. Nou, ik denk dat je op het punt staat de mijne te vervullen.'

Kreunend gleed ik in haar. Ze voelde hemels. 'God, je voelt zo fucking goed.'

'Fucking goed. Dat is precies wat we doen. We kunnen heel goed fucken,' lachte ze en kroop bovenop me.

'Wij kunnen alles heel goed,' mompelde ik hees tegen haar mond.

Ik wilde mezelf in haar verliezen. Alle zorgen van de dag vergeten en mezelf onderdompelen in alles wat Emilia was. Ik herinnerde me die eerste nacht dat ik haar een orgasme had bezorgd. We hadden op deze manier gezeten. Ze had schrijlings op me gezeten op de loungestoelen op het stuk strand achter mijn huis. Ook toen had ik haar slipje aan flarden gescheurd en God, ik wilde haar toen zo graag dat ik bijna al mijn overtuigingen overboord had gegooid en haar ter plekke had genomen.

Ik dacht terug aan het moment dat ik haar had aangeraakt. De manier waarop ze op me had gereageerd, het zachte gekreun en de kreetjes, terwijl ze probeerde te voorkomen dat ze te luidruchtig klonk. Hoe ze haar gezicht in mijn schouder had begraven. De manier waarop ze had bewogen, de manier waarop ze adem had gehaald. De intensiteit van haar hoogtepunt. Het had me betoverd. Dat was het moment waarop ik wist dat het onmogelijk zou worden haar uit mijn bloed te krijgen.

Die avond had ik haar in een auto naar huis gestuurd, nog steeds brandend van verlangen naar haar. Ik had de hele nacht doorgewerkt, in een poging die tijdelijke obsessie uit mijn hoofd te krijgen. Ik deed mijn uiterste best mezelf ervan te overtuigen dat het tijdelijk *was*. Maar hier waren we dan, vijf maanden later, en ik was nog net zo verknocht aan haar als toen.

Ik greep haar beet, leunde naar voren en bracht ons omhoog, van de stoel af om haar op mijn bureau te leggen, terwijl ik me met serieuze toewijding bij haar naar binnen duwde. Ze vouwde haar benen om me heen, trok me tegen zich aan. Ik duwde me nog een laatste keer in haar en mijn orgasme spoelde in scherpe, intense golven door me heen.

Ik wachtte lange tijd en bracht toen mijn hand tussen ons in om haar klaar te laten komen. Ze keek met een lome glimlach en die beeldschone bruine ogen naar me op, spande haar benen strakker om me heen terwijl ik haar streelde. Toen ze klaarkwam, kromde ze haar rug en duwde haar prachtige borsten omhoog.

Hier zou ik elke keer weer naar kunnen kijken: hoe ze kwam. Het had iets van een ruwe schoonheid. Maar ik dwong mezelf te stoppen, mijn hand weg te trekken. Toen we overeind kwamen, kusten we. Ze sloeg haar armen rond mijn nek en lachte. 'We kunnen *inderdaad* alles heel goed.'

Nadien zette ze een bord met haar koekjes op mijn bureau, trok het opklapbed uit de houten kast en klopte mijn kussen op. Toen ik dacht dat ze de borden zou verzamelen en naar huis zou gaan terwijl ik aan mijn bureau mijn officiële verklaring nog een keer aanpaste voordat ik het ter goedkeuring opstuurde, verraste ze me door in plaats daarvan in mijn bed te kruipen en in slaap te vallen.

Ver na middernacht ging ik naast haar liggen.

***

De rest van de week stond ik in de overlevingsstand. Ik stond mezelf niet toe de tijd te nemen om na te denken, te reflecteren. Ik kon mezelf niet toestaan te denken aan de familie van die jonge man en de brokstukken die zijn destructieve acties hadden achtergelaten.

Om beschuldigd te worden van het creëren van een middel om verslaafd aan te raken… Nou, dat was behoorlijk persoonlijk voor me. Het raakte me tot op het bot. Vanwege mijn eigen geschiedenis, mijn eigen worsteling met verslaving bij degenen die me het meest nabij stonden en bij mezelf. Ik hield het allemaal binnen, als een Gremlin achter slot en grendel opgesloten. Het had echter de potentie in een monster te veranderen. Er was slechts een miniem mentaal verschil tussen wie ik was en wie ik zou worden en daarom dompelde ik mezelf volledig onder in die wereld, overlaadde ik mezelf met werk om de pijn te verdoven.

En daar was ik me maar al te zeer van bewust. Constant.

We hielden een korte persconferentie, zonder vragen te beantwoorden, en gaven onze condoleance aan de families. Ik nam geen verantwoordelijkheid voor wat niet mijn verantwoordelijkheid was. Het was een afschuwelijke week, maar zodra de pers eenmaal een ander verhaal op het spoor was – een opstand in een klein land in het Midden Oosten dat dreigde weer een andere oorlog te beginnen – begonnen onze levens tot rust te komen.

Dat weekend besloten we binnen te blijven en ons gemak te houden. Even tot rust komen voordat de volgende week over ons heen zou denderen. Het was moeilijk om het los te laten en het werk te laten liggen, maar zoals ik wist dat ze zou doen, hield Emilia me op het rechte pad.

Na een rustige lunch trok ik er laat in de middag op uit om te gaan hardlopen. Zolang het weer goed was, gaf ik er de voorkeur aan buiten te hardlopen. Emilia zou met me zijn meegegaan, maar haar vriendinnen, Alex en Jenna, kwamen langs met een grote tas met post uit haar oude appartement en dus haakte ze af.

Ik hield ervan samen met Emilia hard te lopen, maar zonder haar kon ik verder en harder en dat was precies wat ik nodig had om mijn hoofd leeg te krijgen. Een uur later kwam ik terug en belandde midden in een gillend meidenfestijn waar ik goed zonder kon.

Alex gilde op een hele hoge toon, haar armen rond Emilia's schouders geslagen. Jenna had haar handen op haar wangen, haar lichte ogen zo groot als zilveren dollars. Er was iets gebeurd. Emilia zag knalrood en stond te beven.

Ik verstijfde en schoot direct in de beschermende modus. Wat was er gebeurd? Mijn blik vloog naar de stapel geopende post voor hen op de tafel. Slecht nieuws?

Ik was bezweet van het hardlopen, maar dat interesseerde me niets. 'Emilia? Alles oké?'

Alex maakte zich los van Emilia om zich om te draaien en op een draf op me af te komen. Ik stapte naar achteren en stak mijn hand uit. 'Bezweet,' zei ik, maar het was eerder om een ongemakkelijk moment te voorkomen. Alex wierp zichzelf altijd bovenop me en het was vreemd dat Emilia dat nooit leek op te merken of er anders niet in het minst mee zat.

Alex sprong op haar tenen recht voor mijn neus op en neer. 'Alles is meer dan oké, Adam. Ze is...'

'Alejandra!' viel Jenna haar in de rede. 'Laat Mia het hem vertellen, alsjeblieft.'

Mijn ogen vonden die van Emilia. Ze schonk me een voorzichtig lachje. Oké, dus het was niets ergs. Ik liet mijn adem ontsnappen, ontspande mijn schouders en wachtte.

Haar lach werd breder toen ze een opgevouwen brief omhooghield. 'Ik ben aangenomen!'

Ik stapte om Alex heen en ging onmiddellijk naar haar toe. Haar blijdschap spoelde over me heen. Ik trok haar in mijn armen, hield haar stevig vast en het leek haar niet eens te deren dat ik bezweet was en stonk als een paard.

Ik kuste haar haren. 'Dat was snel! Ze moeten je wel heel graag willen. Niet echt verrassend. Gefeliciteerd!'

Ze trok me strak tegen zich aan, hield me vast als een reddingsboei. 'Dankjewel,' fluisterde ze in mijn oor.

Ik kuste haar wang. 'Ik wist dat je aangenomen zou worden. UCI is een geweldige universiteit.'

Emilia verstijfde in mijn armen en de twee meiden werden – godzijdank – stil. Ik werd helemaal gestoord van dat hoge gegil van Alex. Ik draaide mijn hoofd om een blik op hen te werpen en Alex en Jenna wisselden een lange blik uit. Emilia had haar hoofd gebogen, onder mijn kin. Ze had zich niet ontspannen.

Jenna strekte haar arm uit en greep Alex bij haar bovenarm beet. 'Laten we naar het strand gaan en naar de zonsondergang kijken.'

Alex knikte en draaide zich onmiddellijk om. In nog geen minuut tijd waren ze de deur uit en verbijsterd keek ik ze na. Ik ademde diep in, zette een stap terug en bekeek Emilia aandachtig. Ze vermeed mijn blik.

'Dus het is niet UCI, nog niet. Ik was er zeker van dat andere universiteiten je ook wilden hebben,' zei ik rustig.

Emilia's kaak verstrakte en ze legde de brief op de tafel naast me, zodat ik het briefhoofd kon lezen. De Johns Hopkins University School of Medicine.

Toen ze sprak was het met een stem die zo zacht was dat ik haar nauwelijks kon verstaan. 'Het is niet zomaar een andere universiteit. Het is mijn droomuniversiteit.'

Ik maakte mijn blik niet los van de brief. Onder het briefhoofd met de naam van de universiteit stond de locatie: Baltimore, Maryland. Fucking *Maryland*.

Angstvallig hield ze me in de gaten. Ik kon haar blik op me voelen, als een fysieke aanraking. Dus hield ik mijn gezichtsuitdrukking neutraal. Mijn hart bonkte onderin mijn keel met een kracht die ik al heel lang niet had gevoeld. Het veroorzaakte dat bekende gevoel van adrenaline die in mijn bloed werd vrijgelaten.

'Je droomuniversiteit? Je hebt me nooit verteld dat je een droomuniversiteit hebt...'

Ze fronste. 'Ik heb me al zo lang geleden aangemeld. Nog voordat ik de eerste keer zakte voor de MCAT. Ik had een gesprek met hen maanden voordat ik… voordat wij…'

'Dat is geweldig. Ik durf te wedden dat het een heerlijk gevoel is.'

Ik plaatste mijn hand op de tafel en steunde op mijn arm. Ze wendde haar blik af, leek naar mijn hand te kijken, die, helaas, met witte knokkels het tafelblad omklemde. Ik dwong mezelf te ontspannen.

Met haar duim wreef ze over de binnenkant van haar pols en ze verplaatste haar gewicht van haar ene been naar het andere. 'De arts waarbij ik als bachelor mijn onderzoek heb gedaan is een gerespecteerde alumnus van Hopkins. Hij werkt vanuit het St. Lucia Joseph Hospital en spoorde me aan om me met zijn aanbeveling aan te melden.' Ze rechtte haar schouders. 'Het staat in de top vijf van geneeskunde opleidingen in de Verenigde Staten en is nummer één op het vlak van oncologie.'

Ik knikte. Mijn mond was droog. Ja, dit was angst. *IJzige* angst. Ik moest snel nadenken. 'Dus, ga je het doen?'

Wederom vermeed ze mijn blik. Ik probeerde te bedenken hoe ik dit moest aanpakken. Als ik te fel reageerde, zou ze haar stekels opzetten en haar hakken in het zand duwen zoals ze altijd deed als ze het gevoel had dat ik haar probeerde te sturen. Ze zuchtte. 'Ik weet het niet.'

Daar was het. *Ik weet het niet.* Ze had net zo goed kunnen zeggen: 'Ja, echt wel.'

'Dat is vier jaar. Langer als je je co-schappen daar ook doet en het klinkt alsof je dat zou willen.'

Haar voorhoofd rimpelde. Waarschijnlijk was ze van haar stuk gebracht door de mildheid in mijn stem. Wat ze niet wist, was dat ik vanbinnen uit alle macht de enorme behoefte om deze bedreiging uit te schakelen probeerde te beteugelen. Ik moest de situatie onder controle zien te krijgen. Die behoefte was als een wild beest dat aan zijn kettingen rukte, bereid om zichzelf daarbij te vermorzelen. Ik zou deze bedreiging later aanpakken, nadat ik tijd had gehad om na te denken, met een kalm hoofd een strategie had kunnen bepalen. Op dit moment moest ze zich niet door mij aangevallen voelen.

Ik knikte. 'Ik begrijp het.'

Eindelijk keek ze me aan. Haar grote bruine ogen speurden mijn gezicht af. 'Echt?'

'Het is je droom, Emilia. Ik hoop alleen dat het niet je enige droom is.'

Haar mond viel open en even wreef ze over haar kaak, alsof ze probeerde te bedenken wat ze moest zeggen. Misschien begreep ze mijn woorden niet. Ik wilde ook onderdeel van haar droom zijn.

Ze verraste me door mijn hand beet te pakken en haar smalle hand eromheen te vouwen. 'Natuurlijk niet.'

'Laten we het er dan nu verder niet over hebben,' zei ik op de meest neutrale toon die ik voor elkaar wist te krijgen. 'We kunnen later kijken wat we hiermee doen.'

Vier jaar lang, waarschijnlijk langer, een relatie terwijl de een aan de west- en de ander aan de oostkust woonde. Dat was niet bepaald *mijn* droom. Het klonk als een verdomde nachtmerrie. Tuurlijk, ik kon daar ieder weekend heen vliegen, maar wie wilde er nu vijf uur heen en terug in de lucht doorbrengen alleen maar om te proberen ieder gesprek, iedere blik, iedere liefkozing, iedere gebeurtenis, iedere neukbeurt in achtenveertig uur te proppen om vervolgens weer een langgerekte week met een leeg bed en eenzame maaltijden voor de boeg te hebben? Ik zou regelrecht in mijn oude patronen terugvallen. Dat wist ik zeker. Het zou de enige manier zijn waarop ik zonder haar kon.

We zouden lange periodes zonder elkaar doorbrengen. En langeafstand relaties... Ik wist verdomd goed dat die geen standhielden. Mijn nicht Britt was verloofd geweest met haar vriendje van de middelbare school, ooit de zogenaamde liefde van haar leven en een van mijn beste vrienden op de middelbare school. Toen zij naar Chicago ging om te studeren, had de relatie niet langer dan een jaar standgehouden. Maar toen had ze Rik ontmoet, die haar echtgenoot zou worden, en mijn vriend Todd was er kapot van geweest.

Langeafstandrelaties werkten niet. En die van ons zou bijna vijfduizend kilometer en vier jaar – of langer – niet overleven.

Fuck. Ze was nog niet eens weg, had nog niet eens besloten te gaan, en het voelde al alsof iemand me met een twaalf kaliber in mijn borst had geschoten.

Ze kwam dichterbij en trok me in haar armen. Ik sloot mijn ogen, stond me zelf een grimas toe toen ze het niet kon zien en boog mijn hoofd om haar haren te kussen. Met geen fucking mogelijkheid kon ik zonder haar. Ik zou haar er gewoon van moeten zien te overtuigen dat UCI een geweldig alternatief was voor haar lang gekoesterde droom.

Op de een of andere manier.

✳✳✳

De dag nadat Emilia haar toelatingsbrief kreeg, zaten we aan de speeltafel in de gameroom van mijn huis. Emilia zat tegenover me, ongeduldig met de kaarten in haar hand te tikken alsof ze ons eraan moest herinneren dat we een spel te spelen hadden. Maar Heath had ons net de handschoen toegeworpen door de eeuwenoude vraag ter discussie te brengen: Wie zou er in een gevecht winnen, de ruimteschepen van *Star Trek* of die van *Star Wars?*

'Oké, over welke versie van de *Enterprise* hebben we het? Want dat maakt nogal een verschil.' Ik richtte me tot Heath terwijl ik nog een chipje uit de bijna lege schaal pakte en in mijn mond propte. Ik knipoogde over de tafel naar Emilia in reactie op haar verveelde zucht.

'Doet dat ertoe? Welke versie van de *Enterprise* dan ook gaat tegen een sterren-slagschip in rook op,' reageerde Heath terwijl hij de laatste chipjes uit de schaal griste voordat ik ze kon pakken.

Ik spoelde de kruimels inmijn keel met een slok ijswater weg en dacht na. 'Oké, de *Enterprise* van de reboot films dan. Maar elke versie verslaat een sterren-slagschip alleen al op wendbaarheid.'

Emilia snoof en sloeg haar hand tegen haar voorhoofd. 'Dit is zo'n typische mannendiscussie. Jullie kunnen hier nog uren mee doorgaan. Kom op, mensen! Ik heb een aantal lui in te blikken,' zei ze en hield haar hand kaarten omhoog.

Heath dacht even na terwijl hij op zijn chips kauwde en knikte toen. 'Klopt, een sterren-slagschip kan niet bepaald zijn weg uit een papieren zak manoeuvreren, maar dat hoeft hij ook niet. Zoals in *Empire* in de scène van het astroïdenveld te zien is, overstijgt de enorme hoeveelheid vuurkracht die van de *Enterprise* met gemak.'

Emilia's hoofd klapte op de tafel. 'Jullie twee maken me gek. Speel nu eens een kaart!'

Ik onderdrukte mijn gegrinnik. 'Maar als je hoeveelheid vuurkracht gaat vergelijken...'

'Komt het gevechtsschip *Galactica* tussenbeide en blaast ze allebei omver. Einde.' Emilia zwaaide in een afkappende beweging met haar armen om haar punt kracht bij te zetten.

'Zijn we een beetje te geeky naar je zin, Mia? Arme schat.'

Ze rolde met haar ogen. 'Man, jullie zouden evengoed kunnen discussiëren wie van wie zou winnen in een gevecht, Captain Kirk of Darth Vader!'

'Darth Vader,' zeiden Heath en ik tegelijk en we grijnsden naar elkaar.

'Hij heeft elite superkrachten, yo,' voegde Heath eraan toe. 'Hij kan een gast aan de andere kant van het universum wurgen via een hologram.'

Ik stak een vinger op. 'Inderdaad, dat is een feit,' zei ik. Toen keek ik met een speelse blik naar Emilia. 'Maar, Darth Vader tegen Gandalf daarentegen...'

Heath ogen lichtten op. 'Oehhh, episch!'

Emilia zuchtte. 'Gandalf wint. Hij is de tovenaar die in zijn eentje een Balrog heeft gedood. Einde discussie. Nou... is dit spelletje voorbij? Ik weet niet eens meer wie er aan de beurt is.'

'Jij,' zei ik. 'Heath heeft een gebied neergelegd en een trol opgeroepen.' Ik wees naar de kaarten die voor hem lagen.

'Dit spel is trouwens waardeloos met drie spelers,' zuchtte ze terwijl ze een eilandkaart neerlegde.

'Dat komt doordat je aan het verliezen bent,' kaatste Heath terug.

'Ofwel dat, ofwel ze noemt *jou* het vijfde wiel. En niet bepaald subtiel ook,' zei ik terwijl ik haar een knipoog gaf.

'Dat geeft niets. Ik sta toch op het punt om mijn horde trollen op haar af te sturen en haar in te maken.' Heath wiebelde met zijn wenkbrauwen naar Emilia. '*All your base are belong to me,*' zei hij, het beroemde slecht-vertaalde script van een buitenlands computerspelletje citerend. Emilia reageerde door een gezicht naar hem te trekken.

Ze hield het nog slechts een ronde vol en daarna streden Heath en ik nog een half uur tegen elkaar. Emilia was hem allang gesmeerd. Ik was me er vaag van bewust dat ze zich de hele dag al een beetje vreemd gedroeg. Zelfs Heath uitnodigen om haar toelating voor geneeskunde te 'vieren' en te proberen de spanning tussen ons te verminderen had niet gewerkt.

Na ons spel besloot Heath naar huis te gaan. Ik bestudeerde Emilia en probeerde vast te stellen of ze zich nog steeds aan me irriteerde. Het was verdiend, neem ik aan. De enige keer dat ze na het nieuws van gisteren probeerde de discussie over haar studie ter sprake te brengen, had ik haar afgewimpeld. Ik was er nog niet klaar voor geweest. Ik had mijn aanvalsplan nog niet klaar gehad. Ik had me nog moeten voorbereiden.

Ik opende voor ons allebei een flesje bier en nam een lange slok terwijl zij haar kaarten oppakte en de spullen van ons spel opruimde van de tafel en daarbij angstvallig mijn onderzoekende blik vermeed. Ik bestudeerde iedere beweging die ze maakte, iedere uitdrukking die over haar gezicht trok.

Dus ze wilde erover praten? Nu was ik er klaar voor. Ik had mijn strategie bepaald, want games draaiden volledig om strategie en ik had het, schijnbaar, van de beste geleerd. Sun Tzu's woorden uit *The Art of War* fluisterden me nu, duizend jaar later, toe.

Voortreffelijkheid is het verzet van de vijand breken zonder strijd.

We zouden geen ruzie maken. Ik zou hier ontspannen, niet bedreigend, over beginnen. En dan zou ik met redelijke argumenten komen. Emilia was een rationele vrouw, soms bijna te rationeel. Ze was bang dat haar emoties haar gedrag zouden bepalen. Die angst had er bijna voor gezorgd dat onze relatie niet eens een kans had gekregen. Dus ik zou dit benaderen als twee oorlogsleiders die voor een kalme onderhandeling aan tafel zaten om de buit te verdelen.

Verdomd nog aan toe dat ik in mijn hoofd hier zelfs een flashcard voor had gemaakt. 'Dat zijn helemaal geen slechte kaarten,' begon ik en knikte naar haar kaarten. 'Je had Heath kunnen verslaan als je de juiste kaarten op tijd had kunnen neerleggen.'

Ze trok haar wenkbrauw naar me op. 'Maar *jou* uiteraard niet. Weet je, als je ieder spelletje wint, wil er niemand meer met je spelen.'

Ik nam nog een slok bier en keek toe hoe ze haar kaarten in de doos deed en een paar dobbelstenen oppakte om ze in een leren zakje te stoppen. Het was zondagavond, eind van het weekend, en ik keek er niet naar uit om morgen naar mijn werk te gaan. Er schuilde iets triests in dat besef. Ik kon me niet herinneren dat ik *ooit* tegen de maandag had opgezien. Vroeger leefde ik op van de maandagochtenden, zin om een nieuwe werkweek te beginnen terwijl de oude nog maar net was geëindigd.

Emilia maakte aanstalten op te staan van de tafel toen ik naar haar onaangeraakte bierfles gebaarde. Ze trok haar schouders op en zei dat ze geen dorst had. Ik reikte naar haar en drukte mijn handen op die van haar om te voorkomen dat ze opstond en vertrok. 'Wil je nu praten?'

Een fractie van een seconde verstijfde ze, blies toen langzaam haar adem uit en leunde achterover. Ze maakte haar hand los, pakte het bier en nam een grote slok uit de fles. Ineens had ze dorst… en was ze duidelijk zichtbaar nerveus. Ik voelde een lichte stijging van mijn bloeddruk bij dat besef. Waar zou ze nerveus over moeten zijn, tenzij ze een beslissing had genomen waarvan ze wist dat ik er niet blij mee zou zijn?

Ik slikte, probeerde me flarden van oude Chinese militaire wijsheid te herinneren om me hier doorheen te helpen. Er zouden geen emoties zijn. Het zou een kalme, rationele onderhandeling worden. Een die ik zou winnen, uiteraard. Linksom of rechtsom.

Ik glimlachte om mijn eigen plotselinge nerveusheid te verbergen. 'Bedankt dat je geduld met me hebt gehad,' begon ik. 'Ik had gewoon even wat tijd nodig om erover na te denken.'

Ze knikte, keek me behoedzaam aan, haar ogen de kleur van herfstbladeren. Wat was dat trouwens voor kleur? Als ik een meisje was, zou ik het een naam kunnen geven. Ze waren beeldschoon, goud met donkere vlekjes rond de pupillen. Ik wachtte tot zij eerst iets zou zeggen.

'Ik blijf maar denken aan naar Hopkins gaan,' zei ze zachtjes, een lichte trilling in haar stem. Mooi. Ze begon terwijl ze onzeker klonk. Iets wat ik verder zou kunnen uitbuiten. Ze was onzeker over daarheen gaan, ondanks wat ze zei.

Aarzelend wreef ik over mijn kaak. 'Naar ik heb begrepen, heb je die universiteit gekozen vanwege zijn oncologieprogramma.'

Emilia keek naar me en wendde vervolgens snel haar blik af. 'Ze doen fascinerend werk met stamcellen.'

'Daar zijn zij niet de enigen in. En geen enkele staat heeft meer ondersteunende wetten met betrekking tot stamcelonderzoek dan Californië.' Ik stond op het punt om er een aantal feiten uit Wetsvoorstel 71 aan toen te voegen waar ik tijdens mijn research op was gestuit, maar ik hield me in aangezien ik inschatte dat dat een beetje overdreven zou zijn. Ik wilde niet dat ze in de verdediging zou schieten.

'Ehm. Oké. Dat is waar, maar Hopkins heeft van de staat een eigen stamcelonderzoek fonds gekregen. En hun research in epigenetica is toonaangevend in de wereld'

Dat woord was ik bij mijn eigen onderzoek ook tegengekomen. Ik herinnerde het me identiek zoals ze zei, zoals ik me alles wat ik ooit had gelezen herinnerde. Epigenetica was de studie van verandering in erfelijkheid die niet door DNA werd veroorzaakt. Het was direct gerelateerd aan hoe sommige cellen in de loop van de tijd in kankercellen veranderden. En ze had gelijk, Hopkins had de beste arts in het veld die dat bestudeerde. Maar ik was niet helemaal weerloos tegen dat feit.

'Dr. Philippa Nguyen studeerde onder die arts van Hopkins, degene die het team begeleidde. En nu heeft ze haar eigen project bij UCLA. Haar programma is voor tenminste de komende zeven jaar volledig gesubsidieerd.'

Emilia's gezicht stond serieus terwijl ze deze informatie verwerkte. Misschien zou ze er niets tegenin te brengen hebben. 'Je hebt wat onderzoek gedaan, merk ik.'

Ik trok een van mijn schouders op. 'Ik nam aan dat je dat al wist. En ik heb graag alle feiten op een rijtje. Dr. Nguyens team lijkt vergelijkbaar met het team van Hopkins. En ze overleggen hun research en onderzoeken met elkaar.'

Emilia's blik zakte naar de tafel, vlak voor mijn ontspannen ineengevouwen handen. Ik probeerde de spanning van haar plotselinge stilte te breken door mijn bierfles te pakken en een slok te nemen.

'Je wilt dat ik naar UCLA ga.'

Ik opende mijn mond, klaar om zonder erover na te denken een reactie te geven, maar sloot hem weer net zo snel. Voorzichtig, Drake. Dit kon een hinderlaag zijn. Ergens in mijn achterhoofd doemde het beeld op van Admiraal Ackbar, de visachtige commandant van *Return of the jedi*, die riep: 'Het is een valstrik! Het is een valstrik!' Dus ik ademde diep in en overwoog hoe ik die vraag het best – en het voorzichtigst – kon beantwoorden.

'Het zou makkelijker voor ons zijn als je kon blijven.'

Ze knipperde met haar ogen. 'Als ik daarheen ga, zou ik in Los Angeles moeten wonen. UCLA is in Westwood en dat heeft vanaf hier een belachelijke reistijd.'

Ik sloeg mijn blik neer terwijl ik aan de tafel krabbelde en net deed alsof ik daarover nadacht. Alsof ik me niet allang op al haar mogelijke bezwaren had voorbereid. Ik moest ervoor zorgen dat dit ontspannen klonk, voor de vuist weg. *Elke oorlogsvoering is gebaseerd op misleiding.* Ik had absoluut niet de wens haar te misleiden. Maar ik had ook niet de wens haar een reden te geven boos te worden. Hoe minder vooropgezet dit leek, hoe minder ze zou denken dat ik haar manipuleerde.

'Nou, ik zou je door een chauffeur kunnen laten rijden. Dan kun je de reistijd gebruiken om te studeren. Daar komt nog bij dat als je hier woont, je je geen zorgen hoeft te maken over dingen als huishoudelijke taken, de was, koken. Dat wordt allemaal gedaan, maar als je in Maryland woont...'

'Je zou daar bij me kunnen komen wonen,' zei ze.

Ja, daar had ik me ook op voorbereid. Ik kantelde mijn hoofd in een poging het te doen laten lijken alsof ik het overwoog. 'Dat zou kunnen. Onder normale omstandigheden zou ik kunnen proberen het bedrijf van daaruit te runnen en maandelijks voor een week of twee hierheen vliegen.' Begon het al tot haar door te dringen? Meer tijd bij elkaar vandaan als ze vertrok, zelfs als ik met haar meeging. 'Maar... Ik weet niet zeker hoe het met die zaak zal gaan. Als er een aanklacht volgt, moet ik daar iets mee en kan ik niet weg.' Dat was echter niet helemaal waar en dat wist ik. Misschien was het wel degelijk mogelijk, maar het sloeg voor mij simpelweg nergens op als ze hier net zo goed haar opleiding kon doen.

Haar blik zakte naar beneden en ze keek naar haar duimen, die in snelle, schokkerige bewegingen om elkaar heen draaiden. Lange tijd was ze stil, dus ik nam nog een grote slok bier om haar te laten nadenken. Zonder op te kijken nam ze een grote hap lucht en begon in een zachte, maar standvastige stem te praten. 'Toen ik net aan mijn vooropleiding geneeskunde begon, had ik geen idee wat mijn specialisme zou worden. Al sinds de brugklas weet ik dat ik arts wil worden. Het maakte me niet uit wat voor soort arts. Ik wilde gewoon mensen helpen. Mensen beter maken.'

Ik likte over mijn onderlip, absoluut niet blij met de stevige toon van haar stem, die steeds zekerder klonk.

Toen keek ze op en hield mijn blik gevangen met die van haar. Haar ogen waren lichtgevend. Ik kon niet wegkijken. Ze glinsterden van een innerlijk vuur, een passie. 'Maar toen mijn moeder ziek werd – en God, wat was ze ziek – ging ze bijna dood en ze was mijn alles. Ik...' Haar stem trilde. Ze schudde haar hoofd en wendde haar blik af terwijl ze slikte. 'Ik zwoer dat ik zou doen wat het ook kostte, dat ik zou vechten op de enige manier die ik kende. Ik beloofde mijn moeder dat als *zij* die kanker op z'n mieter zou geven, ik dat ook zou doen. Ik zou naar de beste universiteit gaan. Ik zou het vak van de beste leren en ik zou *nooit* opgeven. En toen ik zakte voor die verdomde test, dacht ik dat die droom in rook was opgegaan.'

Ik was nog maar nauwelijks in staat te ademen, zowel in vervoering gebracht door de passie in haar verklaring als dat ik er doodsbang van werd. Deze beslissing zou niet gebaseerd zijn op slechts feiten en de koude, harde realiteit, zaken die voor mij in mijn comfortzone lagen. Ze was *emotioneel* betrokken bij dit besluit. Ik was de lul. Ik voelde me koud worden vanbinnen. Want hoe kon ik *hier* de strijd mee aangaan?

Ik slikte. 'Heb je zelfs ook maar gekeken naar de mogelijkheden bij UCLA?'

Ze klemde haar kaken op elkaar en aarzelend sloeg ze haar blik neer. 'Ik heb me aangemeld. Maar ik kan afgewezen worden, net als bij Davis.'

'Je bent niet afgewezen. Je bent aangenomen.'

Haar hoofd schoot omhoog. 'Wat? Hoe weet je dat?'

Ik lachte, blij haar het goede nieuws te kunnen geven. 'Ik heb een paar telefoontjes gepleegd. Ik ken een kerel die in de commissie voor fondsenwerving zit en hij kent de decaan...'

Ze kneep haar ogen tot spleetjes. 'Je hebt het hoofd van de afdeling Toelating gebeld, op een zondagochtend...'

'Nee, ik heb mijn vriend gebeld, die het hoofd van de afdeling Toelating kent.'

'Want jouw vriend zit in de commissie voor *fondsenwerving*.'

Ik bleef even stil en bestudeerde haar lichaamstaal. Haar handen waren tot vuisten gebald, haar rug kaarsrecht. Ergens in mijn achterhoofd dacht ik een knipperend rood alarmlicht op te merken en de woorden *Gevaar, Adam Drake! Stop! Stop! Stop!* te horen.

Maar als de idioot die ik was, moest ik de boel onder druk zetten. 'Ik heb alleen gebeld omdat ik dacht dat je het zou willen weten...'

'Nee. *Jij* wilde het weten.'

Ik haalde mijn schouders op. 'Nou, ja, ik wilde het inderdaad weten. Het is de meest logische keuze voor je. Vergelijkbaar programma. Je bent in ieder geval aangenomen. En het is hier...'

Haar voorhoofd rimpelde. 'Hoeveel heb je je fondsenwervende "vriend" beloofd?'

Ik opende mijn mond en sloot hem weer. 'Ik heb hem niets beloofd,' zei ik uiteindelijk.

Ze verstrengelde haar vingers en friemelde ermee. Het was duidelijk dat ze probeerde rustig te blijven. 'Oké, hoeveel *zou* je hem beloofd hebben als ik niet was aangenomen?'

'Dat zou ik niet doen. Het was ook niet nodig. Je stond al op de lijst. Ik wilde het alleen weten. Ik dacht dat jij het ook wilde weten. Zodat je een beslissing kon nemen op basis van alle beschikbare informatie.'

Ze masseerde haar voorhoofd, haar ogen gesloten. 'Ik kan het niet geloven.'

'Wat? Dat ik probeer alle mogelijke informatie te verkrijgen? Dit is belangrijk. Dit gaat over onze toekomst.'

Ze slaakte een geërgerde zucht. 'Dit is mijn beslissing en die kun jij niet voor me maken.'

Mijn vuist sloot zich op het tafelblad voor ons. 'Jij en ik zijn een "*wij*". En dat betekent overleggen en compromissen sluiten.'

Ze snoof, lachte bijna, *lachte*. Een flits irritatie brandde in mijn borst.

'Adam, ik zweer bij God dat die woorden niet betekenen wat jij denkt dat ze betekenen.'

Ik trok mijn wenkbrauwen op, niet blij dat ze de bekende quote van *The Princess Bride* aanhaalde. 'O? En wat denk ik dan dat het betekent?'

Ze keek dwars door me heen, haar ogen boorden zich als pijlen in de mijne. 'Het betekent dat jij je zin krijgt en ik het er maar mee moet doen.'

Ik wreef over mijn voorhoofd en blies gespannen mijn adem uit. 'Ik heb geen tijd voor deze bullshit, Emilia. Ik heb een serieus probleem met mijn bedrijf, *mijn* droom. Ik kan niet van kantoor wegblijven, dat heb ik je al gezegd. Ik heb mijn uiterste best gedaan de behoefte daar de hele tijd te zijn onder controle te houden, maar ik kan op dit moment geen compromis sluiten op de manier waarop jij dat van me vraagt.'

Ze gooide haar handen in de lucht. 'Hoe kan dit dan zelfs maar werken?'

'Hoe kan *wat* werken?' vroeg ik tussen opeengeklemde kaken, totaal niet blij met de richting waarop ze leek te gaan.

'Wij. Dit. Onze relatie. Wat we hiervan willen en nodig hebben is niet eens verenigbaar als we niet leren te geven en te nemen.'

'Dit is niet een gevalletje "zullen we rode of witte wijn bij het eten nemen?" Dit is voor ons allebei nieuw en dit is een *enorme* beslissing die lange tijd invloed op ons leven zal hebben.'

'Dus ik zal moeten veranderen wat ik wil als ik met jou samen wil zijn?'

Daar had ik geen antwoord op. Niet een dat haar zou aanstaan. Dus zei ik niets.

Na een paar minuten waarin ze haar voorhoofd masseerde en wachtte op mijn antwoord, schudde ze uiteindelijk haar hoofd. 'Ik ben zo moe dat ik niet eens meer helder kan nadenken. Ik moet gaan slapen.'

'En wat gebeurt er dan als we morgen wakker worden?'

Ze stond op. 'Dat zien we dan wel weer. We zijn allebei slim. We *zouden* in staat moeten zijn hieruit te komen.'

Die ijzige angst was weer terug. Mijn brein raasde over alle mogelijkheden, probeerde en faalde erin een snelle oplossing te bedenken.

Ik wist wat ik wilde. Ik wilde *haar*. En ik wilde hier blijven, bij mijn familie, mijn vrienden, mijn bedrijf, mijn hele leven, inclusief haar. Ik slikte en besloot dat ik meer tijd moest besteden aan het overdenken hiervan. Sun Tzu's wijsheid moest iets waard zijn in dit soort situaties. Ik wilde allemachtig graag dat iemand een boek met de naam *The Art of Love* had geschreven om in mijn geheugen te prenten en inspiratie uit te halen.

***

Gedurende de volgende week waren we als schepen die elkaar in de nacht passeerden. We reden apart naar het werk, omdat zij niet wist wanneer ik thuis zou komen en ze had 's avonds verschillende afspraken – dokter of tandarts of weet ik veel. Op het werk werd ik in beslag genomen door de mogelijke juridische puinzooi en alle bureaucratie die we moesten volgen om te proberen het onvermijdelijke te voorkomen. En, uiteraard, hing het dreigende onheil van deze beslissing over ons heen.

Het lukt me iedere avond thuis te komen, al was het laat. We spraken verder niet over de studie geneeskunde, zelfs niet toen haar toelatingsbrief van UCLA met de post arriveerde. Er was echter geen juichende reactie op haar gezicht te zien zoals bij de brief van Hopkins. Enkel een: 'Hij is binnen.'

Toen besloot ik dat het noodzakelijk was een nieuw aanvalsplan te bedenken, terwijl ik daarbij mijn uiterste best deed het niet als een aanvalsplan te laten overkomen.

Het enige wat ik wist, was dat ik niet lijdzaam zou staan toekijken en niets zou doen. Ik haatte het dat ik geen controle had over een van de, nee, *het* meest belangrijke aspect van mijn leven. Mijn gedachten hierover gingen op de achtergrond constant door, ook al werden ze op de voorgrond in beslag genomen door die juridische kwestie en de normale werkzaamheden.

Het was me echter duidelijk dat het haar dwars zat, want zelfs in de paar uurtjes die we samen doorbrachten voordat we naar bed gingen, meestal tijdens een late maaltijd of als we samen tv of een film keken, was ze afstandelijk, stil.

En ze was ook niet erg geïnteresseerd in seks, wat helemaal klote was. Nu nog meer dan normaal, omdat seks een goede manier zou zijn om wat stress kwijt te raken. De keren dat ik initiatief nam, verzon ze ofwel een of andere belachelijke smoes om het te vermijden ofwel lag ze daar, afgeleid.

Ik begon iets te doen wat ik nooit deed. In paniek raken.

Probeerde ze zichzelf terug te trekken ter voorbereiding op haar vertrek naar Maryland? Kreeg ze een hekel aan me doordat onze relatie haar haar droom in de weg zat?

Was het tijd haar een nieuwe droom te laten zien om de oude te vervangen? *De kunst van oorlog voeren... is een kwestie van leven of dood, een weg die ofwel naar veiligheid ofwel naar verwoesting leidt.* Ik voerde geen oorlog met Emilia. Maar ik voerde wel oorlog tegen haar doel om zonder mij aan de andere kant van het land te gaan wonen, zodat ik weer controle kreeg over wat van mij was.

Met het verstrijken van de dagen die week, begon zich een nieuw plan te vormen. Ze mocht dan emotioneel gehecht zijn aan de beslissing die ze lang voordat ze mij kende had genomen om naar Hopkins te gaan, nu hadden we deze relatie en dat veranderde dingen. Dingen die ik haar zou laten inzien. Ze had een nieuwe emotionele band en die was, naar ik hoopte, sterker dan dit vage idee om in Maryland te gaan studeren. Ze was gehecht aan *mij.* En ik zou haar niet opgeven.

Ik zou haar een nieuwe droom bieden. Ik zou een manier vinden waardoor het voor haar onmogelijk zou zijn om te gaan. Ik hoopte dat het toch al een moeilijke keuze was, maar ik ging het zekere voor het onzekere nemen.

Toen ik Kim Strong belde, een paar avonden later, was het niet alleen om haar hulp te vragen bij mijn nieuwe plan, maar ook om haar om de hand van haar dochter te vragen.

HOOFDSTUK VIER

D E VOLGENDE VRIJDAGAVOND NAM IK EMILIA MEE UIT eten onder het voorwendsel haar toelating op inmiddels drie verschillende geneeskunde opleidingen te vieren; Hopkins, UCLA en San Diego. UCI moest nog reageren en ik wist dat hoewel die het dichtstbij was, die haar niet zo interesseerde als de andere.

Dit was geen normale vrijdagavond. Het was de avond waarop we haar geweldige prestaties vierden, prestaties waardoor ik heel trots op haar was. Maar het zou ook de avond worden waarop ze ermee instemde mijn vrouw te worden. Ik had het tot in de details gepland, met wat hulp van mijn vrienden, zelfs de terughoudende Heath, die niet had geaarzeld me te vertellen dat hij dacht dat dit een slecht idee was.

Ik had hem echter genegeerd, omdat ik er zeker was van wat ik voor haar voelde en wat ze voor mij voelde en ik wist dat ze zou inzien dat dit de logische volgende stap voor ons was. Het doosje met de ring brandde in de zak van mijn colbert. Ik was bloednerveus, maar ook zonder twijfel ervan overtuigd dat dit een noodzakelijke zet was in mijn plan van aanval.

Het restaurant lag aan de waterkant in Newport en had een fantastisch uitzicht over de baai, slechts een paar kilometer van mijn huis. Ik was niet het type romantische kerel en ik was niet geneigd het grandioos aan te pakken. Emilia zou toch geen enorm gebaar van me verwachten. Maar ik wilde deze avond wel speciaal maken, een avond waarop we konden terugkijken als we een stelletje ouwe lullen waren geworden. Het was moeilijk mijn opwinding in toom te houden, echt. Mijn hart bonkte, mijn hand was misschien zelfs een beetje klam toen hij zich keer op keer om het kleine, fluwelen doosje sloot. Het was merkwaardig dat ik dit soort gedachten kon hebben zonder mezelf helemaal over de zeik te helpen.

We zaten langs de reling, vlak boven de brekende golven. Zoals gewoonlijk voor begin oktober in Zuid-Californië, was het warm en droog. De Santa Ana winden waaiden, zoals elke herfst. De maaltijd begon stroef, met lange stiltes die werden onderbroken door korte vlagen van een gesprek. Ik wist zeker dat dit grotendeels door mijn zenuwen werd veroorzaakt.

'Nog nieuws over de rechtszaak?' vroeg ze.

Ik fronste, verbaasd dat ze dat op een avond als dit ter sprake bracht, en wuifde het weg. 'Niet echt iets waar ik het vanavond over wil hebben.'

Ze haalde haar schouders op en keek weg. 'Sorry.'

Ik schraapte mijn keel. 'Geen probleem.'

Ze droeg een nieuwe jurk, felblauw, en haar lange, donkere haren vielen over haar schouder. Toen we naar binnen liepen, werden er hoofden haar kant op gedraaid. Ze was echt een beeldschone vrouw en ik raakte het nooit beu om dat op te merken. Maar ze leek vanavond afstandelijk, afgeleid, net als iedere andere avond deze week.

Ik leunde naar voren en schraapte mijn keel weer. 'Ben je al in de gelegenheid geweest om naar dat programma van UCLA te kijken?'

Ze trok zich terug en friemelde aan de menukaart. 'Waarschijnlijk zouden we het *daar* vanavond ook beter niet over kunnen hebben. Laten we iets neutraals zoeken om over te praten. Zoals, bijvoorbeeld, welke film we straks gaan kijken.'

Ik bestudeerde haar lange tijd, op zoek naar een kleine aanwijzing van wat er in haar hoofd omging terwijl ik die ijzige angst weer langs mijn ruggengraat voelde tintelen. We zeiden niets meer tegen elkaar tot nadat de ober onze bestelling had opgenomen en de menukaarten meenam.

Nu friemelde ze met haar vingers over het vocht aan de buitenkant van haar glas ijswater.

'Wat is er aan de hand?' vroeg ik.

Ze wierp een behoedzame blik mijn kant op voordat ze zich weer op haar glas richtte. Ze schudde haar hoofd. 'Sorry. Ik weet niet waar ik met mijn gedachten zit.'

Ik keek naar haar en wist precies waar haar gedachten waren. Nog steeds bij Hopkins.

De avond zette zich op die manier met horten en stoten voort. Ze zat in haar eten te prikken. Soms lukte het om een gesprek gaande te houden. Ze vertelde me een grappig verhaal over Mac die een stagiaire had uitgefoeterd omdat die via Reddit.com te flirterig had gereageerd op abonnees. Maar tussendoor vervielen we in lange stiltes. Een paar keer merkte ik dat ze me een verontruste blik toewierp en hoewel die me hadden moeten doen afzien van het uitgestippelde plan van die avond, zorgden ze er juist voor dat ik des te vastberaden was.

Want soms ben ik een idioot. Een koppige fucking idioot. Dus bij het dessert bestelde ik champagne. Zodra het in haar flute was ingeschonken, sloeg ze de inhoud achterover en gebaarde dat ze bijgeschonken wilde worden. Twee glazen wijn tijdens het diner en nu kiepte ze de champagne achterover alsof ze stierf van de dorst.

'Wat is er aan de hand?' flapte ik eruit. 'Dat was je derde glas.'

Ze zette grote ogen op. 'Ben je dat aan het bijhouden?'

'Ik vroeg me gewoon af... Je lijkt gespannen.'

Ze grimaste. 'Jij ook.'

Dat kon ik niet ontkennen. Ik *was* gespannen. Vanwege een duidelijke reden, duidelijk voor *mij* dan toch.

Ze zuchtte en duwde haar dessertschaaltje naar voren, vlocht haar vingers ineen en liet haar ineengevouwen handen op de tafel rusten. 'We moeten praten,' begon ze met gespannen stem.

Die koude, stekelige angst in mijn borst verergerde. 'Ja, dat ben ik met je eens. Er is iets dat ik je wilde vragen.'

Ze opende haar mond alsof ze verder wilde gaan, maar veranderde toen van gedachten. 'O. Wat wilde je me vragen?'

Ik verstijfde, slechts een fractie van een seconde. De zweetdruppeltjes op mijn voorhoofd waren door de warme bries net zo vlug weer verdwenen. Ik reikte in mijn binnenzak en haalde het doosje tevoorschijn. Een hand eromheen gesloten terwijl ik haar linkerhand in mijn andere nam.

'Ik hou van je,' zei ik.

Ze haalde moeizaam adem en kneep in mijn hand. 'Ik hou ook van jou.'

'Ik wil je iets geven.' Ik stak mijn hand uit en duwde het kleine, zwartfluwelen doosje in de hand die ik vasthield.

Ze staarde ernaar alsof ik haar net een dode kakkerlak had gegeven. De tijd leek te vervormen en om ons heen te vertragen. Ik was net in mijn eigen TARDIS gestapt, alleen ging deze fictieve teletijdmachine niet terug in de tijd. Mijn maag draaide zich om. Dit was geen goed teken. Helemaal geen goed teken.

Haar hand beefde een beetje, maar haar stem trilde duidelijk. 'Heb je een sieraad voor me gekocht?'

Ik ademde diep in en hield hem vast. 'Maak open.'

Ondanks de ongunstige start begon ik ernaar uit te kijken dat ze het zou openen, dat ze zou beseffen wat ik haar vroeg. Aarzelend gingen haar vingers over het doosje en ze slikte moeizaam.

'Maak open, Emilia,' drong ik aan.

Ze knipperde met haar ogen en gehoorzaamde toen. Haar mond viel open en ze leek niet meer te ademen.

'Het is een...' Ze hapte naar adem, haar ogen groot van schrik.

'Een verlovingsring, ja.'

Ik wist nauwelijks iets van sieraden, maar Kim had me geholpen deze uit te kiezen. Het was een kleine, vierkant uitgeslepen tweekaraat diamant omringd door een zilveren rand en steentjesl tenminste, dat had de juwelier me verteld. Emilia staarde er een poosje naar, bewoog zich niet, zei niets. Nou, in hemelsnaam, ik had me al toegelegd op deze onderneming en zij zou wel gewend raken aan het idee zodra ze dat verdraaide ding om haar vinger had. Terwijl ik probeerde mijn eigen op hol geslagen hart tot bedaren te brengen, nam ik het doosje van haar over en pakte de ring eruit. Ik kuchte, zette mezelf schrap en rechtte mijn schouders. 'Ik hou van je, Emilia. Ik zie geen reden waarom we niet *nu* zouden beginnen onze toekomst te plannen. Wil je met me trouwen?'

Haar hand voelde ijskoud in de mijne en ze was griezelig bleek geworden, haar grote ogen leken zelfs nog groter en donkerder in haar gezicht. Toen begon ze te trillen. Over haar hele lijf.

Ik bevroor. Ze had niets gezegd. Moest ik de ring alsnog om haar vinger te schuiven? Of hoorde ik te wachten tot ze me enige indicatie gaf? In de film stelde de man altijd de vraag terwijl hij de ring om de vinger van de vrouw schoof. Dus, aangezien ik die ring toch al vasthield, besloot ik hem om haar vinger te schuiven. Ze zou meer geneigd zijn ja te zeggen als ze hem eenmaal aan haar hand zag schitteren.

Ik kwam niet verder dan de eerste knokkel voordat ze haar hand met een harde ruk terugtrok. De ring viel op de tafel en tolde als een munt tussen ons in. Allebei staarden we ernaar, alsof we twee geliefden waren die toekeken hoe onze toekomst recht voor onze neus in rook opging. Want dat *gebeurde* ook.

Iedere ademhaling die volgde, veroorzaakte een stekende pijn in mijn ribbenkast. De ober kwam onze dessertschaaltjes halen en negeerde zorgvuldig de ring die op de tafel tussen ons in lag.

We keken allebei vaag in de richting van waar onze borden hadden gestaan. Bij gebrek aan iets beters om te doen, reikte ik naar mijn portemonnee, trok mijn creditcard eruit en gaf hem aan de ober. Hopelijk zou het ervoor zorgen dat die eikel een poosje wegbleef.

Eindelijk verzamelde ik de moed om naar haar te kijken. Ze staarde nog steeds met grote ogen naar de verwaarloosde ring, die schitterde door de vlammen van de kaars op tafel. Langzaam schudde ze haar hoofd en eindelijk sprak ze. 'Wat... Wat *was* dat?'

Stilte hing in de lucht om ons heen, zwaar als een ondoorzichtig gordijn van wantrouwen.

'Zeg jij het maar,' antwoordde ik kortaf. Zou ze me geen enkele uitleg geven? Mijn brein schoot langs allerlei verwarde gedachten en ik vroeg me af of ik moest aandringen om erachter te komen wat ze dacht. En of dit wel de juiste plek omdat te doen.

Hoe kon ik eigenlijk helder nadenken nu het voelde alsof ik met een knuppel in mijn ballen was geramd?

'Adam,' begon ze en haar stem trilde. Met enige terughoudendheid keek ik haar weer aan. 'Met geen mogelijkheid...'

'Nu niet of nooit?' God, wat klonk ik als een loser toen ik dat vroeg. Net als die jammerende zwakkeling die op een avond in een plas van zijn eigen bloed in de kleedkamer lag en opkeek naar de vier gasten die hem net ongenadig op zijn flikker hadden gegeven.

Ze schudde haar hoofd. 'Ik weet niet eens...' Shit. Het was nog erger dan ik dacht.

'Neem me niet kwalijk. Ik zal de auto laten voorrijden.' Ik stond op.

In plaats daarvan ging ik naar de toiletten en nam een moment om op adem te komen. Ik probeerde zelfs of het hielp als ik koud water in mijn gezicht spatte. Het hielp geen ene zak. Die pijn in mijn zij was weer terug. Wat betekende dit? Nu niet... Nooit niet?

Toen ik terug bij de tafel kwam, lag de rekening klaar om getekend te worden. Ik stak mijn creditcard in mijn zak en voegde de fooi toe. Ik keek naar beneden en merkte op dat de ring niet langer op de tafel lag, maar terug in het doosje was gestoken. Alsof, nu de herinnering eraan weg was, we ons weer normaal konden gedragen. Nou, niet normaal, want dat hadden we de hele avond al niet gedaan. Dagen al niet, wat dat betreft.

Ik liet het doosje op de tafel staan, want ik had geen enkel verlangen het kloteding nog een keer aan te raken. Uit mijn ooghoek zag ik, toen ik me omdraaide om te vertrekken, haar het doosje oppakken en in haar handtas stoppen. Niet de manier waarom ik me had voorgesteld dat ze het mee naar huis zou nemen.

Ah, shit. Ineens dacht ik aan het groepje mensen dat ik Kim had gevraagd uit te nodigen om haar te verrassen. Het was onder het voorwendsel haar toelating voor geneeskunde te vieren, uiteraard, maar ik had ook gepland onze nieuwe verloving te kunnen vieren. Mijn brein maakte overuren. Ik zou Emilia mee kunnen nemen naar een film en Kim met een appje op de hoogte brengen, maar iedereen dacht dat ze er waren om haar te feliciteren met haar succes. En dat waren ze ook. Ik was verplicht ermee door te gaan.

We zouden een neplach op ons gezicht moeten plakken en net doen alsof dit niet was gebeurd. Vanuit mijn ooghoek gluurde ik naar haar. Haar hoofd was gebogen terwijl ze naast me stond te wachten tot de auto voorgereden zou worden. Ze leek in de war en een beetje boos.

Desalniettemin was ik niet van plan op te geven. Een kleine strijd verloren, al wist ik niet waarom, betekende niet dat *alles* was verloren. En ik was iemand die niet zomaar opgaf. Nooit geweest ook. *Hij zal winnen die weet wanneer hij moet vechten en wanneer hij niet moet vechten. Hij zal winnen die, voorbereid, wacht om de vijand onvoorbereid aan te vallen.*

Ik zou inwendig koken, maar ik zou plannen maken en ik zou er klaar voor zijn als haar verdediging wankelde.

We reden in stilte. Ze had haar armen strak voor haar borst over elkaar geslagen. We spraken geen woord met elkaar.

Godsamme, ja, ik was pisnijdig. Waar ging dit allemaal over? Dacht ze dat ik er een gewoonte van maakte vrouwen ten huwelijk te vragen? Dat dit voor mij gewoon een doorsnee avond was? Ik had zelfs nog nooit over het huwelijk willen nadenken. Had er nooit enige behoefte aan gehad. Niet tot haar.

En tuurlijk, misschien kwam het enigszins voort uit angst, maar wat was een betere reden dan dat? Heel wat grote prestaties kwamen voort uit angst. Dus ik had dit gebruikt als manier om haar te houden. Ik had het allemaal zorgvuldig gepland. We zouden de bruiloft houden voordat ze met haar studie begon. Ze zou haar eerste les als een getrouwde vrouw binnenlopen en ze zou *hier* zijn, bij mij.

Hoewel ik opzag tegen de gedachte aan een feestje, was ik eerlijk gezegd opgelucht bij het vooruitzicht omringd te worden door mensen, zodat we niet alleen hoefden te zijn. Zodat we niet zouden verdrinken in de stilte die zo dik was als de mist die vrijwel iedere ochtend over Newport hing.

Ik parkeerde de auto in de garage en nog steeds liepen we over de brug en het grootste stuk van Bay Island, waar we woonden. Mijn huis dook voor ons op, slechts een paar lichtjes aan en alleen de tuinverlichting die ons pad verlichtten. Het water van de Back Bay sloeg op het strand om ons heen.

Emilia schraapte haar keer en aarzelde op de veranda aan de voorkant van het huis, maar ik negeerde haar. Mijn hoofd racete al vooruit. Wat zou er volgen? Mijn mentale flashcard had hier niet op gerekend. Deze afwijzing. Deze stilte.

'Adam,' zei ze toen ik mijn duim tegen het biometrische slot van de voordeur drukte.

'We kunnen later praten. Nu is niet het moment.'

'Maar...'

'Ga naar binnen en doe het licht aan,' zei ik tussen opeengeklemde kaken.

Dat deed ze. Ik bleef even op de veranda achter en ademde diep in. Het licht ging aan, vergezeld vanluid geroep. 'VERRASSING!'

Emilia deinsde achteruit tegen me aan, schrok zich duidelijk kapot en sloeg haar handen voor haar gezicht. Ik kon niet zien of ze nu lachte of huilde. Om eerlijk te zijn kon het me op dat moment geen zak schelen.

In de enorme hal van mijn huis wemelde het van de mensen, tientallen. Wat de hel? Dit had een klein samenzijn moeten zijn met wat drankjes en felicitaties. Er hing een spandoek aan de muur, compleet met afbeeldingen van champagneglazen en confetti.

Harde muziek klonk via de boxen en een groep mensen omringde Emilia om te vragen of ze verrast was. Ze wierp een paar vluchtige blikken mijn kant op en veinsde een lach, maar ik kon zien dat ze nerveus was, mogelijk geërgerd.

En ik had niet in het minst de behoefte naast haar te staan.

Iemand duwde glazen met champagne in onze handen. Overal lag confetti, op de vloer, in onze haren. Er was het een en ander op haar jurk gegooid en aan haar klamme decolleté blijven hangen. Dat was het moment dat ik merkte dat ze zweette. Haar hele gezicht gloeide ervan. Ze zag rood, leek nerveus en transpireerde alsof het buiten achtendertig graden was.

Bijna tegelijk sloegen we onze glazen champagne in een enkele teug achterover. Ik voelde een hand op mijn schouder en draaide me om naar Heath. 'Alles oké?' mompelde hij.

Ik schudde mijn hoofd en keerde me van hem af. Ik was *niet* in de stemming voor een 'ik zei het toch?'

Ik keek de kamer rond om te zien we er allemaal waren. Emilia's moeder, Kim, stond naast mijn oom Peter. Mijn neef Liam verschool zich achter de menigte, zijn handen geïrriteerd over zijn oren geslagen. Hij haatte dit soort dingen, vooral wanneer er harde muziek bij kwam kijken. Liams zus, Britt, en haar man Rik hadden een oppas voor de jongens geregeld. En uiteraard waren Alex en Jenna er met een aantal andere vrienden.

Herhaaldelijk werd de vraag 'Was je verrast?' gesteld en Emilia beweerde dat ze '*Geen* idee had!' Ze giechelde op een hoog, paniekerig toontje, waaruit bleek dat ze dit absoluut niet kon waarderen, maar haar uiterste best deed het niet te laten merken.

Ik probeerde mijn norse blik evengoed te verbergen, maar dat lukte niet echt. Vanaf de andere kant van de kamer keek Peter me fronsend aan. 'Wat is er?' mimede hij. In plaats van hem een reactie te geven, wendde ik mijn blik af.

Toen gebeurde het. Nadat alle opwinding van de oorspronkelijke verrassing een beetje was bedaard, liep Alex op haar gebruikelijke bezeten manier recht op Emilia af. Ze wapperde met haar handen door de lucht en riep keihard: 'Laat me je hand zien, Mia!'

Emilia bevroor. Ik verplaatste me, maar was niet snel genoeg. Alex had Emilia's linkerhand al in die van haar en fronste verward dat er blijkbaar geen ring was. Verdomme. Wie had haar dat verteld?

Slechts twee mensen waren op de hoogte: Heath en Kim. Ik keek naar Emilia's moeder, maar haar aandacht was enkel en alleen op haar dochter gericht, haar voorhoofd gefronst van verwarring. De hele groep om ons heen viel stil en allemaal staarden ze ons aan.

Emilia wierp me een pure blik van verschrikking toe, haar ogen wijd opengesperd. Ik stapte naast haar en trok zachtjes haar hand uit die van Alex. Ik leidde Emilia weg van haar vriendin, die haar met open mond aangaapte, de groep mensen om ons heen in en bewoog me alsof ik een vrachtlading stenen aan mijn beide voeten had hangen.

'Ik denk dat een toost op onze toekomstige arts wel op z'n plaats is. Geef haar nog een glas champagne!' *En vul het mijne maar met wodka, alsjeblieft.* Verdomme. Verdomme tot aan de *hel* aan toe. Deze avond kon me niet snel genoeg voorbij zijn. Zo snel als maar fucking mogelijk was.

Jezus, help me gewoon deze avond door. Ik vond deze shit onder normale omstandigheden al vreselijk. Ik had nooit meer dan een paar mensen tegelijk te gast. Meer dan dat kon ik niet verdragen. Maar Kim en Heath hadden dit geregeld en ik had ze de vrije hand gegeven. Ik was veel te druk geweest met me zorgen maken over het huwelijksaanzoek om aandacht te hebben voor de gastenlijst. Gelukkig was er niemand van het werk, met uitzondering van Liam en Jordan, om getuige te zijn van mijn vernederende moment.

Het feestje doofde al snel uit, wat vooral te maken had met het feit dat Emilia zichzelf excuseerde en gedurende bijna een uur verdween. Ze bracht veel tijd door in gesprek met Heath en ik bleef achter in een poging onze gasten te vermaken. Gelukkig was Kim opmerkzaam en merkte ze dat er iets mis was, dus zorgde ze ervoor dat het feest ten einde kwam voordat het echt niet meer leuk was.

En ik? Nou, ik kookte nog steeds vanbinnen. Door de abrupte afwijzing zonder uitleg, de publieke vernedering en nu ook nog het feit dat ze ergens in het huis verstopt zat en Heath in vertrouwen nam in plaats van mij.

Een plotselinge vlaag van kolkende woede rees in me op. Ik wilde iemand een dreun verkopen. Voordat het laatste groepje mensen was vertrokken, was ik de trap al op gerend en in de slaapkamer op zoek naar een schoon T-shirt en een hardloopbroek. Het was te laat om langs de Black Bay te gaan hardlopen, maar beneden in de fitnessruimte had ik een loopband. Op de een of andere manier moest ik mijn overtollige energie kwijt zien te raken.

Toen ik de kast uit liep, zat ze in de slaapkamer op de rand van het bed, haar hoofd in haar handen. Ze zag er afschuwelijk uit.

Blijkbaar had ze een of ander emotioneel drama doorgemaakt. Maar ze had op Heath's schouder uitgehuild in plaats van op het mijne. Ineens besloot ik dat *hij* degene was die ik een dreun wilde verkopen. Hij kon dan wel homo zijn en haar niet op een romantische manier willen, hij zou altijd de eerste man zijn waar ze zich in tijden van crisis tot wendde. En daar haatte ik hem om. Zelfs al was hij een aardige kerel en zelfs al stond hij altijd achter haar.

Ik wachtte een poos voordat ik zonder een woord langs haar heen naar de deur liep.

'Adam,' zei ze.

'Wat?' Ik bleef staan, maar draaide me niet naar haar om.

'We moeten praten.'

'Wat valt er te praten?' Stijfjes keerde ik me om. 'Geen surpriseparty's meer? Begrepen.'

Langzaam stond ze op en liep naar me toe. Ik verroerde me niet. 'Alsjeblieft, Adam...' Ze stak haar hand uit om me aan te raken, maar ik zette een stap terug.

Ze fronste. 'Waarom trek je je van me terug?'

Ik schudde mijn hoofd. 'Wie trok zich het eerst van wie terug?'

'Kunnen we praten over vanavond?'

Ik ademde diep in en liet de lucht ontsnappen. 'Ik ben nu veel te kwaad. Laten we morgen praten.'

'Maar...'

Ik draaide me al om en liep weg. Het laatste wat ik wilde, was dat de emoties de overhand namen. Dat ik iets zou zeggen waar ik spijt van kreeg. Op dit moment kookte ik van woede, frustratie en, meest van alles, angst.

Wat de fuck was er met ons gebeurd? En hoe had dat zo snel kunnen gebeuren? Die ijzige angst was weer terug, maar deze keer zou ik er geen slaaf van zijn. Ik zou mijn verdediging optrekken, mezelf diep ingraven. En ik zou troost halen uit het de eeuwenoude wijsheid, in de hoop dat het mijn baken zou worden.

Een paar uur later, toen ik mezelf volledig had uitgeput, keerde ik terug naar de slaapkamer en lag ze met de lichten uit in bed. Ik nam een douche en kroop naast haar, maar we raakten elkaar niet aan. Er had wel een kilometer afstand tussen ons kunnen liggen. Ik wist dat ze niet sliep, want ze ademde niet zoals wanneer ze in slaap was. Ik keerde me met mijn rug naar haar toe en lag urenlang op mijn zij, net als zij, wakker, terwijl alle gebeurtenissen in slow motion nog een keer door mijn hoofd gingen, keer op keer.

Ik moest een nieuw plan zien te bedenken, maar ik kon niet denken, mijn hoofd een chaos van hopeloosheid. Ik had geen idee hoe laat het was voordat ik uiteindelijk in slaap viel.

HOOFDSTUK VIJF

IK SLIEP SLECHTS EEN PAAR UUR EN WERD WAKKER NA EEN vervelende droom over mijn zus, Bree. Ik had al jaren niet meer over haar gedroomd. Ze huilde, probeerde me iets te vertellen, maar ik kon haar gezicht niet zien. Die bevond zich in de schaduw. Ik hoorde weer die laatste woorden die ze tegen me zei toen ik twaalf was, toen ze me op de bus naar huis had gezet, Seattle uit en terug naar Mt. Vernon. *Ik beloof het Adam, ik kom weer terug en zie je gauw. Wees gewoon een lieve jongen en ga naar huis nu.'*

Met het koude zweet op mijn lijf schoot ik overeind in een poging een verse pijnscheut in te dammen, zo rauw alsof die hele situatie nog maar gisteren had plaatsgevonden. Sabrina, mijn lieve zus. Ondanks haar belofte kwam ze nooit bij me terug. Ik heb haar nooit meer gezien. Ik wist niet eens waar ze was begraven. Mijn arme Bree. Ik onderdrukte een golf misselijkheid en strompelde mijn bed uit naar de badkamer om mijn gezicht te wassen.

Het was vroeg en toen ik terug de slaapkamer in kwam, zag ik dat Emilia nog lag te slapen. Haar glanzende bruine haren lagen uitgespreid over haar sneeuwwitte kussen. Ik verzette me tegen de neiging om terug in bed te kruipen en haar tegen me aan te trekken, haar zachte huid tegen de mijne te drukken. Op dit moment wilde ik haar zo graag dat het pijn deed, maar na gisteren – *alles* wat gisteren was gebeurd – kon ik het niet. Haar afwijzing was nog steeds een open wond. In plaats daarvan trok ik wat kleren aan en sloop de kamer uit en de trap af naar mijn kantoor. Ik had slechts een paar uur geslapen en de zon verlichtte de lucht nog maar amper met een waterig, grijs licht.

Het lukte me niet het duistere gevoel dat de droom bij me had achtergelaten van me af te schudden. Die pijnlijke leegte herinnerde me eraan hoezeer ik Bree miste. Het was veertien jaar geleden dat ik haar voor het laatst had gezien. Ik kon me nauwelijks herinneren hoe ze eruitzag, hoe haar stem klonk, hoe het voelde als ze haar armen om me heen sloeg om me te troosten.

Toen ik nog een kind was, nadat ze stierf, stelde ik me haar altijd voor als een engel die over me waakte. Nooit had ik haar aanwezigheid zo sterk gevoeld als op die avond dat ik compleet in elkaar was gebeukt, een hele nacht opgesloten in een gymkluisje, er zeker van dat dat mijn eind was. Ik had haar in mijn hoofd opgeroepen, haar verteld dat ik ging sterven, snel bij haar zou zijn. Maar zij zei dat dat niet ging gebeuren, omdat ik sterk was.

In die tijd had ik mijn leven absoluut niet onder controle. Ik was een slachtoffer, een blaadje dat door de wind werd meegevoerd. Die nacht had me op meer manieren dan ik ooit kon benoemen veranderd. Een ding dat het me had geleerd, was dat ik de controle over mijn leven moest pakken, dat ik de chauffeur moest zijn in plaats van de passagier.

Terwijl ik aan mijn bureau zat en wezenloos uit het raam staarde naar het bruinige water dat op het kleine strand sloeg, haalde ik mijn hand door mijn haren. Mijn gedachten dwaalden af naar deze situatie met Emilia. *De chauffeur zijn in plaats van de passagier...*

Mijn gedachten werden onderbroken door een geluid bij de deur. Ik draaide me om en zag Emilia me met grote, vragende ogen aankijken. Onze blikken hielden elkaar lange, gespannen minuten vast en plotseling werd ik herinnerd aan dat moment, afgelopen voorjaar, toen ik haar voor het eerst had ontmoet in die vergaderruimte van het hotel

Ik had geen idee gehad van wat ik moest verwachten. Ik had behoorlijk wat vooroordelen over haar en doordat ik de foto's van de veiling had gezien, wist ik dat ze een mooie vrouw was. Maar iets ontzettend krachtigs had me geraakt zodra ik de ruimte was binnengekomen. Het was meer dan slechts haar fysieke schoonheid en aanwezigheid. Ja, ik vond haar betoverend mooi. Maar het was meer dan dat. Het was de aanwezigheid van iets anders tussen ons, iets elektrisch, bijna levends. Een band die ik nooit eerder zo direct had gevoeld en meer dan een beetje intimiderend was.

Ik twijfelde bijna over mijn beslissing om me tijdens die afspraak als een 'complete klootzak' te gedragen om haar af te schrikken voor het plan van de veiling. Maar het was me gelukt het door te zetten ondanks het feit dat ik de hele tijd met mezelf in strijd was. Een deel van me wilde zich gewoon verliezen in die mysterieuze, goudbruine ogen.

En sinds dat moment was dat krachtige 'iets' alleen maar gegroeid, gemuteerd in een aantrekkingskracht die me gevangenhield in haar baan. Ik was bevroren, voor altijd op haar gericht net als de maan die niet in staat was zich los te maken, zelfs niet voor een enkele seconde, van de verbluffende schoonheid van de aarde. Op de momenten dat ik mezelf toestond te voelen, voelde ik me net zo hulpeloos als dat arme brok gesteente dat ingesloten zat door haar, die weelderige blauwe planeet in het middelpunt van mijn hele bestaan.

'Hé,' zei ze na lange tijd en schonk me een beverig lachje.

'Goedemorgen,' reageerde ik op vlakke toon.

'Honger? Ik kan pannenkoeken bakken.'

Chef had een week vrij en tal van maaltijden vooruit bereid, maar Emilia hield ervan zo nu en dan iets klaar te maken. 'Ik denk dat ik meer in de stemming ben voor wat koude ontbijtgranen.' Dat is hoe ik me voelde; nat, koud, klef, saai.

Ze fronste. 'Oké. Kunnen we praten tijdens het ontbijt?'

Ik klapte mijn laptop dicht, stond op en volgde haar na een nonchalant schouderophalen. 'Tuurlijk.'

Ondanks dat ze had voorgesteld pannenkoeken te bakken, knabbelde Emilia slechts op een stukje toast dat ze voor zichzelf had klaargemaakt terwijl ze toekeek hoe ik zo snel als ik kon mijn Cheerios naar binnen werkte. Het lukte haar echter wel om een behoorlijke hoeveelheid koffie naar binnen te gieten. Ze was aan een tweede grote mok bezig toen ik het laatste beetje melk uit mijn kom opdronk en met een voldane boer achterover ging zitten.

Ze trok een gezicht naar me. 'Gatver.'

Ik stond op en liep naar de gootsteen om de kom om te spoelen en ze volgde me. Ze leek vastberaden me vanmorgen in de hoek te drijven en ik had er geen zin in om in die hoek gedreven te worden. 'We moeten dat gesprek hebben.'

Ik keerde me naar haar toe, legde mijn handen op het aanrecht achter me en leunde achterover. 'Waar wil je het over hebben?'

Geërgerd ademde diep in. 'Gisteravond.'

'Oké. Wat wil je zeggen?'

'Ik wil weten waarom je me vroeg met je te trouwen.'

Mijn kaak verstrakte. 'Ik dacht dat ik dat gisteravond duidelijk heb laten weten.'

Ze blies behoedzaam haar adem uit. 'Ik wil geen ruzie maken, maar dat is niet wat ik denk.'

'Dus ik lieg tegen je?'

Ze fronste en sloeg haar blik neer. 'Je vertelt niet de hele waarheid. Het is min of meer jouw werkwijze.'

Ik verstijfde. Ze refereerde, uiteraard, aan het niet direct vertellen dat we elkaar al via onze online personages kenden. Toen we elkaar in het echt ontmoetten, dacht ze dat we compleet vreemden voor elkaar waren. Maar dat was niet zo en gedurende de maand die volgde had ik haar iets anders laten geloven, tot ik haar eindelijk had opgebiecht dat we al meer dan een jaar online bevriend waren. Dat had ze nog steeds niet helemaal kunnen loslaten. Blijkbaar had ze het me ook nog niet vergeven.

'Ik weet niet wat ik daarop moet zeggen. Ik zei dat ik van je hield en dat ik onze toekomst wilde plannen…'

'*Eén week* nadat ik een toelatingsbrief heb ontvangen voor een universiteit waar jij niet wil dat ik naartoe ga.'

Ik zuchtte en vouwde mijn armen voor mijn borst over elkaar. 'Als je alles wat er uit mijn mond komt in twijfel gaat trekken, waarom zouden we hier dan überhaupt over praten?'

Ze keek weg, leek afgeleid, onzeker. Herhaaldelijk wreef ze met haar hand over de rand van het aanrecht. 'Ik twijfel er niet aan dat je van me houdt, maar ik denk niet dat je om de juiste redenen wilt trouwen. We hebben nauwelijks de kans gehad om samen te zijn…'

'Inderdaad,' onderbrak ik haar. 'En jij wilt je spullen pakken en naar de andere kant van het continent verhuizen.'

Ze slikte. 'Ik dacht dat ik had uitgelegd waarom dit zoveel voor me betekende.'

'Misschien zou je moeten uitleggen hoeveel *ik* voor je beteken.'

Haar blik werd scherp en haar wangen kleurden rood. 'Misschien betekenen we niet genoeg voor elkaar als we allebei niet bereid zijn toe te geven.'

Een zwaar gevoel verscheen in mijn buik. 'Ik vroeg je met me te trouwen. Bewijst dat niet dat ik bereid ben alles te doen wat...'

Haar hand balde zich tot een vuist. 'Dat was geen huwelijksaanzoek. Dat was een ultimatum.'

'Ik heb nooit gezegd: "Trouw me want anders..."' siste ik.

'Nee, dat heb je inderdaad niet. Moest dat dan? Je probeerde de controle over deze situatie te krijgen, zoals je altijd doet.'

Ik schudde mijn hoofd in een poging iets te ontkennen waarvan we allebei wisten dat het waar was. Het was mijn machtsspel geweest en ze had er dwars doorheen gekeken. 'Emilia...'

'Kappen met die bullshit, Adam. Je hebt je fondsenwervingsmannetje gebeld om er zeker van te zijn dat ik naar UCLA zou gaan. Eerst was je ertoe bereid me met je geld mijn studie geneeskunde in te kopen mocht dat nodig zijn en *toen* verhoogde je je kansen met een trouwring.'

Mijn mond ging open voor een felle tegenreactie, maar die had ik niet doordat ze grotendeels gelijk had. Maar echt niet dat ik dat ging toegeven. In plaats daarvan zei ik niets.

Ze knipperde met haar ogen en keek weg. 'Ik denk dat we hier,' ze gebaarde naar ons, 'te snel zijn in gedoken.'

Nu was ik alert, iedere spier in mijn lichaam gespannen. Ik liep op haar af, plaatste aan beide kanten van haar een hand op het aanrecht en sloot haar in. Onze gezichten waren slechts centimeters van elkaar verwijderd. Ze trok zich ver genoeg terug om in mijn gezicht te kunnen kijken, maar verder dan dat kon ze niet. 'Je gaat niet wegrennen, Emilia,' zei ik op zachte, stevige toon.

Ze sloot haar ogen en opende ze toen weer terwijl ze slikte. Ze legde haar handen plat tegen mijn borstkas, maar duwde me niet weg. Zelfs die simpele aanraking stuurde schokken van behoefte dwars door me heen. 'Ik ren niet weg,' fluisterde ze.

Mijn mond zonk op de hare en mijn handen schoven naar de achterkant van haar hoofd om hem tegen de mijne aangedrukt te houden terwijl mijn lichaam haar overgave eiste. Ze zakte tegen me aan, liet zich in die kus meevoeren en haar mond opende zich voor de mijne. Ze smaakte naar koffie en chocola en rozen. *Van mij.* Alles in mijn lichaam droeg het op haar over. De boodschap bevond zich in mijn handen toen mijn duimen naar buiten draaiden om tegen haar slapen te rusten, in mijn kus, in mijn heupen die tegen die van haar wiegden. Ik werd onmiddellijk hard en had haar daar ter plekke kunnen nemen. Het verlangen was een zwaartekrachtbron en ik viel, viel eindeloos.

Met een plotselinge beweging maakte ze zich van me los, hapte naar adem alsof ze onder water had gezeten. 'Stop,' hijgde ze. 'Stop ermee me te overweldigen.'

Lang staarde ik in haar ogen. Wie overweldigde nu eigenlijk wie? Ze opende haar mond om nog meer te zeggen en ik wachtte, nerveus, gespannen.

Ze duwde me weg en ik gaf mee, één stap in ieder geval. Mijn armen vielen weg van haar lichaam, vuisten gebald aan mijn zijdes.

'Wat wil je?' vroeg ik.

Ze nam een teug adem. 'Dat weet ik niet. Vooral niet als je me dwingt nu een keuze te maken. Ik *weet het niet.*'

Ik klemde mijn kiezen op elkaar, kokend van woede. 'Dan staan we hier misschien onze tijd te verspillen.'

Haar mond viel open en alle kleur trok weg uit haar gezicht. Het was tijd voor het moment van de waarheid. Het was tijd dat ze uitzocht hoe graag ze dit wilde. Ze zoog haar adem naar binnen. 'Misschien doen we dat inderdaad.'

Ik slikte en het voelde alsof er een bankschroef rond mijn strot zat geklemd. 'Dus je gaat dit ons uit elkaar laten drijven?'

'Nee. *Jij* gaat dit ons uit elkaar laten drijven.'

Het stond me niet aan om het keihard te spelen, maar ik zou het doen als het nodig was. Als zij als eerste zou toegeven, zou dat het waard zijn.

'Ik ben niet degene die niet toegewijd is aan *ons*, die serieus overweegt te verhuizen. *Ik* ga geen genoegen nemen met een halve relatie en dat is precies wat we zouden hebben. Als jij vertrekt, gaan we weer terug naar een gamervriendschap – FallenOne en Eloisa die via de game met elkaar chatten, als je daar met al je studiewerk al tijd voor hebt. Is dat wat je wilt?'

Met grote ogen keek ze me aan en schudde haar hoofd.

'Dan zul je een beslissing moeten nemen.'

'*Nu?*' Haar stem trilde.

'Wat voor nut heeft het om het uit te stellen? Je weet welke keuzes je hebt. Hier blijven, naar UCLA gaan en we blijven samen en trouwen misschien zelfs. Of naar Baltimore gaan en...'

'En jou kwijtraken?' Ze bloosde hevig. 'Is dit een of andere test of ik je waard ben? Ik moet laten zien dat ik bereid ben een offer te brengen om bij je te mogen blijven? We bevinden ons niet in je fucking game, Adam. Dit is het *leven*. Als ik geen verstandige beslissing neem dan raak ik je kwijt? Nou, dat geldt beide kanten op. Als *jij* geen verstandige keuze maakt in hoe je met deze situatie omgaat, raak je mij evengoed kwijt.'

Dat rode alarmlicht ging weer af in mijn achterhoofd. Mijn handpalmen voelden klam waar ze op het aanrechtblad rustten. Ik bedacht me dat dit meer op een pokerspel dan op een keihard spel was uitgedraaid. Het was tijd mijn gezicht in de plooi te trekken en haar te overbluffen.

'Hoe je het ook wendt of keert, het hangt van jou af. Dus wat gaat het worden?'

Haar handen balden zich tot vuisten en zonder een woord te zeggen, draaide ze zich om en verliet de kamer.

Ik wachtte een minuut tot ik me realiseerde dat het wellicht een fatale fout was haar uit het oog te verliezen. Toen ik haar in onze slaapkamer vond, had ze haar handtas en sleutels gepakt en was ze op zoek naar haar schoenen.

'Wat doe je?'

'Wat denk je zelf? Ik vertrek.'

'Je kunt er niet zomaar vandoor gaan. Je moet een beslissing nemen.'

Ze stopte met haar schoenen aantrekken en ging recht overeind staan, haar houding ijzig. Maar ze had tranen in haar ogen terwijl ze verwoed probeerde ze weg te knipperen. 'Ik heb een beslissing genomen. Ik zei het net. Ik *vertrek*. Ik doe niet aan ultimatums.' Ze schoof om me heen om de slaapkamer te verlaten en ik nam haar arm in mijn hand. Ze trok hem los en liep om me heen. 'Ik kan niet geloven dat je dit doet.' Ze schraapte haar keel, knipperde nog een paar keer met haar ogen en rechtte haar schouders. 'Nee, dat is niet waar. Ik kan *wel* geloven dat je dit doet. Dat is nog het ergste.' Ze draaide zich om en liep de deur uit.

Ik haalde mijn hand over mijn gezicht en onderdrukte de bijna overweldigende drang om achter haar aan te gaan. Ze zou één nacht wegblijven, op z'n hoogst. Misschien twee. De deur beneden sloeg dicht en ik sloot mijn ogen. Ze had haar kleren niet eens meegenomen. Dit was gewoon haar manier om haar onafhankelijkheid te tonen. De beroemde Mia Strong 'stalen ballen' Geek Girl onafhankelijkheid die haar maakte tot wie ze was. En op vele manieren was dat waarom ik zo veel van haar hield.

Ze zou zich na een nacht of twee alleen in een bed slapen realiseren wat het echt inhield om dit te verliezen – om *ons* te verliezen – en dan zou ze terugkomen. Ik liep een half uur lang heen en weer voordat ik bedacht dat ik mezelf zo helemaal gek maakte. Ik had nog last van de late workout van gisteravond, maar de rusteloze energie moest eruit.

Ik kleedde me om en besloot mijn frustraties op de boksbal af te reageren.

Ze zou terugkomen – daar was ik van overtuigd – als ze zag wat ze zou kwijtraken. Met ieder uur dat die dag voorbijging en met iedere nieuwe activiteit die ik ondernam, raakte ik meer vastberaden om mijn gedachten af te leiden van onze confrontatie. Maar ik voelde me steeds minder en minder zeker van mezelf.

HOOFDSTUK
ZES

DE VOLGENDE DAG KWAM ZE NAAR KANTOOR. ZE WAS op tijd, dat had ik gecheckt. Gedurende de dag hield ik haar doen en laten in de gaten terwijl ik me afvroeg wanneer ze Maggie zou bellen om een afspraak te maken om me te kunnen spreken. Of misschien zou ze een appje sturen en vragen om na het werk te praten.

Jordan, die op de surpriseparty was geweest, liep met een brede boog om me heen en vermeed oogcontact. Soms betrapte ik hem erop dat hij met een medelijdende blik naar me keek. Mijn neef Liam sprak domweg niet met me. Het leek erop dat ze in de korte tijd dat Emilia hier werkte goede vrienden waren geworden en de meeste dagen samen lunchten. Op de een of andere manier waren, uit het oogpunt van mijn neef, de problemen tussen Emilia en mij *mijn* schuld.

De hele maandag door belde ze me niet en op de meest paniekerige momenten waarin ik me afvroeg hoe lang dit ging duren, herinnerde ik mezelf eraan hoe ongelooflijk koppig ze was. Als ik als eerste de stilte zou verbreken, zou ik toegeven en volgend jaar rond deze tijd een Oostkuster zijn die zichzelf kon voorbereiden op een winter waarin mijn reet eraf zou vriezen en ik iedere ochtend vijf kilo sneeuw van mijn voorruit kon schrapen.

Dus ook al deed ik geen oog dicht de twee nachten dat ze er niet was, ik hield mezelf voor dat ze terug zou zijn voordat de week om was.

Op dinsdag liet de verzekeringsmaatschappij ons weten dat we dienden te verschijnen voor een verklaring op locatie. Er werd eveneens gesproken over voorbereidingen op voorwaarden voor een schikking, maar ik was er fel op tegen een schikking te treffen. Als we dat deden, zouden we toegeven schuldig of verantwoordelijk te zijn en dat ontkende ik stellig.

Ik vertrouwde Joe, mijn advocaat, toen hij zei dat het er feitelijk op neer kwam dat we moesten doen wat de verzekeringsmaatschappij ook maar van ons verlangde. Dus vertrokken we voor een week naar New York. Het gebeurde allemaal zo snel dat ik binnen een paar uur samen met Jordan en Joe op een vlucht zat. Ik had een berichtje naar mijn huishoudster gestuurd, die mijn koffer had gepakt en op kantoor had laten afleveren. We zouden rechtstreeks vanaf daar met een avondvlucht vertrekken, aangezien het kantoor vlakbij het John Wayne Airport lag, en iets na middernacht lokale tijd landen.

Ik appte Emilia om haar op de hoogte te brengen en haar reactie was kort en neutraal van toon.

Ik zie je als je terug bent. Goede reis.

***

De tijd kroop voorbij in New York. We ontmoetten de verzekeringsmensen in hun kantoor in Manhattan en het was geen makkelijke week. Lange vergaderingen, ondervragingen, discussies, strategie. De dagen waren stressvol en de nachten leeg. Iedere avond pakte ik op z'n minst twee keer de telefoon op om Emilia te bellen, maar ik weerstond de verleiding.

Ze had me zelfs geen enkel berichtje gestuurd.

In het verleden had ik veel voor mijn werk gereisd, maar nu voelde alles rauwer, schrijnender en of dit nu kwam door het gezeik met Emilia, de aard van de rechtszaak die het bedrijf boven het hoofd hing of een combinatie van beide, ik had geen idee.

Ik staarde vanaf de achterbank van een huurauto uit het raam en keek naar de volle trottoirs van Manhattan. Jordan schoof naast me heen en weer.

'Verdomme, dat was behoorlijk irritant,' zei hij terwijl de chauffeur ons terug naar het hotel reed. Hij sloot zijn ogen en wreef over zijn oogleden. 'Als ik nog een verklaring moet afleggen, draai ik helemaal door.'

Ik checkte mijn telefoon om te zien of er tijdens de bespreking berichten waren binnengekomen en zag dat er niets was. Jordan wierp een blik op me en toen op mijn mobiel. 'Wat zeg je ervan om vanavond op stap te gaan en wat plezier te maken? Net als vroeger.'

Ik snoof. Vroeger. In die tijd kon ik hem nooit bijhouden. Jordan was een drinker. Ik beslist niet. Jordan was een vrouwenverslinder en hoewel ik nooit gebrek aan vrouwelijk gezelschap had gehad als ik er zin in had, had ik nooit dezelfde smaak als hij gehad. Jordan hield van onberispelijke en beeldschone leeghoofden.

'Kom op, we zouden naar een club kunnen gaan, misschien een paar leuke vrouwen ontmoeten die wel in zijn voor een paar Californische kerels.'

'We hebben het over New York, niemand is hier in voor Californische kerels.'

Jordan keek weer naar mijn mobiel. Ik stak hem in mijn jaszak. 'Dus, eh, ga je nog steeds met Mia om of...'

Ik staarde uit het raam. We hadden het nog niet over de surpriseparty gehad. Niemand behalve Heath – bij wie ik vermoedde dat ze logeerde – wist dat ze het afgelopen weekend was vertrokken.

Ik verschoof, niet op mijn gemak en proberend de vleug angst te negeren die iedere keer opkwam als ik aan Emilia of onze relatie dacht sinds ze was weggegaan. Ik schatte in dat ze inmiddels terug naar het huis was gekomen. Waarschijnlijk dacht ze dat dit een goed moment zou zijn om de gevolgen van onze confrontatie over te laten waaien. Die gedachte luchtte me enigszins op. Ik schraapte mijn keel. 'Er zijn wat hobbels op de weg. We komen er wel uit.'

Jordan trok zijn wenkbrauwen op, positief verrast. 'Dus jullie zijn nog steeds een "we"... Mooi.'

'Blij dat ik van de markt ben en niet langer concurrentie voor je ben?'

Hij schoot in de lach. 'Laat me je in ieder geval op een drankje in de bar trakteren.'

Ik hield het bij een biertje in de bar van het hotel terwijl Jordan een paar rum-cola's achteroversloeg. We spraken over van alles; vroeger, het bedrijf, ideeën voor de verhaallijn voor de volgende uitbreiding van Dragon Epoch.

Terwijl hij zijn derde drankje leegdronk, knikte Jordan met zijn kin naar me en wierp een blik langs me heen. 'Dat blondje aan het eind van de bar zit de hele tijd al naar je te kijken.'

Ik grijnsde. 'Beetje jaloers?'

Hij schonk me een doortrapte glimlach. 'Ik durf te wedden dat ik haar nummer voor je kan regelen.'

'Ik wil haar nummer niet. Regel het maar voor jezelf.'

'Je gaat niet eens kijken hoe ze eruitziet?'

Ik nam nog een slok van mijn bier. 'Nope. Geen interesse.'

Jordan keek me aan alsof hij een vieze smaak in zijn mond had. 'Van iedereen – van *al* mijn vrienden – was jij wel de laatste waarvan ik had gedacht dat je met het liefdesvirus besmet zou worden.'

'Wauw, als je het op die manier brengt, klinkt het heel aanlokkelijk.'

'Het is nogal schokkend eigenlijk, aangezien jij *jij* bent. En, uiteraard, gezien hoe je haar hebt leren kennen.'

Ik fronste. 'Wat, bedoel je in de game?'

'Nee, ik bedoel hoe je haar in het *echt* hebt leren kennen. Dat hele *Pretty Woman* gedoe.'

Ineens voelde ik me zwaar ongemakkelijk. Ik zette mijn biertje neer zonder naar Jordan te kijken. Hij was vanaf het begin op de hoogte geweest van de oorspronkelijke overeenkomst tussen Emilia en mij. Maar hij had er nooit naar verwezen, tot nu. En de toespeling op die film stond me niet aan. Feitelijk noemde hij Emilia mijn prostitué en dat viel niet bepaald lekker. Ik gaf hem een waarschuwende blik en kalmerend stak hij zijn hand op.

Het was vreemd dat hij dit nu deed, half aangeschoten of niet. 'Nou, nu weet je in ieder geval dat ze niet op je geld uit is, aangezien ze je aanzoek heeft afgewezen. Tenzij ze je heeft afgewezen omdat ze dacht dat je...'

Ik keek hem vol afschuw aan. 'Hou je bek, Jordan,' zei ik terwijl ik de rest van mijn bier achteroversloeg. 'Je kon al nooit goed tegen sterke drank. Je moet iets eten.' Ik gebaarde naar de ober en bestelde drie verschillende voorgerechten terwijl Jordan me met een compleet verbijsterde blik op zijn gezicht aangaapte.

Na een lange stilte waarin we allebei onze telefoons checkten, keek hij eindelijk op. 'Hé, man, het spijt me. Ik vind haar echt een heel aardige meid. Ze is gewoon nog erg *jong*, weet je? Wat is ze, negentien of zo?'

'Tweeëntwintig.'

'Dat is verdraaid jong.'

Ik keek hem vanuit mijn ooghoek aan. 'Dat is maar vier jaar jonger dan ik.'

'Maar jij hebt de hersenen en de ervaring van een vijfendertigjarige, man.'

Ik trok mijn schouder op. De ober kwam met onze voorgerechten en vroeg of ik nog iets wilde drinken. Ik bestelde mineraalwater. Jordan rolde met zijn ogen, maar zei niets. Hij wist wel beter dan te proberen me iets sterkers te laten drinken.

Ondanks dat hij verklaarde geen honger te hebben, viel Jordan aan op ons bord met pittige barbecue vleugeltjes. Ik nam de sashimi.

'Dus, wat vind je hier allemaal van?' vroeg hij na een lange stilte.

'Dat verzekeringsgezeik?'

'Ja. Al dat geklets over een eventuele schikking.'

'Dat ga ik aanvechten. Ik wil geen schikking.'

Jordan trok zijn wenkbrauwen op. 'Dat gebeurt de hele tijd, maat. De mensen beseffen heel goed waarom. Het is geen bekennen van schuld.'

'Maar dat lijkt het wel. Het is heel belangrijk hoe zaken overkomen. Ik heb het gevoel dat de gevolgen hiervan behoorlijk onplezierig gaan worden.'

'Het nieuws is al verdergegaan met al dat gedoe dat gaande is in het Midden Oosten.'

'Hm,' bromde ik terwijl ik een hap brie op een krokante toast doorslikte. 'Vertel dat maar tegen dat busje van dat nieuwsblad, dat me stalkt op de parkeerplaats van het bedrijventerrein en probeert een verklaring aan me te ontfutselen.'

Jordans fronste zijn voorhoofd. 'Misschien moeten we een bodyguard inhuren of zo, gewoon voor de komende tijd,' voegde hij eraan toe zodra hij mijn weerstand opmerkte. 'Geen risico's nemen, Adam. We weten niet welke repercussies dit gaat hebben. Dat externe PR-bedrijf dat ik heb ingehuurd...'

'Is tot dusver behoorlijk nutteloos gebleken. Ze willen dat ik interviews geef. Ik heb geen tijd voor dat soort shit. De Con staat voor de deur en daar moet ik me klaar voor maken. Dat heeft de potentie om onze PR meer te ondersteunen dan zo'n beetje alles wat zij kunnen doen.'

Ik ging achterover zitten. Ik had niet veel gegeten, had geen honger meer. Ik checkte mijn mobiel weer.

'Alles oké? Je checkt je telefoon nog vaker dan mijn zusje die nog op de middelbare school zit.'

'Ja, alles in orde. Ik denk dat een workout en dan op tijd naar bed een goed idee is.'

'De avond is nog jong en dat blondje kleedt je nog steeds met haar ogen uit.'

'Genoeg over dat blondje. Jezus Christus, jij bent de geilste geek in heel Manhattan.'

'Beter de geilste dan de saaiste,' kaatste hij terug en ik stak mijn middelvinger naar hem op terwijl ik de rekening ondertekende.

Ik was halverwege mijn workout en de loopband draaide bijna op volle snelheid. Met mijn oortjes in rende ik op de beat van de jaren tachtig band *Erasure* toen mijn mobiel zoemend aangaf dat er een appje binnenkwam.

Ik pakte hem op en keek op het scherm in de verwachting dat het een bijdehante opmerking van Jordan zou zijn of misschien zelfs een foto van de mystieke blonde waar hij het steeds over had gehad. Ik struikelde bijna toen ik zag dat het van Emilia was.

Fucking *eindelijk*. Ik drukte de app open om het te lezen terwijl ik de loopband op een rustiger wandeltempo zette.

Wilde even laten weten dat ik vandaag mijn spullen heb opgehaald. We praten wel als je terug uit NY bent.

Toen struikelde ik echt en viel bijna van het fucking apparaat af terwijl ik het keer op keer over las. Zodra ik op adem was gekomen, belde ik haar.

Ik werd direct naar de voicemail doorgeschakeld. Fucking *bullshit*.

Mijn vingers waren stijf van boosheid terwijl ik mijn reactie intypte.

Neem die verdomde telefoon op.

Ze reageerde twee minuten later toen ik net mijn gezicht en de loopband stond af te vegen.

Ik ga dit niet over de telefoon bespreken. App me als je terug bent, dan kunnen we praten.

Mijn hand klemde zich om het verrekte ding. Ik ademde diep in, dronk een hele fles water leeg en liep terug naar mijn kamer voordat ik haar weer belde.

Geen antwoord.

'Me appen dat je je spullen hebt opgehaald is een fucking rotstreek, Emilia. Trek je grote-meiden-onderbroek aan en praat met me,' snauwde ik op haar voicemail. Ze belde niet terug.

Nu begon ik in paniek te raken, en goed ook. Dit was niet langer een hard spel. Deze shit begon echt te worden. En ik kon geen enkel flintertje Chinese oorlogswijsheid vinden om me te sterken in hoe ik me had gedragen. *In elk gevecht kan wellicht een directe methode worden ingezet om te vechten, maar indirecte methodes zijn nodig om jezelf van een overwinning te verzekeren.*

Het was waar, ik was veel te direct geweest tegen haar. Zo ontzettend anders dan hoe ik me normaal gedroeg. Ik had de confrontatie geforceerd, geprobeerd haar beslissing daar ter plekke af te dwingen. Mijn angst had me ertoe gedreven. Ik had gewild dat ze zich aan een besluit zou houden zodat ik me geen zorgen meer hoefde te maken over onze toekomst. Ik had me ervan willen verzekeren dat ze bij me zou blijven en haar gevoelens en emoties hadden er niet toe gedaan.

Kort gezegd, ik had haar in de hoek gedreven en haar geen andere mogelijkheid gegeven dan te vertrekken. Compleet het tegenovergestelde van Sun Tzu's advies. *Wanneer je een leger omringd, geef ze dan een mogelijkheid te vluchten.*

Ik had me als een debiel gedragen en nu draaiden mijn hersenen overuren om een manier te vinden dit recht te zetten.

Toen ik twee dagen later thuiskwam, was het precies zoals ze me had gezegd. Alles was weg. Haar kast was leeg. De lades waren leeg, met uitzondering van een paar willekeurige kledingstukken in een la die ze over het hoofd gezien leek te hebben. Geen boeken op de planken. Alles. Was. Weg. *Alles.*

Ze had de laptop die ik haar had gegeven achtergelaten, *alweer.* Dit leek een of ander ziek, vreemd ritueel tussen ons te worden. Met een brul van brandende woede greep ik het fucking ding beet en bijna ramde ik het tegen de muur voordat ik mezelf wist in te houden.

Dat zou de duurste woede-uitbarsting zijn die ik ooit had gehad. Ik gooide nooit zooi tegen de muren. Ik was een bonk razende kerel die niet verder dan de volgende minuut van zijn eigen woede kon denken.

En op een bepaalde manier had ik het gevoel alsof ik helemaal doordraaide.

HOOFDSTUK ZEVEN

PP ME ALS JE THUIS BENT, ALSJEBLIEFT, DAN kunnen we praten.

Gelukkig had ik een paar uur de tijd gehad om af te koelen voordat dat op het scherm van mijn mobiel verscheen. Het was halverwege de middag en ik had de drang om naar mijn werk te gaan alleen kunnen weerstaan doordat ik een knallende koppijn had. Ik wreef over de achterkant van mijn nek. De opkomende migraine kwam duidelijk daar vandaan. Het was weken geleden dat ik er een had gehad, verdomme.

Een poos had ik ze op dagelijkse basis gehad. In het afgelopen jaar was het steeds minder geworden en de afgelopen paar maanden kon ik me er slechts een paar herinneren. Maar vandaag was het vrij zeker dat deze me ging vloeren. Ik merkte de veelbetekenende vervorming aan de rand van mijn gezichtsveld al op. Ik griste mijn mobiel van de tafel en antwoordde.

Ben al uren thuis. Kom je langs na je werk?

Vrijwel onmiddellijk kwam haar reactie. **Wat als we ergens een hapje gingen eten?**

Bijna antwoordde ik dat we hier konden eten. Chef kon met gemak iets voor ons klaarmaken. De boodschap dat ze niet hierheen wilde komen ging niet aan me voorbij en het zweet brak me uit toen ik me afvroeg of haar keuze om in het openbaar af te spreken betekende dat ze het definitief uit wilde maken. Ik zuchtte en besloot haar haar zin te geven. Wat kon ik anders?

Zeg maar waar en wanneer.

Ze reageerde direct. **Om zes uur bij Dale & Boomers? Je bent me nog een revanche van Dark Escape verschuldigd.**

Dat was een goed teken. Ze wilde afspreken in een entertainment restaurant in het winkelcentrum in Orange. Ze hadden allerlei verschillende games en een uitgebreid restaurant met een bar. Haar hint naar de revanche van het spel gaf me een positieve indruk.

Een uur lang probeerde ik mijn hoofdpijn vol te houden zonder iets te nemen, maar het bleek een behoorlijk erge te worden en aangezien ik niet kon terugvallen op de zwaardere pijnmedicatie – waarmee ik niet mocht rijden – nam ik wat mildere pijnstillers, al wist ik dat die slechts de scherpe randjes ervan af haalden, zonder iets te doen aan de visuele aura die de pijn vergezelde. Ik hield er niet van om bij mijn hoofdpijnen terug te vallen op medicatie, maar ik wilde ook niet het risico lopen dat ik haar kop eraf zou bijten omdat ik stikte van de pijn.

Ik was zo al pissig genoeg op haar. Ik nam me echter plechtig voor niet mijn geduld te verliezen en haar verder van me weg te drijven. Ik ging niet weer mijn uiterst belangrijke strategie verkloten.

Uiteindelijk nam ik alsnog die sterke pil en belde een taxi om me erheen te rijden. Ze was er al toen ik arriveerde en zat op een leren bank in de wachtruimte te wachten terwijl ze op haar mobiel bezig was. Haar lange, donkere haren waren uit haar gezicht opgestoken, maar ze had haar werkkleding verwisseld voor een jeans en een shirt met lange mouwen en een capuchon. Het ding spande op de meest verrukkelijke manier om haar borsten. Toen ze opkeek en me zag, stak ze haar telefoon in haar kontzak en stond op.

'Hoi,' zei ze terwijl ze ongemakkelijk voor me stond.

Ik aarzelde en verschoof mijn gewicht van mijn ene been op het andere, net zo ongemakkelijk. 'Hé.'

'Kunnen we misschien een stukje gaan lopen?'

'Op het parkeerterrein?'

'Nou… ja… een klein stukje maar?'

Ik haalde mijn schouders op. Het was zes uur, inmiddels al donker, maar niet echt koud. Ik hield de deur voor haar open en we verlieten het restaurant om over de stoep te wandelen die om het winkelcentrum heen liep.

'Hoe was je reis?'

'Klote.'

'Dat spijt me. Ging het niet goed?'

'Het was saai en Jordan was irritant en…' Ik onderbrak mezelf, haalde diep adem en toen, zonder haar aan te kijken, maakte ik mijn oorspronkelijke gedachte af, wat niet makkelijk was. 'Jij was er niet.'

Lange tijd zei ze niets, maar ik voelde haar hand in de mijne glijden. Ik verstevigde mijn greep op haar. 'Ik heb jou ook gemist.' Ze bleef stilstaan en ik draaide mijn gezicht om haar aan te kunnen kijken in het flauwe licht. 'Dit is moeilijk. Ik wil geen ruzie meer maken,' zei ze.

Ik klemde mijn tanden op elkaar en weerhield mezelf ervan om de verhitte woorden die op het puntje van mijn tong lagen uit te spreken. *Waarom ben je dan bij me weggegaan?*

'Ik ook niet.'

Ze bracht haar blik naar de mijne en er verscheen een kleine glimlach rond haar lippen, haar ogen vragend. Ik hield mijn gezicht zo neutraal als ik kon en weigerde ook maar iets van mijn innerlijke onrust weg te geven. Ik was reuzeblij haar te zien, maar het stak ook vanbinnen.

Een aangezien ik de strategie van Sun Tzu had genegeerd en haar geen enkele uitvlucht had geboden door haar in de hoek te drijven, had ik me nu heilig voorgenomen me aan de omschreven strategie te houden. *Terugtrekken en verleid de vijand op dit punt.* Ik zou afstand houden. Ik zou haar naar mij laten komen. *Lok de vijand met aas.*

Ze zuchtte en bewoog zo snel mijn kant op dat ik niet besefte wat er gebeurde tot ze me in een omhelzing trok. Langzaam, stijfjes, sloten mijn armen zich om haar heen. Ik ving een vleug van die vanillegeur van haar haren op en het deed me pijn, het deed me *lichamelijk* pijn. Ik maakte me los voordat ze klaar was.

Een korte frons schoot over haar gezicht en verdween toen weer.

'Je bent boos dat ik ben verhuisd.'

Nou, *dat* leek me nogal duidelijk. Hoe kon ik daarop antwoorden zonder dat ze me afmaakte? 'Verbaast dat je?'

Ze schudde haar hoofd. 'Het is gewoon dat dit voor ons allebei heel moeilijk is. Alles ging zo snel en... Ik dacht dat dit een goede kans voor ons was om de druk er een beetje af te halen.'

'Dus ik neem aan dat je niet van plan bent snel terug te komen.'

Nu gaf ze me een blik waaruit bleek dat ook zij bang was het verkeerde te zeggen. 'Voorlopig niet. Het hele samenwonen en toen...' Ze liet haar stem wegsterven voordat ze het gedoemde huwelijksaanzoek noemde.

Die angst was weer terug en het greep me bij de strot.

'Waar staan we dan nu?'

Ze reikte naar mijn handen en nam ze in die van haar terwijl ze naar de grond keek. 'Ik wil je niet kwijtraken.'

'Je bent me niet kwijtgeraakt.' *Nog niet.*

En ik nam aan dat we dit hele studie geneeskunde gedoe als de bijl van een beul in de lucht lieten hangen, want ik ging dat nu echt niet ter sprake brengen. *Zo* stom was ik nou ook weer niet.

Ik schraapte mijn keel. 'Ik zal eerlijk tegen je zijn. Ik wil je bij mij thuis hebben. Ik wil dat je terugkomt. Ik ga deze scheiding van elkaar niet lange tijd accepteren.'

Ze kneep in mijn handen. 'Het is geen scheiding van elkaar. Adam, laten we het rustig aan doen. *Alsjeblieft.* Ik ben geen expert op het gebied van relaties, maar jij ook niet. We gaan *allebei* te snel.'

'Oké,' zei ik met een vlakke stem.

Ze trok haar voorhoofd op. 'Oké?'

'Ik laat jou voor nu het tempo bepalen. Maar ik ga niet loslaten wat ik wil. En wat ik wil ben *jij*.' Mijn handen verstrakten rond die van haar en ik trok haar naar me toe tot haar lichaam dicht tegen het mijne stond. Mijn armen lagen, strak, rond haar middel geslagen.

Ik boog mijn hoofd en legde mijn mond op die van haar, haalde haar over zich voor me te openen. Mijn tong gleed in haar mond, liet mijn wensen duidelijk door mijn lichaam blijken om mijn woorden te benadrukken. Ik kon het onregelmatige slaan van haar hart op haar lippen voelen toen ze zich tegen de mijne aan bewogen, fladderend als de vleugels van een vlinder. Mijn adem stokte.

Haar heerlijke, zachte lippen. Haar unieke smaak. Ik wilde wat het beste voor mij was. Wat het beste voor mij was, was *zij*. En dit was een tegenvaller, maar ik ging het niet opgeven. Voor niets ter wereld. Emilia had een sterke wil en was koppig, maar ze had in mij haar gelijke gevonden. En diep vanbinnen wist ze dat verdomd goed.

Eindelijk liet ik haar zich losmaken door mijn greep op haar te ontspannen en gedurende een lang, gespannen moment keken we elkaar aan. Ze leek haar adem in te houden.

'Ik… ehm… moet nog steeds de vloer met je aanvegen met Dark Escape.'

Ik ontspande me, stapte bij haar weg en haalde mijn schouders op. 'Gaat niet gebeuren.'

Ze trok haar wenkbrauw naar me op. 'De uitdaging staat. Kom mee.' Ze greep mijn elleboog en trok me mee terug naar de ingang van het restaurant. Onderweg door de speelhal naar het apparaat gaf ze me een gamecard en liet weten dat ze er zelf al geld had opgezet.

Ik schonk haar een scherpe blik en ze trok haar schouders op. 'Ik wilde er gewoon zeker van zijn dat je niet met allerlei smoesjes kwam aanzetten, zoals dat je je buitengewone Dale & Boomers driedubbele platinacard was vergeten.'

We lieten ons in het zwak verlichte hokje glijden waar het spel Dark Escape te vinden was. Nadat we onze 3D-brillen hadden opgezet en onze gemonteerde geweren hadden gepakt, begonnen we onze oorlog tegen de zombies… en elkaar. Na bijna drie kwartier haalde ze eindelijk de overwinning. Door de hoofdpijn en de medicatie die ik had genomen, was ik niet op mijn best. Een andere manier om punten te halen was echter zorgen voor een lage hartslag, want het spel mat angst. De mijne bleef veel lager toen we links en rechts zombies om ons heen afmaakten. Pas toen ik mijn 3D-bril afzette, realiseerde ik me dat het een enorme fout was geweest om te gamen. Mijn kop bonkte.

'Gaat het?' vroeg ze terwijl ze haar 3D-bril opborg. Ze zat dicht bij me in het smalle, donkere zitje. Ik rook haar haren, haar huid, en het herinnerde me eraan dat ik haar al meer dan een week niet had gehad.

'Hoofdpijn,' zei ik, het bagatelliserend.

'Wat vervelend.' Ze bracht haar hand omhoog en raakte mijn voorhoofd aan. Ik draaide haar kant op en keek naar haar. Haar gezicht bevond zich vlakbij het mijne. Ik liet mijn hoofd zakken en plantte een kus op haar mond. Ze kuste me gedurende zo'n tien tellen terug voordat ze zich terugtrok. In de kleine ruimte van het zwak verlichte hokje groeide er een vreemde spanning tussen ons. Van onuitgesproken verklaringen, van onafgemaakte handelingen. Ik wilde haar tegen me aan trekken, haar voor altijd dicht bij me houden. In plaats daarvan, trok ik me terug.

'Laten we gaan eten. Ik sterf van de honger,' zei ik.

We namen plaats op twee krukken aan de bar om sneller te kunnen eten. Het was daar zelfs nog rustiger dan in het restaurant, met uitzondering van de televisie, waar we ver genoeg vanaf zaten om hem fijn te kunnen negeren. We bestelden iets te drinken en onze maaltijd, zij haar gebruikelijke tonijnsandwich en ik een bacon-burger met blauwschimmelkaas. Ze hapte naar adem toen het werd gebracht, aangezien hij minstens drie keer zo groot was als haar sandwich.

'Ik durf te wedden dat je dat niet in je mond weet te krijgen.'

'Tuurlijk wel.'

Ze snoof. 'Dus je kunt je kaak net zover openklappen als een slang? Waarom heb je me dat nooit verteld? Dat is een nuttige vaardigheid.'

Ik keek naar haar alsof ze een marsmannetje was. 'Op welke manier? Het zou een veel nuttigere vaardigheid voor *jou* zijn als je begrijpt wat ik bedoel.' Ik wierp haar een suggestieve blik toe.

'In je dromen.'

Blijkbaar was dat voor nu het geval. Ik wilde het haar eerlijk gezegd vragen. Hoe zit het met seks? Zouden we binnenkort weer met elkaar naar bed gaan? Want daar zou ik absoluut geen bezwaar tegen hebben. Maar het leek bot om daar nu naar te vragen. Ik besloot de vraag te bewaren voor een verhitte voos-sessie later. Dan kon ik haar op alle juiste plekken aanraken, haar opgewonden maken en dan de vraag stellen. Anderhalve week was tegenwoordig een behoorlijk lange periode om droog te staan, nadat we het zo regelmatig hadden gedaan. Misschien was ik verwend geraakt.

Ze was halverwege haar sandwich toen ze even stopte om haar mond af te vegen. Duidelijk geamuseerd keek ze hoe ik mijn burger verslond. Ze liet haar stem zakken en lachte met de diepste bariton die ze tevoorschijn kon toveren. 'Solo, *bantha poodoo!*'

Ik slikte mijn hap door en lachte. 'Dat is *mijn* tekst. Jij hoeft je alleen maar in een gouden bikini aan te kleden, een gouden ketting om je nek te hangen en er prachtig uit te zien, slavenmeisje.'

Ze grijnsde. 'Heb je je weer ondergedompeld in je Prinses Leia fantasieën?'

Dankzij de droogteperiode zou ik waarschijnlijk al snel mijn toevlucht moeten nemen tot fantasieën. Het was klote om het zonder seks te moeten doen en ze zag er verdomd lekker uit in dat strakke shirt. Ik wilde dwars door de stof aan haar tepels zuigen. Verdomme. Alleen al door die ene gedachte werd alles hard. Het was net alsof ik weer vijftien jaar oud was.

'Over gouden bikini's gesproken, heb je al een kostuum voor het werknemersfeest van de Con?' vroeg ik.

'Ik ga als een slimme fee.'

Ik grijnsde. 'In het meest sexy kostuum dat er is, hoop ik.' Als een perverseling likte ik aan mijn lippen.

'En jij? Als wat ga jij verkleed?'

Ik gniffelde. 'Strikt geheim.'

'Want *uiteraard* is het dat,' snoof ze. 'Je houdt wel van geheimen houden, of niet?'

'Het is waar ik om bekend sta...'

'En waar bloggers graag over klagen.'

Ik glimlachte om haar verwijzing naar de inmiddels beroemde verborgen serie quests in Dragon Epoch. 'Alles op z'n tijd, jonge *padawan*,' zei ik, verwijzend naar een Jedi-leerling.

'En wanneer is het tijd? In 2023? Ik denk dat mensen tegen die tijd zijn overgestapt op een ander spel.'

Ik haalde mijn schouders op. 'Ik heb sterk het gevoel dat het zomaar ergens volgend jaar kan gebeuren.'

Ze snoof. 'Kom op… Geef me nog een hint. "Geel" volstaat niet. Ik weet trouwens niet eens of dat een echte hint was!'

Ik schonk haar een geveinsde gekwetste blik. 'Ik heb niet tegen je gelogen.'

'Geel is een waardeloze hint.'

Ik liet mijn blik van top tot teen over haar heen gaan. 'Hmm… Misschien kan ik een manier vinden waarop je een hint kunt *verdienen*.'

Ze trok een gezicht. 'Ja, nou, dan zou ik wel zeker moeten zijn van de *kwaliteit* van die hint voordat ik daarmee zou instemmen.'

Ik pakte een uienring en beet erop. 'Dan moet je het zelf maar weten.'

We vielen allebei stil en ik keek de bar rond. Het was niet heel druk nu de drukte van het avondeten begon af te nemen. Verschillende televisies lieten het nieuws van zeven uur zien.

Ik keek terug naar haar toen haar hand over de mijne op tafel werd gelegd. Haar gezicht stond nu uiterst serieus. Ik draaide mijn handpalm naar boven, zodat ik mijn vingers om haar hand kan vouwen.

'Alles oké?' Nu was het *mijn* beurt om het te vragen.

Ze schudde haar hoofd. 'Eerlijk gezegd was er iets…'

Ik keerde me om, afgeleid door het volume van de tv in de bar, die net een paar tandjes omhoog werd gedraaid. Toen ik het scherm zag, bevroor ik.

'Wat is er?' vroeg ze en ik stak mijn hand op dat ze stil moest zijn. Ik herkende de vrouw die door Channel Seven werd geïnterviewd. Ik had verschillende fragmenten van haar in andere programma's gezien. Zij was de aanklager in de rechtszaak tegen mijn bedrijf. En daarnaast stond de moeder van de suïcidale jongen die zijn vriendin en vervolgens zichzelf overhoop had geblazen. Ze klampte een papiertje vast met daarop de verklaring die ze snikkend vanwege haar vreselijke verlies voorlas. Ze beschreef hoe, op het laatst, haar zoon Toms ondermijnende verslaving aan een computergame zijn ondergang was geworden.

Na dit korte fragment verscheen er een afbeelding van de buitenkant van Draco's hoofdkantoor en vervolgens een filmpje waarop een verslaggever mij op het parkeerterrein naar mijn auto achtervolgt terwijl ik weiger te blijven staan om hem een reactie te geven.

Onze serveerster stond vanachter de bar naar de tv te kijken en zodra ik uit beeld verdween, draaide ze zich om en keek met open mond recht naar onze tafel.

'Adam,' zei Emilia, haar stem gespannen. 'Ontspan je. Ieder spier in je lichaam staat strak en je aderen poppen uit je voorhoofd.'

'Je zag het net, toch? Je zag die shit?' Ik draaide me naar haar toe, zachtjes mompelend in de hoop dat verder niemand in de bar me herkende. Het nieuws kennende was het waarschijnlijk om vijf en zes uur ook al uitgezonden en zou het om elf uur weer herhaald worden en de dagen erna op de een of andere manier ook. Ik wreef over mijn slaap.

'Fuck,' hijgde ik terwijl mijn koppijn ineens weer over me heen viel. Ik begroef mijn hoofd in mijn hand.

Emilia was naast me op de bank geschoven en wreef tussen mijn schouderbladen over mijn rug. 'Wil je erover praten?'

'Nee. Ik heb er *heel de tijd* al over gepraat.'

'Ik heb nooit begrepen waarom die jongen zijn vriendin heeft neergeschoten.'

Ik zuchtte. 'Hij was een hardcore speler. Ik heb zelf zijn gegevens opgevraagd. Hij was op z'n minst zestig tot zeventig uur per week ingelogd. Hij hoorde bij een sterk gilde, deed praktisch iedere dag aan plundertochten mee.' Plundertochten waren quests die door grote groepen spelers werden aangegaan om samen te proberen een episch monster neer te halen, zoals een enorme draak of een machtige tovenaar. Ik haalde mijn schouders op. 'Op een dag werd zijn vriendin boos op hem, dus gebruikte ze zijn inloggegevens om bij zijn personage te komen en gaf al zijn zeldzame buit weg. Toen hij inlogde, was zijn personage gestript.'

'O, shit. En de klantenservice zei dat ze het niet gingen herstellen.'

'Precies. Dus hij bewapende zichzelf en ging naar haar huis.' Ik duwde het bord met mijn half opgegeten hamburger aan de kant en liet me met een verafschuwde zucht achterover zakken. 'Ik heb geen honger meer.' Lange tijd zat ik in het niets te staren voordat ik me tot haar richtte.

'Het spijt me,' zei ze.

Ik schudde mijn hoofd en staarde haar een minuut lang aan. Haar hele gezicht straalde ongerustheid uit. 'Wat wilde je me vertellen?'

Ze beet op haar lip. 'Niets belangrijks... Ik logeer bij Heath, mocht je je dat afvragen. In zijn logeerkamer.'

Ik stond op het punt te reageren toen de serveerster aan tafel verscheen, de rekening op tafel legde en vertrok zonder te vragen of we een dessert wilden.

Emilia had een haarplok gepakt en draaide hem rond haar wijsvinger. 'Vertel het me,' zei ik en nam haar vrije hand om haar palm tegen mijn lippen te drukken. Ze kromde haar vingers rond mijn kaak.

'Het is niets. Niets vergeleken met wat jij nu doormaakt.'

'Je weet dat je me alles kunt vertellen. Of als je iets nodig hebt.'

Ze glimlachte en knikte.

'Dus ga je nu meteen terug naar Heath? Je wilt niet meekomen naar ons… mijn huis?'

Ze aarzelde. 'Dat wil ik wel, maar niet vanavond. Ik ben doodmoe en morgen moet ik weer werken.'

Ik bedwong de neiging haar onder druk te zetten. Ik moest mezelf dwingen me aan mijn nieuwe houding te herinneren. Zij zou naar mij komen. Ik zou me terugtrekken en zij zou achter mij aankomen. Precies zoals de strategie voorschreef. Maar ik wilde *echt* aandringen.

'Dus, wanneer… lossen we dit op?' vroeg ik.

'Dat weet ik niet, maar ik denk niet dat het lang hoeft te duren. We *gaan* dit oplossen. Ik geloof in ons.' Ze glimlachte.

Ik liep met haar mee naar haar auto en liet haar achter na een lange, lekkere kus die de hele rit naar huis op mijn lippen bleef hangen. De gedachte aan mijn bed dat de hele nacht leeg zou zijn, maakte me niet bepaald blij, maar in ieder geval ging het beter tussen ons dan ik aan het begin van deze dag had gedacht. Ik kon alleen maar hopen dat het vooruit zou blijven gaan.

*****

Nu ik mezelf erop had toegelegd de lessen tot op de letter te volgen, begon ik te denken aan andere mogelijke manieren om haar voor me terug te winnen. Ik had het hele gebeuren over de universiteit verkloot en ik was nog steeds van plan haar van mijn manier van denken te overtuigen, maar de directe, confronterende aanpak had compleet verkeerd uitgepakt.

Dus het was tijd informatie in te winnen.

Wat iemand in staat stelt toe te slaan en te overwinnen, is voorinformatie. Huur spionnen in, had Sun Tzu gezegd. Heath was nu haar huisgenoot en zag haar iedere dag. En hoezeer ik het ook haatte dat hij dat was en niet ik, ik wist dat hij de sleutel was tot het ontdekken van wat er gaande was met haar.

We waren van plan om eropuit te trekken en de hele zaterdag met elkaar in het paintballpark door te brengen. Heath was uitgenodigd om zich aan te sluiten bij het Draco Multimedia paintballteam, ter voorbereiding op de grote veldslag die volgende maand stond gepland tegen de kerels van Blizzard, onze concurrent. Er stond een revanche gepland dit jaar en Draco zou geen gevangenen nemen. En aangezien het beide kanten was toegestaan vijf niet-professionele 'huurlingen' 'in dienst te nemen', had ik Heath gevraagd.

De volgende zaterdag, ondanks dat het laat oktober was, was een warme dag in de droge heuvels van de Inland Empire ten oosten van Riverside. We werden behoorlijk afgemat in onze pseudo-militaire uitrusting en beschermende maskers terwijl we werkten aan een strategie en tactieken voor de grote slag in november. Een vaste kern van zo'n twaalf van ons had ermee ingestemd om iedere zaterdag bijeen te komen en het uit te werken. Tijdens de veldslag tegen Blizzard zou ieder van ons zich als teamleider voor de rest van de werknemers opstellen.

We manoeuvreerden ons rond oude ruïnes die waren ontworpen om eruit te zien als overblijfselen van een oude stad.

Toepasselijk, gezien de fantasy achtergrond van Dragon Epoch en, uiteraard, de wereldberoemde creatie World of Warcraft van Blizzard. Het enige wat het hele idee nog leuker had kunnen maken, zeiden veel werknemers, was de gedachte om in een kostuum van onze personages te vechten. Dat idee was door beide directeuren weggestemd.

Nadat we de rest van de groep gedag hadden gezegd, gingen Heath en ik naar een dichtbijgelegen pub voor een vroege avondmaaltijd terwijl we de gebeurtenissen van de dag nog eens uitgebreid nabespraken en ideeën over strategieën uitwisselden. Heath, die was opgegroeid in de woestijn, was uitgegroeid tot een excellente scherpschutter en overlever. Hij had me verteld dat zijn vader een paranoïde wapengek was die zich al sinds de jaren tachtig voorbereidde op de Derde Wereldoorlog. Als gevolg daarvan was Heath een scherpschutter met sniper aangezien hij er blijkbaar vanaf de kleuterleeftijd al een in zijn handen gedrukt had gekregen. Ik benoemde hem tot kapitein van onze snipereenheid.

In de pub bestelde ik een rosbief sandwich en een bier. We vergeleken onze kneuzingen; paintball was niet voor watjes. Ze lieten blauwe plekken achter, tenzij je ervoor koos om een harnas te dragen. Vanwege de hitte die dag hadden we echter besloten 'mannelijke mannen' te zijn. We wisselden als heuse oorlogskameraden verhalen uit en plaagden elkaar. De sfeer tussen ons was gemoedelijk, als de oude vrienden die we in feite waren, ook al had Heath toen we elkaar voor het eerst in het echt ontmoetten niet geweten dat we al vrienden waren.

We hadden op dat moment al meer dan een jaar met elkaar gegamed en toen we elkaar voor het eerst zagen, klikte het als vanzelfsprekend. Daar had ik op gerekend toen het duidelijk werd dat hij als Emilia's 'screener' zou optreden voor de veiling. Ik had geweten hoe ik de vragen die hij stelde had moeten beantwoorden. Ik had het systeem voor me laten werken. *I totally gamed the system.*

Heath leek afgeleid toen we de nieuwste Marvel kaskraker bespraken. Hij bleef over mijn schouder kijken en keek dan weer weg, zijn knie wiebelde constant op en neer en hij gedroeg zich nerveus. Uiteindelijk keek ik hem fronsend aan.

'Wat is er aan de hand, man?'

'Sorry, lekkere vent in het zicht, dat is alles.'

Ik wist dat hij het niet over mij had, maar ik moest hem er alsnog mee plagen. 'Ik wist niet dat je er zo over me dacht.'

Hij keek me aan. 'Naast jou, dan.'

Ik weerstond de drang om me om te draaien en het object van zijn aandacht te checken. Heath voelde zich duidelijk beschaamd. Ik nam echter wel even de tijd om de rest van de clientèle te bekijken. Het waren bijna allemaal mannen en de meeste van hen stonden in tweetallen of in grotere groepen te praten. Ik scande de rest van de ruimte. 'Wacht… zijn we in een homobar?'

Heath snoof. 'Weet je, voor 'n geniale gast kun je soms behoorlijk traag van begrip zijn.'

'Heb je me meegenomen naar een *homobar?*'

'Ja, nou en? Het eten is goed hier.'

'Da's waar. Lekkerste sandwich die ik in tijden heb gegeten.'

Heath wierp me een geërgerde blik toe. 'Nou, het is geen fout die ik nog een keer zal maken, maak je geen zorgen.'

Ik haalde mijn schouders op. 'Maakt mij niet uit. Zolang niemand me maar ten dans vraagt.'

Een vreemde blik schoof over zijn gezicht. 'Zie je hier iemand dansen? Er is geen dansvloer. Maar er zijn hier heel wat kerels die elkaar oppikken en het was een grote fout jou hiermee naar toe te nemen.'

'Hoezo?'

'Omdat iedere kerel in deze tent je al zo'n vijf keer heeft gecheckt.'

Ik schoot in de lach. Dit gesprek met Heath herinnerde me aan het vreemde kletspraatje met Jordan in het hotel in New York. 'Maak je geen zorgen, ik ben bezet. Ik ga met niemands nummer naar huis.'

Ik liet mijn mes op de grond vallen en bukte om het op te rapen en ondertussen een blik op een groepje mannen die aan de tafel achter ons zaten te werpen. Ze waren met z'n drieën. Een van hen ving mijn blik en knikte, lachend. Ik kwam overeind en draaide me weer naar Heath.

'Oké, om welke gaat het?' vroeg ik.

'Kerel met zijn rug naar jou,' mompelde Heath terwijl hij zijn blik afwendde. Nu stuiterde zijn knie zelfs nog sneller op en neer.

'Waarom ga je geen praatje met hem maken?'

Hij keek weer terug naar mij, nu zelfs nog meer geërgerd. 'Omdat een van de volgende twee dingen aan de hand is. Of ze denken dat we een stel zijn en dat ik de gelukkige idioot ben die dat donkerharige lekkertje aan de haak heeft geslagen, of ze kijken naar jou en kan ik net zo goed een Klingon zijn omdat ze voor geen zak in mijn zijn geïnteresseerd.'

Ik fronste. Niet dat ik normaal gesproken aandacht had voor hoe een andere kerel eruitzag, maar Heath was absoluut geen lelijke kerel. Hij was lang, goed gebouwd – imposant zelfs – met donkerblond haar en levendige groene ogen. Niet iemand die, volgens mij, onzeker over zijn uiterlijk hoefde te zijn. Het sloeg dus nergens op zichzelf met dat vreemde ras uit *Star Trek* te vergelijken.

'Ik wilde de boel niet voor je verpesten, man.' Ik grijnsde naar hem 'Ik heb geen idee hoe ik mijn seksuele voorkeur hier kenbaar zou kunnen maken.'

Heath kneep zijn ogen even samen, maar vervolgens klaarde zijn blik op. Hij trok een pen uit zijn zak en krabbelde iets op een servet. 'Doe me een plezier en plak deze op je voorhoofd, wil je?'

Hij gaf het servetje aan en ik las het. In drie hoofdletters, onderstreept, stond er HET geschreven, voor heteroseksueel. Ik schoot in de lach en verfrommelde het servetje. 'Leuk geprobeerd. Bij nader inzien ga ik het hier toch maar voor je verpesten.'

Ik wierp weer een blik over mijn schouder om te kijken waar de drie kerels achter me precies zaten. Toen gooide ik het verfrommelde servet. Het raakte die ene gast recht tegen zijn achterhoofd en ik dook opzij, zodat het leek alsof Heath had gegooid en ik aan de kant was gedoken. De verschrikte blik op Heath's gezicht zorgde ervoor dat ik het bijna uitschaterde.

Onmiddellijk draaide ik me om en ontmoette de blik van de kerel die achter me zat. Hij had rossig blond haar en staarde naar me met helderblauwe ogen. Hij draaide zich om zodat hij het servet kon oprapen, las het en keek me met een opgetrokken wenkbrauw aan. Ik verschoof mijn stoel en stak een kalmerende hand op. 'Sorry daarvoor. Mijn maat hier bedoelde die voor mij, maar ik was hem te snel af en hij raakte jou. Hij loopt me gewoon te stangen met mijn seksuele geaardheid.'

De gast wierp een raadselachtige blik op Heath, die knalrood werd. Ik stak mijn hand uit. 'Ik ben Adam. Dat is mijn vriend

Heath. Volgens mij is hij je een excuus verschuldigd. Hoe heet je?'

De kerel had nu een onzekere glimlach op zijn gezicht en schudde mijn hand. Toen keek hij naar Heath en zijn lach verbreedde. 'Ik ben Connor,' zei hij met een duidelijk Iers accent. 'En dit zijn mijn vrienden Jess en Xander.'

Ik knikte naar hen. 'Leuk jullie te ontmoeten.'

'Sorry voor het verkeerd mikken,' zei Heath terwijl hij mij beschuldigend aankeek.

Connor richtte zich weer tot Heath en zijn lach werd nog breder. Het was duidelijk dat hem wel aanstond wat hij zag. 'Geen probleem. Maar als het nog een keer gebeurt, zal ik je mee uit moeten nemen.'

'Wat dacht je van een rondje?' zei ik. 'Wat drinken jullie? Ik trakteer aangezien ik, per uitzondering, eens in de minderheid ben hier.' Ze lachten allemaal. Uiteindelijk draaide het erop uit dat we de tafels tegen elkaar duwden en een leuk, lang gesprek over oorlogsgames voerden. Blijkbaar had Connor in het leger gezeten en vond hij onze schitterende paintballkneuzingen wel grappig. Het gaf Heath ook nog de kans om zijn biceps te showen, waar hij vast en zeker wel blij mee was.

Toen we een paar uur later vertrokken hadden Heath en Connor hun nummers in elkaars mobiel gezet en was ik tevreden.

Op de weg naar de parkeerplaats was Heath nog steeds dolenthousiast over zijn nieuwe kennis. 'Dat accent... Mijn God, ik ging bijna dood toen ik hem hoorde praten.'

'Klonk mij meer als een dwerg,' zei ik.

'Het is maar goed dat je hetero bent en een goede smaak in vrouwen hebt, want je hebt *geen* smaak als het op mannen aankomt.'

Ik lachte. 'Sorry als ik je daarbinnen voor lul hebt gezet.'

'Als hij met me op stap gaat, is het je vergeven.'

Ik bleef even stil. 'Dus… Ik wilde even mijn hoofd om de hoek van de deur steken en hoi tegen haar zeggen, als dat oké is. Ik heb haar geappt, maar ze heeft nog niet gereageerd.'

'Tuurlijk… Ze ligt waarschijnlijk in bad of zo.'

Toen we bij mijn auto kwamen gooide ik de sleutels naar hem. 'Wil jij rijden?'

Heath's mond zakte open en hij keek bijna net zo perplex als toen ik dat servetje naar Connor had gegooid. 'Fuck, ja man.'

Mijn kobaltblauwe Porsche 356 Cabriolet uit 1953 was mijn grote trots. De kentekenplaat maakte het geheel compleet: UBR L00T. Vertaald vanuit gamertaal betekende dat 'uber loot'. De beste 'loot', oftewel buit, die je kon krijgen werd 'uber loot' genoemd en werd onder gamers fel begeerd. Ik hield van die auto als van een gekoesterd huisdier. Emilia had er een paar keer in gereden, maar had toen de koppeling als 'onmogelijk' bestempeld en weigerde er daarna nog in te rijden. Volgens mij was ze in werkelijkheid bang dat ze een kras zou veroorzaken. Er hing een prijskaartje aan waar sommige mensen het benauwd van zouden krijgen. Aan de manier waarop Heath nu naar de auto stond te kijken, leek voor hem hetzelfde te gelden.

'Doe het rustig aan met haar,' zei ik en plofte op de bijrijdersstoel.

Heath liet zich achter het stuur glijden en gaf me de verrukte grijns van een tienjarige, wat me deed denken aan mijn neefjes die graag in de auto zaten en net deden of ze aan het rijden waren. Voorzichtig stak hij de sleutel in het contact en toen de motor brullend tot leven kwam, zonk hij met een zucht achterover in zijn stoel. 'Volgens mij ben ik net in mijn broek gekomen.'

Hij zette hem in de eerste versnelling en via een omweg reden we naar zijn huis, over de kronkelende wegen van de heuvels van Orange, een aantal kilometer ten oosten van de stad. Daar woonde hij in een bovenklasse appartement, dat hij nu met Emilia deelde.

Mijn stemming betrok en ik stond mijn gedachten toe af te dwalen van Heath's plezier van de auto. Hij wierp een paar speculatieve blikken mijn kant op terwijl hij terugschakelde en schraapte toen zijn keel. 'Trek je het nog een beetje, gast?'

Ik grimaste. Blijkbaar had hij mijn gedachten gelezen of, meer waarschijnlijk, mijn gezicht. 'Ik overleef het wel,' zei ik terwijl ik probeerde te vergeten hoe vreselijk ik het vond om haar niet iedere dag te zien, haar niet vast te kunnen houden als we sliepen. We hadden niet lang samengewoond, maar ik was er snel gewend aan geraakt en het had normaal gevoeld. Arme vijf-jaar-geleden-ik. Hij was nu een verre schaduw van een herinnering.

Heath's uitdrukking werd bedrukt, peinzend.

'Hoe gaat het met haar?' vroeg ik.

Hij haalde zijn schouders op. 'Wel redelijk.'

Die steek van jaloezie weer. Heath was een prima gozer. Een goede vriend. Ik was blij dat Emilia hem in haar leven had, vooral als ze iemand nodig had buitenom mij. Maar fuck als ik hem niet iedere keer wilde stompen als ik eraan dacht dat ze op zijn schouder uithuilde in plaats van op de mijne.

Ik schraapte mijn keel en dwong de donkere emoties opzij.

'Ik vroeg me af of ik je om een gunst mocht vragen...' zei ik na een lange stilte terwijl we de grote heuvel van Chapman Avenue opklommen.

'Als het iets is wat ik kan, doe ik het.'

'Bel me... of app me of laat het me weten als... als ze hulp nodig heeft en te koppig is om het me te vragen. Of het nu om geld gaat of... wat dan ook.'

Zijn kaak bolde op doordat hij hem aanspande. 'Gedraagt ze zich zo schuchter tegenover jou?'

Ik staarde recht voor me uit. 'Het ligt allemaal nogal... gevoelig.'

Heath fronste. 'Ik zal goed voor haar zorgen, man. Ze moet doen wat ze moet doen, maar... dit gaat niet voor altijd zo zijn. Wees geduldig en probeer niet nog een keer zo'n stunt uit te halen zoals met dat aanzoek, oké? Ze komt wel naar jou toe als ze er klaar voor is. Ze is sterk en ze kan voor zichzelf zorgen, maar ze moet leren dat ze het niet allemaal zelf *hoeft* te doen. Ik ben trots op haar en ik weet dat jij dat ook bent. Ze is als een zus voor me, snap je? *My sister from another mister...*'

Ik wierp een donkere blik uit het zijraam terwijl hij met een jubelende gil in volle vaart rechtsaf sloeg, zonder dat het hem blijkbaar iets kon schelen dat je hiermee een boete voor roekeloos rijgedrag kon krijgen. Die waren behoorlijk prijzig en kostten veel te veel punten van je rijbewijs. Dat wist ik uit persoonlijke ervaring.

Toen we de auto uitstapten en ik de sleutels van hem overnam, bedankte hij me met een klap op mijn schouder. Ik kromp ineen, aangezien hij precies op de tamelijk grote blauwe plek sloeg die hij met paintballen had veroorzaakt.

Ik volgde hem het appartement in, maar het was er donker. Ik keek op mijn horloge. Het was nog maar tien uur. Was Emilia op stap gegaan?

Heath verwoordde mijn gedachten terwijl hij zijn sleutels en portemonnee op het tafeltje bij de deur legde. 'Hm, misschien is ze met Alex en Jenna uit?'

Mijn blik schoof naar het schijnsel van het computerscherm in de nis van zijn kamer en ik herkende het zachte muziekje dat op de achtergrond speelde; het deuntje van Dragon Epoch. Ze had haar computer aan laten staan op het inlogscherm. 'Lijkt erop dat ze is vergeten het spel te verlaten,' merkte ik op.

Heath rolde met zijn ogen en liep naar zijn computer om het programma weg te klikken en de computer af te sluiten. Mijn blik viel op het notitieblok dat ze altijd naast haar computer had liggen, vol met aantekeningen over de verborgen quest van de *Golden Mountains*. Ik onderdrukte de neiging om erdoor te bladeren, nieuwsgierig om te zien of ze er al dichtbij was.

Heath zuchtte. 'Ze laat hem altijd op het inlogscherm staan. Ik word gestoord van dat jengelende muziekje.' Hij kwam overeind. 'Niet lullig bedoeld.'

Ik lachte. 'Geen probleem. Ik heb de muziek niet geschreven.'

'Wil je een briefje voor haar achterlaten of zo?'

Daar dacht ik over na. Ik trok mijn mobiel tevoorschijn. Nog steeds geen reactie op mijn appje. Ik typte er nog een.

Ben bij Heath. Kwam even hoi zeggen maar je bent er niet.

Een paar tellen nadat ik op verzenden drukte, hoorde ik gezoem naast de computer. Heath's hoofd draaide zich om. 'Haar mobiel ligt hier. Haar tas ook, zie ik nu. Ze moet in haar kamer zijn.'

Ik liep naar haar deur en klopte zachtjes. Na een lange stilte hoorde ik haar stem aan de andere kant. Toen ik opendeed, bleek ze in het donker te liggen.

'Heath, ik lag te slapen. Met wie praat je daar?' mompelde ze.

'Adam,' antwoordde ik. 'Ik bedoel, ik ben het, Adam. Mag ik binnenkomen?'

Ze bewoog in haar bed en ging overeind zitten. Ik keek het donker in en zag slechts haar contouren. Ze wreef in haar ogen. 'Ja, hoor. Hoe was het paintballen?'

'Goed,' zei ik en stapte de kamer in.

Ze schoof opzij op het smalle bed en klopte op de plek naast haar. 'Ga zitten.'

'Sorry dat ik je wakker heb gemaakt. Waarom lig je al zo vroeg in bed?' Ik had nog nooit meegemaakt dat ze voor elf uur in bed lag. En toch lag ze hier, nog maar net tien uur en ze had al een poosje geslapen.

'Gewoon heel erg moe,' reageerde ze terwijl ze geeuwde.

Ik ging naast haar zitten en boog voorover om haar voorhoofd te kussen. Ze sloeg haar armen rond mijn nek en omhelsde me stevig.

'Voorzichtig,' zei ik. 'Je huisgenoot heeft me verrot geschoten.'

'Hufter,' snoof ze. 'Ik zal hem voor je op z'n mieter geven.'

Ze voelde warm. Ik legde mijn hand op haar voorhoofd. 'Voel je je wel goed?'

'Ik ben gewoon zo moe,' herhaalde ze.

'Dan zal ik je niet langer wakker houden...' zei ik en mijn stem stierf weg. Het laatste wat ik wilde was weggaan, verdomme.

Ze liet zich op haar rug vallen en keek naar me op. Haar donkere haren lagen uitgespreid over haar kussen. Ik maakte aanstalten op te staan toen ze haar hand rond mijn arm klemde. Ik aarzelde, ging weer zitten.

Haar zware oogleden, haar lome glimlach, ze was zo verdomd mooi. 'Wil je nog een poosje bij me blijven zitten? Tot ik weer in slaap val?'

Ik vouwde mijn hand om die van haar. 'Tuurlijk.'

Ze rolde op haar zij, gezicht mijn kant op, om ruimte voor me te maken zodat ik naast haar kon liggen. Ik schopte mijn schoenen uit en deed precies dat terwijl ik mijn armen om haar heen sloeg.

De geur van vanille en verse perziken... Dat was de geur van Emilia en dat verlangen kwam in volle hevigheid terug. Hoezeer ik haar miste. 'Emilia...' fluisterde ik.

'Ja?'

Ik opende mijn mond. *Ik mis je. Zoals ik mijn rechterarm zou missen. Zoals ik mijn eigen kloppende hart zou missen. Zoals ik mijn volgende ademhaling zou missen.* 'Je zou het me vertellen als er iets was, toch? Zodat ik je kon helpen?'

Lange tijd bleef ze stil. 'Waarom denk je dat er iets is?'

'Dat denk ik niet, maar gewoon... Voor het geval dat.'

Ze nestelde zich dieper in mijn armen. 'Ik zal je vertellen wat ik nu nodig heb. Jouw armen. Precies waar ze nu zijn. Die me stevig vasthouden. Het medicijn tegen alles wat me mankeert.'

'Wat mankeert je dan?'

Een stilte. 'Dat zei ik al. Niets. Alleen moe.'

Ik trok haar tegen me aan terwijl ik mezelf mentaal met een knuppel neersloeg om de drang haar te kussen te weerstaan. Mijn lichaam wilde in ieder geval heel graag iets – haar geur en warmte waren veel te dichtbij, veel te uitnodigend. Ik herinnerde mezelf eraan dat ik hier was om haar te geven wat *zij* nodig had. Ik wilde haar voorgoed bij me terug en ik was bereid mijn tijd af te wachten. Sun Tzu zou trots op mijn geduld zijn geweest.

Nog geen tien minuten later sliep ze al weer. Ik hield haar nog een half uur in mijn armen voordat ik opstond van het smalle bed, haar zachtjes op haar wang kuste en het dekbed over haar heen trok.

Toen ik terug in de woonkamer kwam, zat Heath op de bank een game te spelen op zijn iPad.

Hij keek op. 'Alles oké?'

'Ze was echt heel moe.'

Zijn blik flitste naar de gesloten deur en hij knikte, zijn uitdrukking vreemd vlak. 'Ze had een lange week.'

'Maar ze is in orde, toch?'

Heath keek me fronsend aan. 'Leek ze in orde?'

'Jawel. Het is gewoon…' Ik schudde mijn hoofd. Hoe kon ik dit rare gevoel uitleggen dat op niets concreets was gebaseerd? Alleen op mijn instinct?

'Ik zei al dat ik voor haar zou zorgen. Vertrouw me, oké?'

Ik knarste mijn tanden. Had ik een andere keus? *Ik* zou degene moeten zijn die voor haar zorgde. 'Ik ga er vandoor.'

Heath stond op, liep met me mee naar de deur en opende hem voor me. 'Bedankt, man. Geweldige dag. Ga eerst maar eens wat ijs op die kneuzingen leggen, mietje.'

'Fuck you,' zei ik lachend.

'Zie ik je volgende week? Zelfde tijd, zelfde plaats?'

'Ja, zie je dan.'

Op de parkeerplaats aarzelde ik voordat ik me achter het stuur van mijn auto liet zakken, niet in staat het duistere gevoel van me af te schudden dat werd veroorzaakt door Emilia's ongebruikelijke gedrag. Ik vermande mezelf, zei dat ik me paranoïde gedroeg en startte de auto terwijl ik probeerde deze nieuwe, donkere gevoelens van me af te schudden. Helaas ontglipte dat Zen-gevoel dat ik zocht me. Ik was constant aan het malen, piekerde de hele tijd over de vragen in mijn hoofd. Een ding was zeker, ze zat vast in mijn brein, op mijn huid, onuitwisbaar en permanent, als een tattoo. Zelfs als ik sliep.

HOOFDSTUK
ACHT

DE VOLGENDE OCHTEND, ZONDAG, WERD IK WAKKER met een enorme stijve nadat ik zo'n beetje de hele nacht over Emilia had gedroomd en naar haar had gereikt terwijl ik nog half in slaap was. Toen mijn armen leeg bleven, rolde ik op mijn rug en dacht aan alle manieren waarop ik haar in dromenland had genomen. Zonder de regelmatige seks had mijn onderbewustzijn een feestje voor zichzelf, aangewakkerd door mijn hongerige libido.

Zoals ik de laatste tijd al veel te vaak had gedaan, bleek het die ochtend nodig in de douche het heft in eigen hand te nemen. Het haalde de scherpe randjes eraf, maar ik gooide er nog een rigoureuze workout bovenop. Tegen de middag wilde ik haar bellen, maar ze wist dat ik die avond bij het familie-etentje zou zijn. Peter had ons allebei uitgenodigd en, vreemd genoeg, Kim ook. Dus in lijn met mijn nieuwe filosofie van wachten tot ze naar mij zou komen, besloot ik haar niet te bellen of te appen voordat ik haar die avond zag.

In plaats daarvan ging ik ervoor zitten om aan een nieuw project te werken, want inmiddels weigerde ik het om in het weekend iets voor het werk te doen, tenzij ik onmogelijke rechtszaken moest afhandelen of het met de voorbereidingen van de Con te maken had. In mijn hoofd rechtvaardigde ik het als een hobby, niet *echt* werk. Het was een opwindend idee om een science fiction game te ontwikkelen dat zich in de ruimte afspeelde en dat gekoppeld was aan verschillende social media platforms – Facebook, Twitter, Instagram en Tumblr, misschien nog andere, maar zover was ik nog niet. Aangezien ik nog in de beginfase zat, had ik er nog met niemand over gesproken, zelfs met Emilia niet.

De hele middag bracht ik hiermee door, tot het tijd was om naar mijn oom te vertrekken. Ik kleedde me om in mijn beste vrijetijdskleding en trok zelfs een rood shirt aan, een kleur waar ik zelf niet echt van hield, zelfs niet ondanks de dubbele betekenis van *redshirt* als een personage in *Star Trek* dat snel gedoemd is dood te gaan in de film. Ik koos het shirt alleen omdat Emilia een keer had gezegd dat ze gek op dat ding was. Dus ik zorgde ervoor dat ik er op mijn best uitzag. Iets met lokaas en zo.

Toen ik bij Peters huis arriveerde, stond hij met Kim in de keuken het eten voor te bereiden. Ik had mijn gebruikelijke fles wijn en een doos taartjes van de bakker voor het dessert bij me. Toen ik de deur door liep, begon Kim te stralen en keek verwachtingsvol over mijn schouder.

'Hoi, Adam! Hoe gaat...' Toen ze niet zag waarnaar ze op zoek was, fronste ze. 'Waar is Mia? Komt ze niet?'

Ik zette de fles wijn de doos van de bakker neer. 'Ik verwacht haar wel, hoor.'

Kim keek verbijsterd. Peter wierp een blik op haar en keerde zich toen naar mij. 'Maar... zou ze dan niet met jou zijn meegekomen? Of moest je vandaag nog naar je werk?'

Ik bevroor. Ik had aangenomen dat ze wisten dat Emilia niet meer bij me woonde. O, shit. Nou, *dit* was klote. 'Ik kom vanuit huis, maar... ze logeert een poosje bij Heath.'

Kim fronste en schudde haar hoofd. Ze draaide zich om en liep de keuken uit terwijl ze iets mompelde over haar telefoon zoeken. Peter had zijn ogen niet van me afgewend. We staarden elkaar een lang, gespannen moment aan.

'Wil je erover praten?' vroeg hij toen zachtjes.

Ik ademde diep in. 'Niet echt.'

Hij knikte. 'Oké.' Hij keek naar de deuropening, waar Kim net door was verdwenen, en bezorgdheid straalde van zijn gezicht af. 'Ze maakt zich zorgen om Mia.'

Ik verstijfde. 'Waarom?'

'Ze reageert al een poosje niet op Kims telefoontjes of appjes.'

Het was niets voor Emilia om haar moeder buiten te sluiten. Sterker nog, dat was ronduit bizar. Ik verhulde mijn schrik door over mijn kaak te wrijven. 'Hmm. Vreemd.'

'Zijn jullie... uit elkaar?'

'Nee. We, eh, wonen alleen een poosje niet meer samen.'

Hij knikte.

Ik pakte mijn mobiel en checkte mijn berichten. Niets. Ik typte een appje.

Had je nog aan het etentje gedacht? Ze vragen zich af waar je blijft.

Toen appte ik Heath.

Waar is Mia?

Vrijwel onmiddellijk kwam zijn reactie. **Ze voelt zich niet lekker. Is thuisgebleven.**

Slaapt ze? Ben je bij haar? Ik kom er aan, antwoordde ik.

Ze is in orde. Moet gewoon wat uitrusten. Kom alsjeblieft niet hierheen, reageerde hij.

Ik blies mijn adem uit en verplaatste mijn gewicht naar mijn andere been terwijl ik ondertussen probeerde de bijna overweldigende behoefte te onderdrukken om erheen te gaan en het zelf te kunnen zien, er zeker van te zijn dat ze oké was. Mijn hand balde zich tot een vuist aan mijn zij terwijl ik mijn mobiel terug in mijn zak stak.

Peter stond aardappelen te snijden en keek zo nu en dan naar me op.

'Britt en de jongens kunnen er ieder moment zijn. Ik hoop dat je blijft.'

Hij kende me goed. Hij zag aan mijn lichaamstaal dat ik op het punt stond de benen te nemen. 'Kim is niet de enige die zich zorgen maakt,' mompelde ik.

'Komt ze niet? Ga je ervandoor?'

'Ik wacht tot de jongens er zijn. Ik heb iets voor ze.'

Peter wierp weer een blik naar de deuropening. 'Nou, we wilden na het eten met jullie twee rond de tafel gaan zitten om iets te bespreken, maar… aangezien ze niet komt en jullie twee problemen hebben, kan ik je misschien maar beter vertellen dat Kim en ik iets met elkaar hebben.'

Er landde iets zwaars in mijn buik bij het horen van dat nieuws en ik kon niet zeggen waarom. Want op de een of andere manier had ik het gevoel dat dit niet goed ging uitpakken als het tussen Emilia en mij niet goed kwam. Dit kon verdomde ongemakkelijk worden.

'Ik ben blij voor je,' bracht ik braaf uit, omdat dat was wat ik hoorde te zeggen. Blij voor hem, balen voor mezelf.

Op dat moment verschenen Britt en de jongens en ik was opgelucht dat ik het gesprek met Peter niet hoefde voor te zetten. Ik bukte en gaf ze allebei een knuffel – ik had ze een paar maanden niet gezien – en gaf vervolgens een kus op de wang van hun moeder.

'Hallo dan,' zei Britt en keek om zich heen. 'Waar is je betere helft?'

Oké, blijkbaar was niemand blij om alleen mij te zien? Geweldig.

'Ze voelt zich niet zo lekker. Thuis in bed.' Alleen niet bij *mij* thuis, in *mijn* bed, waar ze hoorde te zijn.

'Ah, man, is Mia er niet?' vroeg DJ.

'Hé maatje. Ik heb je verjaardag gemist, dus ik wilde je je cadeau geven, oké? En ik heb ook iets voor Gareth, voor zijn verjaardag volgende maand.'

Ineens waren de jongens in mij geïnteresseerd en vergeten dat Emilia niet kwam. Ik reikte naar mijn portemonnee en trok er twee kaartjes uit om ze aan hen te geven. Britt keek oplettend toe en zodra ze zag wat ik ze had gegeven, keek ze me met een lijdzame blik in haar ogen aan.

Ik trok mijn schouders naar haar op.

De jongens pakten hun cadeautje aan en Gareth ramde zijn vuist in de lucht. '*Yes!*' riep hij. 'Ik *zei* toch dat hij ons kaartjes voor Disneyland zou geven, DJ!'

'Huurt hij ook iemand in om jullie erheen te brengen?' vroeg Britt tussen opeengeklemde kaken door.

'Papa en mama krijgen hun eigen kaartjes en een lidmaatschap voor Club 33, een club voor volwassenen,' zei ik terwijl ik haar nog twee kaartjes gaf, waarvoor ze me direct met een grijns bedankte.

'Ze zijn een heel jaar geldig.' Ik richtte me weer tot de jongens en legde bij hen allebei een arm op hun hoofden. 'Ik beloof dat ik een keer met jullie meega zodra ik kan. Jullie zijn bijna groot genoeg om mijn armleuning te zijn. Dan loop ik lekker door het park met mijn armen op jullie koppies.' Ik demonstreerde het door mijn onderarm op hun hoofd te leggen, alsof ik in een grote, luie stoel zat.

DJ vloog onder me vandaan. 'Mia gaat ook met ons mee naar Disneyland, toch? Ze heeft beloofd met me naar Thunder Mountain te gaan.'

Gareth greep me beet en probeerde met me te worstelen. Ik trok mijn arm op en aangezien zijn handen rond mijn onderarm waren geklemd, kwam hij mee omhoog. 'Misschien dat ik maar eens naar het zwembad loop en jou erboven laat hangen.' Ik lachte. Gareth liet me prompt los en rende ervandoor. Ik wist waar ze heen gingen.

'Jongens, niet de auto. Ik moet zo gaan.'

Allebei draaiden ze zich om, teleurstelling op hun gezicht. Snel wijzigden ze hun plan en renden nu naar de achtertuin.

'Niet binnen het hek van het zwembad, jongens!' riep Peter.

'Oké, opa,' reageerde DJ voordat de deur dichtsloeg.

'Alles oké met Mia?' vroeg Britt.

Ik opende mijn mond om te zeggen dat ik geen idee had toen mijn telefoon ons onderbrak. Shit, waarschijnlijk was zij het. Ik trok hem tevoorschijn en keek naar een inkomend bericht. Mijn hoop werd de grond in geboord.

Jordan.

Moet je zsm zien over de bijeenkomst met de verzekering morgen. Ben je thuis?

Ik stak mijn telefoon terug en negeerde het bericht. Ik gaf Britt antwoord. 'Daar ga ik nu achter komen. Zie je later. Sorry.'

Ik griste mijn sleutels van het aanrecht. Onderweg naar buiten sloot Kim zich bij me aan en samen liepen we naar de auto. Ze leek overstuur. 'Ik probeerde haar net te appen. Geen reactie. Heath zegt dat ze zich niet lekker voelt.'

'Ja, dat zei hij tegen mij ook,' zei ik op effen toon.

'Adam, wat is er aan de hand?'

Plotseling wilde ik dat ik gewoon in mijn auto kon springen en wegrijden in plaats van dit gesprek voeren. Ik aarzelde. Wat kon ik in hemelsnaam zeggen?

'Gaat dit over jouw aanzoek? Is dat waarom ze boos is?'

Hoe kon ik het zo eenvoudig mogelijk maken zonder het uitgebreid aan iedereen te moeten uitleggen? Ik ontweek haar blik. 'Min of meer. Ze heeft het er moeilijk mee om te beslissen wat ze wil.'

'Je bedoelt wat betreft haar studie?'

Ik klemde mijn tanden op elkaar. 'Inderdaad.'

'Ze doet zo vreemd. Dit is niets voor haar. Heeft ze... Zijn jullie uit elkaar?'

'Nee.'

Ze was zichtbaar opgelucht. 'O, mooi.'

Nou, dat was tenminste een geruststelling, de wetenschap dat ik haar moeders goedkeuring had. Hopelijk zou daar het een en ander van overslaan op haar dochter.

'Kan ik je om een gunst vragen?'

'Natuurlijk,' zei ik.

'Kun je... Wil je haar alsjeblieft zeggen dat ik graag iets van haar zou horen?'

Ik ademde diep in en let de lucht langzaam weer ontsnappen. Ik zou ook graag wat van haar horen. 'Zal ik doen, Kim. Ik weet zeker dat ze in orde is. Het is gewoon een lastige tijd voor haar. Moeilijke beslissingen en dat soort dingen.'

Ik reikte naar de hendel van het portier en ze legde haar hand over die van mij. 'Ik weet dat het moeilijk is, maar laat haar niet schieten, oké? Ze is vreselijk onafhankelijk, maar ze heeft een loyaal hart. Ze is nu gewoon in de war.'

Wat moest ik daarop zeggen? Dat wist ik allemaal al en ik probeerde uit alle macht het te begrijpen. Ik knikte. 'Bedankt.'

Het waren vijf snelle minuten van Peters huis naar Heath. Onderweg dacht ik over dit alles na. Emilia voelde zich duidelijk niet goed. Misschien was ze depressief? Het zou haar vreemde gedrag verklaren en haar geheimzinnigheid tegenover haar moeder. Nou, *dat* was niet zo ongebruikelijk als Kim dacht dat het was. Emilia had haar moeder nooit ingelicht over de ware omstandigheden waaronder we elkaar hadden ontmoet. Ook had ze met geen woord gerept over de maagdenlijkheidsveiling, wat te begrijpen was. Maar nadat we echt een relatie hadden gekregen, had Emilia me verteld dat haar geheimhouding over de veiling en de daaropvolgende gebeurtenissen enige verwijdering tussen haar en haar moeder had veroorzaakt. Was ze weer dingen aan het geheimhouden?

Een paar minuten later maakte de niet-verraste uitdrukking op Heath's gezicht toen hij de deur opende en me zag staan duidelijk dat hij me had verwacht. Emilia zat in het zitgedeelte in een T-shirt waar ze normaal gesproken in sliep en een yogabroek naar een herhaling van *Doctor Who* te kijken terwijl ze een schaaltje cornflakes zat te eten. Ze keek me aan met grote, schuldige ogen.

'Dus... is je mobiel kapot?' vroeg ik met afgemeten stem.

Ze zette de schaal neer en keek naar Heath, die zijn handen in de lucht gooide en de kamer uit liep.

'Hij ligt daar en ik heb er niet op gekeken. Ik ben net wakker.'

Ik aarzelde. 'Na een dutje?' Ik keek op mijn horloge. Bijna half zeven.

'Min of meer.'

Ik gang naast haar op de bank zitten en ze wees met de afstandsbediening naar de tv om het geluid uit te zetten. 'Heb je de hele dag in bed gelegen? Waarom heb je me dat niet laten weten?'

Ze ademde diep in en keek weg. 'Is het de bedoeling dat ik je ieder uur een medisch verslag stuur?'

'Nou, je had me op z'n minst kunnen vertellen dat je niet naar het familie-etentje zou komen.'

Nerveus greep ze een haarpluk van haar glanzende bruine lokken beet en draaide hem om haar vinger. Ik zoomde erop in. O-oh. Mijn ogen knepen samen.

'Ik dacht dat ik zou gaan. Ik had de wekker gezet om op tijd op te staan, maar hij ging niet af.'

Ik staarde haar een tijdje aan en ze friemelde met haar vingers. Haar kleren waren gekreukt, haar haren niet gekamd en ze had kringen onder haar ogen. En het was duidelijk dat ze iets verborg. Ze gaf me al haar gebruikelijke signalen.

Uiteindelijk trok ze haar wenkbrauwen naar me op. 'Wat?'

'Er is iets gaande en je houdt het voor me achter.'

'Ik voel me gewoon niet zo goed.'

'Als in… lichamelijk of mentaal, of wat?'

Ze knipperde met haar ogen en zuchtte diep, duidelijk geïrriteerd. 'Ik mag best af en toe een paar slechte dagen hebben.'

'Waardoor heb je slechte dagen?'

Ze haalde haar schouders op en keek weg. 'Er is niets aan de hand. Het zijn een paar klote weken geweest, voor ons *allebei*. Ik heb gewoon wat tijd nodig om een beetje rond te hangen en niets te doen.'

Ik wreef over mijn voorhoofd. We hadden niet lang samengewoond, maar ik had nooit gezien dat ze behoefte aan zo'n dag had als nu. Emilia was normaal gesproken heel energiek. En normaal gesproken als ze boos of neerslachtig was, gamede ze. Ik wierp een blik op de nis waar haar computer stond. Hij stond uit, waarschijnlijk sinds Heath hem gisteravond had uitgeschakeld. Misschien had ze last van haar menstruatie? Ik wist echter wel beter dan daarnaar te vragen. Niet nodig mijn kop er onnodig af te laten bijten. Maar als dat het was, waarom deed ze dan zo geheimzinnig? Dan zou ze het me gewoon hebben verteld.

'Wil je dat ik bij je blijf?'

Ze aarzelde en mijn telefoon liet zich horen. Ik trok hem tevoorschijn en keek erop. Jordan weer.

Gast, waar de hel zit je? We hebben een aantal zaken te bespreken.

Ik klikte het bericht weg en stak het ding terug in mijn zak.

Behoedzaam keek ze me aan. 'Wie was dat?'

'Het Jordan maar, zit me op mijn nek, zoals gewoonlijk.'

'Hm.' Ze fronste. 'Ik herinner me dat *jij hem* steeds op de nek zat.'

'Praat met me,' zei ik terwijl ik naar haar hand reikte. 'Wat is er aan de hand?'

'Ik voel me gewoon niet honderd procent. Waarschijnlijk heb ik een virus.'

Mijn telefoon begon te rinkelen.

'Je kunt beter opnemen,' zei ze en ik wierp haar een blik toe. Enkele maanden geleden zou ze me precies het tegenovergestelde hebben gezegd.

Ik rukte het apparaat uit mijn zak en nam op. 'Ja, wat?'

'Waar zit je in hemelsnaam? We moeten wat papierwerk doornemen en je negeert mijn appjes.'

'Kan het niet tot morgen wachten?'

Stilte. 'Ehm. *Nee.* Die vergadering is morgenochtend vroeg. Waar ben je?'

'In Orange.' Ik wierp een korte blik op Emilia, die afwezig uit het raam zat te staren. 'Waar wil je afspreken?'

'Jouw huis. Over een half uur.'

'Prima.' *Shit*. Ik wilde niet bij Emilia vandaan gaan. Ook al was het duidelijk dat ze me hier niet wilde hebben.

Ze wendde zich tot me toen ik ophing, schoof over de bank om haar armen rond mijn torso te slaan en haar hoofd op mijn schouder te laten rusten. Mijn hart zwol op in mijn borstkas en ik drukte een kus in haar naar vanille ruikende haren. Zodra ik aan haar haren rook, voelde ik me weer een beetje tot rust komen. 'Het komt wel goed met me. Ga jij maar voor je bedrijf zorgen. Ophouden je zo druk te maken.'

'Weet je waardoor ik me minder druk zou maken?' vroeg ik terwijl ik over haar haren streek. 'Als je in mijn huis zou zijn, zodat ik voor je kon zorgen.'

'Hoe wist ik dat je dat ging zeggen?' Ze drukte een kus op mijn wang. 'Ik ben een grote meid. Ik heb jarenlang voor mezelf gezorgd voordat we elkaar leerden kennen.'

'Ik vind dat je morgen een vrije dag moet nemen,' merkte ik op.

'Ik zal erover denken,' reageerde ze. 'Ga nu Jordan zijn zin maar geven. Ik ga deze aflevering afkijken en dan waarschijnlijk weer een poosje liggen.'

'Je moet ook je moeder even bellen. Ze maakt zich zorgen over je.'

'Was mam bij Peter?'

Ik ademde in. 'Ja... Blijkbaar wilden ze ons vertellen dat ze aan het daten zijn.'

Even schoot er een geschrokken blik over haar gezicht. 'Dat is... ehm. Een beetje gatver.'

Ik schoot in de lach. 'Blij te horen dat ik niet de enige ben die dat vreemd vindt. Waarom laat je niet van je horen? Ze leek er echt mee te zitten.'

Emilia maakte zich van me los en leunde achterover. 'Zal ik doen. Ik zal haar bellen voordat ik weer naar bed ga.'

Ik leunde naar voren en kuste haar voorhoofd. 'Ik ga. Ik bel je morgen. En ik zal Mac zeggen dat je thuisblijft.'

Ze opende haar mond om te protesteren, maar ik stak mijn vinger op. 'Ik ga daar niet over in discussie. Neem een dag vrij, de baas zegt het. Ik kom morgen kijken hoe het met je gaat.'

Ik kuste haar gedag en vertrok.

***

Jordan stond al op me te wachten toen ik thuiskwam. Mijn huishoudster had hem binnen gelaten en iets te drinken en wat hapjes voor hem gemaakt terwijl hij aan de keukenbar zat. Ik pakte wat canapés en legde ze op een leeg bord, wat ze onmiddellijk zag en me aanbod avondeten voor me te maken.

Ik sloeg het aanbod vriendelijk af, griste de schaal snacks mee en vertrok met Jordan naar mijn kantoor.

'Wat is er zo belangrijk dat het niet tot morgen kan wachten?' vroeg ik terwijl ik tegenover Jordan aan mijn bureau ging zitten.

'Het verzekeringsbedrijf heeft ons papieren gestuurd die we moeten doornemen en zo snel mogelijk voorzien van onze correcties moeten terugsturen.'

Met mijn duim wreef ik over mijn voorhoofd. 'En dat kon niet wachten?'

Jordan keek me aan alsof er een derde oog uit mijn hoofd groeide. 'Wat de hel, Adam? We moeten bovenop deze shit zitten. Dit is ons bedrijf. En die verzekeringsgasten hebben ons met onze nek in de strop. Een verkeerde beweging en we bungelen. *Nee*, het kon niet wachten.'

Leuk beeld. Ik pakte de stapel papieren en scande het eerst vel. 'Dit is allemaal gezeik over een schikking. We gaan *niet* schikken.'

Jordan keek me een lange, zware minuut aan. 'Misschien hebben we geen keus.'

'Bullshit. Dat is niet aan hen.'

'Joseph heeft de polis overlopen, want ik wist dat je dit allemaal ging zeggen. Hij heeft nog niets gevonden. Tenzij *jij* als directeur in de aanklacht wordt genoemd, heb je niets te zeggen over de beslissing van de verzekeringsmaatschappij om te schikken of het voor te laten komen.'

Sissend liet ik mijn adem ontsnappen en gooide de stapel papieren op het bureau. Ik wilde me hier nu niet mee bezig houden. Ik kon de zorgen om Emilia maar niet uit mijn hoofd krijgen. Lange tijd staarde ik uit het raam en vroeg mezelf af waarom ik me vanavond nergens anders op kon concentreren.

'Adam. Hou je kop erbij, man. Waar zit je op het moment?'

'Ik *deed* een poging wat tijd met mijn familie door te brengen...'

'*En* je vriendin achter haar kont aan zitten nadat ze is verhuisd. Wat de hel is er met je gebeurd? Ik heb die gehaaide directeur nodig, die geen kik gaf als hij op een zondag twaalf uur op kantoor moest doorbrengen, niet de hippie die op een of andere wandeltocht vertrekt en zijn snor drukt.'

Ik schoot uit mijn stoel en bewoog naar het raam, mijn armen voor mijn borst over elkaar gevouwen. 'Genoeg, Jordan, oké?'

Zijn stoel kraakte toen hij verschoof. 'Jezus, het spijt me, maar... Ik heb je echt nodig, nu. Waar zit je?'

Ik streek met mijn hand door mijn haren. 'Ik maak me zorgen over haar. Er is iets niet in de haak. Dat voel ik gewoon. Er is iets wat ze me niet vertelt. Maar ik weet wel beter dan *jou* om advies te vragen als het om vrouwen gaat.'

'Nou, *dat* is in ieder geval verstandig van je. Wat is er met haar?'

'Ik weet het niet. Ze voelt zich niet goed, blijkbaar. Ze zegt niets tegen mij en ze zegt niets tegen haar moeder.'

Hij krabde aan zijn stijlvolle sik en gaf me een verlegen blik. 'Nou, er zijn manieren om daarachter te komen, weet je. Als ik dit voor jou regel, kun jij je misschien hierop concentreren.'

Fronsend keek ik hem aan. 'Wat, bedoel je een detective inhuren of zo?'

Hij schoof heen en weer in zijn stoel. 'Ik ken een mannetje… Zoals eerder, toen je me vroeg haar moeders financiële situatie uit te zoeken. Hij zou Mia een week kunnen volgen en je kunnen vertellen wat je wilt weten.'

Ik draaide me terug naar het raam. 'Nee.'

'Adam, je gaat fucking nutteloos voor mij en dit bedrijf zijn tenzij je je losrukt van deze shit. Kan het kwaad? Ze komt er nooit achter. Deze gast is *goed*. Jij zou rust in je kop hebben en je bedrijf krijgt zijn volledig-functionerende directeur terug.'

Huur spionnen in, zei Sun Tzu. En aanpappen met Heath zou nergens toe leiden, want hij was loyaal tot op het bot. Hij zou haar nooit verraden. Maar een prof zou er heel snel achter komen. Hij zou ontdekken waar ik hem voor betaalde. Viel er echter wel iets te ontdekken? Hield ze echt iets voor me achter?

'We zien wel.' Ik schraapte mijn keel en rechtte mijn schouders. 'Laten we dit ding maar eens pagina voor pagina doorspitten. Wil je nog iets te eten of zo?'

Jordan keek me met duidelijke verwarring op zijn gezicht aan. Uiteindelijk trok hij zijn schouders op. 'Nee, ik heb genoeg.'

Tot ver na middernacht gingen we tot in detail door het papierwerk. Tegen de tijd dat ik in bed kroop, zag ik bijna scheel van vermoeidheid. En ik zag al op tegen maandagochtend, die zich al aandiende voordat ik mijn ogen goed en wel had gesloten. Een tukje van een paar uur en heel veel koffie zou me de volgende dag door moeten helpen.

***

Een kerkhof. Fel licht. Het was vlak voor de middag. Er waaide een droog briesje, een droevig geluid weerklonk tussen de bomen. Kraaien schreeuwden in de verte. Ik hield een bosje rozen in mijn hand, kneep de stelen fijn in mijn vuist, de doornen staken, prikten in mijn handpalm. Ik had elke grafsteen gescand. Elke verdomde steen. Ik was hier al uren. Dagen. Weken. En geen van de zerken was degene die ik zocht.

Ik keerde om, liep wederom langs de graven die ik al eerder had gezien. Las de namen keer op keer. Ik legde de route steeds weer af, wetende dat het nergens toe leidde, dat het niets zou opleveren. 'Bree? Waar ben je?' riep ik en de stem was niet de mijne, maar van een kind. De jongen die ik was geweest. 'Bree. Kom bij me terug!'

Ik schrok wakker, niet in staat te ademen. In de war. Mijn T-shirt was zeiknat van het zweet en de golvende lijnen van een beginnende migraine-aura vormden zich aan de rand van mijn gezichtsveld. *Bree...* Die wanhopige schreeuw echode steeds maar weer door mijn hoofd. *Ze is weg. Voor altijd*, reageerde een droge, cynische stem – de stem van mijn volwassen ik.

In paniek liet ik mezelf tegen mijn vochtige kussen vallen. Ja, het was een droom, maar de realiteit was maar al te angstaanjagend. Ik kon Emilia niet verliezen zoals ik Bree was verloren.

Mijn honger om te weten wat er gaande was, bleek deze ochtend nog intenser te zijn dan de vorige avond toen ik met Jordan had gesproken. Ik dacht na over zijn aanbod, over alle mogelijkheden die het huren van een privédetective tot gevolg konden hebben. Ik woog de voors en tegens tegen elkaar af.

Onvermijdelijk belde ik Jordan een uur later op. Het was vijf uur 's ochtends.

'Wat is er?' kraakte zijn stem door de telefoon. Ik had hem duidelijk wakker gebeld.

'Bel je mannetje. Zeg hem contact met me op te nemen, dan geef ik hem alle informatie die hij nodig heeft. Ik wil het discreet, oké? Haar niet volgen, alleen wat zaken natrekken.'

'Wat is daar het nut van? Dat duurt alleen maar langer.'

Ik haalde mijn schouders op. Het sloeg ook nergens op. Haar privacy schaden was haar privacy schaden, hoe ik het ook bekeek. Ik zuchtte diep. 'Geef hem nou maar gewoon mijn nummer en laat mij met hem in gesprek gaan, oké?'

'Tuurlijk... Bedankt dat je me wakker hebt gebeld.'

Ik verbrak de verbinding en probeerde de energie bijeen te rapen om op te staan, te gaan douchen en me klaar te maken voor weer een nieuwe dag. Om acht uur hadden we een telefonische vergadering met de verzekeringsmaatschappij. Aangezien zij aan de Oostkust zaten, moesten we vroeg beginnen.

Als een zombie die net uit mijn eigen game was gestapt, werkte ik me de ochtend door tot ik met mijn derde kop koffie voor mijn neus zat tegen de tijd dat het gesprek begon.

Het was overduidelijk dat zij wilde schikken en volgens mijn advocaat was er geen zak wat ik ertegen kon doen. Op dit moment werd er al een schikkingsvoorstel opgesteld.

Rond tien uur wilden de New Yorkers gaan lunchen en zat ik in mijn kantoor, mijn gezicht in mijn handen terwijl ik probeerde te bedenken hoe we vanaf hier verder moesten. Het voelde praktisch alsof ze mijn ballen in een bankschroef hadden geklemd. Als ik van hun plan zou afwijken, zouden ze hun dekking terugtrekken en zou ik volledig aansprakelijk zijn voor de schadevergoeding en alle juridische kosten. Ook al was er een goede kans dat ik een rechtszaak uiteindelijk zou winnen, ik zou alsnog verliezen aangezien de kosten behoorlijk hoog zouden zijn.

Ik had naar de afdeling marketing gebeld om er zeker van te zijn dat Emilia niet naar haar werk was gekomen en ze verzekerden me ervan dat ze thuis was gebleven. Ik stuurde haar een snel appje om te vragen of ze in orde was.

Ze reageerde dat ze zich beter voelde en de avond met haar moeder zou doorbrengen. Ze vroeg of ze morgen bij mij thuis kon langskomen.

Ik beteugelde de constant aanwezige irritatie bij de gedachte dat ik haar niet iedere dag kon zien en stemde in.

Vroeg in de middag kreeg ik een telefoontje van een nummer dat ik niet kende. Ik nam op in de verwachting dat het Jordans mannetje was. Toen hij zich voorstelde, vroeg ik hem naar zijn ervaring en vertelde ik hem wat ik van hem verwachtte.

Hij vroeg me naar haar gegevens – naam, leeftijd, adres, uiterlijke beschrijving, in welke auto ze reed. Met elk stukje informatie dat ik onthulde, voelde ik me smeriger worden. Ik voelde me een stalker, alsof ik haar privacy op allerlei manieren schond.

Die vragen bleven echter maar aan me knagen. Wat was er met haar aan de hand? Waarom gedroeg ze zich zo vreemd? Waarom was ze *echt* verhuisd? Was het alleen vanwege het feit dat we hard tegen hard speelden of was er iets anders? Was er *iemand* anders?

God, er kon maar beter niet iemand anders zijn, want dan kon ik niet verantwoordelijk worden gehouden voor mijn daden. De gedachten aan een andere man bij haar maakte me zo gek van woede dat ik mezelf niet eens kon toestaan de mogelijkheid te overwegen.

'Ik wil dat je haar discreet in de gaten houdt. Je achtervolgt haar niet.' Ik wilde niet het risico lopen dat ze er op de een of andere manier achter kwam en hoewel Jordan me had verzekerd dat deze kerel goed was, ging ik het risico niet nemen.

'Je zei dat ze in een appartement verblijft? Hoeveel appartementen zijn er in dat complex? En woont ze alleen of met iemand anders?'

'Eh, op z'n minst honderd appartementen. Ze heeft een huisgenoot.'

'Dan zijn een aantal van de laagdrempelige surveillancetechnieken waarschijnlijk niet effectief, zoals haar post en vuilnis nakijken. Het gaat een poosje duren als je niet wil dat ze wordt gevolgd.'

Ik was even stil en staarde naar de muur. 'Kun je telefoongegevens, bankoverschrijvingen, dat soort dingen nagaan?'

'Er zijn ook andere online dingen mogelijk. Social media bijvoorbeeld.'

Ik rolde met mijn ogen. 'Ja, dat neem ik zelf voor mijn rekening. Speur wat rond en kijk wat je te weten kunt komen. Als het te lang blijkt te gaan duren, bel ik je over het al dan niet volgen van haar.'

'Klinkt goed. Ik houd je op de hoogte als ik iets ontdek. Appberichten oké of wil je liever een e-mail?'

'Per app is prima.'

Ik beëindigde het gesprek en staarde lange tijd in het niets. Al dagenlang zat ik gekluisterd aan haar blogs en iedere reactie die erop was gegeven. Daar was niets te vinden. En haar Twitteraccount en Facebookpagina waren evenmin voorzien van enige persoonlijke informatie. Zelfs niet van die kleine kletspraatjes die ze normaal gesproken wel deelde, zoals klagen over een griepje dat ze had of mekkeren over het weer, al hadden we in Zuid-Californië geen weer waarover gemekkerd kon worden. Het leek wel of er *angstvallig* werd vermeden iets persoonlijks te delen. Alsof ze iets te verbergen had.

HOOFDSTUK NEGEN

DINSDAG VERTROK IK VROEG VAN HUIS NAAR KANTOOR, want ze was niet op het werk verschenen en ik had via de app gevraagd of het wel goed ging met haar. Ze zei dat ze nog steeds wilde afspreken en ik zei dat ze halverwege de middag naar mijn huis moest komen. Ik zou mijn werkdag van daaruit verder afronden. Trouwens, het enige wat ik echt nog moest doen, was een nieuwe app testen die zou worden onthuld tijdens DracoCon, dus ik besloot dat thuis te doen. Emilia zou me zelfs kunnen helpen.

Ik was net bezig met mijn eerste testpoging toen ze arriveerde. Cora, mijn huishoudster, vloog haar in de armen en overlaadde haar met kussen op haar wang. Emilia kwam binnen en plofte in de zitkamer tegenover me neer op de bank. Ze droeg een spijkerbroek en een bruin shirt waarop in grote, gouden letters *browncoat* stond geschreven, benadrukt met vijf sterren die haar bombardeerden tot onsterfelijke fan van de favoriete, maar kortdurende science fiction tv-serie *Firefly*. Op haar hoofd had ze een zwarte baseballpet met het Dragon Epoch logo erop.

'Leuke pet,' zei ik.

Ze schonk me een vermoeide glimlach en zag eruit alsof ze niet meer had geslapen sinds ik haar zondag voor het laatst had gezien. Ik fronste. 'Gaat het wel met je?'

Ze knipperde met haar ogen. 'Zie ik er zo slecht uit?'

Ik stond op om naast haar te gaan zitten. 'Je ziet er echt heel moe uit. Ik dacht dat je gisteren zei dat je je beter voelde. Hoe was je avond samen met je moeder?'

Ze wendde haar blik af, pakte het uiteinde van haar paardenstaart en draaide het rond haar vinger. Ik keek ernaar, mijn blik schoof heen en weer tussen haar knipperende ogen en de nerveuse bewegingen van haar hand. 'O, ik begon me steeds ellendiger te voelen nadat ik je had geappt, dus uiteindelijk heb ik dat afgezegd.'

Onderzoekend keek ik haar aan, er inmiddels vol van overtuigd dat ze me een ontwijkend antwoord of zelfs een leugen op de mouw speldde.

'Voel je je nu beter?' Daar zag het in ieder geval niet naar uit. Haar ogen waren opgezwollen. Ik wilde haar het vuur aan de schenen leggen, haar in de hoek drijven, maar ik herinnerde mezelf er nadrukkelijk aan dat ik die benadering niet meer zou toepassen. Ik leunde achterover en keek slechts naar haar.

Ze schonk me een vluchtige blik en boog voorover om me op mijn wang te kussen terwijl ze haar armen rond mijn nek sloeg.

'Hé,' zei ik en trok haar dicht tegen me aan. Ik begroef mijn neus in haar nek en snoof haar geur op. Lange tijd bleef ze tegen me aangeperst zitten zonder een vin te verroeren, dus ik hield haar simpelweg vast.

'Emilia, wat is er aan de hand?'

Ze maakte zich van me los en duwde een lange kus op mijn lippen voordat ze haar hoofd terugtrok. 'Niets. Ik heb je gewoon gemist.'

Ik weerhield me ervan haar op het eenvoudige feit te wijzen dat als ze gewoon weer hier zou komen wonen, ze me niet zou hoeven missen. Ik gluurde naar haar rugzak, in de hoop dat ze spullen had meegenomen om vannacht te blijven slapen, maar zelfs als dat niet het geval was, zou ik een assistent wat spullen bij de dichtstbijzijnde winkel laten halen. Gewoon voor de zekerheid. Ik kon niet wachten mijn kleine verrassing aan haar te onthullen. Ik had een vroege digitale preview van de nieuwste *Hobbit*-film weten te bemachtigen, die pas over een maand of zes in de bioscopen te zien zou zijn. Daarvoor had ik aan heel wat touwtjes moeten trekken en om gunsten moeten vragen. We zouden er na het avond eten in de filmkamer naar kunnen kijken. Ik kon niet wachten om de blik op haar gezicht te zien als de titel op het beeld verscheen.

Ze keek naar mijn laptop. 'Waar werk je aan?'

'Hm. Ik was van plan te zeggen "strikt geheim", omdat ik weet hoe gek je daarop bent.' Ik gaf haar een tikje onder haar kin toen ze met haar ogen rolde. 'Maar eerlijk gezegd heb ik je hulp nodig. Het is een nieuwe app die we bij de Con zullen presenteren en ik moet nog een laatste test uitvoeren.'

Haar ogen lichtten op. 'Een app voor op je mobiel? Een gloednieuw spel of…?'

'Het is een companion-app voor bij DE. Je kunt in verbinding komen met de game, zelfs als je niet ben ingelogd of aan het spelen bent.'

Fronsend keek ze me aan. 'Vanaf je telefoon? Dit is een kant en klaar product en ik krijg er *nu* pas iets over te horen?'

'Vrees niet, jij kleine blogger. Ik zal jou de primeur geven. Sterker nog, ik zal tegen Mac zeggen dat jij de informatie hierover voor de Con mag schrijven.'

'Wat doet die app? Kun je ermee chatten met je vrienden in de game?'

Ik trok mijn mobiel tevoorschijn en opende de app. 'Ja, er is een chatfunctie, maar dat is nog het minst interessante wat je kunt doen. Je kunt offline opdrachten geven aan je personage, zoals verbeteren van andere vaardigheden dan gevechtsvaardigheden of...'

'Ooo, dan kan Eloisa eindelijk beter worden in weven! Ik heb voor dat soort onzin echt geen geduld als ik aan het gamen ben. Ik maak liever orks af dan dat ik vaardigheden oefen. Niet lullig bedoeld.'

Ik lachte. 'Ik heb die andere vaardigheden in de game niet bedacht, dus, geen probleem.'

Ze ging onmiddellijk helemaal in de app op toen ik hem liet zien, een enorme grijns op haar gezicht. 'O, dit is zo gaaf! Ik kan in het veilinghuis dingen aan andere spelers verkopen.'

'Yep, je kunt spullen in het spel ruilen of verkopen zonder zelfs maar ingelogd te zijn.'

Haar wenkbrauwen gingen omhoog. 'Hoe zit het met de beveiliging, zoals wat er met die jongen uit New Jersey is gebeurd?'

'Je moet voordat je deze app kunt gebruiken je mobiel registreren als je je account aanmaakt. Er zijn rubrieksadvertenties om te laten weten wat je wilt kopen. Je kunt ook een pushbericht sturen, dus als je wilt dat je vrienden inloggen om aan een plundertocht mee te doen, kun je de app een bericht naar hun mobiel laten sturen.

'Bikkel. Je bent een fucking genie.' Ze begon op allerlei commando's te drukken. 'Snel, log in met FallenOne, ik wil zien of ik hem vanaf de telefoon dingen kan laten doen.'

Ik ging achter mijn laptop zitten en logde in. Het daaropvolgende half uur brachten we door met het afwerken van het scala aan commando's. Emilia was dolenthousiast en stelde me een miljoen vragen. 'Shit, ik kan niet geloven dat ik maandenlang iedere nacht met je heb geslapen en dat je dit voor me verborgen hield.'

'Zaken zijn zaken,' zei ik. 'Jij liep over naar de vijand.'

'Ha!' stootte ze uit, maar terwijl ze op allerlei knoppen bleef drukken, verscheen er een frons op haar gezicht. Ze leek afgeleid, diep in gedachten verzonken.

'Wat is er?'

Ze keek naar me op, met een bijna angstige blik in haar ogen. 'Ehm. Nou...'

Verward keek ik haar aan. 'Is er iets met de app?'

'Nee. De app is fantastisch.' Ze ging rechtop zitten en gaf de telefoon aan me terug. Ik legde hem naast de laptop. Misschien dat ze nu over de brug zou komen?

Maar terwijl ik naar haar keek, merkte ik op dat ze ineens erg bleek was geworden. Ze schraapte haar keel en kuchte toen. 'Ik ben langsgekomen omdat ik tijd met je wilde doorbrengen. Maar ook omdat we moeten praten.'

Ik verstijfde. Het 'we moeten praten' stuk liep *nooit* goed af. Mijn ademhaling bevroor. Was ze hierheen gekomen om het uit te maken? Was *dat* waar al dat ontwijkende gedrag om ging? Shit. Ik had even nodig om mijn gedachten op een rij te zetten, een plan te bedenken. 'Kan ik een glas water voor je halen?'

Ze schraapte haar keel. 'Ehm, ja. Alsjeblieft? En, eh, misschien een glas wijn?'

Water *en* wijn? Ik stond op en begaf me naar de keuken, waar ik een glas pakte en het met water vulde uit de kan in de koelkast. Mijn brein draaide overuren. Van onderwerp veranderen? Dat zou niet werken. Waarom zou ze het willen uitmaken? Die knagende angst dat er iemand anders was stak zijn akelige kop weer op. Maar ze was twee dagen niet op haar werk verschenen en afgelopen weekend duidelijk niet fit geweest.

Ik had geen enkele informatie en zou dat ook niet hebben tot de privédetective iets van zich zou laten horen. Zij was in het voordeel en ik moest een manier zien te bedenken om op dit moment een confrontatie zien te vermijden. Mijn gedachten schoten alle kanten op. *In oorlog moet je zien te vermijden wat sterk is en aanvallen wat zwak is.*

Ik pakte een gekoelde fles Sauvignon Blanc uit de koelkast en ontkurkte hem. De wijn was niet aangeraakt sinds ze was verhuisd. Ik kwam terug in de kamer, in allebei mijn handen een glas en zette ze op de salontafel voor haar neer. Ze keek niet op, had de telefoon weer opgepakt en zat met de app te klooien.

Ze reikte naar het wijnglas en sloeg de volledige inhoud in een teug achterover zonder haar ogen van de telefoon te halen. Wat de hel? 'Blij dat die app zo'n succes is,' merkte ik op.

Het duurde een poos voordat ze iets zei en met een vreemde blik op haar gezicht naar me opkeek. 'Er kwam net een bericht binnen. Van ene Miguel.'

Mijn bloed bevroor. Ik slikte moeizaam en probeerde mijn uiterste best te doen mijn angst te verbergen. Ik stak mijn hand uit voor mijn mobiel, maar ze gaf hem niet aan me. Ik klemde mijn kaken op elkaar en liet mijn arm zakken.

Er was een kans dat het bericht onschuldig was. Wellicht zou ze niet eens beseffen dat Miguel de privédetective was die ik had aangenomen om informatie over haar op te duiken. Het kon een zeer ongegronde angst zijn. Maar als dat het geval was, waarom ademde ik dan nauwelijks?

Met een norse blik keek ze weer naar de telefoon. 'Nou, Miguel wil dus weten of het oké is om een GPS-zender onder mijn auto te bevestigen, ook al wil je niet dat ik actief word gevolgd.'

Ze legde de telefoon neer en stond op terwijl ze me aankeek. Toen keerde ze zich van me af door te bukken om haar rugzak op te rapen, maar ze kwam niet veel verder dan een paar stappen richting de deur. Ik hield haar tegen door haar arm vast te pakken.

'Ik kan het uitleggen.'

Ze trok zich bij me weg. 'Wat de *fuck*, Adam?'

'Ik maakte me zorgen om je...'

'Zegt iedere andere griezelige stalker op deze planeet. Ik moet gaan,' zei ze op stijve, afgemeten toon.

'Je zei dat we moesten praten,' protesteerde ik terwijl ik weer voor haar schoof.

'Waarom zouden we *praten*?' gromde ze. 'Je kunt me gewoon laten volgen door dat privélulletje van je.'

'Emilia...'

Ze duwde zich bij me vandaan. 'Laat me verdomme met rust! Ben je echt *zo* op je teentjes getrapt dat ik je huwelijksaanzoek heb afgewezen en ben verhuisd? Alsof iedere andere vrouw in het heelal niet zou weten hoe snel ze in de rij zou moeten staan om die sexy, jonge miljardair te trouwen. Je kunt er met je verstand niet bij dat ik niet aan je voeten stort van dankbaarheid om waarschijnlijk de eerste in een lange rij echtgenoten van Adam Drake te mogen worden? Is dat het grote mysterie dat je opgelost wil hebben? Want dat kan ik je nu direct vertellen. Hoef je ook geen geld te verspillen om me te laten volgen.'

Ik zette een stap bij haar vandaan en vouwde mijn armen voor mijn borstkas over elkaar. Ik riep naar de huishoudster, van wie ik wist dat ze in de ruimte hiernaast was en elk woord kon horen. Cora was een verstandige vrouw. Nadat ik haar zei dat ze klaar was voor vandaag, kwam ze ongeveer twee minuten later met haar tas over haar arm tevoorschijn en zonder een van ons beiden aan te kijken, stapte ze de deur uit.

Emilia stond te briesen en had, vreemd genoeg, tranen in haar ogen. Ze huilde nooit. Ik sloeg volledig in paniek en mijn hoofd tolde in een poging uit te vogelen wat de fuck ik nu moest doen. Er was geen leuke tip in *The Art of War* voor wat je moest doen als de tegenstander je spionnen ontdekte en er megapissig over was. En aan haar gezichtsuitdrukking te zien, leek dit in een regelrechte oorlog te veranderen.

Ik verschoof mijn gewicht. 'Ik heb het verkloot.'

'Daar zijn we het dan in ieder geval over eens.'

'Kunnen we gaan zitten en het hier over hebben?'

Haar kaak verstrakte en met een bruusk gebaar van haar hand veegde ze een traan weg. Toen schudde ze haar hoofd. 'Ik ben nu veel te kwaad op je.'

Langzaam liet ik mijn adem ontsnappen. Ik ging niet weer de fout maken haar in het nauw te drijven, maar verdomd als ik haar op deze manier liet vertrekken. 'Je hebt alle recht om boos te zijn, maar ik deed het...'

'Zeg *niet* dat je het uit liefde deed. *Waag* het niet dat te zeggen. Je hebt het recht niet.'

'Ik heb niet het recht te weten wat er met je aan de hand is, waarom je je zo vreemd gedraagt?'

Haar ogen werden groot en ze liet haar rugtas naast zich op de vloer vallen. 'Je had, weet ik veel, kunnen doen wat *normale* mensen doen en het me kunnen *vragen*.'

'Ik *heb* het gevraagd. Keer op keer. Bij het restaurant, bij Heath thuis. *Hier.* Een uur geleden. Je vertelt me alleen niets. Je vertelt je moeder niets. En ik heb het vage vermoeden dat je ons allebei uit de weg ging zondag en *nooit* van plan was gisteravond met haar door te brengen.'

'Dit heeft niets te maken met dat jij je zorgen maakt om mij, maar *alles* met jouw behoefte om mij en mijn hele leven onder controle te houden. Als je dat niets eens kunt erkennen, dan zijn we klaar hier.'

'Ik ben niet een of andere controlfreak...'

Ze snoof spottend. 'Dat is *precies* wat je bent! Zelfs al voordat we elkaar voor het eerst in het echt ontmoetten, probeerde je me onder controle te houden. Je nam de controle over de veiling, je hield me aan het lijntje, je hield dat geld boven mijn hoofd. Maar dat was *oké*, toch? Want je *redde* me tenslotte. En ik tolereerde het omdat ik ondanks dat verliefd op je werd.'

'Ik werd ook verliefd op jou. Dat was ik nooit van plan.'

'En dat gebruikte je als excuus om met te blijven controleren. Dit is hoe het vanaf het begin tussen ons is gegaan en ik had het nooit moeten toestaan. Het is hoe je iedereen in je leven behandelt. We gedragen ons allemaal volgens jouw nauwkeurig uitgezette plannen, alsof we onderdeel van je codes zijn, en als iemand afwijkt van wat jij wilt, probeer je ons te her-programmeren. Dus als Mia in Maryland geneeskunde wil studeren? Dan programmeer ik haar om mevrouw Drake te worden en blijft ze wel hier.'

Fuck. Ik kamde mijn hand door mijn haren, naarstig op zoek naar woorden om te zeggen. Maar wat ik *niet* had moeten zeggen, is precies wat er op dat moment uit mijn mond kwam. 'Je overdrijft gigantisch, vind je zelf ook niet? Je projecteert alles op mij, want je wilt je niet schuldig voelen omdat je mij verlaat en gewoon doorgaat met de plannen die die je zelfs al had voordat we elkaar ontmoetten.'

Haar mond zakte open. 'O, mijn God. O. Mijn. God. Echt, Adam, je bent de meest briljante persoon die ik ooit heb ontmoet, maar soms snap je er echt geen snars van. Jij bent net zo'n verwoestende natuurkracht die aangestormd komt en me overweldigt, me als een hulpeloze pop alle kanten op rukt. En ik heb je dat *laten* doen.'

'Dat is het hele probleem; jij ziet me als een storm. Maar de storm is het *leven*. De storm is de bullshit waarin je je nu begeeft en ik ben het anker dat je op z'n plek houdt en je veilig houdt, voorkomt dat je wordt weggeblazen.'

Ze begon te beven, haar ogen vulden zich weer met tranen, haar handen balden tot vuisten aan haar zij. Ik zette een stap naar haar toe, mijn hand uitgestoken, maar ze deinsde terug. 'Ik zou *willen* dat ik je genoeg kon vertrouwen om mijn anker te zijn wanneer ik je nodig heb. Maar dat kan ik niet. Jij kunt *niet* alles onder controle houden.' Toen gebeurde het meest bizarre: ze barste in tranen uit. Een hard, hysterisch gehuil dat ik nog maar een keer eerder van haar had gezien, op een moment onder vergelijkbare omstandigheden.

Ik bevroor. Ik wilde naar haar toe gaan, haar in mijn armen trekken, maar ze was ongelooflijk kwaad op me en ik wist dat het een slecht idee was. Dus in mijn paniek deed ik iets ontzettend flauws. Ik pakte een doos tissues die vlakbij stond en stak die naar haar uit.

Zonder een woord te zeggen, greep ze een handvol doekjes en begroef haar gezicht erin.

'Kom hier. Ga even zitten, alsjeblieft?'

Ze liet me haar terug naar de bank begeleiden terwijl ze onophoudelijk door huilde. Ik ging naast haar zitten en bleef heel stompzinnig tissues aangeven en zo werkte ze zich de hele doos door.

'Emilia, praat met me,' zei ik uiteindelijk, toen het erop leek dat ze zichzelf weer enigszins onder controle had. 'Het spijt me dat ik het heb verkloot. Maar ik wil er voor je zijn.'

Ze schudde haar hoofd en veegde herhaaldelijk haar gezicht af. 'Je hebt het echt verkloot. Heel. Heel erg.'

Lange tijd bleef ik stil en ze keek me aan, alsof ze wachtte op een of andere gladde verklaring die over mijn lippen zou rollen, maar die kon ik haar niet geven. In plaats daarvan hamerde mijn hart alsof ik net sprintjes had getrokken en er lag een brok ijs middenin mijn buik. Ik wilde haar zeggen hoe bang ik was. Ik was haar aan het verliezen en hoe meer ik het gevoel had dat ze me ontglipte, hoe meer ik instinctief mijn greep verstrakte. Ze had gelijk. Ik had die controle *nodig*. Als ik die niet had, bevroren mijn ingewanden van angst.

'Wat kan ik doen om het goed te maken?' vroeg ik uiteindelijk zachtjes.

Daar dacht ze lang over na. 'Je moet me met rust laten.'

Ik hield mijn ogen op de hare gericht; onze blikken waren aan elkaar bevestigd alsof we met elkaar versmolten waren, een of andere onzichtbare draad tussen onze zielen hield ons gevangen in elkaars ogen. 'Dat kan ik niet.'

Haar kaak verstrakte. 'Dat moet.'

'Vertel me waarom.'

'Omdat jij aan me moet bewijzen dat je ermee kan omgaan en dat je niet in een compleet idiote stalker verandert als je de controle niet hebt.' Ze aarzelde en keek weg. 'We hebben tijd los van elkaar nodig. Tijd voor jou om me ruimte te geven en me te laten zien dat je me niet onder controle probeert te houden of me manipuleert. Want als jij dat niet aan me kunt bewijzen, zal ik je nooit vertrouwen en gaat dit niet werken.'

Lange tijd zeiden we beiden geen woord. Ik wreef over mijn voorhoofd. Ik haatte dit en wilde er tegenin gaan. Er vormden zich al verschillende listige antwoorden in mijn hoofd, antwoorden die ik kon gebruiken in een poging een bepaalde reactie aan haar te ontlokken. Nu ze me hier zo op wees, was het bijna eng hoe automatisch die manier van denken voor me was. Ik probeerde altijd ergens mijn eigen draai aan te geven, alsof het een puzzel was die ik moest oplossen, een uitdaging om aan te gaan. Zelfs met haar.

Maar als ik dit niet kon stoppen – als ik het niet *stopte* – zou ik haar voor altijd kwijtraken. Ik probeerde me mijn leven zonder haar voor te stellen. Ik zou verloren zijn, stuurloos. Als een vrije val door de ruimte. Ik kneep mijn ogen stijf dicht.

'Ik wil gewoon voor je zorgen.'

Haar stem klonk zacht, maar vast naast me. 'Jouw manier van zorgen betekent iedere situatie domineren.'

Natuurlijk was dat zo. Waarom was dat iets slechts? *Wees de chauffeur, niet de passagier.* Maar ik mocht *haar* niet chaufferen.

'Hoe weet ik of het wel goed met je gaat? Dat je veilig zult zijn?'

Nog steeds keek ze me niet aan. 'Ik zal goed voor mezelf zorgen.'

Mijn handen balden tot vuisten. 'Dus we zijn uit elkaar?'

'Voor nu.'

Mijn maag zonk. 'Wat betekent dat?'

'Het betekent dat we moeten leren elkaar te vertrouwen. Jij moet me voldoende vertrouwen om me met rust te laten en me mijn eigen leven laten bepalen en ik moet erop vertrouwen dat je niet in mijn nek hijgt en let op alles wat ik doe.'

Ik bleef stil. Ze bestudeerde me oplettend. Ik vertrok geen spier, keek niet naar haar. Ik had geen idee wat ik moest zeggen.

'Ook, eh, moeten we een duidelijke grens stellen. Ik kan niet werken bij Draco…'

'*Wat*? Waarom niet?'

Ze wendde haar blik af. 'Ik kan beter niet voor je werken…'

Ik verstijfde. Maar wanneer zou ik haar dan in godsnaam zien? We hadden een aantal gezamenlijke vrienden, maar dat was alles. Als ze niet voor me werkte, zou ik niet weten waar ze de hele dag was. Mijn vuist verstrakte. Dat kon ik niet toestaan, controleprobleem of niet. Gedurende de werktijden op maandag tot en met vrijdag zou ik de komende drie maanden tenminste precies weten waar ze was. Het was niet genoeg, maar het was iets.

'Hoe moet dat dan met je afspraken? De Con. Ik… *wij* hebben je nodig.'

Ze aarzelde, dus ik verhoogde de druk. 'En wat denk je van Liam? Hoe denk je dat hij het opneemt als je zomaar zou stoppen met je baan?'

Ze wreef over haar voorhoofd. 'Dat is niet eerlijk.'

'Alsjeblieft, beloof in ieder geval dat je tot na het nieuwe jaar zult blijven.' En hopelijk hadden we dit tegen die tijd opgelost. God, ik hoopte het.

'Ik moet hier even over nadenken. Geef me een week.'

Ik ademde diep in en liet de lucht langzaam ontsnappen. Ik wilde die toezegging *echt* heel graag nu van haar, maar als ik mijn zin doordreef, was ik nog een grotere idioot omdat ik mijn lesje niet had geleerd. 'Oké. Neem zo lang je nodig hebt, maar... kom alsjeblieft terug.'

Ze wiegde heen en weer in haar stoel, leek diep in gedachten verzonken. De tranen leken weer uit haar ogen te rollen, over haar bleke wangen. Mijn keel trok samen en God wist dat ik de tranen ook in mijn ogen voelde prikken. Fuck. Dit deed *pijn*. Dit deed zo'n verdomde pijn. Ik snifte en keek weg, knipperend met mijn ogen. Nee, ik zou niet huilen, niet hier, niet voor haar ogen. Ik had niet gehuild sinds... God, ik kon het me niet eens herinneren. Toen ik ontdekte dat Bree was overleden, pas maanden nadat het was gebeurd? Zelfs toen niet.

Ik wilde haar in mijn armen trekken. Ik wilde haar verbieden me te verlaten. Ik wilde mijn hakken in het zand zetten en geen millimeter toegeven. Allemaal mijn eerste instinct. Allemaal gruwelijke fouten.

Ik bedekte een van haar koude handen met de mijne. 'Het spijt me. Ik ben een idioot.'

Weer waren we een lang, gespannen moment stil. Toen schraapte ze haar keel. 'Adam, nog steeds h...'

'Niet zeggen,' perste ik eruit voordat ze haar zin kon afmaken, voordat het mes dieper in mijn hart zou steken. 'Ik wil het je niet nog een keer horen zeggen tot je in mijn armen ligt, je lippen een centimeter van de mijne vandaan, klaar om me te kussen, klaar om de mijne weer te zijn. Want, Emilia, als je me niet genoeg vertrouwt om voor altijd naar me terug te komen, kom dan niet terug. Ik ben niet in staat om dit nog een keer te doorstaan.'

Kort daarna vertrok ze. Ik liep over Bay Island met haar mee naar haar auto en op het moment dat ik naar haar toe geleund zou hebben om haar gedag te kussen, opende ik nu het portier voor haar. Lang keek ze door het raampje naar me op voordat ze de motor startte. Ik zette een stap naar achteren en liep weg, weigerend toe te kijken hoe haar auto wegreed, mijn leven uit reed.

Mijn leven raakte volledig uit controle. Ik zat niet langer achter het stuur. En ik raakte alles kwijt.

HOOFDSTUK
TIEN

D E VOLGENDE DAG, WOENSDAG, WAS IK WEER OP MIJN werk, deze keer de hele dag in beslag genomen door zaken met betrekking tot de verzekering en de rechtszaak. Ik probeerde niet lelijk te doen tegen Jordan, elke keer dat hij mijn kantoor binnenkwam om ergens aan te werken. Het was tenslotte niet zijn schuld dat ik zijn schijtadvies had opgevolgd.

Mijn neef, Liam, verscheen vlak voor de lunch in mijn kantoor, wat zeldzaam was. Toen Maggie hem aankondigde en hij naar binnen liep, keek ik verbaasd op voordat ik een e-mail afrondde die ik aan het typen was. Hij liep naar het raam en staarde naar het atrium.

'Hé, kerel, hoe gaat het met je?' vroeg ik terwijl ik mijn computer afsloot.

Geïrriteerd trok hij zijn schouders op en zei geen woord. O-oh. Hij had een van zijn buien.

Hij keerde zich niet om om me aan te kijken, wat geen verrassing was aangezien hij zelden met iemand oogcontact maakte. Wij, zijn familie, waren eraan gewend, maar de meeste mensen vonden het ongemakkelijk. 'Neurotypische mensen', zoals Liam ons noemde, hadden de storende behoefte om mensen in de ogen te willen kijken, een behoefte die hij niet had.

Hij bracht zijn hand omhoog en pulkte aan de rand van het kozijn.

'Wat is er aan de hand?'

'Familie-etentje,' mompelde hij.

'Sorry dat ik er zo snel vandoor...'

Hij snoof en begon door de kamer te ijsberen, zijn handen in de zakken van zijn broek gestoken. 'Mia was er niet.'

Ga maar in de rij staan bij de rest van mijn familie, die zich er meer mee bezighield dat zij er niet was dan dat ik vertrok. Sjezus. Stonk ik of zo?

Dus Liam gaf mij de schuld van haar afwezigheid. Nou, je kon in ieder geval één ding van mijn neef zeggen, hij was in ieder geval consequent. *Zeer* consequent.

'Ze voelde zich die dag niet lekker.'

Vanuit zijn ooghoeken wierp hij een blik op me.

'Alles is in de war nu. Alles. Ze werkt hier niet meer. Waarom kun je niet gewoon je excuses aan haar aanbieden? Waarom kan alles niet gewoon weer zijn zoals het was?'

Ik knipperde met mijn ogen. 'Ik zou willen dat het zo makkelijk was.'

'Het zou zo makkelijk kunnen zijn als jij je niet als een idioot gedroeg.'

Ik accepteerde van niemand gezeik, maar mijn neef gaf ik altijd de nodige speelruimte. Nu werkte hij me echter op mijn verdomde zenuwen. 'Let op je woorden, Liam. Ik ben niet in de stemming en ik heb niet zoveel geduld als normaal, dus als je hierheen bent gekomen om te klagen dat Emilia niet bij het etentje was, kun je...'

'Mia,' zei hij.

'Wat?'

'Ze wordt liever Mia genoemd.'

Niet door mij.

'Dus je denkt dat ze niet naar het etentje kwam omdat ik haar geen Mia noem?'

Hij bleef heen en weer banjeren, trok zijn handen uit zijn zakken en bewoog ze driftig zoals hij altijd deed als hij geïrriteerd raakte. Het was een tic, een kalmerend effect door met zijn vingers over zijn handpalmen te wrijven. 'Hou je mond, Adam. Je weet dat dat niet de reden is. Bied gewoon je excuus aan. Zeg haar dat je wilt dat ze terugkomt.'

Ik kwam overeind. Dit kon een mooie kans zijn om de druk te verhogen dat ze haar baan moest houden. 'Waarom bel jij Mia niet? Laat haar weten hoe erg je haar mist bij de etentjes en op het werk.'

Hij bleef zo abrupt staan dat ik dacht dat hij zou struikelen. Hij keek naar de vloer en friemelde met zijn vingers. 'Dat heb ik al gedaan.'

O? Nou, dat was interessant. 'Wat zei ze?' Jezus, was ik zo wanhopig iets over haar te horen dat ik mijn vijandige neef ondervroeg om hem alles wat hij wist te vertellen? Ik was echt een sneu figuur.

Hij schraapte zijn keel. 'Ze zei dat het niet aan jou lag dat ze niet kwam. Maar ik weet dat ze loog.'

Liam slenterde eindelijk naar de stoel voor me en liet zich erin vallen. 'Ze leek de laatste tijd gewoon zo verdrietig en moe. Jij bent haar vriend. Je hoort ervoor te zorgen dat ze gelukkig is.'

Mijn kaak verstrakte terwijl ik de verbitterde reactie die in me opkwam voor me probeerde te houden. Ik *zou* haar ook gelukkig maken als ze me die kans gaf.

'Ik denk dat geneeskunde studeren op dit moment hetgeen is wat haar gelukkig maakt,' zei ik en de woorden verrasten zelfs mij. Mijn borstkas trok strak en het was moeilijk om adem te halen bij die gedachte. Ik was er vrij zeker van dat ze onze breuk als excuus gebruikte om de plek op Hopkins aan te nemen.

En mijn handen waren volledig gebonden als het aankwam op een manier vinden om haar te manipuleren hier te blijven. Even bestudeerde ik Liams gebogen hoofd. Maar... ik was niet de *enige* die wilde dat ze hier bleef. Al haar vrienden waren hier. Liam, Alex, Jenna, Heath. En haar moeder ook. Als ik alleen niet reden genoeg was, dan waren we dat gezamenlijk misschien *wel*.

Met mijn vingertoppen wreef ik over de stoppels op mijn kaak en peinsde hierover. Het was niet zo'n intellectuele puzzel waar ik als kind uren mee bezig kon zijn. Dit was het leven. Het was chaotisch en niet logisch. Een aangezien ik, meestal, een logische denker was, wist ik dat dit mijn pet te boven ging. De radartjes begonnen te draaien.

Ik richtte me tot Liam. 'Zeg, weet je hoe je steeds loopt te zeuren dat ik mijn Dungeons and Dragons veldtocht weer moet oppakken?'

Hij keek me wazig aan, duidelijk geërgerd. Liam haatte het als iemand zonder waarschuwing van onderwerp veranderde. Zelfs als het een onderwerp was waar hij van hield. 'Wat... Wat?' vroeg hij.

'Sorry. Ik bedacht me alleen dat we misschien met z'n allen bijeen konden komen voor een spel. Mia's vriendin Jenna wil al een poosje wat mensen verzamelen voor een spelletje D and D.

Ik denk dat ze er geen bezwaar tegen heeft als ik het spel als Game Master leid en zij zou dan een personage kunnen spelen. Jij en de anderen ook.'

Hij schudde zijn hoofd. 'Wat heeft dat met Mia te maken?'

'Nou, ze zouden haar ook kunnen uitnodigen.' En het zou een mooi excuus zijn om haar te zien nu ik daar op een andere manier geen gelegenheid voor had.

'Maar ze heeft het nog nooit gespeeld. Ze houdt van computergames.'

Ik haalde mijn schouders op. 'We kunnen Heath ook uitnodigen en ze kunnen haar allemaal het mes op de keel zetten door te komen.'

'Een mes op haar keel zetten?'

'Spreekwoordelijk,' zei ik en gaf hem daarmee de gebruikelijke aanwijzing waaraan hij gewend was. Mijn neef was een slimme kerel en ongelooflijk getalenteerd, maar hij had problemen met figuurlijk taalgebruik. En sarcasme. Daar deed hij helemaal niet aan.

'Oké. Ik wil geen mes op haar keel zetten. Ik wilde al zeggen dat als jij een mes op haar keel zet, dat dat misschien de reden is dat ze niet bij je in buurt wilt zijn.'

Ik grimaste. 'Bedankt, Liam.' Ze wilde niet bij me in de buurt zijn. De woorden staken, maar ze waren waar. En op dit moment had ze daar een behoorlijk goede reden voor. Ik kon alleen maar hopen dat die reden niet zo sterk was dat ze al haar vrienden ging vermijden om mij te vermijden.

***

Jenna was wild enthousiast toen ik voorstelde een Dungeon voor haar en haar vriendengroep te leiden. Ze nodigde ons uit in het appartement van haar en Alex in Fullerton. Ik had mijn huis beschikbaar willen stellen, maar ik dacht dat de kans groter was dat Emilia bij hun appartement zou komen opdagen. We dromden naar binnen in een typische studentenwoning; Liam, Alex, Jenna en ik. Heath appte dat hij later zou komen.

Niet lang nadat ik arriveerde, liet Jenna me weten dat Emilia haar de dag ervoor een kort berichtje had gestuurd waarin stond dat ze er niet bij kon zijn. Ik probeerde mijn zichtbare teleurstelling op dit nieuws te beteugelen. Ik had extra hard mijn best gedaan om een leuk avontuur te bedenken dat, volgens mij, een leuke introductie voor haar was op een bordspel. Was ze echt zo kwaad dat ze al haar vrienden liet zitten alleen om mij te vermijden?

Terwijl ik daarover zat te dubben en Jenna en Alex een paar subtiele opmerkingen over Emilia's afwezigheid hoorde maken, begon ik echter te vermoeden dat ik niet de enige was die Emilia vermeed. Ik had hun twee kunnen vragen wat zij dachten dat er gaande was, maar in plaats daarvan kwam er een glimp van een ander idee in mijn hoofd op. Ik zou proberen subtiel te zijn en krijgen wat ik wilde door mijn specialiteit te gebruiken; spelletjes spelen. Als ik mijn stenen goed gooide, zouden we binnenkort met z'n allen samenspannen om haar hier te houden.

Alex wierp een stapel D&D instructies naar ons toe. 'Gooien we niet met de dobbelstenen om onze personages te maken?' vroeg ik.

Ze keek me fronsend aan. 'Hoe lang is het geleden dat jij hebt gespeeld? Dat is helemaal uit. Je koopt nu je eigenschappen met punten. Weet je *zeker* dat je het aankunt om de Game Master te zijn?' De Dungeon Master was de verteller van het verhaal en beschreef de situaties en de wereld waarin de personages zich begaven.

Ik fronste. 'Ik heb heel veel tijd besteed aan mijn verhaallijn. Het zal niet veel tijd kosten om de nieuwe manier te leren.' Uiteraard zou ik, nu met mijn nieuwe idee, de hele verhaallijn die ik had bedacht moeten schrappen. Ik zou dus moeten improviseren. Dat kon ik ook.

Terwijl zij hun personages met potlood en papier op lege formulieren maakten, spitte ik de nieuwe regels door. Ze hadden *veel* veranderd sinds de tijd dat ik, rond mijn vijftiende en zestiende, een hardcore speler was. Het bedrijf dat D&D bezat, veranderde de regels iedere vier tot vijf jaar, volgens sommige cynische spelers 'net op het moment dat we gewend waren aan de oude regels' of 'iedere keer als ze weer wat handleidingen willen verkopen.' Eigenlijk zou ik niet al te geïrriteerd moeten zijn door deze marketingtactiek. Op de markt van de computergames deden we hetzelfde door uitbreidingen op het oudere materiaal uit te brengen, die spelers moesten aankopen om kapitaal te kunnen blijven vergaren.

Gelukkig herinnerde ik me alles wat ik las. Dus zo'n drie kwartier later had ik de meeste basisregels van het nieuwe systeem in mijn hoofd. Ik besteedde ongeveer vijf minuten aan het verzinnen van de opzet voor mijn nieuwe idee. Het zou bij lange na niet zo goed doordacht zijn als mijn oorspronkelijke idee, maar misschien zou het me toch helpen mijn punt duidelijk te maken.

Een poosje later zaten de spelers over hun papieren met personages gebogen, een twintigzijdige dobbelsteen in hun hand, klaar om aan een nieuw avontuur te beginnen. Heath was later aangesloten en leek enigszins geïrriteerd toen hij me een paar donkere blikken toewierp. Ik nam aan dat dit betekende dat Emilia hem op de hoogte had gebracht van mijn kolossale misstap. Geweldig.

Jenna had een personage voor hem gemaakt, dus had hij geen tijd nodig om er nog een te maken.

Ik pakte het oude perkamentpapier waarop ik met de hand de verhaallijn had uitgeschreven. Ik had zelfs de randen met een lucifer verbrand om het een ouderwetse uitstraling te geven, waardoor bijna het brandalarm in mijn kantoor was afgegaan. Ik hield van een ouderwetse Dungeons and Dragons. Ik ging echter niet voorlezen wat ik oorspronkelijk op het papier had geschreven, maar de geïmproviseerde versie.

Ik schraapte mijn keel, keek de tafel rond en toen, op mijn meest serieuze voordrachtstem begon ik te 'lezen'.

Gegroet, reizigers. Jullie zijn van verre heen gekomen, onder vele verschillende omstandigheden. Sommige van jullie hebben familie achtergelaten, uit noodzaak werk te vinden om hen te onderhouden. Sommigen van jullie zijn op de vlucht voor een donker verleden. Maar anderen zullen op zoek zijn naar het avontuur dat je hart sneller laat kloppen. Je bevindt je in een duistere taverne, the Pig's Blood, *aan het uiteinde van het verre land Tarenia. Het is slechts enigszins schoon en je zit, terwijl je nipt van je aangelengde bier, te mijmeren over je onzekere toekomst wanneer er een vrouw van middelbare leeftijd de taverne binnenschuift, een donkere sjaal om haar hoofd geslagen.*

Alex en Jenna wisselden een blik en keken naar Heath en Liam.

Ik boog over het kartonnen bord dat mijn deel van de tafel scheidde van dat van hen, zodat ze mijn aantekeningen niet konden lezen of de dobbelstenen die achter het scherm werden gerold zouden zien. 'Wat doe jij?'

Jenna stak haar hand op. 'Ik ben een fijnproever van sterke dranken, de dochter van een succesvolle wijnhandelaar. Ik zou nooit aangelengd bier drinken. Wat is er hier nog meer te drinken?'

'Het is de enige taverne in een klein grensgebied dat niet eens een naam heeft. Dat ofwel vervuild water zijn je enige keuzes om te drinken,' antwoordde ik.

'Nou, die troep zou ik niet drinken,' snoof ze. 'Dan wil ik graag brood en kaas.'

'De barmeid brengt je een homp hard brood en wat beschimmelde kaas,' reageerde ik. 'Het valt je op dat de vrouw die net is binnengekomen heeft gehuild. Ze nadert de bar en lijkt naar iemand op zoek te zijn.'

Alex stak haar hand op. 'Is er iemand in de ruimte die eruitziet of hij veel geld heeft? Iemand die ik kan beroven?'

Blijkbaar had Alex een dief gemaakt van haar personage. 'Vrijwel iedereen hier is zelfvoorzienend. Ze zien eruit als wat ze zijn; mensen op de barricade die ploeteren om in een zwaar grensgebied te overleven.'

Ze blies haar adem uit en rolde met haar ogen. 'Saaaai.'

Ik haalde mijn schouders op. 'Liam? Wat doe jij?'

Hij fronste. 'Hoe lang is de bar?'

'Zo'n tweeëneenhalve meter.'

Hij pakte zijn potlood en schetste iets op een stukje papier. 'Hoeveel stoelen... Wacht, stoelen of barkrukken?'

Ik trok een schouder op. 'Geen idee... Vijf?'

Hij kneep zijn ogen samen terwijl hij bleef doortekenen. 'Je gaf geen antwoord... Stoel of barkrukken. En de ruimte? Hoe groot is die? En hoeveel ingangen en uitgangen?'

Ik probeerde de neiging met mijn ogen te rollen te weerstaan. Ik was vergeten hoe obsessief visueel hij als gevolg van zijn autisme was. Het droeg bij aan zijn fantastische artistieke kwaliteiten, maar soms, in dit soort situaties, was het een irritante eigenschap. 'Waarom teken je de ruimte niet uit op de gevechtskaart? Ik zal je de afmetingen geven.'

Liam stond op, pakte een uitwisbare stift en begon te tekenen op de afwasbare oppervlakte van het lege bord dat dienstdeed als gevechtskaart. Ik gaf hem een paar details die ik ter plekke verzon en hij tekende ze als een plattegrond. Vervolgens plaatsten de spelers hun tinnen figuurtjes die hun personages voorstelden op verschillende plekken in de ruimte. Heath schoof zijn tovenaar in de hoek.

'Heath, wat doet jouw karakter?'

Hij zat met zijn kin in zijn hand, nog steeds te mokken. 'Aangelengd bier drinken,' zei hij toonloos en hij gooide een dobbelsteen.

Ik onderdrukte een gefrustreerde zucht en wist ineens weer waarom ik nooit stond te springen om als Dungeon Master te fungeren bij dit soort role-playing spellen. De spelers deden *nooit* wat jij wilde dat ze zouden doen.

'Is er dan niemand nieuwsgierig naar de hard huilende vrouw in het midden van de kamer?'

Alex leefde op. 'Ziet ze eruit alsof ze geld heeft? Misschien heeft ze een buideltje met goud aan haar riem hangen?'

'Ze draagt een zwart rouwkleed. Ga je proberen haar te beroven?' reageerde ik geïrriteerd.

Alex rolde weer met haar ogen en boog zich over haar serie dobbelstenen om vervolgens te proberen er een toren mee te bouwen door de een op de ander te stapelen.

Ik boog me over de mijne, deed net of ik door mijn ogen wreef en sprak met een vreemd, hoog stemmetje. 'Wil niemand naar mijn ellendige verhaal luisteren?'

'Oké, ik hap wel toe,' zei Jenna. 'Ik zal naar de oude vrouw toe lopen en haar mijn zitplaats aanbieden.'

'Dank je. Dank je, lief kind,' reageerde ik, wederom met mijn kopstem.

'Wat is er aan de hand, oude vrouw?'

'Ze is niet oud. Ze is van middelbare leeftijd,' corrigeerde ik haar.

'In de Middeleeuwen werd je als oud beschouwd als je tot middelbare leeftijd leefde,' kaatste Jenna terug.

'Oké, daar heb je een punt.' Ik weerstond de neiging om over dit zinloze punt in discussie te gaan. 'De vrouw keert zich naar jou en wrijft haar tranen weg. "Ik ben zo bang," zegt ze. "Zo bang dat ik haar nooit meer zal zien."'

'Wie?'

'Mijn geliefde dochter, Emma.'

'Waar is ze dan?'

'Ze is betoverd door de beroemde alchemist Baridus. Hij gaat haar wegvoeren naar een land hier ver vandaan om bij hem te studeren. Ik betwijfel of ze ooit nog zal terugkeren.'

Liam richtte zich tot Jenna. 'Weet je,' zei hij en sloeg zijn blik neer toen ze zijn kant op keek. 'Je zou je vaardigheid moeten inzetten om het motief te achterhalen en te zien of ze liegt.'

Jenna trok zich terug. 'Ehm, oké. En trouwens, mijn ogen zijn *hier*,' zei ze kortaf.

Liam knipperde met zijn ogen. 'Natuurlijk zijn ze daar,' reageerde hij terwijl hij zijn blik op haar borst gefixeerd hield. O shit, Jenna begon pissig te worden doordat ze dacht dat Liam naar haar tieten zat te kijken.

'Hoe dan ook...' onderbrak ik hen voordat de vlam in de pan sloeg. Jenna gluurde naar Liam, die nog steeds zijn blik niet had losgemaakt van haar borst. 'Liam,' zei ik en eindelijk draaide hij zijn hoofd weg. Godzijdank.

'Wat?'

'Doet jouw personage iets terwijl Althea en de vrouw in gesprek zijn?' vroeg ik en refereerde aan Jenna met de naam van haar personage.

'Ik wacht en kijk toe,' zei Liam terwijl hij uit zijn ooghoek een blik op Jenna wierp. Ik hield mijn adem in, hopend dat hij niet weer recht naar haar borst zou staren.

Jenna keek nog even naar hem en richtte zich toen tot mij. 'Misschien, eh, ja, misschien probeer ik haar motief op te vangen.'

'Rol een d20-dobbelsteen gebaseerd op je vaardigheidslevel.'

Jenna keek op het vel met alle statistieken van haar personage, pakte toen een dobbelsteen met twintig vlakken en liet hem over de tafel rollen. 'Ik heb gegooid. Vang ik iets op?'

'Je voelt dat ze eerlijk is over haar beweegredenen. Ze lijkt de waarheid te vertellen.'

'Oké. Ik leg mijn hand op haar schouder om haar te troosten. "Ach toch, lieve vrouw. Kunnen wij u misschien helpen? Wat is er gebeurd met... eh..." Hoe heette ze ook alweer?'

'Emma?' vroeg ik terwijl ik als het personage reageerde. 'Mijn lieve meisje gedroeg zich al een poosje vreemd. Ze beweerde afstand van haar vrienden te willen nemen en van haar geliefde en zelfs van mij, haar arme moeder. Ze volgt de wens van deze Baridus en wil een beroemde alchemist worden, net als hij. Ik denk dat hij haar voor altijd van ons wil afnemen. Ik ben op zoek naar een aantal dappere avonturiers om het land in te trekken, haar beste vrienden te verzamelen en de betovering te verbreken om haar ervan te overtuigen hier te blijven.'

O, God, dit was zo doorzichtig. Zeker weten hadden ze in de gaten waar ik mee bezig was. Normaal gesproken had ik mijn zaakjes beter op orde met het vertellen van het verhaal, dat was waar Dragon Epoch tenslotte ook om draaide. Maar aangezien ik aan het improviseren was, en me tamelijk hopeloos voelde, was mijn optreden niet fantastisch.

Heath staarde me aan, maar ik negeerde hem.

Alex kantelde haar hoofd opzij. 'Dus wil je dat we op pad gaan om een manier te vinden Emma hier te houden?' vroeg ze.

Jenna keek haar aan. 'Wanneer besloot *jij* je met het gesprek te bemoeien? Ik dacht dat ik de enige hier was die praatte.'

Alex fronste haar voorhoofd. 'Ik kan ook praten, hoor. Het komt er toch op neer dat we een zoekpartijtje regelen om al haar vrienden te verzamelen, dus dan kunnen we het maar beter gelijk achter de rug hebben.'

'Ik moet gaan,' zei Heath terwijl hij zijn zakje met dobbelstenen pakte en opstond.

'Je bent er nog maar net,' zei Jenna.

'Ik herinner me ineens dat ik iets moet doen.'

'Bullshit,' reageerde Alex. 'Je bent al chagrijnig sinds je hier bent.'

Heath wierp nog een blik op mij. 'Ja, nou, als ik niet vertrek, word ik alleen nog maar chagrijniger.'

'Wat de... hoezo?' vroeg Alex.

'Laten we eens kijken... De vrouw is op zoek naar haar dochter *Emma*, die haar vrienden en haar "liefje" wilt achterlaten om voor haar studie naar een ver land te vertrekken. Hoe heet die oude vrouw eigenlijk?' Heath richtte zich weer tot mij.

We hielden elkaars blik een lang, gespannen moment vast. Ik haalde mijn schouders op. 'Vraag je dat aan haar?'

'Ik gok erop dat het Kimma of Kendra of zoiets is. En de naam van haar liefje is Adrian of Adolfo of *zoiets*.'

Alex snoof. 'En haar beste vriend is Howard of Heathen of *zoiets*.'

Ik keek neer en zette mijn handen op mijn heupen. Oké, dus het was zelfs nog flauwer en transparanter dan ik had gedacht. En Heath moest denken dat ik een ontzettende eikel was omdat ik deze stunt uithaalde. Maar misschien zouden we nu ergens komen, we waren bijeengekomen en konden Emilia als groep vrienden benaderen.

Ik ontmoette Heath's vuurspuwende groene ogen. 'Inderdaad, *Howard* is in dit geval de sleutelfiguur. Hij zal waarschijnlijk de laatste zijn om samen met al *Emma's* andere vrienden de quest te vergezellen.'

Heath schudde zijn hoofd, zijn kaak strakgespannen.

Liam wendde zich tot mij. 'Dus wat gebeurt er? Wat zegt de oude vrouw? Waarom spelen we het spel niet?'

Alex draaide haar hoofd naar Heath. 'Waarom ben jij er trouwens zo relaxed onder dat ze alles achterlaat en zo ver weg gaat wonen?' Ik lachte niet, hoewel ik wel de neiging had. Alex reageerde precies zoals ik had gehoopt.

Heath knikte met zijn hoofd in haar richting. 'Omdat het mij uitmaakt wat zij wil.'

Jenna's wenkbrauwen schoten omhoog. 'Maar wij zijn haar supportteam. Wie heeft ze in Maryland? *Niemand.* Ze zal daar helemaal alleen zijn.'

Heath klemde zijn tanden op elkaar en schonk me een blik met puur venijn. Toen duwde hij zijn kin omhoog. 'Ze *hoeft* daar niet alleen te zijn.' Vervolgens schudde hij zijn hoofd. 'Ik ga dit niet doen. Niet vandaag.'

'We zouden een interventie moeten uitvoeren,' zei Alex.

Heath keek haar aan alsof ze een buitenaards wezen was. 'Je zou je er verdomme buiten moeten houden.'

Jenna keek naar beneden en was bezig al haar dobbelstenen voor zich in nette rijtjes te leggen. 'Jij bent niet de enige die van haar houdt, Heath. We voelen ons zo omdat we om haar geven.'

Liam keek verward rond. 'Hebben we het nog steeds over Emma?'

Heath spande zijn kaak aan. 'We hadden het *geen moment* over Emma, William.' Hij richtte zich weer tot mij. 'Ik ben weg.'

Ik volgde hem naar de deur en de gang buiten het appartement in. Hij keerde zich om voordat hij vertrok en zag eruit alsof hij me een dreun wilde verkopen.

'Lullige streek, man. Dat stel ik niet op prijs.'

Ik kantelde mijn hoofd en nam zijn gespannen lichaamshouding in me op, zijn gebalde vuisten. 'Kun je het me kwalijk nemen?'

'Jij was degene die beloofde haar met rust te laten en haar te vertrouwen. En nu flik je dit? Uh-huh. Je hebt echt geen idee.'

Ik verplaatste mijn gewicht. 'Ik probeer gewoon mijn punt duidelijk te maken. Het gaat niet alleen om haar. Of zelfs alleen om mij.'

'Het gaat niet om de boodschap die je verspreidt, maar op de manier waarop je dat doet. Deze hele avond was een vooropgezet plan. Het is jij die je spelletjes weer speelt. En achterbakse geheimpjes bewaart. Het draait allemaal om je verborgen motieven en geheimen, is het niet? Ik geloof serieus dat je geilt op dat soort shit.'

Ik klemde mijn kaken op elkaar en slikte de gemene reactie op het puntje van mijn tong in. Ik was niet zo stom dat ik dit ging laten escaleren. Daar zou ik niets mee bereiken. En Heath kon nog steeds van pas komen als een informatiebron bij de andere partij. Dus ik zei niets en liet hem door tieren.

Zijn gezicht liep rood aan toen hij zijn duim en wijsvinger nog geen centimeter van elkaar omhooghield. 'Je begeeft je op dun ijs, man. Je bent er *zo* dichtbij om haar voor altijd te verliezen. Dus als dat is wat je probeert te bereiken, ga dan vooral zo door.' Hij kleurde roder en roder terwijl hij sprak. 'Ik ben fucking uitgeput. Ik ben al op sinds het krieken van de dag om haar naar...' Abrupt onderbrak hij zichzelf.

Ik opende mijn mond om een verhitte reactie te geven, maar ik kon geen woord uitbrengen, want hij had gelijk. Ik *gedroeg* me als een eikel. Ik liet me tegen de muur achter me zakken. Een paar deuren verder sloegen een paar studenten een deur dicht en discussieerden over de nieuwste aflevering van *True Blood* toen ze de trap af denderden. Ik knipperde met mijn ogen.

'Het spijt me dat ik in paniek begin te raken. Zo, ik heb het gezegd. En blijkbaar graaf ik mezelf alleen maar dieper in.'

Hij schudde zijn hoofd. 'Ik ben niet in de stemming je uit de put te praten als ik daar al een hele week met haar mee bezig ben.'

Ik vouwde mijn armen over elkaar. 'Is ze oké? Heb je haar ergens heen gereden?' vroeg ik, terugkomend op zijn verspreking.

Hij trok een nors gezicht en aarzelde. Hij leek te proberen in te schatten wat mijn reactie zou zijn. Toen ademde hij diep in en liet de lucht langzaam weer ontsnappen. 'Naar LAX.'

Ik verstijfde. 'Wat? Waarom?'

Hij stak zijn hand op. 'Rustig kerel, het is maar voor zes dagen.'

'Waar is ze heen?'

Uit zijn ooghoek gluurde hij de gang door en verschoof toen. 'Ik vertel het je alleen zodat je haar niet gaat stalken. Ze is naar Baltimore gevlogen.'

Ik was blij dat ik de muur had om me overeind te houden. Ik voelde mijn gezicht wit wegtrekken. Dit was duidelijk een teken dat ik haar al had verloren. Ze ging de boel regelen om naar Hopkins te gaan.

Nauwelijks in staat er een dankjewel uit te persen, reikte ik zwakjes naar de deurknop.

Heath stak zijn arm uit en hield me tegen. 'Adam, ik weet dat je het goed bedoelt. Ik weet dat je van haar houdt. Maar je bent het aan het verkloten, man. En nu, met dit soort acties, duw je *mij* ook bij je vandaan. We zijn vrienden, maar ik kan dit niet. Ik kan *niet* tussen jullie twee in komen te staan.'

'Ik voel me op het moment nogal verloren.' Het kostte me alles om dat toe te geven.

'Je moet voor haar klaarstaan. Zijn wat ze nodig heeft. Ik ken haar en ik weet wat ze voor je voelt en… vertrouw me nou maar gewoon, oké? Als je dit niet compleet wilt verkloten, dan moet je je echt gedeisd houden. Niet alleen *zeggen* dat je haar met rust laat, maar het ook *doen*.'

Het was niet makkelijk om te horen en er waren slechts enkele mensen waarvan ik dat tolereerde. Gelukkig was Heath een van hen. Ik bedankte hem zachtjes, adviseerde hem Connor te bellen om samen iets te drinken en bood toen mijn excuses aan.

Heath knikte, gaf me een glimlach en verzekerde me dat onze gebruikelijke zaterdagafspraak om te paintballen nog stond. Ik keek hem na toen hij de trap afliep terwijl ik diep inademde om mezelf bijeen te rapen. Ik probeerde het nieuws dat Emilia naar Maryland was vertrokken, waarschijnlijk ter voorbereiding voor de start van haar studie geneeskunde in de herfst, te verwerken.

Toen ik weer binnenkwam, staarden drie paar ogen me aan met de onuitgesproken vraag wat er was gebeurd. Alex kantelde haar hoofd opzij en bestudeerde me. 'Ik zie geen blauwe plekken. Ik was bang dat Heath je in elkaar ging slaan!'

Ik trok een gezicht naar haar. 'Waarom denk je dat *hij* dat zou winnen?'

Jenna keek op van haar zorgvuldig opgestelde dobbelstenen. 'Heeft hij met je gepraat over wat er met Mia aan de hand is?'

Ik streek over mijn kaak. 'Hmm. Ik ben niet echt in de stemming het erover te hebben. Wat denken jullie van wat pizza en bier? Ik trakteer.'

Alex snoof. 'Natuurlijk trakteer jij.'

We stopten voortijdig met het spel en ik bestelde het eten, in de hoop daar de mislukte D&D-sessie mee goed te maken. De paar uur erna zaten we te kletsen over onze favoriete afleveringen van *Stargate*, tot grote ergernis van Liam, die ondertussen naar Jenna zat te gluren. Volgens mij had hij een oogje op haar.

Ze deed alsof ze niets merkte en ik nam mezelf voor haar later, als Liam niet in de buurt was, uitleg te geven over het oogcontactgebeuren. Misschien dat er nog iets goeds voorkwam uit deze ramp waarin mijn leven leek te veranderen.

Het lukte me maar niet mijn gedachten af te zetten van het nieuws dat Emilia naar Maryland was vertrokken. Dat was waarschijnlijk waar ze dinsdag met me over had willen praten, voordat ze kwaad op me werd. Die avond ging ik naar huis met een donkerder en hopelozer gevoel dan ik me tot op dat moment had gevoeld. Ik had geen idee hoe ik vanaf hier verder moest en het enige advies dat ik van Heath en Emilia zelf had gekregen, was haar met rust laten en niets doen.

Dat ging zo tegen mijn natuur in. Constant moest ik mijn impulsen zien te beheersen. Dus viel ik terug op mijn oude gewoonte, ook al wist ik beter. Er was meer dan genoeg werk te doen met de rechtszaak, de Con en de nieuwe uitbreiding die we aan het ontwikkelen waren. De momenten dat ik niet werkte, dook ik in mijn geheime project, wat mijn manier was om te kunnen werken zonder het werk te noemen.

Nog niet zo lang geleden had ik me plechtig voorgenomen precies dit te voorkomen, ervan overtuigd dat Emilia me op het rechte pad zou houden. Nu was ze weg en werd ik weer terug die oude beerput ingetrokken, met het risico er dieper in te belanden dan ooit tevoren, zonder enig idee te hebben over hoe ik mezelf er weer uit zou kunnen krijgen.

Hoofdstuk

Elf

DE VOLGENDE ZATERDAG BRACHT ONS MEER paintballtraining en strategie-oefening. Deze keer carpoolden Heath en ik met Jordan, die in zijn Range Rover reed. We brachten een lange dag door op het daadwerkelijke terrein waar onze veldslag zou plaats vinden. Alles brachten we in kaart en samen met de andere afdelingshoofden, die als kapiteins van hun eigen pelotons zouden fungeren, ontwikkelden we strategieën. We hadden met de mannen van Blizzard bedacht dat de veldslag een serie van verschillende scenario's zou worden. De vlag veroveren, Koning van de Berg en een soort schatzoeken. We werkten aan beweging, strategie, tactiek en communicatie.

De veldslag lag slechts twee korte weken voor ons uit en vlak daarna vond Draco's eerste jaarlijkse DracoCon conventie in Las Vegas plaats. Dit had een opwindende en leuke tijd moeten zijn, ware het niet dat ik andere dingen aan mijn hoofd had; de dagelijkse zorgen over de gevolgen van de rechtszaak en, uiteraard, mijn preoccupatie met Emilia.

Nadat we Heath hadden afgezet, reed Jordan me naar huis. Ik friste mezelf op en daarna gingen we voor het avondeten naar een klein eetcafé in Corona del Mary, waar we allebei graag kwamen.

We hadden afgesproken het die avond niet over het werk te hebben, dus in plaats daarvan vertelde hij over zijn geplande trip naar Parijs aan het begin van het nieuwe jaar, zodra de rechtszaak en de Con eenmaal achter de rug waren. Hij wist nog niet wie van zijn laatste veroveringen hij ging meenemen. Ja, mijn goede vriend had diepe en complexe problemen die gepaard gingen met zijn playboy miljonair levensstijl.

'Ik ga helemaal los. We charteren een privéjet en ik heb het penthouse van een van de meest fantastische hotels gereserveerd, met uitzicht op de Eiffeltoren.'

Ik snoof. En vliegtuig charteren? Zelfs ik deed dat niet. Jordan was rijk, maar niet dusdanig dat een vliegtuig charteren niet buitensporig was. Ik, daarentegen, onthield me niet van dat soort dingen vanwege de kosten, maar vanwege mijn zorg om de invloed op het milieu. Naar mijn mening zou één persoon niet een dermate grote ecologische voetafdruk moeten hebben. Ja, sommigen zouden zeggen dat ik naar de ISS was gegaan en daardoor een veel grotere voetafdruk had achtergelaten. Maar die raket zou toch zijn gegaan, met of zonder mij. Die trip was nodig geweest om een stel verse astronauten naar het ruimtestation te brengen en degenen die daar al zes maanden waren weer mee naar huis te nemen. Dus ik was alleen maar meegereisd.

Hoofdschuddend keek ik hem aan. 'Waarom zou je een eerdere scharrel met je meenemen? Waarom pik je niet gewoon iemand op als je daar bent, een Frans model of zo?'

Hij grijnsde naar me en krabde over zijn sik. 'Omdat ze dan niet kunnen genieten van de voordeeltjes van een privévliegtuig en een stempel op mijn *mile-high*-clubkaart kunnen zetten.'

Ik rolde met mijn ogen. 'Ik had moeten weten dat het vanwege een *belangrijke* reden was dat je iemand met je mee wilde nemen.'

'Hé, sla nooit de kans op vermaak tijdens een twaalf uur durende vlucht af.' Toen bleef hij even stil. 'Jij en ik kunnen altijd nog samen gaan.'

Ik trok een gezicht naar hem. 'Ik hou van je man, maar niet op *die* manier.'

Hij lachte even, voordat hij weer serieus werd. 'Dus, eh, hoe gaat het met je? Ik, ehm, hoorde dat ze haar baan bij Draco heeft opgezegd. Mac liep er over te jammeren.'

Ik zat een beetje in mijn *fish and chips* te prikken aangezien ik niet dezelfde eetlust had als normaal na een dag paintballen. 'Ze heeft verlof opgenomen voordat ze beslist wat ze wil gaan doen. Ze komt wel weer terug.'

Jordans mond vertrok in een dunne streep. 'En jij, eh, vindt dat oké?'

Ik haalde mijn schouders op en gaf verder geen antwoord. Dit was geen onderwerp dat ik met hem wilde bespreken.

'Dus ga jij… verder?'

Ik stopte met kauwen op mijn frietje. 'Wat bedoel je?'

'Nou… Ik bedoel dat het feit dat ze voor een week naar de Oostkust is gevlogen duidelijk betekent dat ze verder wil met haar leven… Zonder jou.' Ik klemde mijn kiezen op elkaar, geïrriteerd door hoe zijn gedachten de mijne weerspiegelden. Hoe kon ik iets doen als ik had beloofd haar met rust te laten?

Hij ging met zijn vork door een of andere pilaf en keek me met zijn lichtblauwe ogen aan alsof ik een bom was die op ontploffen stond. 'Misschien moet je toch eens om je heen gaan kijken,' merkte hij met een nonchalant schouderophalen en een behoedzame blik op.

Over mijn bord keek ik hem recht aan. 'Ik date niet. Dat is niet veranderd.'

Jordan schudde zijn hoofd. 'Ik begrijp niet hoe jij hiervoor aan je trekken kwam.'

Ik schoot in de lach. 'Je hebt het of je hebt het niet.'

'Luister, aanstaande vrijdagavond ga ik met dat zwempakmodel uit, Marta? Herinner je je haar?'

'Die blonde?'

Hij wuifde ontkennend met zijn hand. 'Neuh, zij was de maand ervoor. Deze is donkerharig, exotische ogen. Mokkahuidje... Absoluut een kandidaat voor mijn trip naar Parijs...'

'En de Jordan Fawkes Mile High Club.'

Hij likte over zijn lippen. Ik schudde mijn hoofd. Hij was onverbeterlijk.

Een duivelse blik verscheen op zijn gezicht. 'Haar huisgenoot stond in de laatste *Sports Illustrated Swimsuit...*'

'Waarom ga je dan niet uit met haar huisgenoot?'

'Adam, ze zijn allebei lekker. Ik kan het regelen. Een kwartetje... Haha, nee, dat bedoelde ik niet op die manier,' vulde hij aan toen hij de vreemde blik op mijn gezicht zag. 'Een "dubbele date" als je liever middelbare school termen gebruikt. Marta kan helpen het te regelen.'

Ik nam een slok van mijn bier, schoof het onaangeroerde deel van mijn eten opzij en schudde mijn hoofd. 'Ik kan niet geloven dat je nog steeds een *wingman* nodig hebt.'

'Val dood. Ik heb er geen *nodig*. Ik verleen je een gunst. Ik heb die meid gezien. Rood haar en ze is...' Hij gebaarde met zijn handen voor zich om aan te geven dat ze grote tieten had. God, wat een varken.

'Hoe groot is de kans dat ze echt zijn?' Ik kon het niet laten. Ik moest hem in de zeik nemen. Hem en zijn stomme obsessie met modellen.

Jordans uitdrukking werd serieus. 'Kom op, man. Dat ben je jezelf verschuldigd. *Zij* is verdergegaan. Denk je niet dat het tijd is dat jij dat ook doet?'

Dat stak en een golf brandende irritatie schoot door me heen. Ik verschoof in mijn stoel en keek weg. Boosheid om Emilia's bijna geheimzinnige vertrek woedde diep in mijn binnenste. Maar ik kon niet zeggen wat ik meer haatte; haar beslissing om te gaan of mijn absolute onvermogen het te voorkomen.

Wilde ze verhuizen? Prima. Tijd dat ze merkte wat de consequenties waren. We waren, tenslotte, 'voor nu' uit elkaar. Ik balde mijn vuist. 'Oké. Ik ga mee.'

Wat de hel. Waarom niet? In het slechtste geval zou het nog kunnen uitmonden in een tamelijk goede beurt. Seks had voorheen nooit veel voor me betekend. Het was tijd om weer terug naar het normale te keren. Mijn tijd met Emilia had een afdwaling van dat normale veroorzaakt. Deze gestoorde situatie was het overduidelijke bewijs dat die afdwaling niets voor mij was. Wilde ze verder? Dan zou ik dat ook doen.

'Serieus?'

'Die vrouw is toch niet veeleisend, of wel? Ik doe niet aan veeleisend.'

'Het zijn modellen. Ze zijn *allemaal* veeleisend. Maar hé, niemand die zegt dat je een langdurige relatie met haar moet aangaan. Misschien heb je geluk en hou je er een van je leuke "regelingetjes" aan over.'

Ik schonk hem een blik. De gedachte aan seks stond me niet tegen. Het was meer dan een maand geleden. De laatste week dat we samen waren, was Emilia afgeleid geweest en de paar keer dat we wel iets deden, was het duidelijk dat haar hoofd er niet naar stond. En sindsdien was er niemand geweest. Dus ja, weer een keer seks hebben zou fijn zijn. Daar kon ik voor gaan.

En wellicht dat het zou helpen om haar eindelijk uit mijn hoofd te krijgen. Of in ieder geval kon het een begin zijn om dat actief te *proberen*.

***

Twee dagen nadat ze terugkwam uit Baltimore mailde Emilia me dat ze graag tot eind januari terug naar het werk kwam. Ik vroeg me af of dat betekende dat ze vroeg in de lente daarheen zou verhuizen. Ze gaf me absoluut geen details over haar trip buitenom het feit dat ze wist dat Heath me had verteld dat ze was vertrokken.

Het was een vriendelijk, maar kort bericht. Ik kon weinig opmaken uit de toon. Toen ze weg was had ik haar social media gecheckt en daaruit bleek complete radiostilte. Zelfs haar blog was karig, met slechts een paar posts waarvan ik vermoedde dat ze waren geschreven en ingepland voordat ze was afgereisd.

Ik was het echter strontzat om steeds mijn hersenen te pijnigen in een poging te begrijpen wat er in die van haar omging. En ik was doodmoe van mijn obsessie voor haar. Dus, tegen het eind van de week merkte ik dat ik bijna uitkeek naar de blinddate van Jordan.

Op de vrijdagmiddag nadat ze was teruggekeerd op het werk, hadden we een lange vergadering over de conventie. Al het relevante personeel was aanwezig en vulde de vergaderruimte, minimaal twintig tot dertig man. Ik kon het niet helpen dat ik de aanwezigen scande, op zoek naar Emilia. Ze zou er moeten zijn, maar ik zag haar niet.

De afdelingshoofden deden hun verhaal en toen Mac opstond om verslag te doen, richtte hij zich tot de persoon die naast hem zat en ik leunde naar voren om beter te kunnen kijken. Hij draaide zich naar een slanke jonge vrouw met witblond haar. Ik viel bijna uit mijn stoel toen ik me realiseerde dat het Emilia was. Ze had haar uiterlijk veranderd. *Radicaal.* Ik verwachtte min of meer dat ze zou opstaan om draken tot zich te roepen, want ze leek precies op Daenerys Targaryen uit *Game of Thrones.* Zonder het schaarse kostuum.

Ik verborg mijn schok door mijn kin in mijn hand te duwen en keek naar Mac die doorratelde terwijl hij Emilia allerlei vragen stelde. Behalve wanneer ze hem antwoord gaf, zei ze niets en ze keek nauwelijks op. Ik wierp een blik op mijn horloge. De dag sleepte zich voort en deze vergadering begon belachelijk lang te duren.

Uiteindelijk leunde Jordan naar voren toen Sarkowitz op het punt stond om zijn op het scherm geprojecteerde uitgavenverslag te bespreken. 'Heren, de baas blijft maar op z'n horloge kijken, want over een paar uur heeft hij een hot date. Kunnen we een beetje vaart maken?'

Een aantal mensen lachten en uiterst beschaamd leunde ik achterover in mijn stoel. Ik wierp een vuile blik in Jordans richting, maar hij grinnikte slechts en trok zijn schouders op.

Toen, bijna zonder erover na te denken, vloog mijn blik naar de witharige fantasy heldin die naast Mac zat. Haar blik ging naar mij terwijl haar hoofd een andere kant op was gericht, alsof ze niet betrapt wilde worden dat ze naar me keek. Maar toen mijn blik in de hare haakte, verbrak ze het oogcontact niet. Een enigszins verdrietige blik schuilde in haar bruine ogen. Iedere spier in mijn lijf spande zich aan en ik voelde mijn huid gloeien van boosheid. *Zij* was degene die had besloten weg te gaan. Ik slikte de prikkelende irritatie die in mijn strot opkwam weg.

Maar door in haar ogen te kijken, trok mijn borst ondanks mijn boosheid pijnlijk samen. Wie was degene die het hier had geëindigd? Wie was de opgever? Wie was er weggelopen? Hoe durfde ze zich gekwetst te voelen doordat ik ervoor had gekozen om verder te gaan met mijn leven in plaats van te blijven zwelgen in de ellende waarin zij duidelijk verwachtte dat ik me zou wentelen?

Mijn besluit stond vaster dan vast. Fuck het. Fuck *haar*. Ik scheurde mijn blik los en keek niet meer naar haar.

***

Die avond ontmoetten Jordan en ik onze dates in een hoogstaand restaurant vlakbij de pier in Newport Beach. En Jordan had geen woord te veel gezegd. Allebei waren het beeldschone vrouwen. Jordans date was Marta en de mijne was een zeer sprankelende roodharige die Carissa heette. Ze droegen strakke jurkjes en glinsterende hakken en zagen er uit alsof ze precies in Zuid-Californië thuishoorden, tot aan hun perfecte tint aan toe – al was die, afgaande op de enigszins oranje achtige gloed, te danken aan een zonnestudio in plaats van de zanderige stranden van de zuidkust.

Carissa was prettig in de omgang en niet dom, zoals ik had verwacht gezien Jordans normale smaak voor vrouwen. We raakten in gesprek over stripboeken. Van de twee vrouwen had ik absoluut het gevoel dat ik het het best had getroffen als het op gespreksvoering aan kwam. Jordans date was overweldigend mooi met, naar wat het leek, Aziatische genen. Of misschien kwam ze uit het Midden-Oosten. Maar ze had niet veel te zeggen.

Ik nam een slokje van hetzelfde glas waar ik al de hele avond mee deed en keek eroverheen in de smaragdgroene ogen van mijn date. Sinds wanneer gaf ik ene reet om gespreksvoering?

Ik had letterlijk nog nooit eerder gedatet. De vrouwen met wie ik was geweest, waren vriendinnen met een extraatje geweest – cynisch 'fuck buddy's' genoemd door Emilia. Ik had er absoluut geen problemen mee bevriend te zijn met vrouwen en hield de vriendschappen vaak in stand nadat de seksuele relatie was geëindigd. Zo was dat met Lindsay bijvoorbeeld ook het geval. Maar in een restaurant zitten, of in een bioscoop, of gewoon kletsen, was nooit iets geweest wat ik had gewild. Wat had me veranderd?

Ik lachte toen Jordan voorstelde naar zijn huis te gaan om daar nog wat rond te hangen. Hij was niet erg subtiel. Ik had al tegen hem gezegd dat ik geen vrouw mee naar mijn huis ging nemen, vooral niet nadat ik haar nog maar net had ontmoet.

Jordan had zijn schouders opgehaald en gezegd dat hij in zijn exclusieve huis aan het strand, met uitzicht op Newport Beach's beroemde surfplek de Wedge, een logeerkamer had.

Ooit beschouwde Jordan zichzelf als surfer en een paar keer had hij geprobeerd het me te leren, maar ik had er niets aan gevonden. Ja, ik leefde bij de haven van Newport Beach, maar dat betekende niet dat ik, letterlijk, mijn nek hoefde te riskeren om een kick te krijgen door de golven te trotseren die tegen de Corona Del Mary pier sloegen en de Newport Wedge vormden.

Nadat we bij Jordan waren gearriveerd en iets te drinken voor onszelf hadden ingeschonken, namen Carissa en ik plaats op de bank en raakten in gesprek tot ver nadat we opmerkten dat de andere twee in Jordans slaapkamer waren verdwenen. Carissa had haar hakken uitgeschopt, haar lange benen onder zich op de bank getrokken en keek me recht in mijn ogen. Ze knikte en lachte om alles wat ik zei, wat in eerste instantie vleiend was, maar me nu begon te irriteren. Ik verlangde naar... een beetje tegengas. Een uitdaging.

Het duurde niet lang voordat ze tegen mijn arm aanleunde en zichzelf duidelijk in positie bracht om haar borsten tegen me aan te wrijven.

Ik was opgewonden. Wie zou dat niet zijn? Ze was sexy. Belachelijk sexy. Ze haalde haar perfect gemanicuurde hand door haar koperkleurige haren en eindelijk leunde ik naar voren om haar te kussen.

Ze was een gretige deelneemster. Binnen enkele seconden had ik haar lippen uiteen en mijn tong in haar mond. Mijn ogen vielen dicht en ze liet een klein zuchtje horen. En...

Ik kon maar niet stoppen me Emilia voor te stellen terwijl ik deze vrouw kuste. Emilia's mond op de mijne, haar smaak.

Emilia's borsten tegen me aangedrukt. Emilia's zachte huid onder mijn handen. *Emilia.* Die grote bruine ogen die me vandaag vanaf de andere kant van de vergaderruimte hadden aangekeken, gevuld met pijn en iets anders. Verlangen.

Ik begon te hoesten – behoorlijk heftig – toen ik naar adem hapte en me van Carissa en haar weelderige lichaam losmaakte. Ze was prachtig en ik voelde me tot haar aangetrokken. We hadden er hier ter plekke voor kunnen gaan – God mag weten dat mijn lichaam meer dan bereid was. Ik had zelfs condooms meegebracht. Ik had al in geen maanden en maanden meer condooms bij me gedragen. Maar toen ik in Carissa's katachtige groene ogen keek, wist ik dat ik dit niet wilde. Niet echt.

Ik wilde meer. Iemand anders. En niet alleen fysiek. Ik wilde de vrouw die op iedere denkbare manier perfect bij me paste. Degene die me uitdaagde, die me steunde. Degene die mijn karakter aanvulde, de gaten waar ik niet compleet was opvulde. Ik slikte een enorme brok in mijn keel weg in een poging het hoesten te onderdrukken.

'Wat is er?' vroeg ze.

'Sorry.' Ik stopte met hevig hoesten, reikte naar mijn glas om mijn ijswater op te drinken en zette het naast haar wijnglas neer. 'Er schoot iets verkeerd, denk ik.'

Halfhartig sloeg ze op mijn rug. 'Gaat het weer?'

'Ja,' zei ik met krakende stem terwijl ik mijn mond met de rug van mijn hand afpoetste.

Ze glimlachte en haar opgezwollen lippen weken uiteen. 'Geen probleem. Waar waren we gebleven? O, ja. Hier...' zei ze terwijl ze haar hand op de binnenkant van mijn dij legde en dichterbij leunde. Ze bewoog haar hand omhoog en hij landde recht bovenop mijn kruis. Ik liet een korte ademstoot ontsnappen en trok haar hand weg.

'Wat is er?' vroeg ze terwijl ze zich terugtrok om naar mijn gezicht te kijken.

Ik slaakte een diepe zucht en leunde naar achteren. 'Het is te snel,' mompelde ik en keek op naar het plafond.

Carissa trok haar neus op. 'Doe je het liever rustig aan?'

Bijna schoot ik in de lach. In het verleden had ik er geen enkel probleem mee gehad om met een vrouw die ik nog maar net kende naar bed te gaan. Ik had nooit een one-night stand gehad, maar ook nog nooit een relatie. Niet tot *haar*. *Zij* had alles veranderd. En ik begon ervoor te vrezen dat er geen weg terug was naar de persoon die ik was geweest. Wilde ik dat überhaupt?

'Het is te snel na mijn vorige relatie. Het spijt me. Je bent een geweldige, sexy vrouw, zoals je wel zult weten.'

Ze lachte. 'Dat betekent niet dat ik het niet graag hoor uit de mond van een lekkere vent als jij.'

Ik grijnsde. 'Het spijt me. Ik voel me gewoon nog een beetje gekwetst.'

Ik voorzag twee mogelijke reacties. Ofwel ze zou pissig of beledigd worden dat haar magische schoonheid er niet voor kon zorgen dat ik mijn situatie vergat, ofwel ze zou harder haar best doen om me te verleiden.

Carissa verraste me echter weer. Ze liet haar hoofd sympathiek een tikkeltje opzij zakken. 'Wil je erover praten? Hoe lang was je samen met haar?'

'Zo'n vijf maanden. Ik dacht alleen echt dat zij de ware was.' Mijn armen strekten over de rugleuning van de bank en Carissa leunde achterover terwijl ze me aankeek.

'Ik neem aan dat zij dat niet zo voelde?'

Ik keek haar aan. 'Nee.'

Ze glimlachte. 'Nou,' zei ze terwijl ze een wenkbrauw optrok en haar hoofd verleidelijk naar me toe boog, 'ik heb je nog maar net ontmoet, maar ik denk dat ze behoorlijk stom is.'

Ze leunde dichterbij en kuste mijn wang. Het was een medelijdend kusje, maar ik bedacht me dat ik het in plaats van een medelijdende neukpartij zou aannemen.

We praatten nog ongeveer een uur, tot Jordan met een handdoek om zijn middel uit zijn slaapkamer stapte en ons aangaapte, duidelijk in shock dat we nog volledig gekleed waren en niet in een of andere vrijpartij waren verwikkeld.

Ik bood aan Carissa naar huis te brengen, zodat haar huisgenoot de nacht bij Jordan kon doorbrengen. Ze vroeg me mee naar binnen, maar ik sloeg de uitnodiging af. Ik ging alleen naar huis, naar een donkere, lege woning, maar bleef uit de buurt van mijn donkere, lege slaapkamer. In plaats daarvan ging ik naar mijn kantoor, klapte mijn laptop open en hield me tot het licht begon te worden bezig met het coderen van het nieuwe, geheime project. Toen sukkelde ik in slaap, mijn hoofd op mijn over elkaar gekruiste armen. Wij programmeurs noemden dat 'trance coding'. In werkelijkheid nam ik de tijd om de demonen te vermijden die deze lege huls van een thuis plaagden.

Ik vroeg me af wanneer alles weer normaal zou gaan voelen. Wanneer ik terug mijn oude leventje in kon glippen alsof de afgelopen zes maanden niet waren gebeurd. Maar ik betwijfelde of dat wel mogelijk was. Ik voelde me ellendig. Zou ik het meer tijd moeten geven?

Twee dingen konden gebeuren: Emilia zou vertrekken en ik zou een manier moeten zien te vinden om door te gaan met mijn leven *of* ik zou kunnen toegeven en met haar meegaan als – en dat was een grote als – ze me terug zou nemen.

Terwijl de dagen waarin ze weg was zich voortsleepten met de herinnering aan die bezielde ogen die me vanaf de andere kant van een volle vergadertafel hadden aangestaard, begon ik te denken dat het een kleine prijs was om Marylands nieuwste inwoner te worden als ik haar daarmee weer in mijn armen kon houden.

HOOFDSTUK
TWAALF

D E VOLGENDE DAG, ZATERDAG, HAD IK EEN AFSPRAAK met mijn vriendin Lindsay om haar in Orange een appartement dat ik bezat te laten zien. Aangezien ik haar al een poosje niet had gezien en het gevoel had teveel tijd om handen te hebben – ook al werkte ik zeventig uur per week – bood ik aan het haar zelf te tonen en haar daarna op een lunch te trakteren. Emilia had een hekel aan Lindsay en daar had ze goede reden toe. Lindsay en ik hadden een seksuele relatie toen we veel jonger waren. Ik had mijn school net afgerond en zij was een eerstejaars student rechten geweest die voor het bedrijf van mijn oom werkte. Maar het was niet ons verleden dat Emilia over de zeik hielp. Het was het feit dat ik Lindsay een keer had gebruikt om Emilia jaloers te maken. Dat had ze *absoluut niet* getolereerd.

Het appartement, dat ik oorspronkelijk had gekocht om Emilia aan te bieden – en dat zij net zo resoluut had geweigerd – stond nog steeds leeg. Lindsay overwoog het voor haar neefje te kopen, die naar Chapman University zou gaan.

Over snelweg 55 reed ik naar het noorden van Orange terwijl ik probeerde te negeren hoe ik me voelde nu ik over dezelfde weg reed als wanneer ik Emilia in haar oude appartement bezocht. Verwoed probeerde ik dat constant knagende gevoel van verlies te onderdrukken.

Het was bizar. Slechts vijf korte maanden geleden stonden we aan het begin van dit alles. Die vijf maanden leken nu wel een heel leven, alsof ik een heel leven had gehad, van geboorte tot groei tot levemservaring. Maar het was een leven dat voor z'n tijd was onderbroken. In mijn ziel waren er rouwende mensen bijeengekomen voor de begrafenis van wat onze relatie was geweest, onze liefde, en ze waren niet in staat te vergeten of zelfs te geloven dat het al voorbij was.

Nog steeds was het een gapende wond, soms een vaag kloppende, maar soms ook een diepe, diepe pijn. Het lukte me maar niet het uit mijn hoofd te zetten, hoe hard ik het ook probeerde.

Ik draaide de deur van het slot en ging naar binnen. Zoals gewoonlijk was Lindsay laat. Ik zweer dat die vrouw nog te laat zou komen voor haar eigen dodenwake. Als we ooit een stel zouden zijn geworden, zou ik er regelrecht gestoord van zijn geworden. Gelukkig hadden we zelfs nooit een poging gewaagd, want het zou nooit hebben gewerkt. We waren allebei veel te jong geweest, maar wijs genoeg om te weten dat we te veel op elkaar leken en tegelijkertijd tegenpolen waren die het nooit met elkaar eens waren.

Afgelopen voorjaar, toen ze haar echtscheidingsprocedure in gang had gezet, had ze geprobeerd me te versieren. Sindsdien verliep het een beetje ongemakkelijk tussen ons. Sterker nog, ik had haar niet meer gezien sinds de dag dat ze naar mijn kantoor was gekomen om te lunchen, de dag dat Emilia ons samen had gezien. Ik had die dag een domme beslissing genomen om te zien hoe Emilia zou reageren. Ik had Lindsay bij haar middel beetgepakt en in haar oor gefluisterd terwijl Emilia ons met grote ogen en een blik vol afgrijzen had aangestaard.

Lindsay was niet stom en had het onmiddellijk in de gaten gehad. Ze gaf me een uitbrander nadat Emilia zich had omgedraaid en het gebouw uit was gerend. Lindsay had me zelfs aangespoord om achter haar aan te gaan, maar als de idioot die ik was, had ik geweigerd.

Nadat ik een half uur had gewacht, trok ik mijn mobiel tevoorschijn en stuurde Lindsay een appje. Toen hoorde ik haar hakken door het trappenhuis echoën. De deur was nog van het slot, maar ik liep erheen om hem voor haar te openen.

'Adam!' Ze pakte mijn schouders beet en plantte en kus op mijn wang, die ik beantwoordde door er ook een op die van haar te drukken. Ze gebruikte te veel parfum en was uitgebreid opgemaakt, zoals altijd. Ze zag eruit alsof ze net bij een fashionshoot voor *Vogue* vandaan kwam, behoorlijk kenmerkend voor haar. Met haar tweeëndertigjaar was ze nog steeds een zeer aantrekkelijke vrouw, dat was ze altijd al geweest.

Toen ik haar ontmoette, terwijl ik wat klusjes deed op het kantoor van mijn oom, was het meer dan vleiend geweest dat een beeldschone, blonde rechtenstudente interesse in me toonde. Ja, ze was mijn eerste geweest. Niet dat dat op dit moment nog iets voor me betekende.

Ik gaf Lindsay de korte rondleiding door het appartement en we eindigden in de lege keuken. 'Het staat al een poosje leeg...' zei ze, met een impliciete vraag in haar opmerking.

Nonchalant trok ik mijn schouders op, niet echt van plan in te gaan op de reden dat ik het had gekocht. 'Ja, nou, de oorspronkelijke reden waarvoor ik het had gekocht is niet meer aan de orde.'

Ze keek me lang aan en ik vermeed haar blik.

'Hoe gaat het met je, tijger?'

Ik schonk haar een vragende blik.

'De rechtszaak. Peter vertelde dat het de nagel aan je doodskist is. Je moet ermee stoppen je gewoonlijke trotse ik te zijn en de kerels van de verzekering het laten afhandelen.'

Gespannen liet ik mijn adem ontsnappen. 'Die gasten zijn idioten. Het bespaart hen een paar dollar terwijl ze de reputatie van mijn bedrijf op het hakblok leggen. Fuck hen.'

Ze trok haar wenkbrauwen op. 'Er is niet veel wat je eraan kunt doen, weet je.'

'Inderdaad, maar nu doen de geruchten van een schikking de ronde en bloggen en speculeren mensen erover. Er wordt gesproken over een hoorzitting in het congres, over de schadelijke verslavende effecten van computergames. Raad eens wie *daar* bovenaan de lijst staat voor een eventuele dagvaarding?'

Ze fronste. 'Wacht, wat schrijven de bloggers over het bedrijf dan? Laster?'

Ik haalde mijn schouder op. 'Speculaties, verspreiding van geruchten. Waarschuwingen dat alle bezorgde moeders misschien beperkingen op online games willen gaan invoeren. Ze geven al aan voor welke leeftijden de inhoud geschikt is. Wat is het volgende? Misschien een risico-op-verslavingsschaal?'

Ze snoof. 'Nou, ik denk dat je genoeg advocaten kent – of in je familie hebt – om op z'n minst een paar angstaanjagende last-onder-dwangsom-brieven te versturen als er iemand op uit is je reputatie te vernielen.'

Ik rolde met mijn ogen. *Dat* zou mijn problemen oplossen. Niet, dus.

Lindsay bekeek me aandachtig, haar ogen gefocust op mijn nek. 'Wat is dat in godsnaam? Een zuigzoen?'

Ik legde mijn hand op mijn hals. 'Wat?'

'Je hebt daar een plek... en hier nog een...' Ze kwam naar me toe om het beter te kunnen zien. 'Geen zuigzoen. Dus je was niet lekker bezig met je studentje?'

Ik schonk haar een waarschuwende blik en haar plagende lach verflauwde. 'Oké, ik zal je niet plagen. Maar waar komen die blauwe plekken vandaan?' Ze strekte haar arm uit en rukte de kraag van mijn poloshirt opzij, waardoor ze de linkerkant van mijn sleutelbeen ontblootte. 'Je hebt er wel... O, sinds wanneer heb je *deze*?' vroeg ze toen ze een glimp van mijn tattoo opving.

Ik had me er nooit eerder aan gestoord, maar sinds Emilia Lindsay's overmatige intieme gedrag richting mij had genoemd, irriteerde het me. Ik trok me van haar terug en herschikte mijn shirt. 'Ben je klaar? De plekken zijn van het paintballen.'

'Ja, ik was de blauwe plekken al vergeten. Ik dacht niet dat ze door huiselijk geweld waren veroorzaakt. Hoe zit dat met die tattoo? Van alle mensen op de wereld had ik nooit gedacht dat Adam Drake de naam van een vrouw op zijn borst zou laten tatoeëren, vooral als het niet de naam is van de vrouw waar hij op het moment mee samen is.'

'Ben je nou in dit appartement geïnteresseerd of niet? Want als dat niet het geval is, laat ik het door mijn makelaar op de markt brengen.'

'Je gaat me niet vertellen wie Sabrina is?'

Ik verschoof en gaf haar een geërgerde blik. 'Nope.' Ik zei haar naam nooit. Het had alles in me gevergd om die tattoo te laten zetten, maar het was iets wat ik op dat moment had *moeten* doen. Ik was bang geweest dat ik haar vergat, dat ik haar uit mijn hart en mijn geheugen liet glippen. Het was een belachelijke gedachte, maar op dat moment had het me volkomen logisch geleken. Het was een manier om voor altijd een stukje van haar bij me te houden. Ik had nooit met iemand over Bree gesproken, zelfs niet met mijn eigen familie. Mijn oom en neef en nicht wisten ervan, uiteraard. Maar ik had Lindsay nooit deelgenoot gemaakt van wat zich in mijn hart bevond.

Wat het des te bijzonder maakte dat Emilia in staat was geweest dat geheim zonder al te veel moeite uit me los te krijgen. Normaal gesproken vermeed ik de vraag als mensen vroegen wie Sabrina was.

Toen we op mijn jacht in de jacuzzi hadden gezeten, had Emilia me er ook naar gevraagd, nadat ze haar ziel had blootgelegd over een pijnlijke ervaring uit haar verleden. En ik had haar antwoord gegeven. Simpel, kort. Maar zelfs dat had me alle kracht gekost die ik bijeen had weten te schrapen. Emilia was de eerste persoon met wie ik erover kon praten. En slechts in korte, vage bewoordingen vertelde ik over de pijn in mijn kindertijd, alsof het een verhaal van iemand anders betrof. Ik schudde mijn hoofd om de gedachte weg te krijgen.

Lindsay wendde haar blik af en gooide haar blonde haren over haar schouder. Mijn geheimzinnigheid irriteerde haar duidelijk. 'Het spijt me. Blijkbaar maakt het je boos.'

'Helemaal niet. Maar ik ben *wel* uitgehongerd en het is twaalf uur, dus wat denk je ervan om dit tijdens de lunch verder af te handelen?'

Lindsay draaide zich om en liep langzaam naar het aanrecht om haar knalrode handtas, die perfect bij haar lange nagels paste, te pakken. Toen keerde ze weer naar mij. 'Ik heb Jordan gesproken. Hij vertelde me dat... dat jij en Mia uit elkaar zijn.'

Ik klemde mijn kaak op elkaar. Ik wilde dit nu *niet* met haar bespreken.

'Het is oké, Adam. Ik ga me niet weer op je storten. Ik heb nog wel *enige* trots. Ik maak me alleen zorgen om je, dat is alles. Als een vriendin. Je bent nog nooit echt met iemand *samen* geweest... Tenminste, niet voor zover ik weet, dan,' zei ze met een nadrukkelijk gebaar in de richting van mijn borstkas en de tattoo. 'En van wat ik begreep, woonden jij en Mia samen. Het... nou, het spijt me gewoon, dat is alles. Je leek gelukkiger dan ik je lange tijd heb gezien. Gezonder ook.'

Ik zuchtte en rinkelde betekenisvol met mijn sleutelbos, die aan mijn vingers bungelde.

Met een harder wordende blik observeerde ze me. 'Oké, je gaat je als een typische vent gedragen en er niet over praten. Maar is het echt een uitgemaakte zaak?'

Ik knarste met mijn tanden. 'Waarschijnlijk.'

Ze knikte. 'Ik ga je een ongevraagd advies geven. En je zult ernaar moeten luisteren tot ik die deur uitloop en je de trap af volg naar het restaurant. Ze is jong, Adam. Ze is wat, tweeëntwintig, drieëntwintig? Dat is dezelfde leeftijd die ik had toen jij en ik iets met elkaar kregen. Het laatste waaraan ik dacht was me vastleggen of een toekomst in een vaste relatie. Ze wil arts worden. Ik wilde advocaat worden. Het was op dat moment het belangrijkste in mijn leven en geen enkele man ging me daarbij in de weg staan.'

Ik liet haar praten. Ik luisterde naar wat ze te zeggen had, maar echt niet dat we hier daadwerkelijk een gesprek over gingen voeren. Deze hele afspraak was al overgegaan in de *Twilight Zone*. Ik verwachtte ieder moment dat Rod Sterling de kamer zou binnenkomen om een droge uiteenzetting te houden over het gestoorde verhaal van mij en Lindsay.

'Oké, laten we eerst maar eens de knoop doorhakken. Italiaans of Mexicaans?' vroeg ik.

Ze zuchtte en rolde met haar ogen. 'Denk er gewoon nog eens over na. Geef haar wat ruimte. Voor hetzelfde geld komt ze vanzelf naar je terug als je haar een beetje met rust laat en niet zo doordramt.'

Nou, dat advies klonk me bekend in de oren. 'Is dit het moment waarop je je inspirerende sleutelhanger met de afbeelding van een vlinder en de spreuk dat als je van iemand houdt je ze vrij moet laten tevoorschijn haalt?'

Haar lippen krulden op tot een droog lachje. 'Zoiets, ja.' Ze draaide zich om en liep de keuken uit. 'Kom op. Laten we gaan eten.'

Ik volgde haar de deur uit en we genoten inderdaad van een fijne lunch, waarbij we voornamelijk over veilige onderwerpen spraken. In ieder geval bracht ze Emilia of de tattoo niet meer ter sprake. Zoals ik al zei, Lindsay was niet dom. Maar, ongevraagd of niet, haar woorden bleven door mijn hoofd spoken. *Dit* was de reden dat Emilia afstand had genomen. Omdat arts worden, haar oorspronkelijke doel vanaf dat ze een kind was, belangrijker voor haar was dan deze nieuwe relatie vol met onbekende aspecten.

In een poging haar aan me te binden, had ik haar van me afgeduwd doordat ik arrogant had aangenomen dat ik haar eerste prioriteit was. En tegelijkertijd zei ik tegen *haar* dat ze niet mijn eerste prioriteit was door te weigeren mee naar de oostkust te verhuizen.

Ik begon me te realiseren hoe belachelijk onredelijk ik me daarover had opgesteld. De vraag was echter of ik te laat was om het te fixen?

HOOFDSTUK

DERTIEN

DE VOLGENDE DAG WAS HET ZONDAG EN 'S OCHTENDS had ik zeer weinig te doen. In dit post-Emilia leven bleken de weekenden het ergst te zijn. De eenzaamheid dreigde op te komen en me te verstikken. Vooral als ik mijn uiterste best deed me te verzetten tegen mijn oude remedie: werk. Er was genoeg te doen, maar vandaag stond ik het mezelf niet toe. Ik kon niet terugvallen in die oude patronen.

Het trok echter aan me als alcohol aan een alcoholist, als de blackjacktafel aan een gokverslaafde. Eén uurtje maar, zei dat stemmetje dan. *Je kunt inloggen en een en ander afwerken. Het zou zo productief zijn. Na een uur kun je weer uitloggen. Of misschien bij het kantoor langsgaan en wat dingen checken.*

Maar ik ging mezelf bewijzen dat ik het kon weerstaan, al was het maar voor vandaag. Geen werkmail checken. Want als ik eenmaal in die kuil stapte, zou het een verdomd zware klim zijn om er weer uit te komen. En ik had *absoluut* niet het verlangen om een of andere verdomde bergtocht af te leggen om mijn innerlijke zelf te hervinden.

Ik stond mezelf de concessie toe dat DE spelen geen volledige schending van deze werkvrije zondag zou zijn. Dus startte ik de game op en logde in op mijn onzichtbare Gamemaster-account om te zien of de oude groep waarmee ik altijd gamede online was. We speelden vaak op zondagochtenden en ik vroeg me af of ze die traditie hadden voortgezet.

Ik checkte mijn vriendenlijst.

Je vriend Eloisa is online. Emilia.
Je vriend Fragged is online. Heath.
Je vriend Persephone is online. Kat.

Alle drie waren ze er. Ik checkte hun locatie. *Golden Mountains gebied.* Ze werkten aan de grote, geheime quest. Ik weerstond de neiging om het commando uit te voeren waarmee ik hun chatberichten naar elkaar kon lezen. Meestal gebruikten ze stemberichten, tenzij ik met hen speelde. Met een zucht zakte ik achterover. Net als de rest van de spelers van Dragon Epoch had mijn vaste gamegroep onterecht geconcludeerd dat de *Golden Mountains* questreeks ook daadwerkelijk in de gouden bergen begon, in plaats van op de plek waar de allereerste aanwijzing *echt* verborgen lag, volop in het zicht voor iedereen.

Met een slinkse lach keek ik naar het scherm. Het was maanden geleden dat de uitbreiding was gelanceerd en nog niemand was ook maar enigszins dichterbij de oplossing van het verrekte ding dan toen het net was uitgekomen. Als mensen niet snel aanknopingspunten zouden vinden, was ik er zeker van dat we met een rel te maken zouden krijgen, een enorme gamersopstand. Misschien zelfs een sit-in demonstratie bij DracoCon. Er waren al sites waarop werd beweerd dat de quest een mythe was of een hoax of zelfs dat hij nog niet af was en dus nog niet in het spel was geïmplementeerd. Wat zaten ze ernaast.

Het idee voor die quest was al in mijn hoofd gekomen toen ik de originele verhaallijn uitdacht, jaren geleden.

Het was een soort droom en een langetermijn doel van me geweest om de technologie en gameprogrammering te ontwikkelen om het te kunnen implementeren. Ik ging de aanwijzingen niet zo makkelijk weggeven. Zelfs niet aan de vrouw waarvan ik hield.

Ik herinnerde me hoe ze me ermee plaagde. Mijn hints aan haar waren allemaal oprecht geweest, maar ze waren zo vaag dat ze nutteloos waren en dat had ze geweten. Ik voerde het commando in waarmee mijn personage onzichtbaar werd – een mogelijkheid die alleen door werknemers van het bedrijf kon worden gebruikt – en reisde af naar hun locatie. Ik wist niet zeker wat ik hoopte te bereiken, maar terwijl ik hen zo tien minuten zat te bekijken terwijl ze op een eindeloze stroom trollen aan het inhakken waren, besloot ik dat ik me verveelde. Het zou leuker zijn als ik met ze kon meedoen.

Ik wist niet zeker hoe Emilia zou reageren, maar op dat moment maakte me dat niets uit. Het waren ook *mijn* vrienden en ik verdiende het een beetje tijd met ze door te brengen, zelfs al had Emilia ervoor gekozen het met me uit te maken. Ik liep de kans dat ze me van creepy stalkgedrag beschuldigde, maar ik was vastberaden in de virtuele wereld niet de enorme afstand te bewaren zoals die er in het echt was.

Nadat ik me had uitgelogd op mijn werknemersaccount, schakelde ik over op mijn 'pret' account.

FallenOne heeft de wereld van Yondareth betreden.

FallenOne was een menselijke speerwerper van level vijfenzeventig. Hij had grijs haar en een lange, witte baard. Hij leek een beetje op een kruising van de kerstman en een Chinese monnik. Ik was in een vreemde bui geweest op de dag dat ik hem had gecreëerd en ik had zo om zijn uiterlijk moeten lachen. Maar hij was beresterk en ik was gek op zijn personage. Ik vond de dichtstbijzijnde magische portaalruimte – op dit account kon ik geen handige werknemerstrucjes gebruiken – en stuurde mijn personage naar de zone waar mijn vaste groep aan de slag was.

Persephone: Holy shit... ben jij het echt? Waar heb je al die tijd gezeten?

Ik: Yep, ik ben het echt. Ik ben met andere dingen bezig geweest.

FallenOne is uitgenodigd in Persephone's groep.

Ik klikte op de bewuste knop om de uitnodiging te accepteren. Plotseling werd mijn koptelefoon belaagd door Heath en Kat die opgewonden via de microfoon met elkaar aan het praten waren. En voor de allereerste keer was ik van plan met hen mee te doen.

Voorheen had FallenOne alleen via getypte chatberichten met de groep gecommuniceerd. Ik kon hen allemaal door mijn koptelefoon horen, maar zelf sprak ik alleen met hen door berichten te typen, zodat ik mijn anonimiteit kon waarborgen. Aangezien ik snel typ, was dat geen probleem. Dit was in mijn voordeel geweest toen ik Heath en vervolgens Emilia had ontmoet, omdat het me had geholpen mijn identiteit als hun gamevriend geheim te houden. Ik had, in die eerste periode, veel dingen gedaan om haar op het verkeerde been te zetten zodat ze het nooit zou vermoeden. Sommige dingen waren prima geweest, maar sommige, zoals mijn hufterige stunt op de dag dat we elkaar voor het eerst ontmoetten, niet bepaald.

Ik herschikte mijn koptelefoon en microfoontje en drukte op de spreekknop. 'Hoi allemaal, hoe gaat het met jullie?'

'Wat? Echt niet!' riep Kat uit. 'Fallen praat mee. Je bent *echt* een kerel!'

Ik schoot in de lach. 'Dat je dat ik een griet was?'

'*Ik* dacht dat je een griet was,' reageerde Heath.

'Rot op, jij. Ik ben een man. Over mijn leeftijd van vijfenzestig en details als een rug vol beharing hebben we het maar even niet.'

'Ieuw,' zei Kat. 'Ik mag hopen dat je een grapje maakt.'

Emilia zei niets.

Ik wist dat ze me kon horen. Het icoontje naast de naam van haar personage liet weten dat haar koptelefoon was verbonden.

'Hoi, Mia. Wat ben je stil,' merkte ik op.

'Ze is in een pesthumeur. We hakken ons door trollen heen om haar op te vrolijken,' zei Kat.

'Hoi, Fallen,' reageerde Emilia uiteindelijk. 'Goed je stem te horen.'

Mijn scherm lichtte op met een paarse tekst van een privébericht van Emilia.

Eloisa: Hi.

'Hoe zit dat met dat slechte humeur? Helpt het afslachten van trollen een beetje?' vroeg ik.

Ik: Hoi.

'Ja, hoor. Ach, je kent me. Ik ben altijd wel in voor een goede trollenslachtpartij. Voel ik me tenminste een keer nuttig,' antwoordde Emilia. 'Deze twee losers hebben in feite gewoon mijn elite toverfeekrachten nodig om te overleven.'

Tot mijn verrassing zetten we het parallelle gesprek voort; de een via spraakbericht en de ander, de afgeschermde, via getypte chatberichten.

Eloisa: Dus... hoe was je hot date?
Ik: Hoe was je trip naar Baltimore?
Eloisa: Touché. Daar heb je me.

'Nou ja, zeg, Mia,' zei Kat. 'Je bent altijd nuttig. Maar wat de hel... Mijn systeem werkt niet goed sinds die idioten vorige week die fucking patch in de game hebben geplaatst. Die klootzakken moeten iets verneukt hebben.'

Ik onderdrukte een grinnik. Het gebeurde niet iedere dag dat ik een klootzak en een idioot werd genoemd door mijn gamevriendin. Het deed er niet toe dat ze niet wist dat ze *mij* in feite een idioot en een klootzak noemde.

'Ja, die eikels bij Draco. Naar de pleuris met ze,' zei Heath zonder zelfs maar de moeite te doen de lach in zijn stem te verbergen.

Ik: Fuck op, Fragged.
Fragged: HAHAHAHA.

'Kat, het probleem is dat je ze niet op een rijtje hebt,' zei Heath.

'Hou je bek, Fragged, anders laat ik je deze keer gewoon doodgaan.'

'*Deze* keer? Ik ga zo vaak dood in dit spel dat ze me een plekje op de plaatselijke begraafplaats laten kopen.'

Ik grinnikte. 'Misschien is het gewoon PEBCAK.'

'Wat is dat in godsnaam?' wilde Kat weten.

'*Problem exists between chair and keyboard,*' antwoordden Heath en ik tegelijk, verwijzend naar waar de afkorting voor staat. De term wordt door IT-ers gebruikt als arrogante gebruikers het systeem de schuld geven als er iets niet werkt, in plaats van dat het aan hun eigen vaardigheden zou liggen.

'Het is een gebruikelijke term in de IT-wereld,' voegde ik eraan toe.

'O, hou je mond, Fallen. Ik vond je leuker toen je alleen kon typen,' siste Kat.

Ik: Is het voor jou oké als ik vandaag meedoe? Verveelde me.
Eloisa: Ja, hoor. Beter gamen dan werken.
Ik: Precies.
Eloisa: Je werkt toch niet te veel, of wel?
Ik: Ehmm.

'Dus, wat zijn we aan het doen?' vroeg ik aan de groep. 'Gewoon uren aan een stuk op trollen inhakken? Laten we iets productiefs doen.'

'We zijn met die klotequest bezig,' zei Kat. 'Ik las op *Gamer Garden* dat ze aanwijzingen hadden voor een sleutel naar het eerste deel van het kerkersysteem om de prinses te redden. Hij valt als je een willekeurige dode trol berooft. Maar het is superzeldzaam. Dus nu maken we ze met honderden tegelijk af om te kijken of die sleutel valt.'

Ik leunde achteruit in mijn stoel en probeerde niet te lachen. Dat artikel had ik nog niet gezien. Wat een bullshit. Maandag moest ik de ontwikkelaars eens vragen of ze die nep aanwijzing zelf de wereld in hadden geholpen.

'Wat denk *jij*, Fallen? Is het tijdverspilling? Ik ben echt *heel, heel* benieuwd naar jouw mening hierover,' vroeg Heath.

Ik: Weinig kans, Fragged.

'Geen idee. Ik volg jullie gewoon. Als jullie het naar je zin hebben, laten we dan maar doorgaan. Hopelijk voelt Em... Mia zich al minder chagrijnig?'

'Moorden en plunderen van de monsters van Yondareth verbetert altijd mijn humeur,' zei ze op een luchtige, afstandelijke toon.

Eloisa: Fraaie bijna-verspreking, geniale jongen.
*Ik: Kan niet *altijd* perfect zijn.*

Inderdaad, ik had me bijna versproken en haar Emilia genoemd. Voor zover ik wist, was ik de enige die haar bij haar volledige naam noemde. Ik was ermee begonnen als een van de trucjes om haar af te leiden van wie ik echt was. Maar het was blijven hangen. Zij was mijn Emilia. Mia was hoe alle anderen haar noemden.

Eloisa: Ja, oké... serieus... je werkt toch niet te hard?
Ik: Definieer 'te hard'.

Eloisa: Adam...

Ik leunde achterover, mijn vingers hingen boven het toetsenbord. Mijn borstkas trok weer samen. Ik was geraakt door haar ongerustheid, terwijl ik het tegelijkertijd verafschuwde. En we waren nog maar een paar weken uit elkaar.

Ik: Het gaat redelijk met me.
Eloisa: Waarom alleen 'redelijk'?
Ik: Dat lijkt me voor de hand liggend.

'Schofterige klootzak in aantocht! Het is Grubious the Great. Pak hem! Hij heeft poen!' schreeuwde Heath in z'n microfoon terwijl zijn personage uit het niets verscheen, achternagezeten door een hele grote en zeer boze trol. Onze groep kwam in actie en een paar minuten later lag het dode lichaam van de trol aan onze voeten en werd de virtuele buit tussen ons vieren verdeeld.

Eloisa: Ik bedoelde met de rechtszaak en zo. De bloggers zijn niet erg aardig.
Ik: Dat heb ik gemerkt. Blij te merken dat Girl Geek zich erbuiten heeft gehouden.
Eloisa: Natuurlijk heb ik me erbuiten gehouden. Ik heb mijn energie besteed aan belangrijke zaken, zoals zeiken over maliënbikini's, niet aan rechtszaken.

Meer dan een uur waren we bezig ons een weg te banen door die trollen, die zich net zo snel vermenigvuldigden – in gamertaal gebruikten we het woord 'spawned' – als dat wij ze konden afmaken. De mythische sleutel verscheen niet, zoals ik al wist dat niet zou gebeuren. Ik kwam bijna in de verleiding – bijna – om in te loggen op mijn andere account en iets te coderen dat op een sleutel leek, die zij konden vinden, voor de grap, maar besloot dat het te gemeen zou zijn.

Ik bedacht dat ik ze in plaats daarvan een bot kon toewerpen, ook al was het een heel, heel subtiel botje.

'Oké, luitjes, dit begint ontzettend saai te worden en we komen geen steek verder,' zei ik. 'Zullen we een paar nieuwe personages maken en in het startgebied rondrennen?'

'WTF, Fallen? Nieuwelingen? Ehm, nee. Ik ben niet in de stemming om keer op keer vermoord te worden door een level één knuppel terwijl ik gele narcissen voor Generaal SylvanWoods verloren liefde pluk,' zei Kat, verwijzend naar een van de meest basale, eerste quests die aan een nieuw personage in de wereld van Dragon Epoch werd gegeven.

*Fragged: Wat is er aan de hand... zijn we warm? Ik heb het gevoel dat we op het juiste spoor zitten en dat jij probeert ons af te leiden. Het *is* de sleutel, of niet dan???*

Ik schoot weer in de lach. Alsof ik dat tegen hem ging zeggen. Ik had zelfs Emilia niets nuttigs verteld en ik had maandenlang iedere nacht samen met haar geslapen.

Ik: Oeps, betrapt.

Een poosje later logde Katya uit om naar haar werk te gaan. Heath bleef nog een paar minuten, voordat hij er ook vandoor ging en Emilia en ik overbleven, alleen. In plaats van chatberichten te typen, konden we nu gewoon praten.

'Dus…' begon ze.

Ik schraapte mijn keel en staarde naar haar avatar op het computerscherm. 'Ik ben blij dat je hebt besloten terug naar het werk te komen,' begon ik zwakjes.

'Ik denk niet dat William het me had vergeven als ik dat niet had gedaan.'

'Niet waar. Hij zou het *mij* niet hebben vergeven.'

Ze lachte een beetje nerveus. 'Misschien heb je gelijk.'

Er viel een lange, ongemakkelijke stilte. De statische geladenheid schoot tussen ons heen en weer. Het deed pijn om haar stem te horen en te weten dat ze zo dichtbij was, terwijl het voelde alsof de afstand tussen ons miljoenen kilometers besloeg.

Ze begon opnieuw. 'Dus… ik heb nagedacht over alles wat op het moment in de blogs wordt besproken, die waar de focus ligt op de ontwikkelingen van de rechtszaak…'

Ik kneep in de brug van mijn neus en wreef erover. Ik voelde een nieuwe hoofdpijn opkomen. Eigen schuld. De dokter had me geadviseerd een speciale bril te dragen als ik de computer gebruikte en ik vergat hem bijna altijd op te zetten. Uiteraard geloofde ik zijn theorie dat vermoeide ogen de migraine veroorzaakte niet helemaal.

'O ja? Wat zijn je gedachten?'

'Ik ken die mensen. Nou, niet persoonlijk, maar we communiceren heel veel online. Ik lees hun blogs en reageer erop, zij reageren op die van mij. We delen informatie. We e-mailen elkaar. Ik weet wat ze zou afleiden van deze lastercampagne.'

Ik fronste en concentreerde me op haar woorden terwijl ik wenste dat ik haar gezicht kon zien. Ik haalde die kleine rimpel voor de geest, die verscheen als ze bezorgd was. 'En dat is?'

'Verander het gespreksonderwerp. Zorg dat ze ergens anders over praten.'

'Nou, ik hoopte dat de heisa over onze eerste DracoCon dat zou doen, maar dat lijkt geen enkele indruk te maken.'

'De Con gaat geweldig worden en er zullen heel veel bloggers aanwezig zijn. Maar ik weet iets wat nog beter werkt.'

'O ja? Wat dan?'

'De verborgen quest.'

Ik zuchtte. 'Is dit een nieuwe poging om hints van me los te peuteren?'

Ze hield zich even stil. 'Het is een poging om je te helpen je bedrijf te redden. Het zou ervoor zorgen ze van het oorlogspad af te krijgen. En spelers zouden massaal hun blogs lezen als daar de voortgang van de missie werd besproken.'

'Bullshit. Zodra de quest is ontdekt, is het voorbij. Ze steken de koppen bij elkaar en delen aanwijzingen. Vervolgens lossen ze in nog geen dertig uur de hele reeks op en posten spoilers online zodat iedereen gewoon kan herhalen wat zij hebben ontdekt. Ik heb *jarenlang* aan het concept van die quest gewerkt. Ik ben niet van plan toe te kijken hoe hij er in anderhalve dag doorheen wordt gejast.'

'Maar... het is zes maanden geleden dat hij is geïmplementeerd. Mensen beweren dat de quest zelfs niet bestaat of dat de code ervan is gebroken. In mijn hart weet ik dat de quest een geweldige ervaring zal zijn, anders zou je er niet zo beschermend over zijn. Maar je moet het laten gaan. Je moet het loslaten, zodat anderen ervan kunnen genieten.'

Ik schudde mijn hoofd, hoewel ik wist dat ze me niet kon zien. 'Ik, eh, ik zal erover nadenken.'

Ze zuchtte. 'Oké. Je kunt niet al je geheimen je leven lang voor je houden, weet je.'

Dat leek me eerder een persoonlijke opmerking over *ons*. Ik ademde diep in en had het gevoel dat we op verboden terrein waren beland. We hadden dit nooit nadrukkelijk als verboden bestempeld, maar het leek gewoon evengoed gevaarlijk. 'Ik hou ze zo lang als nodig is.'

'Juist,' zei ze zachtjes.

Ik bleef even stil. 'Wanneer kan ik je weer zien?' vroeg ik uiteindelijk.

Ze schraapte haar keel. 'Ik dacht dat je andere mensen zag.'

'Dat is geen antwoord.'

Ze wachtte even. 'Ik weet het niet.'

Ik sloot mijn ogen, de hoofdpijn werd erger. Maar die pijn was niets vergeleken met de pijn in mijn borst. Ik had het echt gigantisch verkloot met haar en als ik mezelf niet snel in toom zou houden, zou ik het zelfs nog meer verpesten.

'Ik ga ervandoor. Ik zal niet meer inloggen als je dat niet wilt.'

'Waarom zou ik dat niet willen? Je had plezier vandaag, dat kon ik merken. Ik zou nooit van je vragen niet in te loggen.'

'Ik vond het inderdaad leuk, maar dat jij van het gamen geniet is belangrijker.' En waarschijnlijk zou ik niet eens ingelogd hebben als ik haar stem niet zo graag had willen horen.

'Adam, ik...'

'Ja?'

'Wil je... gewoon nog eens nadenken over wat ik heb gezegd? En...'

Ik wachtte. Het kostte haar een minuut.

'En zorg goed voor jezelf, oké?'

Ik ademde diep in en liet de lucht langzaam ontsnappen. Ik wilde daar nu meteen naar toe gaan en ik wilde haar in mijn armen trekken en haar wezenloos kussen. Dit gevoel van leegte was bijna overweldigend. 'Oké,' zei ik met een wezenloze stem.

'Dankjewel. Ik zie je wel weer een keer.'

Ja... een keer. Mijn maag kromp samen. We zeiden gedag.

In mijn ziel had de temperatuur het absoluut nulpunt bereikt, de temperatuur van de ruimte. En ik was leeg, als de enorme afstand tussen de sterren, buiten de reikwijdte van het bestaan. Toen ik anderhalve week op het International Space Station had doorgebracht, was een van mijn favoriete activiteiten om in de koepel te gaan als we eenmaal de terminator voorbij waren, de grens tussen dag en nacht in de ruimte. Vanuit die observatiekoepel, kon ik de sterren zien, verwonderd door het zwart van de lege ruimte tussen hen in. Ik wentelde me in mijn nietigheid als klein onbeduidend deeltje in het grote geheel, vol ontzag over alles.

Mijn zorgen, mijn leven, het had te midden van het vacuüm van de ruimte zo onbelangrijk geleken. Het herinnerde me eraan dat. als ik het echt nodig had om zaken weer in perspectief te kunnen zien, ik kon proberen weer een vlucht te maken, zoals ik me ook heilig had voorgenomen zodra ik na de vorige trip met de landingscapsule was geland.

Een volgend groot avontuur voor Adam. Helemaal alleen. Omdat mijn laatste 'grote avontuur', *mijn Emilia*, op een epische mislukking bleek uit te lopen.

HOOFDSTUK
VEERTIEN

DRACOCON WAS IN MINDER DAN TWEE KORTE WEKEN en na het weekend stortte ik mezelf in werkdagen met lange uren, ondanks Emilia's verzoek mezelf in te houden. 's Maandags zat ik al ver in mijn twaalfde werkuur terwijl ik me haastte om een volgende hoofdpijn voor te blijven. De afgelopen vierentwintig uur had hij boven mijn brein gehangen. Hij achtervolgde me. Soms was dat de manier waarop ze zich aandienden… een verre onvermijdelijkheid waarvan ik wist dat ik er niet omheen kon. Soms sloegen ze plotseling toe, als een hersen-verzengende lichtflits.

Deze deed uiteindelijk beide en het gebeurde toen het complex bijna verlaten was, zo rond zeven uur 's avonds. Verschillende medewerkers waren langer gebleven om extra werk gedaan te krijgen en ik was onderweg van de afdeling development terug naar mijn kantoor toen het fucking ding op me insloeg als een baksteen in mijn gezicht. Deze keer waren er geen visuele vervormingen, slechts pure pijn. Zo'n agressieve aanval als dit had ik al heel, heel lang niet gehad.

Godzijdank was er niemand in de buurt om me te zien. Als ik niet dichtbij een muur had gestaan, zou ik wellicht jammerend op mijn knieën zijn gezakt. Ik zakte tegen de muur aan, sloot mijn ogen en hoopte dat deze golf van schedelverpletterende pijn zou wegtrekken. De aanval ging gepaard met misselijkheid. Mijn maag draaide zich om. En als ik niet alles op alles zette, zou ik binnen de kortste keren alles onderkotsen.

Ik strompelde terug naar mijn kantoor, gooide de deur naar de verlichte hal open, maar hield de kamer verduisterd. Ik begaf me naar de bank, zakte erop neer en sloot mijn ogen.

Bijna een half uur lag ik daar in een poging de pijn met mijn wil te verdrijven. Ik probeerde te beslissen of ik nu moest toegeven en iets van medicatie zou innemen of dat ik me er gewoon doorheen moest slepen.

Ik hoorde iemand in de gang dichterbij komen. Ik vroeg me half af, door het waas van pijn, of Maggie nog niet naar huis was gegaan, toen de lampen aan het plafond aan floepten en het licht in mijn ogen stak, dwars door mijn hoofd heen.

'Doe uit,' kreunde ik terwijl ik een arm over mijn ogen gooide.

Onmiddellijk ging het licht uit. Ik luisterde naar de voetstappen, die aarzelden in de deuropening. Waarschijnlijk niet Maggie, maar het zou Jordan of een van mijn naaste medewerkers kunnen zijn, die wisten van mijn migraines. Anders zou ik gewoon kunnen beweren dat ik ziek was van slechte sushi bij de lunch of zoiets.

De stappen kwamen de kamer in, behoedzaam. 'Adam? Gaat het wel met je?' klonk een kleine, zachte stem. Ik zweette inmiddels als een otter, maar de hoofdpijn was niet zo erg dat ik de stem niet herkende zodra ik hem hoorde. Emilia.

'Het gaat prima,' zei ik, mijn ogen nog stevig dichtgeknepen. Zelfs het zwakke licht uit de deuropening zou de situatie verergeren. Dat was het laatste wat ik nu kon gebruiken.

'Het gaat helemaal niet prima.' Haar stem klonk vlak naast me. 'Je zweet.'

'Ik heb het warm.'

'Gelul. Wat is er aan de hand?'

Ik ademende door een volgende golf van pijn. Ik legde mijn hand op mijn voorhoofd en duwde in het midden. Onbeheersbaar schoot de pijn alle kanten op. Ik ademde lang uit.

'Ik heb alleen hoofdpijn. Ga weg, alsjeblieft.'

Ze zette iets neer, waarschijnlijk wat het dan ook was waarvoor ze hierheen was gekomen. 'Ik kwam alleen Macs displaybord brengen, zodat je het kan doornemen. Toen ik zag dat het licht uit was, dacht ik dat je er niet was. Je lijkt veel pijn te hebben.'

Je lijkt veel pijn te hebben. Dankjewel Koningin van het Overduidelijke, wilde ik reageren. En het was niet slechts de verzengende pijn die maakte dat ik wenste dat ik mezelf kon onthoofden. Het was een diepere, zielsverpletterende pijn. Die in mijn hart. Het gat dat ze had veroorzaakte toen ze was weggegaan.

Ik draaide mijn hoofd van haar af, mijn gezicht naar de rugleuning van de bank gericht.

'Adam, laat me je helpen. Zal ik wat water voor je pakken? Of iets anders?'

Wederom blies ik een lange, gespannen ademhaling uit. 'Het gaat zo wel over,' zei ik. Het kon verdomme maar *beter* snel overgaan.

Emilia kwam overeind om de deur van het kantoor te sluiten, waardoor we bijna in volledige duisternis achterbleven. Hoe het haar gelukt was terug te lopen zonder te struikelen was me een raadsel, maar binnen enkele tellen was ze weer naast me. Ze ging op het randje van de bank zitten, haar heup raakte mijn ribbenkast.

'Heb je zoiets al eens eerder gehad?'

Ze wist niet van de migraines, want ik had haar nooit verteld over de hele erge die ik vroeger altijd had. De paar die ik had gehad toen we nog samen waren, had ik makkelijk van me af kunnen schudden.

Ik draaide mijn hoofd terug haar kant op en opende mijn ogen. Ik bestudeerde haar silhouet in het donker. Het witblonde haar viel op, zelfs nu er nauwelijks licht was. De bankschroef die om mijn slapen was geklemd, verminderde enige druk. De misselijkheid begon in ieder geval al een beetje te vervagen.

'Waarom heb je je haar veranderd?' vroeg ik en ik schrok er zelf van. Had ik dat hardop gezegd?

Ze verschoof. Ik kon haar gezichtsuitdrukking niet zien. Ze draaide haar hoofd van me af. 'Ik wilde iets anders.'

Ik liet mijn zware oogleden weer dichtvallen, volledig uitgeput. Ik wilde niet meer vechten. Ik wilde niet boos zijn. Ze had mijn hart vermoord, maar ik wilde geen wraak. Ik wilde deze pijn die op iedere gedachte en actie drukte niet. 'Je hebt de laatste tijd heel *veel* veranderd.'

'Adam, je maakt me ongerust. Je praat met dubbele tong.' Ze rommelde in haar zak en trok haar sleutelbos eruit. 'Kan ik even in je ogen kijken?'

Was dat een grap? Ik draaide mijn hoofd. 'Wat?'

'Je kunt wel een beroerte hebben.'

'Ik heb geen beroerte. Het gaat trouwens al iets beter.'

Ze boog over me heen. 'Gaat het pijn doen als ik met dit lichtje in je ogen schijn? Heel even maar?'

'Waarom steek je er niet een paar satéprikkers in als je toch bezig bent.'

Ze zuchtte.

Lange tijd zei ik niets. Het grootste deel van de pijn begon weg te trekken, langzaam.

'Oké, je kunt kijken, maar niet langer dan twee tellen.'

'Twee tellen per oog?'

Ze boog over me heen en drukte een klein lampje aan, wat ik dacht dat het lampje van haar sleutelhanger was. Ze vroeg me mijn ogen open te doen, terwijl ze dichterbij leunde. Ik kon haar huid ruiken, het wasmiddel dat ze gebruikte voor haar kleding. De vertrouwde geuren van Emilia. Mijn binnenste kneep samen. Mijn hand bewoog aan mijn zij. Meer dan wat dan ook wilde ik hem omhoog brengen en haar aanraken. Mijn hand over haar wang laten gaan. Ik liet hem vallen voordat hij een centimeter van de bank was gekomen.

Ze ging rechtop zitten en deed het lichtje uit. Godzijdank, want het voelde alsof ze priemen in mijn ogen stak toen het aan was.

'Anisocorie,' merkte ze op, haar stem bol van ongerustheid.

'Wat?'

'Je pupillen worden niet even groot. Heeft iemand dat ooit al eens tegen je gezegd? Het was mij nog nooit opgevallen, doordat je ogen zo donker zijn.'

'Mijn pupillen zijn niet even groot? Huh. Ben ik scheel?'

'Het is vrij normaal als het altijd zo is geweest. Een vijfde van de bevolking heeft anisocorie, maar als het eerder niet het geval was... Nou, je zou een CAT-scan of een MRI moeten laten maken om het te laten nakijken.'

'Heb ik allebei al gehad, heel vaak.'

Ze was even stil. 'Echt? Hoe lang heb je al last van die hoofdpijnen?'

'Sinds mijn twaalfde.'

'Shit. Hoe kan het dat ik dat niet wist?'

Een momentlang reageerde ik niet. 'Er is heel veel wat je niet weet, is het niet?' Een hoop waarvoor ze niet de moeite had genomen lang genoeg te blijven om te ontdekken.

Nu was zij weer even stil. 'Je houdt wel van geheimen.'

Ja. Dat was waar. Dat deden we *allebei*.

'Weet je zeker dat ik niet wat water voor je moet pakken?'

'Blijf hier gewoon even zitten en praat een poosje met me. Het komt wel goed.'

Ze verschoof naast me, zakte op de vloer neer, maar liet haar arm naast me op de bank rusten. 'Oké. Maar ik wil graag *iets* kunnen doen. Ik voel me hulpeloos.'

'Dat gevoel ken ik de laatste tijd maar al te goed.'

Ze zuchtte. 'Wat voor behandelingen heb je geprobeerd? Voor je migraine?'

Ik liet mijn adem ontsnappen. 'Ik wil het niet over mijn migraine hebben.'

'Wat dacht je van accupunctuur of accupressuur?'

'Niemand gaat naalden in me steken.'

'Ik weet een paar drukpunten voor migraine. Mijn moeder had er last van toen ze... Toen ze haar chemo had. Medicijnen werkte niet, dus ik zocht informatie op over drukpunten.'

'Een cocktail van codeïne en Vicodin heeft nauwelijks effect op een forse migraine. Ik betwijfel of op me in peuren iets zal uithalen.'

'Mag ik het proberen?'

'Je gaat de vreemdste dokter van de wereld worden. Westerse artsen zijn meestal niet in voor dat soort gedoe.'

'Geef me je hand,' zei ze.

Ik stak mijn hand uit. Ze draaide hem om en liet hem met de palm naar boven op die van haar liggen. Toen plaatste ze een vinger in het midden van mijn pols, schoof ongeveer een centimeter omhoog en zette druk. Een vreemde, bijna elektrische schok schoot door mijn arm.

'Helpt dat iets?'

'Nee.'

Ze verhoogde de druk lange tijd. 'En nu?'

'Nope.'

'Hm. Nou, dit is de juiste plek. Er zijn er nog meer op de voeten.'

'Waarom gebruik je je Jedi-krachten niet om me te genezen?'

Ze lachte. 'Verdomme, Jim, ik ben dokter, geen *Sith Lord*!'

Ik lachte bij de verwijzing naar de kwaadaardige tegenhangers van de Jedi en kreunde toen een nieuwe pijnscheut mijn schedel doorboorde. 'Dit is klote,' mompelde ik.

'Ik kan me niet eens voorstellen hoe het moet zijn.'

'Nog nooit migraine gehad?' Ik draaide mijn hand bovenop de hare, zodat onze handpalmen op elkaar lagen en vouwde toen mijn vingers om haar hand. 'Wacht... Nu begin ik iets te voelen.'

Ik kon twee uitkomsten bedenken als gevolg van deze actie. Het was mogelijk dat ze zou proberen haar vingers uit mijn hand te bevrijden en me een klein standje geven of ze kon dichterbij komen en me kussen, haar gezicht tegen het mijne drukken, haar mond voor me openen. Ik sloot mijn ogen, helemaal opgaand in de fantasie.

In plaats daarvan verstrakte ze haar vingers rond de mijne.

We zaten samen in het donker, lange tijd, elkaars hand vast te houden. Ik draaide mijn hand, zodat onze vinger ineengevlochten waren. Ze liet het toe.

'Is je hoofdpijn al minder?'

'Een beetje.'

Ik streek met mijn duim over de hare, volgde ieder contour van het verfijnde bot bij haar pols, helemaal tot aan haar duimnagel. Zelfs daar was haar huid zacht. Ze ademde scherp in en ik voelde enige weerstand bij haar, alsof ze haar hand wilde terugtrekken, maar daar niet helemaal in slaagde.

Ik verslapte mijn greep op haar, gaf haar een uitweg, maar ze maakte zich niet los. Onze handen speelden met elkaar terwijl we beiden een lichte druk aanbrachten en ons gewicht verschoven, bijna alsof we dansten met allebei slechts één hand, tegen de ander aangedrukt. Dit moment, samen met haar in het donker zitten, voelde zo troostend en toch ook zo pijnlijk. Zo hecht, maar ook ver van elkaar verwijderd. Behoefte boorde een enorm gat in de binnenkant van mijn borstkas. Het was niet slechts lichamelijke behoefte. Ik had haar aanwezigheid nodig, haar geest, haar ziel. Ik miste haar zo fucking erg.

Ik liet mijn hoofd naar achteren rollen. Als ik me niet zowel lichamelijk als emotioneel zo ontzettend klote had gevoeld, zou ik misschien een poging hebben gewaagd. Niet seksueel, maar een of andere aarzelende poging. Maar het verbreken van onze relatie had me lamgeslagen. Op de een of andere manier was ik, wederom, net zo verslagen als dat machteloze, getreiterde joch dat ik eens was geweest.

Onze handen bleven op die vreemde, troostende manier tegen elkaar wrijven. Alsof mijn hand de liefde aan het bedrijven was met haar hand. Misschien was dat ook wel zo, op een bepaalde manier. Misschien was dit alle liefde die nog voor elkaar over was.

'Adam,' zei ze. 'Het spijt…'

'Shhht,' reageerde ik. 'Laten we gewoon in elkaars aanwezigheid zijn. Laten we in vrede zijn.'

'Ik wil een vriendin voor je zijn.'

Vriendin. Het woord galmde door mijn hoofd, rolde rond als een klein, tinnen blikje in een lege, echoënde ruimte. 'Ik kan niet alleen bevriend met je zijn.'

'Maar… je bent aan het daten. Je bent verdergegaan. Dat is… dat is goed.'

'O, echt. Vind je dat? Dat het goed is?'

Ze was even stil. 'Nee,' fluisterde ze. 'Maar dat is wat een vriendin zou zeggen.'

'Jij hebt het uitgemaakt. Waarom maakt het jou iets uit?'

Ik keek naar haar gebogen hoofd, hield nog steeds haar hand vast. Ik wilde hem nooit meer loslaten.

'Ik heb nooit gezegd dat het me niets uitmaakte. Maar ik heb ook nooit gezegd dat ik jouw liefdesleven in mijn gezicht gegooid wilde krijgen…'

Ik zuchtte vermoeid. 'Het spijt me. Jordan was een eikel. Ik weet niet waarom hij dat zei.'

'Ik weet zeker dat hij dolgelukkig is dat we uit elkaar zijn. Ik durf te wedden dat hij degene is die die date heeft geregeld. Waarschijnlijk met een van zijn perfecte supermodellen vriendinnetjes.'

Het was verbijsterend hoe gelijk ze had op al die punten.

'Ik wil het niet over die fucking date hebben.'

'Waar wil je het dan wel over hebben?'

'Ik wil het over ons hebben.'

Ze aarzelde, haar hand verstilde. 'We hebben een momentje hier. We zijn hier. Waarschijnlijk moeten we daar niet heen gaan.'

Mijn hand liet die van haar los en de bovenkant van haar vingers streek tegen die van mij. Ik had zelden een aanraking gevoeld die erotischer, opwindender was dan deze. Nu mijn hoofdpijn begon op te klaren, had haar aanwezigheid een ander effect op me. Ik wilde haar. Ik werd hard bij de gedachte dat ze uitgespreid op deze bank lag, open voor mij. Ik zoog een hap lucht naar binnen en bedacht me dat ik beter aan honkbal kon denken of programmeren of wat dan ook, alles behalve de herinnering aan haar lange, goedgevormde benen rond mijn heupen terwijl ik me in haar duwde.

Mijn hand klampte zich om die van haar en ik trok hem naar mijn lippen om de rug ervan te kussen. Ze bevroor en ik liet haar los. Ons moment was voorbij, vervaagde al in het verleden, samen met de andere sprankelende momenten die we hadden gedeeld en die nu waren begraven. Langzaam stond ze op en draaide zich om om te vertrekken, maar ik hield haar tegen door mijn hand op haar arm te leggen.

'Dankjewel.'

Ze aarzelde, toen boog ze voorover. Ik draaide me niet naar haar toe, maar hield mijn adem in, hopend dat ze van plan was me te kussen. Haar warme mond landde op mijn slaap.

'Ik mis je,' zei ze in een fluistering. En toen was ze weg.

Ik mis je. Wat de fuck was dat? Waarom had ze me in godsnaam achtergelaten met die woorden om over te malen? Ze miste me. Wat een gelul. Ze miste me terwijl ze naar Baltimore vloog om haar nieuwe leven zonder mij te plannen? Ja hoor, ik weet zeker dat ze daar uren om heeft lopen janken.

Ze mocht van geluk spreken dat dat het laatste was wat ze tegen me had gezegd in plaats van het eerste, want dan zou dat hele gesprek in mijn kantoor heel anders zijn verlopen.

Wat de hel moest ik hiermee? Ze zou meer genade hebben getoond als ze gewoon een stel naalden in mijn oogballen had gestoken of met zo'n aambeeld uit zo'n stripverhaal op mijn kop had geramd om mijn hoofdpijn eruit te beuken. Want, godzijdank, de pijn was vervlogen vlak nadat ze was vertrokken en ze liet me achter met slechts een lege, vage fantoompijn.

****

De volgende week, waarin ik lange dagen bleef maken, zag ik haar nauwelijks, maar online leek ze overal te zijn. Een aantal van de grotere blogs maakten opmerkingen over de rechtszaak en voedden de geruchten van een hoorzitting in het congres over de verslavende eigenschappen van online computergames. In de reacties kregen ze tegengas van Girl Geek. En ondanks haar opmerking dat ze meer gaf om maliënbikini's dan rechtszaken, weerlegde ze hun argumenten in haar blog.

Toen ze net met haar tijdelijke baan bij Draco begon, hadden we officieus afgesproken dat ze niet over de game zou bloggen, aangezien het inging tegen de geheimhoudingsplicht die alle werknemers moesten naleven. Maar hoe kon ik haar hiervoor op het matje roepen? Ze stak haar nek uit, kreeg er niet weinig gezeik door en deed het om mij te verdedigen.

En ik durfde te wedden dat ze het deed zonder zelfs maar te beseffen dat ik het had gezien. Maar dat had ik. Ik zag alles. Ze had zelfs haar grappige en vlijmscherpe opmerkingen over Dragon Epoch achterwege gelaten. In plaats daarvan benadrukten de posts op haar blog dat bijna iedere standaard roleplaying fantasy game vrouwonvriendelijk was. Ze kreeg er een hoop gezeik mee en ik nam mezelf voor het in de gaten te houden, omdat ik wist dat vrouwen in de online-gamewereld kwetsbaar waren voor cyberbullying.

Het was lief van haar dat ze haar nek voor me uitstak en het dwong me om mijn standpunt met betrekking tot de quest te heroverwegen. Misschien moest ik een paar van mijn geheimen opgeven. Maar zelfs de gedachte daaraan was al pijnlijk. Die geheimen waren als een pantser voor me, waren wat me scheidde van de hobbels en ellende in de wereld. Hoe kon ik ze zo makkelijk opgeven? In *The Art of War* overwoog de Master *nooit* termen van overgave. En ik leefde tegenwoordig volgens die code.

De tweede helft van november brak aan en eindelijk was het het weekend voordat we gepland hadden af te reizen naar DracoCon. Als de ultieme teambuilding – en als een kleine tegemoetkoming voor mijn werknemers, gezien hun harde werk als voorbereiding op de conventie – namen we een vrije dag om onze epische revanche tegen de Blizzard-werknemers te vechten. Die bende had ons vorig jaar ternauwernood verslagen en nu was het tijd om ze een lesje te leren.

Heath, Jordan en een aantal van de andere leiders van de squads waren profs en wisten waarover ze het hadden. Maandenlang hadden we strategieën uitgewerkt en ze hadden de vaste medewerkers begeleid bij de oefeningen. Het twintig hectare tellende terrein dat gedeeltelijk bebost was en waarop we zouden vechten, kenden we op ons duimpje.

De teams zouden deelnemen aan drie verschillende scenario's. Twee kortere en dan een lange die met zorg was ontwikkeld. We hadden ongeveer drie uur de tijd voor elk deel, met korte pauzes en maaltijden ertussen.

Het was een extreem hete en droge dag, dus op het parkeerterrein, voordat we van start gingen, gaven we flessen water en zonnebrandcrème door en maakten ons gereed.

Emilia verscheen samen met Heath en zette een van zijn reserve gezichtsmaskers op, die veel te groot voor haar was. Ze tilde een pistool op, dat veel beter bij haar paste – waarschijnlijk eentje die ze voor zichzelf had gekocht. Ze droeg passende kleding; een spijkerbroek en shirt met lange mouwen met daaroverheen een spijkerjas om haar tegen de harde paintballen te beschermen. Heath had haar waarschijnlijk laten weten hoe veel pijn die konden doen. Ook al droeg ze een oud shirt en een versleten spijkerbroek, ik kon mijn ogen niet van haar afhouden. De manier waarop haar shirt over haar borsten spande, hoe haar broek rond haar middel sloot, om haar ronde kont. Dat vreemde witte haar zat in een paardenstaart en was bedekt met een denim pet. Zelfs met dat stomme haar was ze een lekker ding.

Ze keek niet op toen ik toekeek hoe ze aan het masker friemelde om het te verstellen, zodat het zou passen. Ik schudde mijn hoofd en herinnerde mezelf eraan dat ik mijn hoofd bij het spel moest houden, dus scheurde ik mijn blik los, checkte mijn uitrusting en probeerde me te focussen op de taak die ons te wachten stond.

De rest van het team gebruikte een gehuurde uitrusting of reservewapens die ze leenden van onze serieuzere paintballers. En aangezien we een gamebedrijf waren, zaten we niet verlegen om paintballgeeks.

Ik sprak met mijn kapiteins – waaronder Heath – terwijl we ons insmeerden. Gelukkig waren we bijna helemaal bedekt, sommigen zelfs grondig uit angst voor de pijnlijke paintballen. Zoals gebruikelijk, droeg de vaste kern slechts camouflagekleding.

Ik stond met Heath te praten toen een kudde jonge stagiaires van de afdeling marketing ons benaderde. 'Adam, ben je klaar met de zonnebrandcrème?'

Ik had geen idee wie ze was. Ze was jong – waarschijnlijk niet ouder dan negentien of twintig – en had ellenlang, golvend donkerblond haar.

Met de fles naar haar uitgestoken, keerde ik me naar haar. 'Alsjeblieft.'

In plaats van de crème aan te pakken, draaide ze zich om en hield haar blonde haren opzij. 'Kun je mijn nek en rug insmeren? Alsjeblieft?' Flirterig keek ze me over haar schouder aan en knipperde met haar ogen. Ik probeerde niet nors te kijken toen me opviel dat ze een behoorlijk schaars topje droeg.

'Je weet toch wel dat die dingen pijn doen als ze je raken?' vroeg ik terwijl ik een klodder op mijn hand kneep en vluchtig een veeg over de achterkant van haar nek gaf. Zodra ik dat deed, kwamen drie van haar vriendinnen naast haar staan.

'Mijn schouders ook, alsjeblieft?' zei ze. Ik wilde net zeggen dat ik het druk had en de fles zonnebrandcrème aan een van haar vriendinnen geven om het af te maken, toen me vanuit mijn ooghoek opviel dat Emilia me met deze meiden observeerde. Indringend observeerde.

Dus smeerde ik Blondie in en richtte me vervolgens tot haar vriendin, een donkerharig meisje met helblauwe ogen, dat op Sneeuwwitje leek. Zedig glimlachte ze naar me. 'Kun je mij ook doen?'

Haar vriendin naast haar – een onmogelijke dunne, lange jonge vrouw – snoof bij de insinuatie die Sneeuwwitje waarschijnlijk expres had laten vallen.

Ik schonk haar een duivelse grijns. 'Wat denk je ervan als jullie elkaar allemaal doen. Ik, eh… kijk wel toe.'

Vier monden vielen open en allemaal begonnen ze tegelijk te giechelen. Ik kon het niet weerstaan een blik op Emilia te werpen, die er nu enorm pissig uitzag.

Het vierde meisje in de rij pakte de fles nadat haar vriendinnen klaar waren. 'Adam, heb jij iets op *jouw* nek nodig?'

Ik grijnsde. 'Is al gebeurd. Bedankt, dames,' reageerde ik en salueerde spottend voordat ik weer naast Heath ging staan, die naar me snoof. Ik trok mijn masker voor mijn gezicht en keek toe terwijl hij naar Emilia liep en ze zachtjes met elkaar in gesprek gingen. Emilia vuurde een paar dodelijke blikken naar de stagiaires, maar keek geen een keer mijn kant op.

Interessant. Het zat haar duidelijk niet lekker wat ze had gezien. En ik zou me er rot over hebben gevoeld als ik iets had gedaan om het aan te moedigen. Ik had al een keer eerder de interesse van een andere vrouw in mij tegen Emilia gebruikt en dat was niet goed afgelopen. Sterker nog, ik was haar bijna kwijtgeraakt voordat ik mijn kop uit mijn reet had getrokken en had besloten achter haar aan te gaan. Ik was niet geneigd nog een keer zo'n stunt uit te halen. Niet nu het zo gevoelig lag tussen ons.

In alle eerlijkheid was ik wel blij haar irritatie te zien. Het was een goed teken. Ze had gezegd dat ze mijn liefdesleven niet in haar gezicht gegooid wilde krijgen en dat was ik ook niet van plan. Nu gebruikte ik het eens een keer niet om te manipuleren, maar *zij* moest begrijpen dat er consequenties waren als ze het uitmaakte, ook al was het slechts 'voor nu'. Ik was bijna in staat haar te vragen wanneer 'voor nu' over zou zijn. Misschien kon ik haar dan vertellen dat ik met haar mee naar Maryland zou gaan.

Maar ik had geen tijd om nu over dat soort dingen na te denken. Al snel verspreidden we ons in de formatie om te beginnen. Ik riep ons met een strijdkreet in positie door de aansporing van de Klingons uit *Star Trek* te lenen. 'Vandaag is een goede dag om te sterven!'

We begonnen rustig en wonnen allebei een ronde. Wij veroverden de vlag en zij wonnen Koning van de Berg. De teams splitsten hierbij. Met die gelijke stand gingen we de derde confrontatie in, het 'zwaardere werk'.

Tijdens de lunchpauze kwam er geen eind aan het geklier en beledigen van elkaar. De kerels van Blizzard namen het, zoals altijd, goed op, maar ik denk dat het een vuurtje bij hen aanwakkerde dat we waarschijnlijk beter hadden kunnen laten rusten.

Want de derde ronde, gebaseerd op een missie van informatie verzamelen, was lang en gruwelijk. Er gingen uren voorbij nadat het al afgelopen had moeten zijn. De dag ervoor hadden beide teamleiders – ikzelf en een medewerker van Blizzard – een kluisje begraven op het terrein van ons eigen team.

De locaties van beide kluisjes waren op een kaart getekend, die vervolgens in zes stukken was geknipt en op ongemarkeerde teamleden waren verborgen. Als iemand die een stukje van de kaart droeg eenmaal was uitgeschakeld, was hij of zij verplicht dat deel van de kaart aan de vijand over te dragen. Spionnen, snipers en guerrillatactieken waren nodig om de stukjes van de kaart van de vijand te bemachtigen, terwijl er ondertussen vermeden moest zien te worden dat de vijand delen van onze kaart te pakken kreeg.

Als een kaart eenmaal was verworven en in elkaar was gezet, was het slechts een kwestie van tijd om de onbewaakte kluis te vinden. In beide kluisjes zat een volledig verzorgd themafeest voor het winnende team, georganiseerd door het verliezende team. Traditie was traditie. Maar Draco ging dit jaar winnen, in plaats van net als in het verleden voor de rekening opdraaien.

Er ging een uur voorbij terwijl deze hele ronde allang klaar had moeten zijn. Ik riep al mijn boodschappers bij me om te proberen te achterhalen welke delen van de kaart nog in het spel waren en welke de vijand te pakken had gekregen. Op dat moment hadden zij, voor zover wij wisten, slechts twee stukken weten te bemachtigen. Ik beval mijn mannen op verkenning te gaan, terwijl ik een van onze streng bewaakte forten ging checken, een 'verlaten hut' waar zich hopelijk nog steeds de speler met het meest waardevolle stuk van de kaart bevond.

Toen ik er aan kwam, stonden er geen bewakers buiten. Overal waren veelzeggende overblijfselen van verfspetters te vinden. De bewakers waren allemaal omgebracht. Dat was het moment waarop ik wist dat we waarschijnlijk de klos waren met dit stuk van de kaart. Toch besloot ik naar binnen te gaan om voor de zekerheid de boel te checken.

Toen ik de hoek omging en de duisternis in gluurde, zag ik een vage beweging en hoorde ik gehijg in de hoek van de hut. Plotseling trok de meest vreselijke, wereldschokkende pijn door mijn ballen. Ik klapte dubbel, snakte naar adem en liet bijna mijn wapen vallen. De vijand had me op mijn eigen territorium belaagd met een lage, lage streek.

Het was een schot in mijn noten en ik stond op het punt om ervoor te betalen dat ik weigerde een cup voor paintball te dragen.

'Fuck!' schreeuwde ik, op z'n minst een octaaf hoger dan mijn normale stem klonk, terwijl ik me op mijn knieën liet vallen. Ik worstelde me door de golven van pijn heen om mijn wapen vast te kunnen blijven houden en op mijn aanvaller te kunnen richten.

'Niet schieten!' klonk een bekende stem vanuit de schaduw. Ze liet haar pistool vallen en kroop overeind om me met zich mee naar binnen te trekken. 'Het spijt me. Ik dacht dat je er weer een van Blizzard was.'

Emilia.

'Ik kan niet geloven dat je me net recht in mijn ballen hebt geschoten,' gromde ik tussen opeengeklemde kaken door om te voorkomen dat ik als een klein jochie in janken zou uitbarsten. Waarschijnlijk klonk ik op dat moment precies als een klein jochie. Ze moet echt *heel* kwaad zijn geweest over die flirtende stagiaires.

Meer waarschijnlijk was dat ze gewoon had gemikt zonder te weten wie ik was of zelfs maar even te wachten. Ik nam aan dat ze hier moest hebben gezeten tijdens de aanval waarin de bewakers waren neergehaald.

'De kaart,' kermde ik terwijl ik tegen de pijnscheuten vocht die nog steeds vanuit mijn kruis schoten. *Fuck* wat deed dat zeer.

'Adam, het spijt me zo,' zei ze en ze duwde haar hand omhoog om haar masker af te zetten, iets wat absoluut *not done* was bij paintball.

'Nooit je masker afzetten,' hijgde ik terwijl ik voorzichtig naast haar ging zitten. 'Straks doet iemand met je oog wat jij net met mijn noten hebt gedaan.'

'Ik heb het kaartstuk nog, maar het was kantje boord. Ze vielen ons aan en ik verschool me hier en kon ze afweren. Maar ik denk dat ze zullen terugkomen.'

'Nou, dankzij jouw niet-zo-vriendelijke schot zit ons team nu zonder generaal.'

'Ik ben een hospik, dus ik kan je genezen.' Ze was een hospik. Uiteraard was ze dat. Ze reikte naar een buideltas en trok er een rode wimpel uit, die ze rond mijn linkerarm bond – een teken dat ik gewond was geraakt en genezen werd door een hospik. Alleen hospikken droegen de rode wimpels bij zich en mochten ze gebruiken. Ze hadden er maar een beperkt aantal en iemand kon slechts één keer worden 'genezen'.

'Dat gaat nog steeds niets helpen voor mijn ballen, waar je net op hebt geschoten. Jezus, ik weet dat je boos op me bent, maar fuck.' Het deed nog steeds verdomde pijn en dus ging ik erover zeiken tegen haar. Waarom niet? Ik kon er net zo goed nog *enigszins* mijn voordeel mee doen.

'Ik kan naar de verpleegpost gaan en een icepack voor je halen…' zei ze terwijl ze overeind kwam.

Ik greep haar arm beet om haar hier te houden. 'Nee, dan schiet iemand je neer en zitten we zonder hospik *en* dat stuk van die kaart. Trouwens, denk je nou echt dat ik hier ga zitten met een icepack op mijn ballen? Jordan en Heath zouden me er genadeloos mee om mijn oren slaan.'

Met een puf ging ze naast me zitten. 'Ik neem aan dat ik niets kan doen om te helpen?'

Ik kon het niet laten. 'Ze beter kussen?'

Ze pakte haar pistool op.

'Fuck, schiet er niet nog een keer op. Ik maakte maar een grapje.'

'Nee. Iemand moet ons dekken. Waarschijnlijk komen ze terug als ze weten dat ik hier nog steeds ben.'

'Waar is het?'

'Ik heb het in mijn bh gestoken.'

Ik maakte een grijpbeweging naar haar borst. 'Laat zien.'

Ze mepte mijn hand weg. 'Geef me geen reden nog een notenschot te lozen.'

Ik grijnsde naar haar en liet mijn hoofd tegen de muur achter me rusten terwijl ik een kreun uitte. Het was alleen nog gevoelig, nu de oorspronkelijke allesverpletterende pijn was weggevaagd.

'Dat ben ik trouwens niet, weet je,' zei ze. Ik keek naar haar en wachtte tot ze verder zou gaan. 'Ik ben niet boos op je,' verduidelijkte ze.

'Serieus. Je hebt me voor de gein in mijn kloten geschoten?'

Ze schoot in de lach. 'Je weet heel goed dat ik niet wist dat jij het was.'

'Ik dacht dat je boos was om de stagiaires,' flapte ik eruit. Godsamme, als zij het niet ter sprake bracht, zou ik het wel doen. Ik wilde weten wat er door haar hoofd was gegaan toen die meiden waren samengeklit en wilden dat ik zonnebrandcrème op ze smeerde.

'Wat is er met de stagiaires?' ontweek ze mijn opmerking.

'O, geen idee. Iets met ze insmeren.'

'Daar heb je een grote kans laten lopen. Een paar van die meiden zijn echt heel knap.'

Ik haalde mijn schouders op. 'Was me niet opgevallen.'

'Leugenaar.'

Een poosje zei ik niets. Ik checkte de instelling van mijn pistool. Ik denk dat ik het meest van slag was door het feit dat het haar niets leek te schelen. Maar ik had die blik op haar gezicht gezien en ik wist wat dat had betekend.

'Ja, ze waren wel sexy. Misschien moet ik een van hen mee uit vragen. Of misschien zelfs meer dan een. Ze lijken bereid te delen.'

Stilte. Ik waagde het een blik op haar te werpen en ze leek in het niets te staren. Toen draaide ze mijn kant op, rukte haar pistool omhoog en richtte langs me heen. 'Duiken!' schreeuwde ze en schoot door de deuropening op de speler die daar net was verschenen. Oranje verf spatte over zijn buik.

Ik bracht ook mijn pistool in positie en richtte op hem. Hij stak zijn handen op. 'Ik ben dood. Terug naar de basis.'

Ik stond op en keek hem na terwijl ik naar de deuropening strompelde en in het rond keek om er zeker van te zijn dat hij alleen was geweest. Dat bleek het geval.

'Het viel me op dat je *hem* niet in zijn ballen schoot. Misschien omdat de stagiaires niet met hem flirtten?'

Dreigend zwaaide ze met haar pistool heen en weer. 'Geen geklets meer over die stagiaires of ik maak mijn goede daad als hospik ongedaan.'

Ik wreef vlak naast de zere plek en schaamteloos legde ik mijn zaakje goed. 'Omdat *jij* hier geen gebruik meer van wilt maken, wil dat niet zeggen dat niemand anders geïnteresseerd is in mijn gereedschap.'

Onmiddellijk viel de lach van haar gezicht.

'We kunnen je hier maar beter weghalen en zorgen dat je terug op het hoofdkwartier komt,' merkte ze op. Ze reikte in haar shirt en trok het opgevouwen stuk van de kaart tevoorschijn. 'Zal ik dit aan jou geven?'

Ik nam het papier van haar aan. Het voelde warm en vochtig van haar transpiratie. 'Ken je die scene van *Return of the Jedi* waarin Han en Leia proberen in te breken in de bunker en Leia gewond is, maar dat ze uiteindelijk Han dekking geeft? Dit lijkt er wel een beetje op.'

'Behalve dat Leia Han niet in zijn zak heeft geschoten,' zei ze. 'Trouwens, jij bent degene die gewond is, dus zou *jij* dan niet Leia zijn en ik Han?'

'Nou, je *lijkt* op Han, aangezien je eerst schiet en dan pas vragen stelt.'

'Ik kan me niet herinneren dat Han Solo iemand z'n ballen eraf knalt.'

Ik lachte. 'Laten we terug naar het hoofdkwartier gaan. Ik moet gaan kijken of we enige vooruitgang hebben geboekt met de kaart van de vijand. Ik denk dat ik nu wel weer kan lopen.'

Het spel had zich voortgesleept en vanwege wat we *dachten* dat een geweldig scenario zou zijn, belandden we juist in een impasse. De kerels van Blizzard begonnen er het eerst over, gelukkig. Na de nodige discussie – wij hadden tenslotte meer kaartstukken dan zij – besloten we tot gelijkspel. Het was niet de geweldige overwinning waarop we hadden gerekend, maar we waren in ieder geval ook niet door hen ingeblikt.

Toen we onze spullen aan het inpakken waren, liep ik naar Heath en bedankte hem voor zijn fantastische leiderschap van het sniperteam. Hij was echter afgeleid door een berichtje op zijn mobiel.

Eindelijk keek hij in mijn richting. 'O, hé man, sorry. Ik loop me eerlijk gezegd een beetje te irriteren omdat het zo lang duurde en Connor me een appje heeft gestuurd dat hij wilde afspreken.'

Daar dacht ik even over na en meteen zag ik een kans. Vandaag was het makkelijker verlopen tussen Emilia en mij, meer ontspannen. En als ik het slim speelde, zou ik vanavond meer tijd met haar door kunnen brengen.

'Waarom fris je jezelf hier niet even op en spreek je ergens met hem af?' vroeg ik.

Heath trok een gezicht. 'Kan niet. Ik moet Mia naar huis brengen en ik weet zeker dat ze eerst nog mee wil om met iedereen een hapje te gaan eten.'

Nadenkend kantelde ik mijn hoofd opzij, alsof ik niet al lang had geanticipeerd op wat hij me net meldde. 'Nou, dat regel ik dan gewoon. Waarom laat je haar niet naar het etentje gaan en dan geef ik haar een lift naar huis?'

Heath keek me even aandachtig aan, dus ik trok mijn telefoon tevoorschijn en keek erop om het te doen lijken alsof ik dit allemaal heel spontaan bedacht in plaats van dat ik het goed had uitgedacht. Ik was er vrij zeker van dat hij me, ondanks mijn toneelspel, feilloos door had.

'Zou Mia dat geen probleem vinden?'

Ik haalde mijn schouders op. 'Geen idee… vraagt het haar.'

Heath knikte en ging met Emilia praten die het, blijkbaar, prima vond.

Heath vertrok. We ruimden de rest van de spullen op, douchten en verkleedden ons in de kleedkamers. Daarna aten we in het lokale restaurant, een groot gezamenlijk diner waarbij de teams zich met elkaar mengden en elkaar zaten af te katten. Iedereen had het reuze naar zijn zin. Of tenminste, dat hoopte ik. De werknemers hadden behoorlijk hard gewerkt ter voorbereiding op DracoCon en zouden zelfs nog harder moeten werken tot de conventie achter de rug was. Ik hoopte dat ze genoten van deze korte onderbreking. Hoe dan ook, al het harde werk zou voorbij zijn voor de feestdagen, tot ieders opluchting.

Emilia was grotendeels stil onderweg naar Heath's appartement – ik weigerde dat als haar thuis te zien. Ik begon al te denken dat dit plannetje van me wel eens op een mislukking kon uitlopen, tot ze uiteindelijk toch begon te praten.

'Hoe voel je je?' vroeg ze toen we er bijna waren.

'Prima.'

'Je bent niet... beurs?'

Ik wierp haar een vluchtige blik toe terwijl ik terugschakelde. 'O, je bedoelt als gevolg van je poging me te verminken en je ervan te verzekeren dat ik nooit kinderen zal kunnen krijgen?'

Haar lippen krulden zich in een wrang lachje en ik minderde vaart om de parkeerplaats van Heath's appartementencomplex op te rijden. Ik zette de motor uit.

'Ik kan een icepack voor je maken. Als je binnen wilt komen dan.'

Ik aarzelde. O, dit verliep zelfs nog beter dan ik had durven dromen toen het idee in me was opgekomen. Ze vroeg me zowaar mee naar binnen. Ik had gedacht dat er niet meer in zou zitten dan een beetje kletsen in de auto voordat ze zou uitstappen. Misschien zelfs een afscheidskus.

Serieus, ik had totaal niet het verlangen om ijs op mijn jongens te leggen. Ze voelden nog steeds een beetje beurs, maar niet genoeg om een icepack in te zetten. Maar het zou het waard zijn mijn kruis onder een icepack te bedekken als dat betekende dat ik tijd met haar alleen kon doorbrengen. Op *wat* voor manier dan ook. Zelfs al zaten we maar gewoon op de bank naar herhalingen van *Doctor Who* te kijken. De icepack was een kleine prijs om te betalen, besloot ik.

'Dat helpt misschien wel,' loog ik. Ik zou dat ding er vijf minuten opleggen en dan lozen.

Ook toen ik haar het appartement in volgde, vroeg ik me af wat er in godsnaam in dat wit-gebleekte koppie van haar omging. Ik nam plaats op de bank en zij kwam de keuken uit gelopen met een megagrote plastic zak vol met ijsblokjes. Dat was veel te veel. Ik slikte mijn trots in, legde het op mijn kruis en wachtte. Ze leek even niet te weten wat ze met zichzelf aan moest, dus ik schoof opzij, waarop ze, zoals ik al hoopte, naast me kwam zitten.

Ze boog zich voorover om Heath's afstandsbediening van de tv te pakken. Hij had een behoorlijk fors plasmascherm en een degelijk geluidssysteem. Het zou geen straf zijn om er wat herhalingen op te bekijken, vooral als dat betekende dat ik met Emilia samen kon zitten. Ze aarzelde, friemelde met de afstandsbediening. Ze wilde praten, dat merkte ik, maar ik ging alles in me aanboren om te voorkomen dat ik de situatie zou overnemen. Ik had voor deze situatie gezorgd, tuurlijk, maar nu ging ik achteroverleunen en liet ik haar bepalen welke kant ze op wilde.

Met een ruk bewoog ze haar hoofd om dat gekke haar over haar schouder te zwiepen. Ik maakte mijn blik niet los, dat kon ik eerlijk gezegd niet. Zelfs met dat rare witte haar was ze voor mij nog steeds de mooiste vrouw in de wereld.

'Je had het mis vandaag, weet je... over... over dat ik niet geïnteresseerd was in *je gereedschap*.'

Ik onderdrukte de neiging een gefrustreerde zucht te slaken, maar hield me stil. Zonder een woord te zeggen, trok ik het ijs van mijn kruis en legde het op de grond, naast de bank, op een handdoek die ze me had gegeven. Ze staarde me aan en bleef friemelen aan de afstandsbediening.

'Ga je weg?' vroeg ze met een klein stemmetje.

Ik keek haar voorzichtig aan, bang dat ik haar zou afschrikken. Toen ik sprak, hield ik mijn stem zacht. 'Wil je dat ik ga?'

Ze schraapte haar keel, haar blik vermeed de mijne. 'Ik weet niet wat ik wil,' antwoordde ze met trillende stem. Ze had het niet over mijn weggaan of blijven.

Ik wachtte, ademhalen ging ineens heel moeizaam. Ik wilde naar haar reiken, haar tegen me aan trekken, haar geur ruiken, haar hals kussen. Maar dit moest vanuit haar komen.

Ze strekte haar arm uit en frummelde met een van de knoopjes in het midden van mijn overhemd terwijl ze een beetje dichterbij schoof. 'Maak ik je in de war?'

Niet alleen was het moeilijk om te ademen, het was ook moeilijk om te praten. 'Ja.'

Ze slikte. 'Ik maak mezelf ook in de war.'

Ik wilde naar haar toe leunen en haar kussen, wilde het overnemen, de besluiteloosheid wegnemen, er *mijn* beslissing van maken, mijn handeling. Ik wist wat *ik* wilde. Ik wilde *haar*. Maar zij moest weten wat *zij* wilde. Als ik het nu overnam, zou ze alleen maar weer klagen dat ik een controlefreak was.

Lichtjes legde ze haar hoofd op mijn schouder. Ik weerstond de neiging mijn arm om haar heen te slaan, dichterbij te leunen en aan haar haren te ruiken. Ik verstijfde kort door het contact van haar tegen me aan, maar ik dwong mezelf te ontspannen. 'Ik mis je,' fluisterde ze.

Pijn trok door me heen. Ik negeerde het. 'Ik ben hier,' zei ik. 'Je hoeft me niet te missen.'

Ze bracht haar hand omhoog en legde hem op mijn borstkas, precies in het midden. Ik was me bewust van alles wat die hand deed, iedere vierkante millimeter van contact met mij, de spreiding van haar vingers toen ze ze over mijn hart legde, het kloppen van mijn hart onder haar hand. Ik sloot mijn ogen, genoot van het gevoel van haar.

'Dat weet ik,' reageerde ze, haar stem nog steeds trillend. Toen tilde ze haar hoofd op om me aan te kijken en begon me over mijn kaaklijn te kussen. Zij had de controle en ik zou niets doen om haar een ander idee te bezorgen.

Haar mond lag op de mijne en langzaam verschoof ze om op mijn schoot te klimmen, voorzichtig zodat ze mijn gevoelige kruis vermeed. Ik legde mijn handen op haar heupen terwijl die van haar over mijn torso bewogen. Haar mond gleed over de mijne, opende zich en haar tong kwam mijn mond binnen. Ik werd bijna gek. Ondanks mijn eerder opgelopen blessure was ik niet in die mate verminkt dat ik niet binnen een paar tellen keihard was en er klaar voor was om allerlei stoute dingen met haar te doen. Alle mogelijkheden flitsten als een diavoorstelling door mijn hoofd en ieder opeenvolgend beeld maakte me des te gretiger om haar te nemen. Haar op me trekken, tegen een muur duwen, haar handen achter haar rug bijeenhouden terwijl ik haar neukte, bijten, de binnenkant van haar dijen proeven, haar berijden tot ik uitgeput en voldaan was. Een hete golf lust dreigde over mee heen te komen en me te verzuipen. Maar ik verzette me ertegen. Ik ramde de damsluizen van die voortrazende kracht aan seksuele behoefte potdicht. Ik had geen controle over *haar* bij hoe dit verliep, maar ik kon mezelf wel onder controle houden.

Haar armen sloten rond mijn nek en ik concentreerde me erop mijn handen te houden waar ze waren in plaats van haar shirt omhoog te stropen zoals ik wilde. Ze kuste me in een wilde overgave, maakte heerlijke geluidjes achterin haar keel, van die geluidjes waardoor ik wilde luisteren hoe ze de hele nacht klaarkwam, keer op keer.

Toen haar mond los van die van mij kwam, was het om bezeten een spoor van kusjes over mijn hals naar beneden te trekken terwijl haar vingers met mijn knoopjes friemelden. 'Heath blijft vannacht bij Connor,' hijgde ze en ik werd bijna gek bij de implicatie van die woorden. Ze wilde dat ik bleef. Ze wilde dat we met elkaar naar bed gingen. En God, dat wilde ik ook. Ik had nog nooit eerder een vrouw zo graag gewild als dat ik haar op dit moment wilde. Ik wilde me in haar begraven, tegen haar aan bewegen en in extase naar haar gekreun luisteren.

Ik liet haar mijn overhemd openknopen, haar handen over mijn borstkas gaan. Ze waren gloeiend heet tegen mijn huid. Het voelde zo ongelooflijk fucking goed om haar weer in mijn armen te hebben. 'Emilia,' fluisterde ik tegen haar haren. 'Ik wil… Ik heb het nodig dat je bij me terugkomt.'

'Shht,' reageerde ze en drukte haar smalle vingers tegen mijn lippen terwijl ze ondertussen nog steeds met haar mond over mijn hals gleed en steken van genot over mijn huid veroorzaakte.

Mijn handen gingen van haar heupen naar haar rug. Ik stond hier voor een keuze. Achteroverzitten, van een lekkere neukbeurt genieten en weglopen. Haar gebruiken voor mijn behoeftes en haar mij laten gebruiken voor die van haar. Er niets meer van maken dan ons eigen spelletje *Call of Booty*. Of er een betekenisvol moment van maken. Een keerpunt. Een kans voor ons om deze hele verdomde puinzooi te veranderen.

'Emilia,' herhaalde ik. Ze bracht haar hoofd omhoog en legde met een hete, hongerige kus haar mond op de mijne. Haar lippen omvatten de mijne, het puntje van haar tong omtrok mijn lippen. Haar warme adem tegen mijn mond. Haar borsten duwden tegen mijn borstkas.

Ik legde mijn handen om haar beide wangen en trok haar van me los. Toen we los van elkaar waren, kwam onze ademhaling snel. Lust brandde een gat dwars door me heen en het maakte dat ik me leeg voelde, incompleet.

'Ik ga met je mee.'

Ze bevroor even. 'Wat?'

'Naar Maryland. Ik verhuis daarheen. We kunnen samen zijn…'

Ze leunde naar voren en kuste me weer, haar tong dook in mijn mond, haar handen gleden door mijn haren. Toen kuste ze mijn nek weer.

'Ik wil dat je me neukt,' hijgde ze tegen mijn oor.

'Emilia…'

Maar ze luisterde niet. Haar mond was op mijn borst, haar tong en lippen verschroeiden mijn huid. Mijn handen gleden over haar rug omhoog. Ik wilde niets liever dan achteroverzitten en volgen waar ze ons heen leidde. Maar zou dit het niet alleen maar meer tussen ons verkloten? Het nog verwarrender maken? Dat georganiseerde deel van mijn hersenen, waar het brein van de programmeur zich bevond, wilde dit *nu* opgehelderd hebben. Later zou ik het gebrek aan seks wel goedmaken, en ik zou ervoor zorgen dat we er allebei van zouden genieten, *heel veel.*

'Ik wil je terug,' siste ik. Mijn kruis was gevoelig en deed pijn van de spanning door het opgekropte verlangen. O God, ik wilde haar.

'Ik wil je pik in me,' reageerde ze.

'Hoe zit het met de rest van mij?'

Ze suste me weer, bracht nogmaals haar mond op me, maar ik legde mijn handen op haar schouders en duwde haar een stukje van me af.

'Emilia. Zeg dat je de mijne bent. Zeg dat we samen zullen zijn. Ik zal met je meegaan.'

Ze aarzelde, staarde me met grote ogen aan, bijna alsof ze bang was.

'Laten we…' Ze schraapte haar keel en keek weg. 'Laten we het daar nu niet over hebben.' Ze trok zich terug en stond op, waarna ze haar hand naar me uitstak. 'Kom mee,' zei ze.

Ik was niet gek. Echt niet dat ik deze kans aan me voorbij liet gaan. Ik volgde haar de donkere slaapkamer in. Ze had een eenpersoonsbed, in godsnaam. Ik kon hier niet met haar slapen, maar ik kon haar zo'n beetje overal neuken. Alleen kon ik hier niet naast haar liggen, naast haar slapen in het bed van iemand anders, onder iemand anders' verdomde dak. Ik wilde haar waar ze thuishoorde, onder *mijn* dak. Ze draaide zich om en trok me met zich mee door haar armen rond mijn nek te slaan.

'Pak wat spulletjes in en ga mee naar mijn huis. Je kunt bij mij blijven.'

Haar handen schoven naar mijn borstkas en ze duwde me weg. 'Verdomme. Kun je eens een keer proberen het *niet* over te nemen? Is dat echt *zo* moeilijk?'

'Emilia, ik wil dat dit voorbij is. Ik wil dat we dit achter ons laten. Ik zal je geven wat je wilt. Je kunt in Maryland geneeskunde studeren. Ik zal voor je verhuizen. Dan zijn we samen…'

Haar adem stokte en ze draaide haar hoofd weg en vervolgens haar rug naar me toe.

Ik wilde naar haar toe gaan, haar terug in mijn armen nemen, maar ik realiseerde me dat ik het mogelijk alweer had verkloot. Dus in plaats daarvan haalde ik mijn hand door mijn haar en wachtte. En wachtte. Ze zei niets, maar haar schouders schudden. Het leek alsof…

Ze snifte hard. Alsof ze huilde. Haar handen gingen naar haar gezicht.

Ik slikte. 'Wat is er?'

Ze schudde haar hoofd.

Ik liep naar haar toe, legde mijn handen op haar schouders. Ze verstijfde, schudde haar hoofd nog een keer, deze keer driftig. 'Je kunt beter gaan,' perste ze uit.

Shit. Ik had het weer verneukt. 'Ik kan je zo niet alleen laten.'

Ze draaide zich naar me toe, haar gezicht rood in het gedimde licht, tranen op haar wangen. Ik verwachtte dat ze zou gaan schreeuwen, haar vuisten naar me zou opheffen of zelfs gewoon de kamer uit zou stormen.

Wat ze in werkelijkheid deed, zag ik *niet* aankomen. Ze stapte naar voren en omhelsde me, trok me strak tegen zich aan, haar natte gezicht tegen mijn blote bast gedrukt, haar armen rond mijn middel geklemd. Het ging zo snel, dat het bijna alle adem uit me sloeg.

'Emilia, wat is er in hemelsnaam aan de hand?'

'Ik wil dat je me vasthoudt,' snifte ze.

Dus dat deed ik. Ze huilde niet langer, ze verroerde geen spier. Ademende nauwelijks. De pure hulpeloosheid die ik op dat moment ervaarde, verlamde me bijna.

Ik leidde ons naar het bed. 'Kom hier.' Ik legde haar op het bed neer, sloot vervolgens de deur voordat ik bij haar ging liggen. Ze draaide zich van me af, maar duwde haar rug onmiddellijk tegen me aan en ik sloeg mijn armen om haar heen.

'Strakker,' zei ze.

Dus verstrakte ik mijn greep en ze ontspande zich tegen me aan, haar hoofd onder mijn kin gestoken.

'Emilia... Ik heb er goed over nagedacht. Ik zal mijn makelaar bellen. Vragen of ze wat woningen kan zoeken waar we zouden kunnen wonen. Ik kan mijn bedrijf van daaruit runnen. Jou verliezen kan ik *niet.*'

Ze schudde haar hoofd. 'Niet doen... Ik verhuis niet naar Maryland.'

Ik aarzelde, volkomen in de war. Ze was er toch net heen gevlogen en had daar een week doorgebracht?

'Maar... betekent dat dat je hier geneeskunde gaat studeren?'

Lange tijd zei ze geen woord, toen ademde ze diep in. 'Mijn studie geneeskunde staat voorlopig even op pauze.'

Wat de hel? Ik opende mijn mond om ernaar te vragen, maar ze was me voor en sprak weer met trillende stem. 'Ik wil er niet over praten. Alsjeblieft, Adam. Ik wil dat je me vasthoudt. Hou me gewoon vast, alsjeblieft?'

Hoe kon ik dat simpele verzoek weigeren? Ik legde mijn gezicht naast dat van haar, mijn wang tegen de hare gedrukt en ik trok haar zo strak als ik kon tegen me aan zonder ervoor te zorgen dat ze geen adem meer kon halen. Er ging een wervelwind van allerlei verwarde emoties in me rond.

Opluchting, ze bleef tenslotte hier. Ongerustheid, omdat ze er duidelijk niet blij mee was. En haar studie op pauze? Wat de hel? Ze had de start al een jaar uitgesteld vanwege die test. Nu duwde ze het nog een jaar voor zich uit? Of misschien was het voor onbepaalde tijd van de baan.

Nog geen kwartier later was ze in slaap en ik was nog aan het bijkomen van deze nieuwe ontwikkeling, en ja, ik had een spectaculair gevalletje blauwe ballen dat met die frustratie gepaard ging. Zou ze me op een later moment meer vertellen? Er waren manieren waarop ik erachter kon komen, maar *zo'n* idioot was ik nou ook weer niet. Dat ging ik niet doen, en niet alleen vanwege het risico dat ze er weer achter zou komen. Ook omdat het gewoon verkeerd was, een schending van haar privacy die ik nooit maar dan ook nooit had mogen overwegen en waar ik me, eerlijk gezegd, nu hartgrondig voor schaamde.

Ik zou wachten tot ze het me zelf ging vertellen. God, ik hoopte alleen dat het niet te lang ging duren.

Ik stond op en kuste haar wang toen ik Heath door de voordeur hoorde binnenkomen. Ik knoopte mijn overhemd dicht, trok een dekentje over haar heen en liep naar de woonkamer. Hij bleef abrupt staan, schrok toen hij me zag en wierp een lange blik op Emilia's gesloten deur.

'Wat doe je…? Oké, daar heb ik geen bal mee te maken.'

Ik haalde diep adem. 'We hebben alleen gepraat. Ze was overstuur.'

Hij fronste. 'Is alles oké met haar?'

Ik wreef over mijn kaak en trok mijn schouders op. 'Ze zei… Ze zei dat ze geen geneeskunde meer ging studeren…'

Heath's wenkbrauwen schoten omhoog. 'Zei ze ook waarom?'

Ik schudde mijn hoofd en keek hem verwachtingsvol aan. Hij *moest* meer weten dan ik deed. Als Emilia het me niet wilde vertellen, zou Heath het misschien wel doen.

Heath wierp nog een bezorgde blik op de deur, een vage ongerustheid trok over zijn gezicht. Toen draaide hij zich van me af om met een lange zucht zijn spullen neer te leggen.

'Dus… kun jij me op de hoogte brengen van wat er met haar aan de hand is?'

Hij ging overeind staan en keek me aan. 'Adam,' zei hij verwijtend, 'je kent me beter dan dat, man. Ik ga haar vertrouwen niet beschamen.'

'Maar er *is* iets aan de hand…'

Heath's mond vertrok in een dunne streep, maar hij zei niets. Even later knikte hij slechts.

Ik raakte gespannen. 'Maar je gaat het me niet vertellen…'

Heath keek weer naar de deur. '*Zij* zal het je vertellen. Dat weet ik zeker. Zorg… zorg gewoon dat je er voor haar bent, man. Je hebt de kans je blunders goed te maken. Ik weet dat je het goed bedoelt, maar je moet hier zorgvuldig mee omgaan, want anders is het klaar. Ik wil hier niet de lul over uithangen, want ik mag je graag en ik denk dat jullie twee…' Zijn stem stierf weg, toen verplaatste hij zijn gewicht en haalde zijn hand door zijn haren terwijl hij een smerig gezicht trok. 'Nu klink ik net als een sentimenteel watje, maar ik denk dat jullie twee bij elkaar horen.'

Ik richtte ieder sprankje aandacht op hem, maakte mijn blik geen moment van hem los. Mijn handen lagen op mijn heupen. 'Maar… je gaat me niet vertellen wat er met haar aan de hand is.'

Heath uitdrukking werd streng. 'Nee, dat ga ik inderdaad niet. *Maar*, ik zal je vertellen wat ze van jou nodig heeft, oké? En als jij met dit soort dingen ook maar half zo intelligent bent als je bent met je codeergedoe, dan verpruts je het niet. Ze heeft je nodig, dat is duidelijk. Vanavond was je er voor haar. Blijf er voor haar zijn. Wees de man tot wie ze zich richt als ze een schouder nodig heeft. Wees haar *vriend*, oké? Gewoon haar vriend. Zoals je was een jaar voordat jullie elkaar voor het eerst ontmoetten.'

Ik haalde diep adem en blies de lucht weer uit. Weer terug naar FallenOne en Eloisa. Vanbinnen was ik koud en beefde ik van bezorgdheid, maar ik wist dat hij gelijk had. Ik knikte.

'Ze zal met je praten, man. Dat beloof ik. Maar... je kunt haar niet onder druk zetten. Je kunt niet weer zo'n stunt uithalen als met die privédetective. Wacht. Ze komt wel naar jou. Vertrouw me, en vooral, vertrouw *haar*.'

Ik nam afscheid van hem. Het was twee uur 's nachts toen ik vertrok en de korte rit naar huis schakelde ik gefrustreerd van het ene naar het andere nummer in mijn playlist over. Eerst klonk 'Owner of a Lonely Heart' van Yes. Ja hoor, fijn dat jullie me daar nog even fijntjes aan herinneren, klootzakken. Ik drukte op het volgende liedje op de playlist. 'The Night You Murdered Love' van ABC. Wat de hel? Was er *niemand* in de jaren tachtig die vrolijke, relaxte liedjes maakte? Ik stopte met bladeren door de lijst toen ik bij Sinéad O'Connors treurige gejammer in 'Nothing Compares 2 U' kwam. Hoe toepasselijk. Ik luisterde, ieder woord van de tekst sneed door mijn huid als een kleine glassplinter. Het hield me bij de les terwijl ik reed en het bleef mijn gedachten in beslag nemen.

Er was niets vergeleken met Emilia. Maar ook niets vergelijken met de pijn vanbinnen. Het waren twee kanten van dezelfde medaille. Ik vroeg me af hoeveel meer ik kon hebben. En ik vroeg me af wanneer ze naar me toe zou komen. Iedereen had me verzekerd dat ze dat zou doen, zelfs Sun Tzu. Maar ik liep over van diezelfde oude twijfel en angst. De uitdaging lag erin me er niet door te laten verteren.

HOOFDSTUK VIJFTIEN

D E VOLGENDE DAG, NA HET ONTBIJT, STOND IK OP HET punt om mijn telefoon te pakken en haar te bellen toen er een appje binnenkwam.

Dankjewel dat je gisteravond bij me bleef. Bedankt voor alles.

Mijn greep rond mijn mobiel verstrakte en ik moest die behoefte om het te weten, die altijd aanwezige controle, beteugelen.

Gaat het wel goed met je? Ik maak me zorgen.

Maak je geen zorgen. Het gaat prima. Zie je morgen op het werk.

Ik aarzelde, staarde naar dat laatste berichtje. Duidelijk een boodschap om te voorkomen dat ik erheen ging en haar vandaag zou opzoeken. Ik ademde diep in en onderdrukte dat eerste instinct om erachter zien te komen wat er in hemelsnaam aan de hand was of om antwoorden van haar te eisen. Mijn instinct had

261

me de laatste tijd duidelijk diep in de problemen gebracht met haar, dus dat zou ik negeren, hoe belachelijk moeilijk dat ook was.

Dus bracht ik de hele dag door op kantoor. Ik was me ervan bewust waar ik mee bezig was, maar ik hiel mezelf voor dat het speciaal voor de conventie was. Die conventie *moest* goed gaan, vooral met het oog op de rechtszaak die in pijplijn zat. Ik wilde *niet* dat mijn game met dergelijke negatieve gebeurtenissen werd geassocieerd in plaats van dat het gezien werd als een manier van vermaak waar miljoenen mensen van genoten.

En gelukkig was dat positieve aspect van de game precies waar de Con om draaide.

Een aantal dagen voor het begin van de conventie reisden Dracowerknemers naar een plaatsje vlakbij Las Vegas ter voorbereiding voor het eerste jaarlijkse DracoCon. Het evenement zou het weekend voor Thanksgiving plaatsvinden, vlak voor de laatste week van november. En aangezien het een gekkenwerk was met de voorbereidingen, werkte ik achttien uur per dag en sliep ik weinig. Emilia zag ik nauwelijks, helaas.

Ze leek hard aan het werk te zijn en er doodvermoeid door te raken. We begroetten elkaar als we elkaar tegenkwamen, stopten dan en hielden een kort gesprekje. Ze leek een gesprek over wat er tussen ons was gebeurd de avond na het paintballen te willen vermijden en ik bleef mezelf eraan herinneren mijn instinct om naar informatie te vissen in te dammen. We moesten nog altijd een keer gaan zitten om alles te bespreken. Om uit te zoeken op welke manier we samen konden zijn, gelukkig konden zijn.

Ik hoopte dat we daar na de Con in Las Vegas voor in de gelegenheid zouden komen.

Ik herinnerde me de eerste keer dat ik in *Sin City* kwam, tijdens het laatste jaar van mijn middelbare school, als een onafhankelijke student. Ik had heel veel vrije tijd naast mijn minimale schoolwerk en het coderen van de game die Mission Accomplished zou worden. Lindsay had me uitgenodigd het weekend samen met haar daar door te brengen en ik had het gevoel alsof ik in een andere wereld was gestapt.

Ik was totaal onwetend geweest, echt, en veel te jong om te drinken – niet dat ik dat trouwens veel deed – of te gokken. Ik was met haar meegegaan naar de verschillende casino's. We hadden een paar shows gezien. Het was mijn eerste reisje buiten mijn kleine wereld geweest sinds ik uit Washington was vertrokken en naar Californië was verhuisd.

Felle lichten in allerlei kleuren brandden van zonsondergang tot zonsopkomst over heel Las Vegas Boulevard, beter bekend als 'The Strip'. Onze conventie zou plaatsvinden in het Excalibur Hotel, dat een koning Arthur-thema had en eruitzag als een enorm sprookjeskasteel. Het leek de geschikte plek, gezien het fantasy thema van de game.

Ik liep mijn rondes om persoonlijke elke opstelling te inspecteren en goed te keuren, voordat de Con van start ging. Jordan bevond zich het grootste deel aan mijn zijde en rolde met zijn ogen terwijl hij iets mompelde over mijn controleproblemen.

'Is er niet iets wat je moet doen?' vroeg ik uiteindelijk.

'Nou, er is een warming-up voor de cosplay competitie. Een paar van die meiden zullen in karige maliënbikini's rondlopen. Ik heb mezelf als jury aangewezen.'

Ik zuchtte en vinkte de checklist op mijn tablet af voordat ik naar de volgende opstelling liep. 'Uiteraard heb je dat gedaan.'

'En jij dan? Iedereen zou uit z'n dak gaan als jij in de jury zat.'

'Ik weet zeker dat ik het te druk zal hebben.'

Jordan legde een hand op z'n oor. 'Zei je dat je het druk zal *hebben* of dat je druk bezig zult *zijn?*'

Ik schudde mijn hoofd en probeerde met een zo streng mogelijke stem te reageren. 'Soms sta ik er versteld van dat jij de financieel directeur van mijn bedrijf bent.'

'Kom op… die stagiaires…'

'Zijn werk voor mij. Dus verboden terrein. Voor mij *en* voor jou. Een rechtszaak tegelijk is genoeg.'

Nadat ik een paar details op een scherm vlakbij ons had aangepast, verscheen Jordan weer naast me. 'Je bent zo gestrest de laatste tijd. Hoe lang is het eigenlijk al geleden? Wordt het niet eens tijd voor een beetje… stressontlading?'

Ik schonk hem een zijdelingse blik. Niemand, zelfs hij niet, was op de hoogte van de details van mijn seksleven. 'Ofwel hou je kop er even bij, ofwel ga iets anders doen,' snauwde ik.

De Con zelfs was drie dagen van pure chaos, pure adrenaline en een ongelooflijk fantastisch hoogtepunt. De mensen waren weg van ons product. Leefden ons product. Er waren demo's en uitdagingen en wedstrijden. Er waren cosplaywedstrijden waarbij mensen zich als hun personages in de game verkleedden. En, zoals Jordan al had voorspeld, er waren een aantal mailïenbikini's. Ik wist zeker dat, ergens, Emilia heftig met haar ogen rolde.

Er waren roleplayingevenementen en één-tegen-één duellen, zowel virtueel als in levende lijven gereconstrueerd. Ik was nog nooit zo trots op onze game geweest als tijdens die dagen, waar ik de echte gezichten van onze spelers zag. Verrassend genoeg waren ze van alle leeftijden, zelfs gepensioneerden. Ik was in de gelegenheid om rond te lopen tussen de exposities en wedstrijden. Soms werd ik door spelers herkend, soms werd ik staande gehouden door een verslaggever en werd er naar de rechtszaak gevraagd, waarop ik mijn standaard 'geen commentaar' reactie gaf.

Toen ik Emilia in het oog kreeg, zag ze er moe uit. Het leek er niet op dat ze veel slaap kreeg. Elke keer dat we de kans kregen om elkaar een momentje te spreken, gingen we speels met elkaar om. Een keer kroop ze tegen me aan en kneep ze, toen niemand keek, in mijn biceps. 'Ik zou daar gewoon wat van moeten hebben,' mompelde ze voordat ze wegliep.

Ik reageerde door achter haar aan te sluipen en een heimelijke klap op haar kont te geven.

Toch, in mijn ogen zag ze er zo vreemd uit. Met haar grote bruine ogen en donkere wenkbrauwen en dat bizarre witte haar leek ze bijna buitenaards, als de elfenmeisjes die ze in haar blog zo graag belachelijk maakte.

Op het gekostumeerde werknemersfeest had ze roze en paarse strengen aan dat witte haar toegevoegd. Ze droeg een kort tuturokje en tere elfenvleugeltjes, en haar gezicht was helemaal geschminkt in heldere glitterkleuren. Ze zag er exotisch uit, anders, bijna als een van Jordans modellen. Haar lange benen waren prominent in zicht en ik kon mijn ogen niet van haar afhouden.

Ik had ervoor gekozen als een bekend nonplayerpersonage te gaan, die bijna ieder nieuw aangemaakt personage zijn of haar eerste missie gaf. Hij was een trieste, gebroken schaduw van een man, die treurde om het verlies van zijn liefde. Hij gaf nieuwe spelers het simpele verzoek om het nabijgelegen veld in te gaan en vijandige schepsels te trotseren om een boeket gele narcissen te plukken om de vrouw die hij was verloren te herdenken.

Hij droeg zijn voormalig uniform van de High Guard, compleet met een ouderwetse militaire jas en kilt. Maggie had iemand opgespoord die het kostuum voor me kon maken en zodra ik op het feest verscheen, wist iedereen direct wie ik moest voorstellen.

'Generaal SylvanWood!' riepen ze uit. Alleen de puntige oren ontbraken nog. SylvanWood was een elf, maar daar trok ik de grens. Ik zou een kilt dragen, maar geen puntige oren. Zelfs mijn geek-zijn kende z'n grenzen.

Dat laatste feest werd in de late uurtjes behoorlijk wild. We hadden een aantal bizarre wedstrijden en games voordat de avond veranderde in een stampvolle vloer, die pulseerde van enigszins beschonken dansers en groepen van gênante mensen die zich rond de bar hadden verzameld.

Mijn kilt trok, helaas, een hoop verkeerde aandacht. Zelfs de ik van vijf jaar geleden zou zich niet op z'n gemak hebben gevoeld met de flirtende stagiaires. Ik had eerder met overenthousiaste collega's te kampen gehad, maar deze horde stagiaires van de universiteit vlakbij Draco's hoofdlocatie leek aanstootgevender dan normaal. En ze lieten me nauwelijks met rust.

Hoe meer alcohol ze binnekregen, hoe minder subtiel ze werden. Uiteindelijk installeerde ik mezelf tussen de gênante drinkers aan het eind van de bar, naast Jordan, terwijl ik het uitbundige gedrag van mijn medewerkers observeerde, die na vele dagen hard werken even lekker konden ontspannen. Met het verstrijken van de avond gingen de remmen van de menigte steeds meer los. En nadat ze bijna een half uur lang zichzelf probeerde los te maken uit de massa – ik hield haar doen en laten goed in de gaten – kwam Emilia van de dansvloer en liep recht op de bar af, waar ze om iets te drinken vroeg.

Ik ving haar blik aan de andere kant van de bar en ze glimlachte naar me. Ik bleef haar aankijken en vragend trok ze haar wenkbrauwen naar me op. Ik gebaarde haar naar me toe te komen en ze lachte, sloeg haar shotje achterover en liep weg.

Ik kookte, mijn blik volgde haar. Blondie probeerde mijn aandacht te vangen en vroeg of ik wilde dansen. Ik negeerde haar.

Emilia wurmde zich de menigte weer in en begon te dansen in een groep met een aantal van de mensen die bij marketing werkten. Na een kwartier merkte ik dat ze haar gezonde verstand begon te verliezen, want die idioten waarmee ze danste, raakten haar over al aan en ze deed niets om ze te ontmoedigen

Als blikken konden doden, zou de blik die ik die gasten toewierp, ze hebben gevloerd. Wellicht was het allemaal voor de lol, maar het maakte me pisnijdig. Eentje danste recht voor haar, zijn handen op haar heupen, een ander achter haar en bewoog dichterbij om zo nu en dan tegen haar aan te schuren. Woede brandde door al mijn aderen, verstijfde al mijn spieren. Ik sloot mijn vuist op de bar.

Jordan volgde mijn blik. 'Rustig aan, jongen. Ze is alleen maar aan het dansen.'

Ze was meer dan 'alleen maar aan het dansen' en leek al dronken te zijn na slechts één shotje. Ik had haar nooit als zo'n lichtgewicht meegemaakt. Ik keerde me naar de barkeeper en bestelde mijn eigen shotje tequila.

Jordans mond klapte open en hij viel bijna van zijn kruk terwijl de barkeeper het drankje inschonk. 'Volgens mij heb ik je dat spul nog nooit eerder zien aanraken. Ik wed voor honderd knaken dat je die niet weg krijgt.'

Ik trok mijn wenkbrauwen op. *Die* stond. Ik kantelde mijn hoofd en sloeg het shotje achterover, helemaal, voordat ik het branden kon voelen. Ik geef toe dat ik een beetje hoestte en proestte, maar niet zo erg dat het onmannelijk was. Tenminste, in *mijn* ogen.

Helaas voelde ik het gewenste effect nauwelijks, dus terwijl mijn starende blik Emilia's dansende lichaam geen moment losliet, bestelde ik er nog een.

'Dubbel of niets,' zei ik tegen Jordan en lachend trok hij zijn schouders op.

'Een weddenschap van honderd dollar afsluiten met een miljonair is zinloos,' merkte hij op.

Interesseerde me niets. Ik dronk toch niet om indruk op hem te maken. Ik sloeg drankje nummer twee achterover voordat ik struikelend van de barkruk kwam en richting de dansvloer ging, naar Emilia en haar gestoorde kleurrijke haren. Ze leek nog maar weinig op mijn Emilia, deze bleke, witharige imitatie. Maar moeten toekijken hoe ze suggestief met mijn assistent hoofd marketing danste, maakte me fucking pissig.

Zodra ik me bij hen op de dansvloer begaf, juichten en klapten mijn werknemers uitbundig. Hopelijk verwachtte ze niet veel van mijn moves. Ik zou de eerste zijn om toe te geven dat ik niet op hedendaagse muziek danste. Sterker nog, ik was een waardeloze danser, want ik had het nooit geleerd. Ik had met mijn nicht Britt aan stijldansen gedaan toen we op de middelbare school zaten. We hadden dansen gedaan als de foxtrot, de wals en de chachacha, maar dit soort dansen had ik nooit geleerd.

En ik was een computernerd; wanneer had ik ooit de behoefte of de wens om te dansen? De laatste twee jaar van mijn middelbare school deed ik via zelfstudie. Terwijl mijn klasgenoten zich door wiskunde worstelden, ontwikkelde ik mijn eigen kunstmatige intelligentie algoritmen. En toen mijn klasgenoten hoopten op een mazzeltje met hun maagdelijke date voor het schoolbal, achterin de auto van hun ouders, had ik een leuke, comfortabele affaire met een beeldschone, ervaren rechtenstudent. Dus ik was nooit naar het bal geweest en dat wilde ik eigenlijk ook helemaal niet. Ik had een verre van normaal tienerleven geleefd en als bijkomstigheid daarvan had ik geen idee hoe ik in godsnaam op deze manier moest dansen.

Het zag er echter niet moeilijk uit en ik had een vracht alcohol in me. In feite ging het alleen om het volgen van de beat, toch? Emilia duwde zichzelf tegen die eikel Richard, die ik nu als 'Lul' bestempelde aangezien hij net met zijn tengels aan mijn vriendin had gezeten. Even schoot de vraag door mijn hoofd of ze eigenlijk nog wel of niet mijn territorium was. Ik baande me een weg door de zee van dansers, richting haar. Of ze nu wel of niet echt van mij was, het zou me er niet van weerhouden haar te claimen. Ik zag Jordan me met een bezorgde blik gadeslaan, maar het interesseerde me niet. Als het uit de hand liep, zou hij op me af komen en me tegenhouden, zeker weten. Maar tegen die tijd was ik waarschijnlijk al knock-out. Ik was een paar keer eerder in mijn leven dronken geweest, maar het was niet bepaald een gebruikelijk iets voor me.

Samen met haar pluizige, witte tutu, droeg Emilia een paars topje dat om haar borsten en taille spande. Wat ze ook droeg, ze was prachtig. Het dansen zou een geweldig excuus voor me zijn om haar aan te kunnen raken.

Dus ik benaderde haar achterlangs en voerde een paar ongemakkelijke moves uit, in de hoop dat ik voldoende in de menigte opging. Beyoncé's 'Naughty Girl' begon te spelen en de helft van de aanwezigen begon te juichen en klappen. Emilia deed lekker mee, draaide met haar heupen en swingde op de muziek. Haar rug was naar mij gekeerd, dus ik kwam dichterbij en legde mijn handen op haar middel terwijl ik mijn uiterste best deed haar bewegingen te volgen.

Ze miste geen slag, blijkbaar onaangedaan dat een of andere vreemde – tenminste, dat had ik kunnen zijn – achter haar was komen staan en zich nu tegen haar achterkant aan drukte. Het voelde smerig. Maar het voelde ook goed, fuck het allemaal.

Op dat moment vroeg ik me wel af hoeveel ze me haar zou laten aanraken. Slechts een enkeling in de menigte wist van Emilia en mij. Sterker nog, zo weinig mensen wisten wat we voor elkaar betekenden, dat het bijna leek alsof dat het was wat ons had vervloekt. Wat 'ons' van alle herinneringen had uitgewist, zelfs die van onszelf. We hadden niemand die ons aanmoedigde samen te blijven.

Mijn handen lagen op haar ronde, strakke kont en pas nu begon ze geïnteresseerd te raken in wie ik was. Ze wierp een blik over haar schouder en toen haar blik in de mijne haakte, bevroor ze voor een paar tellen, voordat ze verderging. Even later draaide ze zich om en keerde haar rug naar Richard. Eén punt voor Adam, nul voor Lul. Ik schonk hem een zelfvoldane grijns over haar schouder, maar hij reageerde niet. Nog steeds borrelde er een verlangen in me om hem later af te maken, omdat hij haar op die manier had aangeraakt.

Emilia sloot de gelederen en haakte haar handen in mijn nek ineen. Haar heupen streken langs mijn kruis en direct was ik stijf.

Iedere keer dat ze daarna langs me schuurde, was louter een heerlijke marteling. Ik drukte mijn hand tegen haar rug, trok haar dichter tegen me aan. Ze leek geen probleem met deze vertoning te hebben, al voelde ik dat andere werknemers nieuwsgierige blikken onze kant op wierpen. Ik gaf er geen ruk om. Als dat voor *haar* ook gold, dan was dit wat er gebeurde, want het voelde veel te goed.

We dansten nog een paar nummers op die manier voordat ze zich omdraaide en weer haar weg richting de bar zocht. Ik volgde haar. Ik had haar slechts één shotje zien nemen, maar ze leek veel meer onder invloed dan zou moeten.

'Heb je nog niet genoeg op?' Ik liet mijn hoofd zakken en sprak in haar oor, zodat ze me over de herrie heen kon horen.

Op haar plek bewoog ze op de muziek. 'Ik begin nog maar net,' antwoordde ze. Toen struikelde ze op haar hoge hakken. Ze was veel langer dan normaal. Ik keek naar beneden. Ze droeg nagenoeg nooit zulke hoge hakken, maar deze waren enorm en een beetje sletterig en haar fantastische benen kwamen er zelfs nog beter in uit.

Ik wilde die benen likken, van haar slanke enkels tot haar gespierde kuiten tot de zijdezachte bovenkant van haar dijen. *Kijk weg, Drake, kijk weg.* Ik moest mezelf dwingen daar niet aan te denken, want mijn erectie zwol tot epische en oncomfortabele grootte op onder die kilt.

Maar mezelf dwingen niet te denken aan hoe graag ik iedere centimeter van haar wilde, was als een nomade in de Sahara vragen geen water te drinken als hij bij een oase was aangekomen. Ik ving haar op toen ze struikelde. 'Je brengt jezelf nog om op die fucking dingen. Je hebt genoeg gehad.'

'Ik ben alleen een beetje duizelig. Dat gaat wel over.'

'Emilia...'

Ze draaide zich om en keerde haar hoofd uitdagend van me af. 'Barkeeper! Een rondje shotjes hier,' riep ze en wees naar ons beiden.

Ze leek geamuseerd te zijn, blijkbaar niet in de gaten hebbend dat ik mijn portie shotjes al had gehad, maar dat aangename, zoemende gevoel begon te vervagen en ik was er nog niet klaar voor het op te geven en terug naar de leegte van de realiteit te gaan. Dus namen we naast elkaar plaats en namen allebei nog twee shotjes.

Na de tweede ronde legde ze de rug van haar hand tegen haar mond. 'Shit, ik moet kotsen.'

'Geen alcohol meer voor jou,' zei ik.

Ze wierp me een blik toe. 'Jij bent niet de baas over mij.'

Ik lachte. In mijn huidige staat was dat de grappigste shit ter wereld. 'Eerlijk gezegd ben ik dat wel.'

Ze stak haar hand op om de aandacht van de barkeeper te trekken en ik trok haar arm naar beneden. 'Je hebt genoeg op, tenzij je van plan bent de bar met je kots te versieren.'

Op dat moment zag ze groen... en bleek. 'O God, misschien heb je wel gelijk.'

'Wat?'

'Ik zei: "Misschien heb je wel gelijk."'

'Huh?' zei ik nog een keer en lachend bracht ik mijn hand naar mijn oor.

Ze had me door. 'Je geniet er veel te veel van dat ik dat zeg.'

'Er is geen sprake van "misschien". Ik heb altijd gelijk.' Ik grinnikte.

'Fuck you,' zei ze terwijl ze me een speelse duw tegen mijn arm gaf.

'Ja, graag,' mompelde ik en ik gebaarde naar de barkeeper om zowel haar als mijn rekening te betalen. 'Volgens mij is het tijd voor jou om de avond af te sluiten.'

Ze grimaste naar me. 'Maar de avond is nog niet afgesloten.'

Ik rolde met mijn ogen. 'Grappig.'

Ze gleed van haar kruk en wankelde op die belachelijke hakken. 'Waar heb je die dingen in godsnaam vandaan?' vroeg ik terwijl ik haar aan haar arm overeind hield. Deze keer trok ze zich niet los.

'Alex heeft ze voor me uitgezocht.'

Ik schoot in de lach. 'Vandaar.'

Ze wankelde opnieuw en keek naar me op. 'Ah, fuck het.' Ze schopte ze uit met de bedoeling op haar blote voeten verder te gaan en boog voorover om ze te pakken. Toen ze weer overeind kwam, viel ze bijna om. Ik greep haar beet en trok haar tegen me aan, waardoor ze tegen me aan knalde en we allebei wankelden.

'Volgens mij komt het niet alleen door de schoenen,' merkte ik op.

Ze gaf me een zijdelingse blik. 'Misschien niet.'

Toen we bij de lift aankwamen, vroeg ik: 'Waar is jouw kamer?'

'Derde verdieping... ehm, 309 of 903 of zo.'

'Waarschijnlijk 309.'

'Ja, geen penthouse voor mij.'

'Voor mij ook niet,' zei ik met een grijns. Oké, ik had wel een suite, maar niet het penthouse.

'Laten we naar de jouwe gaan,' stelde ze voor. 'Ik heb een kamergenoot.'

Het spijt me te moeten toegeven dat de suggestie in haar voorstel al het bloed rechtstreeks naar mijn lul stuurde. Ik wou dat ik kon beweren dat een gebrek aan bloedcirculatie naar mijn hersenen mijn beoordelingsvermogen had aangetast. Maar waarschijnlijk dacht ik meer met het lichaamsdeel onder de gordel dan met het gangbare lichaamsdeel.

Zij was dronken. Ik was er niet veel beter aan toe en we zouden nu niets moeten doen. Al die punten schoten door mijn hoofd in de paar seconden tussen het openschuiven van de liftdeuren en het moment dat ik de knop van de achtste verdieping – mijn verdieping – indrukte.

Ze stortte zich op me zodra de deuren dicht waren. Haar mond op de mijne, haar borsten tegen mijn borstkas gedrukt. Ze smaakte naar tequila en limoen. Mijn tong drong haar mond binnen, ik liet haar me tegen de wand duwen terwijl ze haar handen achter mijn nek ineen haakte en ze zich tegen me aan schuurde.

'Fuck man, zie jij er even geweldig uit in die kilt,' hijgde ze. 'Wat zit er onder?'

Ik gaf haar een stoute grijns. 'De gebruikelijke dingen.'

Ze kuste me weer. 'Je bent de hele avond al hard,' murmelde ze toen tegen mijn lippen. 'Ik voelde het tijdens het dansen.'

Ik sloot mijn ogen, genoot van de druk van haar lippen tegen die van mij. 'Ja,' zei ik. Ik kreeg het er nauwelijks uit. Ik was zo opgewonden dat het moeilijk was om te praten.

Ik hoopte bij God dat ze echt *mij* wilde en dat ze niet met Lul-Richard of iemand anders die een poging bij haar zou hebben gewaagd in die lift zou zijn gestapt. De gedachte alleen maakte me alweer pisnijdig.

'Is het lang geleden?' vroeg ze terwijl ze opkeek om mijn blik in het web van haar prachtige bruine ogen te vangen.

Nors keek ik haar aan. 'Je weet exact hoe lang geleden het is,' reageerde ik.

'Die stagiaires van marketing hebben het er altijd over hoe lekker je bent. Hoe ze wilden dat ze je voor een ritje konden beklimmen.'

Ik schoot in de lach. 'Hmm. Dat is niet echt nieuws. Ze zijn niet bepaald subtiel.'

'Je bent niet in de verleiding gekomen?'

'Hoe zit het met jou, dansen met de tengels van die idioot op je kont? Ik zou jou hetzelfde kunnen vragen.' Een vreemde vuist van emoties klemde zich rond de onderkant van mijn strot. Ik was boos, gefrustreerd, in de war en liep over van lust. Mijn armen sloten zich bezitterig om haar heen. Ze fronste, maar voordat ze kon reageren, schoven de deuren op de achtste verdieping open.

We strompelden naar buiten. Op een bepaald punt liet Emilia een schoen vallen en dacht dat dat het meest grappige ooit was. Ik bukte om hem op te rapen en viel bijna om. Uiteindelijk wisten we struikelend mijn suite te bereiken.

Ik stond bij de deur en nam een momentje om mijn hoofd helder te krijgen, terwijl zij haar schoenen liet vallen en de kamer in liep. Het was geen penthouse, maar het was niet slecht. Ik had betere onderkomens gehad, maar door de conventie had ik hier toch niet veel tijd doorgebracht… en ik was niet van plan geweest iemand mee naar mijn kamer te nemen. Er waren een woonkamer, een vergadertafel, een paar grote tv-schermen. De slaapkamer bevond zich aan de andere kant van de suite, afgescheiden door een paar dubbele deuren, die nu openstonden.

Ik leunde tegen de deur aan en keek naar haar terwijl ik door de aangename, roezige mist die de alcohol had veroorzaakt heen het verstandige stuk van mijn brein probeerde te bereiken. Maar het enige waartoe ik in staat bleek, was naar haar kijken, haar meer willen dan ik ooit een vrouw had gewild. Ik wilde haar nu zelfs nog meer dan in die maand dat ik mezelf niet toestond met haar naar bed te gaan, toen we elkaar net hadden ontmoet.

Toen had ik haar al gewild, vreselijk graag. Die maand was een lange, langzame marteling geweest, maar dan wel op de meest heerlijke manier. Een vrijwillig zelf-blauwe-ballen-veroorzakende manier. Maar nu ik wist hoe goed het tussen ons kon zijn – en toen het goed zat, was het het beste wat ik ooit had gehad – betwijfelde ik of ik de wil of zelfs ook maar het verlangen had om dit te stoppen. En dan bedoel ik nog los van de hoeveelheid alcohol die in het spel was.

Deze ene nacht veranderde wellicht niets tussen ons. Ze zaten nog steeds stevig vast in onze handig ontwikkelde verdedigingsmechanismen. Ze verborg dingen voor me. Misschien had ze zelfs niet eens de gevoelens die ze ooit beweerde te hebben. Misschien was dit voor haar alleen iets lichamelijks.

Op dit punt, in de staat waarin ik nu was, kon me dat geen zak schelen. Ik kon een beeldschoon bikinimodel kussen en dacht alleen aan Emilia. Ik werd ge-cock-blocked door mijn eigen verdomde herinneringen en fantasieën. Nu had ik het echte werk in mijn hotelsuite en ik was niet van plan deze kans aan me voorbij te laten gaan. Ze was niet zo dronken dat ze niet wist waarmee ze instemde.

Ik duwde me van de deur af en volgde haar de kamer in.

'Wauw, mooi optrekje,' sprak ze bewonderend uit terwijl ze zich lachend naar me omdraaide. 'Ik heb je helemaal onder de glitters bedekt toen ik je kuste,' zei ze en kwam naar me toe om haar hand over mijn kaak te vegen.

Mijn arm gleed rond haar middel en ik trok haar tegen me aan. 'Hoe zit het met jou?' vroeg ik.

'Wat?'

Ik verzamelde moed en hoopte dat het antwoord op de vraag die ik op het punt stond te stellen, was wat ik dacht dat het was. 'Hoe lang is het voor jou geleden?'

'Hmm. Eens even denken...' Ze begon op haar vingers te tellen. Wat de fuck? Ze wierp me een verlegen blik toen en schoot in de lach. 'Je zou die blik op je gezicht nu eens moeten zien.'

Mijn greep op haar verstevigde. 'Dit is verdomme niet grappig,' gromde ik.

Ze lachte wrang. 'Je weet het antwoord op die vraag al. De laatste keer dat ik seks had, was jij erbij.'

Beter. Dat was veel beter. God zij dank. De gedachten aan een andere man – Lul bijvoorbeeld – die haar aanraakte, had bijna een blinde woede in me naar boven gebracht. Ik slaakte een lange, langzame zucht en beval mezelf kalm te blijven.

Ik boog voorover om haar te kussen en ze wurmde zich uit mijn armen. 'Ik ga die troep van mijn gezicht wassen,' zei ze terwijl ze zich uit die rare elfenvleugels werkte. 'Tenzij je de glitterige kiltman wilt zijn.'

'Je wilt dus niet dat ik de kilt uittrek?'

Ze draaide zich naar me toe voordat ze de badkamer inliep. 'Fuck nee, zeg.'

Ik schaterde het uit. Haar reactie op de kilt maakte het de moeite waard, irritante stagiaires of niet. Ik volgde Emilia de badkamer in en waste mijn gezicht bij de ene wastafel, terwijl zij bij de andere langzaam haar gezicht waste en schoonveegde.

'Je gaat toch niet kotsen, of wel?' vroeg ik.

Via de spiegel keek ze naar me. 'Nee. Jij wel? Het is niet alsof jij wel eens drinkt. Ooit.'

Ik haalde mijn schouders op terwijl zij haar gezicht droogdepte met een handdoek. Ze draaide zich naar me toe en er viel een ongemakkelijke stilte tussen ons. Toen bewoog ik mijn kin omhoog. 'Kom hier.'

In plaats daarvan wierp ze me een ondeugende blik toe en keerde om richting de kaptafel. Ik volgde haar en voor de plafondhoge spiegel aan de muur bleef ze staan. Ze ving mijn blik in de spiegel en het was geen onschuldige of toevallige blik. Hij was gefocust, intens.

Langzaam schoof ik achter haar, nog steeds naar haar kijkend. Ze slikte en tilde haar hoofd op om mijn blik vast te kunnen houden.

Mijn stijve begon pijnlijk te worden. Ik sloeg mijn arm rond haar middel en drukte mezelf tegen haar rug. 'Je vroeg wat er onder die kilt zat...'

Ze lachte. 'Die zou je vaker moeten dragen.'

Ik boog voorover en kuste haar hals. 'Misschien doe ik dat wel, afhankelijk van de uitkomst van deze avond.'

Ze huiverde in mijn armen. Ik had precies de juiste snaar geraakt. Ze draaide zich om, maar in plaats van mijn kus te beantwoorden, stak ze haar handen uit en scheurde mijn overhemd open. De knoopjes vlogen eraf. Ze rukte het ding van mijn schouders. 'Ooo. Veel beter,' merkte ze op terwijl ze met haar handen over mijn borstpieren streelde. Haar aanraking was elektrisch geladen en de sensaties schoten naar iedere zenuw in mijn lijf. Ver*domme* wat wilde ik haar. En ik wilde geen tel meer moeten wachten.

Ik werkte me tegen haar aan, duwde haar tegen de spiegel en plaatste aan beide kanten van haar hoofd een hand. 'Ik ben niet erg blij met jou,' zei ik.

'O?' bracht ze uit, een verlegen lachje rond haar lippen. 'Bepaalde delen van jou lijken op dit moment *heel* erg blij met mij te zijn.' Ze schuurde tegen me aan om haar punt te benadrukken.

Ik kreunde terwijl er een golf van genot door me heen trok. Ik gaf tegendruk, duwde haar strakker tegen de spiegel aan. 'Ga je me nu lopen plagen? Zoals je bij die kerels op de dansvloer deed?'

Haar uitdrukking werd serieus. 'Daar ga je niet over ophouden, of wel? Probeer me maar niet wijs te maken dat jij je handen hebt thuisgehouden bij Jordans modellenvriendinnetje, want daar geloof ik geen klap van.'

Ik trok mijn hoofd terug en keek haar aan. 'Dat heb ik je al gezegd. Ik heb met niemand seks gehad na jou.'

'Dus je hebt helemaal niets met haar gedaan?' Ik was even stil en ze trok een boos gezicht. 'Ahh. Ik snap het al. Dus Rich mag niet zijn handen op mijn kont leggen als we aan het dansen zijn, maar jij mag een model betasten en kussen...'

Ik verstijfde. 'Als hij je nog een keer aanraakt, ruk ik zijn arm eraf en steek hem in de hens.'

'Hmm. Ik weet niet zeker of hij nog voor je wil werken als je zijn arm eraf hebt gerukt. Misschien hoef je niet eens de moeite te nemen voor dat tweede deel.'

Ik boog en duwde mijn mond tegen haar hals. 'Ik meen het. Niemand raakt je aan.'

'Behalve jij...' voegde ze er droogjes aan toe.

'Als jij dat wilt.'

'Ik weet het niet... Je uit behoorlijk wat agressieve bedreigingen als je dronken bent.'

Ik ging door met het proeven van haar hals en probeerde die negatieve razernij in mijn hoofd te blokkeren. Nooit eerder had ik me zo bezitterig over haar gevoeld en waarschijnlijk kwam dat door de verstikkende angst dat ik haar was kwijtgeraakt. 'Ik hou er niet van als mensen lopen te fucken met wat van mij is.'

'Maar ik ben niet van jou,' zei ze zachtjes, een lichte trilling in haar stem.

IJzersterke vastberadenheid verhardde mijn spieren. Ze voelde me tegen zich aan verstijven. Ik had de hele avond besteed haar van het tegenovergestelde te overtuigen.

Ik reikte naar beneden om haar topje over haar hoofd te trekken, maar ze klemde haar armen tegen haar lichaam. 'Niet...'

Mijn hoofd kwam omhoog om haar weer in haar gezicht te kijken. 'Je wilt niet...?' Ik hoopte dat het me lukte om de kinderachtige teleurstelling uit mijn stem te houden.

'Ik wil mijn hemdje niet uitdoen.'

Ik was even stil, in de war. Betekende dat geen seks? Of wilde ze gewoon niet naakt zijn? Of wat? 'Oké. En...?'

Ze keek naar me en legde toen haar handen, zeer doelbewust, weer op mijn borstkas. Ik sloot mijn ogen, genietend van haar aanraking. Toen leunde ze naar voren en kuste ze mijn borst. Er ontsnapte me een lange kreun en ik ging helemaal op in het gevoel van haar warme mond op mijn huid.

'Ik wil... Ik *moet* je naakt onder me hebben,' bracht ik tussen opeengeklemde kaken uit.

Ze bleef me kussen. 'Nee. Het hemdje blijft aan. Verder gaat alles uit.'

Ik duwde me van de spiegel af en met grote ogen keek ze naar me op. 'Je loopt me niet in de zeik te nemen, toch? Dat je ineens van gedachten verandert of zo? Want dan heeft het geen zin hiermee door te gaan en ik ben niet van plan deze stad met blauwe ballen te verlaten.'

Ze lachte. 'Dat heb ik je al vaak aangedaan, is het niet? Op wat voor manier dan ook... Paintball of gebrek aan seks.'

Ik stak mijn hand uit en liet mijn duim over haar onderlip gaan. Die trilde en haar ogen vielen dicht. Een volgende golf van heet verlangen brandde door me heen. Mijn duim trok over de contouren van haar lippen en toen duwde ik hem haar mond in. Haar lippen sloten zich eromheen en haar tong liefkoosde het kussentje van mijn duim. Mijn ademhaling versnelde van opwinding.

Ik liet mijn hoofd zakken om haar oorlelletje met mijn lippen te strelen. 'Je kunt er maar beter zeker van zijn,' fluisterde ik. 'Want als ik je eenmaal op dat bed heb, kom ik in je.' Ik duwde mijn duim dieper naar binnen en haar mond opende zich hijgend. Ik trok hem er weer uit.

'Ik weet het zeker,' zei ze.

De boosheid, de wrok, de spelletjes... Het werd me te veel en ik begon de controle te verliezen. Ik greep haar kin in mijn hand, rukte haar hoofd opzij en zette mijn tanden in haar nek. Ik was niet zachtzinnig. Ze bewoog zich nauwelijks. Mijn mond schoof naar haar oor. 'Draai je om en zet je handen tegen de spiegel,' gromde ik.

Ze deed precies wat ik haar had opgedragen. Een volgende golf hete lust schoot rechtstreeks naar mijn pik. Ik kon de kilt omhoogtrekken en in een paar tellen onder haar rok zijn. Een deel van me, dat nog steeds bang was dat ze van gedachten zou veranderen, wilde precies dat doen.

Met een hand om haar nek bracht ik de andere naar haar middel en trok haar tegen me aan. Ik zoog haar oorlel in mijn mond en ze huiverde tegen me aan, hijgend, haar ogen halfgesloten.

'Dat vind je lekker...'

'Ja,' hijgde ze.

'Ik ga je neuken. Hard. En jij gaat ervan genieten.'

'Ja,' herhaalde ze.

'Je gaat om meer smeken.'

Ze sloot haar ogen, kneep ze stijf dicht. Ze haalde haar hand van de spiegel en greep de pols beet die over haar buik heen was geklemd en haar tegen me aangetrokken hield. Haar nagels boorden in mijn huid. De pijn van de speldenprikjes voelde zo goed.

'Op de spiegel. *Nu.*'

Na slechts een korte aarzeling gehoorzaamde ze langzaam. Mijn hand verstrakte even, voordat ik de greep op haar nek losliet.

'Ik ga kijken hoe je komt, Emilia. Ik wil die heerlijke kleine zuchtjes van je horen, je wanhopige gekreun. Ik wil je mijn naam horen schreeuwen. *Mijn* naam. *Want je bent van mij.*'

Mijn hand gleed onder de tailleband van haar tutu en rechtstreeks haar slipje in. Ik trok haar mond tegen de mijne en kuste haar terwijl ik haar gevoelige, gezwollen clit vond. Mijn vingers gleden over haar heen en ze was al nat. Ik kon mezelf er nauwelijks van weerhouden haar hier ter plekke tegen de grond te duwen.

Ze kreunde in mijn mond en haar handen krulden zich rond de rand van de spiegel, maar ze maakte ze niet meer los. 'Open je ogen,' droeg ik haar op, mijn stem schor van verlangen. Ze keek me aan. 'Kijk naar jezelf. In de spiegel. Kijk naar wat ik met je doe.'

Een lang moment bewoog ze niet. Haar hoofd rustte tegen mijn schouder en ze keek naar me op, dus greep ik haar kin beet en duwde haar hoofd terug. Haar blik vond de mijne in de spiegel en ik vergrootte de druk van mijn vingers op haar.

'O,' hapte ze naar adem.

'Zeg mijn naam, Emilia. Wie wil je?'

'Jou...' hijgde ze terwijl haar oogleden alweer dichtvielen. 'Adam.'

'Precies,' zei ik op afgemeten stem. Mijn andere hand ging naar haar middel en ik trok haar dichter tegen me aan toen haar knieën begonnen te knikken. 'Jij. Bent. Van. Mij.'

Er volgde weer een lange kreun die me tot in het diepst raakt. Het was pijnlijk. Een heerlijk, pijnlijk verlangen in mijn pik. Maar ik wist dat als we eenmaal op dreef waren, het zo goed zou zijn. Het zo waard zou zijn.

Haar rug kromde en ze gaf alle signalen die erop duidden dat ze bijna klaarkwam. Het hese ademhalen, die overheerlijke kleine zuchtjes en gehijg. Ze keek naar ons in de spiegel en haar amberkleurige blik haakte in de mijne.

'Adam,' kreunde ze en ik sloot mijn ogen. Ik verwelkomde het geluid van mijn naam op haar lippen, overgoten met haar lust. Mijn hand gleed over haar hete vlees, ontlokte muziek aan haar als een muzikant aan zijn instrument.

'Ik wil je Adam. Ik wil je in me.'

Ik begroef mijn gezicht in haar hare, hapte aan haar oor. 'Bijna. Maar nu denk ik dat het tijd is voor jou om te komen, Emilia.'

En toen, alsof ze op mijn toestemming had gewacht, verstijfde ze tegen me aan en ik voelde de samentrekkingen van haar orgasme tegen mijn hand. Ze hapte naar adem, haar ogen rolden haar hoofd in voordat ze ze sloot. Ik verstevigde mijn greep rond haar middel om te voorkomen dat ze viel, maar ik gaf haar niet lang de tijd om na te genieten. In plaats daarvan boog ik voorover, tilde haar op en droeg haar de volgende kamer in, naar het bed.

'Die nacht in Yosemite neukte ik je vier keer. Ik denk dat ik vannacht voor vijf ga,' mompelde ik.

Ze nestelde zich tegen me aan, een hand om mijn nek geslagen. Ze begon mijn borstkas te kussen en ik wilde haar niet neerleggen. Allerlei vragen rolden door mijn hoofd. Ik vroeg me nog steeds af waarom ze haar kleren wilde aanhouden. Maar mijn lijf wilde alle gedachten uitzetten, genieten van het genot van deze nacht samen, zonder verder na te hoeven denken. Daar kon ik wel mee instemmen.

Woorden, gesprekken, complete monologen en verklaringen bleven onuitgesproken tussen ons. Ik wist dat deze nacht in elkaars armen onze problemen niet ging oplossen. Maar misschien hadden we het op dit moment nodig om op een andere manier te communiceren, op de meest basale, primitieve manier.

Of misschien waren we gewoon allebei toe aan een goede neukbeurt.

Ik was nauwelijks in staat me te beheersen toen haar mond mijn tepel vond en erop zoog. Toen, zonder waarschuwing, zette ze haar tanden erin. Ik hapte naar adem door de scherpe pijn en trok haar weg. Ze had een stoute grijns op haar gezicht. 'Ik dacht we nu onze tanden gebruikten.'

Ik gooide haar op het bed. 'We doen wat *ik* wil dat we doen. Trek je rok uit.'

Net als eerder deed ze precies wat ik haar opdroeg, terwijl ze me met grote ogen aankeek. Ik keek toe hoe ze haar rok en blauwe slipje van kant langs haar benen naar beneden schoof. Mijn handen balden zich langs mijn lichaam tot vuisten. Ze hijgde hard, haar huid blozend. Nadat we elkaar lang hadden aangekeken, bracht ze haar handen boven haar hoofd, haar polsen over elkaar gekruist, alsof ze waren vastgebonden. Toen opende ze haar benen en kantelde haar hoofd naar achteren, waardoor ze haar nek blootlegde.

O God, als ik niet uitkeek, zou ik mijn kruit al verschieten voordat ik in haar was. Haar zo zien, onderdanig, open voor mij. Ik kickte niet op bondage gedoe. Ik had eens een sekspartner gehad die dat van me wilde en we waren het erover eens dat we niet bij elkaar pasten.

Maar Emilia zo zien, na alles wat er in de afgelopen maand tussen ons was voorgevallen… Het bracht alle woeste agressie en de sterke beschermingsdrang die ik nu voor haar voelde bij me naar boven. Ik knoopte de kilt los, die op de vloer viel, en trok mijn onderbroek uit.

'Draai je om,' zei ik zonder haar aan te raken.

Ze opende haar ogen en keek me aan. Ik dacht dat ze zou weigeren, dus ik stak mijn hand uit en greep haar arm beet om haar op het bed om te keren, haar gezicht naar beneden. Ik trok haar armen achter haar rug en hield haar polsen met een van mijn handen bij elkaar geklemd. Toen ging ik op haar liggen om haar onder me vast te pinnen.

Ze hapte naar adem en worstelde onder me, waardoor er elektrische schokken door me heen trokken, rechtstreeks naar het kloppen in mijn ballen. Deze afgelopen anderhalve maand had veel te lang geduurd. Mijn lichaam herinnerde zich dat van haar echter nog goed. Snakte ernaar.

Ik legde mijn mond tegen haar oor, zette mijn tanden erin. Ze zei niets, liet slechts een klein kreuntje horen dat me alleen nog maar meer aanwakkerde. 'Ik haat die nieuwe fucking haren van je,' zei ik.

'Interesseert me niets,' reageerde ze.

'Ik ga je straffen voor die afgrijselijke kleuren.' Ik schoof opzij, maar bleef haar overdwars vastpinnen. Weer beet ik in haar nek, deze keer harder. Op hetzelfde moment landde mijn hand op haar kont, hard.

Ze verstijfde onder me. Ik verwachtte dat ze zou protesteren, maar voordat ze de kans kreeg, gaf ik haar nog een tik. 'Dat was omdat je die prachtige haren van je hebt veranderd.'

Haar ademhaling was zwaar inmiddels. Mijn hand verstevigde om haar polsen en ik sloeg haar nog een keer. Ze hijgde.

'Dat is omdat je me jouw sexy lichaam hebt ontzegd.' Ik kuste de achterkant van haar nek. Ik genoot van de geur van haar, vermengd met haar zweet, haar zilte smaak. Ik sloot mijn ogen en gaf haar een laatste tik. 'Dat is omdat ik alleen maar jou kan zien als ik met iemand anders ben.'

Ze begon weer onder me te wiebelen, alsof ze probeerde op haar rug te rollen, maar ik hield haar tegen. 'Adam... Stop met dat geklooi, verdomme!'

'Nee. Jij gaat het niet overnemen. Ik raak je niet aan tot je zegt dat je de mijne bent.'

Er viel een lange stilte. Ik liet haar polsen los.

Nu ik dat had beweerd, moest ik het doorzetten als ze niet toegaf. Ik ademde diep in en hield mijn ademhaling vast. Ik kon alleen maar hopen dat ik hier niet mee zou moeten stoppen.

'Je zei dat als je me eenmaal op het bed had, je in me kwam.'

Ik liet mijn handen over haar zachte dijen naar boven glijden. 'Alleen als je de mijne bent,' hijgde ik.

Ze bewoog tegen me aan en ik hapte naar adem in een poging mezelf onder controle te krijgen. Ik boog voorvoer, zoog op haar nek, haar oor. 'Zeg het,' bracht ik uit.

Ze hijgde, draaide haar hoofd opzij en probeerde me in mijn ogen te kijken, maar dat lukte niet doordat ik haar niet omhoog liet komen. 'Vanavond ben ik van jou.'

Ik aarzelde slechts een moment. Voor nu moest dat voldoende zijn. Binnenkort zou ze voor altijd de mijne zijn en zou ze geen seconde aarzelen om me dat te zeggen. Ik nam mezelf plechtig voor dat de werkelijkheid te maken.

'Ik ga mijn pik in je begraven.' Ik verschoof, duwde haar benen onder me uit elkaar en gleed bij haar naar binnen. Ze paste als een hete, natte handschoen om me heen, zo strak, zo onbuigzaam. Ik duwde me zo diep als ik kon naar binnen en ze schreeuwde het uit. Haar lichaam sloot zich om me heen, verstikte me bijna met genot.

Het gevoel van haar zachte lijf onder me maakte me gek. Mijn handen streken over haar benen, over haar kont. Ze was zo zacht. En de geur van haar huid… die bedwelmde me net zozeer als de alcohol in mijn bloed.

Ik begon te bewegen, stootte in haar, keer op keer. Ik ging op mijn knieën zitten, trok haar voor me zodat ik het tempo kon verhogen. Emilia klemde haar handen om het hoofdeinde voor houvast.

Het bouwde langzaam op tot het hoogtepunt. Emilia kwam nog een keer, haar gehijg en gekreun schoten dwars door me heen. Het gevoel van haar stuiptrekkingen die om me heen klemden, brachten me, eindelijk, naar mijn eigen hoogtepunt. Toen ik uiteindelijk kwam, was het zo ongelooflijk, zo intens, dat ik niet kon ademhalen, niet kon bewegen. Ik kon aan niets anders denken dan de sensatie van mezelf in haar pompen. Ze bewoog nog steeds onder me en ik reikte naar haar om haar stil te laten liggen, want het brandende genot maakte me ze gevoelig dat iedere beweging bijna pijnlijk was.

Ik stortte neer, lag half over haar heen, onze benen met elkaar verstrengeld, plakkerig van het zweet. Er gingen meerdere minuten voorbij voordat ik in staat was te praten en Emilia bewoog zich nauwelijks. Ik draaide mijn hoofd naar haar en kuste haar langzaam. Haar mond bewoog tegen de mijne in zachte, liefdevolle kusjes. Het zou misschien genoeg zijn geweest om me weer aan de gang te krijgen als ik niet zo uitgeput was.

Ik begon net in slaap te vallen toen ik haar tegen me aan voelde duwen en ze zich onder me vandaan wurmde om op te staan en naar de badkamer te lopen. De douche ging aan en ik bedacht dat ik ook wel een douche kon gebruiken, dus ik kroop uit bed om haar te vergezellen. Ik had altijd al genoten van een post-seks-douche met haar, wat vaak uitmondde in een pre-seks-douche voor de volgende ronde. Of zelfs een tijdens-seks-douche. Die waren ook niet verkeerd.

Even was ik van mijn stuk gebracht toen ik de deurknop omdraaide en hij niet openging. Ik rammelde aan de deur, voor het geval hij klemde, maar nee, hij was duidelijk op slot. Ze was daarbinnen, in de douche, en had de deur voor me op slot gedaan.

Ik dacht aan die vreemde eis haar topje aan te houden. Wat was er in godsnaam met haar aan de hand? Zou ze het me nu vertellen? Zou dit ertoe leiden dat we weer met elkaar konden praten? Ik hoopte het, maar diep vanbinnen betwijfelde ik het.

Verdomme.

Snel nam ik een douche nadat zij klaar was, half verwachtend dat ze weg was toen ik de badkamer uitkwam, maar nee, ze lag opgerold te slapen op het bed. Ze zag er zo klein en alleen uit, als een klein meisje. Ik ging naast haar liggen, trok haar tegen mijn borstkas aan en sloeg een arm om haar middel. Ik kuste haar nek en met haar warme lichaam tegen me aan gevleid, viel ik in een vredige slaap.

Om drie uur werd ik gedesoriënteerd wakker in het donker en met een opkomende hoofdpijn. Emilia's ademhaling had een rustig, langzaam ritme, wat erop duidde dat ze nog sliep. Haar achterste drukte tegen mijn pik, die zo hard als steen was. Mijn onderbewustzijn moest me wakker hebben gemaakt zodra het besefte dat dit een perfecte gelegenheid was voor een mazzeltje. Ik duwde mezelf tegen haar kont en genoot van het gevoel van haar tegen me aan.

Ze droeg haar hemdje, maar vanaf haar middel naar beneden was ze naakt. En het meer basale, meer dierlijke deel van me wilde zijn kans grijpen nu het nog kon. Zachtjes rolde ik haar op haar rug en weerstond de neiging mijn hand op haar topje te leggen. Ik wilde haar borsten zo graag in mijn handen hebben, haar tepels onder mijn aanraking hard voelen worden. Maar ik moest haar wensen respecteren, ook al was de drang groot die te negeren.

Dus manoeuvreerde ik me tussen haar benen en duwde ze ver genoeg uiteen, zodat mijn schouders ertussen pasten. Ik kuste haar heupen, haar dijen, de zachte heuvel boven haar geslacht. Toen spreidde ik haar open en proefde haar daar, likte en zoog aan haar hete vlees. Ik hield van haar smaak, eerder pittig dan zoet. Net als zij.

Ze bewoog zich niet en was niet wakker geworden. Normaal gesproken was ze al geen lichte slaper, maar ik vermoedde dat ze nu zelfs nog dieper sliep door de alcohol. Desondanks kon ik merken dat ze opgewonden was. Ze werd namelijk steeds natter door mijn aandacht en daarnaast begon ze in haar slaap lange, lage kreunen uit te stoten. Ze was luidruchtig en het geluid zond bliksemschichten rechtstreeks naar mijn pik, die meer dan bereid was in actie te komen.

Terwijl ik oplettend luisterde, zoog en likte ik haar naar haar orgasme. Toen ze kwam, kromde ze haar rug en slaakte een luide schreeuw.

'Adam,' riep ze met een schorre stem. Ik lachte zelfvoldaan. Dus de geliefde waarover ze droomde was ik. Godzijdank. En als ik er iets over te zeggen had – en daar *zou* ik voor zorgen – ging daar niets aan veranderen.

Ik veegde mijn gezicht af aan het laken voordat ik mijn heupen tussen haar dijen plaatste. Ze haakte haar lange benen om me heen en liet haar handen over mijn borstkas en buikspieren gaan. 'Wat de hel was dat?' murmelde ze terwijl ik langzaam in haar gleed.

'Dat was een slaapgasme. Graag gedaan,' zei ik en ik drukte mijn mond op die van haar. In tegenstelling tot onze vorige keer – wat een hete, heftige botsing van onze karakters was – was deze keer lief, loom en lang. Ze bewoog onder me en haar heupen kwamen me in een perfect ritme tegemoet. Haar lichaam was hemels en ik hunkerde naar haar naakte borsten tegen mijn borst. Ik probeerde echter niet te denken aan wat ik niet kon krijgen, maar aan wat ik *wel* had. Deze prachtige vrouw in mijn armen, onder me, voor de laatste paar uur van de voorbijgaande nacht.

Ik sloot mijn ogen en voelde, proefde, rook en hoorde alleen haar. Gedurende die lange minuten in elkaars armen, werd ze mijn wereld, mijn anker, mijn veilige haven. En toen ik kwam, was het liefdevol en langzaam, net als ons liefdesspel. Ik wilde dat het nooit zou eindigen.

HOOFDSTUK
ZESTIEN

DIE OCHTEND WERD IK WAKKER MET EEN GIGANTISCHE koppijn en in een leeg bed. Met een naar gevoel tastte ik naar Emilia, maar ze was weg. Ergens daarvoor moest ze het bed zijn uitgeglipt en de *walk of shame* naar haar eigen kamer hebben gedaan. Ik wreef over mijn voorhoofd en met mijn ogen gesloten dacht ik daar even over na terwijl ik me herinnerde hoe het voelde haar onder me te hebben. Het leek surrealistisch, alsof het allemaal in een droom was gebeurd. Toen ik echter een blik door de geopende deur naar de rest van de suite wierp, bespeurde ik haar verwaarloosde kleine elfenvleugels die nog op de vloer lagen.

Ze was hier geweest. We waren samen geweest. Het was geen droom geweest. Maar dat had het evengoed wel kunnen zijn. Ik wilde haar weer en ze was weg. Het was niet slechts een lichamelijk verlangen. Ik wilde haar wakker kussen, in haar oor fluisteren, haar vasthouden, kletsen over het verloop van de conventie, lachen om incidentjes die zich hadden voorgedaan, roddelen over het belachelijke gedrag van een aantal mensen op het werknemersfeest. In plaats daarvan was ik voorbestemd met een klap van de gelukzaligheid, van een nacht met fantastische seks en het tedere liefdesspel erna, terug in de eenzaamheid te belanden. Voordat ik weer in slaap was gevallen, had ik gehoopt dat onze nacht samen het begin van iets groots zou zijn, van een verandering, verzoening.

Niets was minder waar. Ze was weggegaan zonder zelfs maar gedag te zeggen. Mijn vuist balde van frustratie en ik keek op de klok. Het was nog vroeg, maar vandaag was de dag dat we alles zouden afbreken, de trucks moesten volladen en terug naar Orange County gingen.

Ik kleedde me aan, pakte mijn spullen en ging naar beneden, naar het deel van het hotel waar we verzamelden voor een uitgebreid ontbijt voordat we naar huis vertrokken. Ik had ervoor gekozen met een van mijn personeelsbussen mee te rijden in plaats van te vliegen, waarschijnlijk omdat ik een masochist was.

Tijdens het opbreken van de opstellingen en andere zakelijke activiteiten keek ik naar haar uit. Een paar keer ving ik een glimp van haar op. Dat verbijsterende witte haar met die roze en paarse strengen viel moeilijk te missen, zelfs vanaf een afstand.

Verder kreeg ik haar niet te zien tot we in de bus zaten. Ze zat een paar rijen achter me, aan de andere kant van het gangpad. Ik kon mijn ogen niet van haar af houden, die van haar verborgen achter een onmogelijk grote, donkere zonnebril. Ik had wat pijnstillers bij de conciërge gebietst, dus ik vroeg me af of zij nog last had van een kater. Ze leek mijn blik echter te vermijden door haar gezicht naar beneden te houden en een kussen tussen haar en het raam te schuiven, alsof ze van plan was te slapen tijdens de vier uur durende rit naar Orange County.

Ik zat vooraan, naast Jordan, en de groep stagiaires had blijkbaar de plaatsen vlak achter ons geclaimd. Daar was ik niet blij mee en ik wenste dat Emilia daar had gezeten. We moesten praten en wellicht dat de bus daar niet de meest geschikte plek voor was, met het verstrijken van de tijd begon ik echter meer en meer wanhopig te worden de slepende problemen tussen ons op te lossen.

Ik wendde mijn blik af en voelde me plotseling schuldig over afgelopen nacht, al wist ik niet goed waarom. Vannacht had niet alleen gedraaid om haar naast me te willen hebben, seks met haar te willen – of met wie dan ook – nadat ik een tijd had drooggestaan. Het was meer geweest; ik wilde weer controle over haar. Ik wilde de touwtjes weer in handen krijgen en domineren. Dat is waar de agressie vandaan was gekomen. Ik wilde weten, wilde dat *zij* wist, nee, dat de *wereld* wist dat ze de mijne was.

Wees er voor haar. Wees haar vriend. Heath's woorden schoten door mijn hoofd en veroordeelden me nog meer. Was ik er gisteravond voor haar geweest? Of was *zij* er voor *mij* geweest? Ik kon mezelf niet helemaal veroordelen. Ze was een meer dan bereidwillige deelnemer geweest. Was zij niet degene geweest die mijn overhemd van mijn lijf had gescheurd? En vervolgens voor me klaar was gaan liggen, volledig open voor mij, onderdanig? Ze had *gewild* dat ik de touwtjes in handen nam. En ik had dat met alle liefde gedaan.

De stagiaires achter ons zaten onderling veel te fluisteren… en te giechelen. Vier uur lang daarnaar moeten luisteren zou ik heel snel beu zijn. Ik wilde dat ik op kon staan om naast Emilia te gaan zitten, maar er waren geen lege plekken om haar heen. Ik keek in het rond, om er zeker van te zijn dat ze niet naast Lul zat en was blij te zien dat hij niet eens in de bus zat.

Emilia zat behoorlijk stevig ingebouwd en leek al te slapen. Ik hield mijn ogen op haar gericht en hoopte dat het slechts een kwestie van tijd – een korte tijd – was voordat we dit hadden opgelost. Ik zou ervoor zorgen dat ze die avond terug naar mijn huis kwam. Ik was optimistisch, dat wist ik, maar na de nacht die we hadden gehad – en, grotendeels, dankzij mijn koppige vastberadenheid – wist ik dat we snel weer samen zouden zijn. En dan zou ik eindelijk tot op de bodem uitzoeken wat er met haar aan de hand was.

'Dus, eh… dat was een interessante danspartij gisteravond,' zei Jordan tegen me met een betekenisvolle blik.

'Je wist niet dat ik dat in me had, of wel?'

'Ik weet alleen niet zeker of het soort dans dat je later in je suite uitvoerde heel erg aan te raden was.'

Ik draaide mijn hoofd af en keek uit het raam, niet zeker of ik nu pissig was omdat hij het wist – wat betekende dat een heleboel anderen het waarschijnlijk ook wisten – of dat het me geruststelde dat hij achter me stond. Jordan stond altijd achter me, maar om de een of andere reden was hij nooit blij geweest met mijn relatie met Emilia.

'Gast, ik ga er niet over zeiken. Geloof me, ik maak er zelf veel te veel een potje van om jou advies te geven, maar… het leek alsof je jezelf net weer een beetje aan het bijeenrapen was nadat ze je de vorige keer te grazen had genomen.'

'Bedankt voor je bezorgdheid, maar ik ben een volwassen kerel. Ik kan mijn eigen zaakjes wel regelen.'

Jordan knikte. 'Tuurlijk. Tuurlijk. Ik zat alleen te denken aan alle ander shit die speelt. Het bedrijf. De rechtszaak.'

Ik draaide mijn gezicht weer zijn kant op en stond op het punt te reageren toen iemand me op mijn schouder tikte. 'Adam,' begon een van de stagiaires achter me, die ene met veel te veel blond haar voor slechts één vrouwenhoofd. Ze veegde haar volle bos over haar schouder en lachte in een brede lach heel veel witte tanden naar me bloot. 'Sorry dat ik je stoor, maar April en ik hebben een weddenschap en we hebben jou nodig om ons ermee te helpen.'

Ik wierp een blik op Jordan, die zich ook had omgedraaid om naar de bank vol met vrouwen achter ons te kijken. Ik herinnerde me Emilia's woorden in de lift de vorige avond, toen ze me vertelde hoe de stagiaires over me praten. Ik herinnerde me ook haar dodelijke blikken die ze hen had toegeworpen tijdens hun kleine intermezzo met de zonnebrandcrème voor het paintballen. Ik zweer het, het had erop geleken alsof ze op het punt stond iemand neer te steken. Behoedzaam keek ik hen aan. 'Hoe kan ik helpen?'

'Nou...' Ze schonk haar vriendin, het mooie meisje met de zwarte haren en blauwe ogen die me aan Sneeuwwitje deed denken, een valse grijns. 'April zegt dat je al bezet bent en ik wist vrij zeker dat je vrijgezel bent. Wie heeft er gelijk?'

Mijn mond ging op. Wauw. Ze waren niet bepaald subtiel, of wel?'

'A-ha.' Ik keek naar Emilia. Ik dacht dat ze in slaap was gevallen, maar haar hoofd kwam omhoog. Ik kon haar ogen niet zien, maar ik wist dat ze naar ons keek. Ik hield haar blik niet lang vast. Maar hoe moest ik daar antwoord op geven? Emilia en ik *waren* tenslotte uit elkaar. Alles wat er de afgelopen nacht tussen ons was gebeurd, had daar niets aan veranderd, nog niet in ieder geval. Daarbij had ze zelf nog gezegd: *vanavond ben ik van jou.* Dus ondanks de alarmbellen die ergens in mijn achterhoofd klonken, besloot ik het een beetje uit te buiten.

'Ik ben momenteel ongebonden.' Emilia bewoog zich niet, draaide haar hoofd niet af.

Blonde Stagiaire gooide haar armen in een overwinningsgebaar omhoog. 'Ik win!' riep ze terwijl haar vriendin tegen de rugleuning zakte. Ze zag er niet uit alsof ze ervan baalde dat ze de 'weddenschap' had verloren.

'Ik weet zeker dat jullie dames wel interessantere dingen hebben om over te praten dan mijn persoonlijke leven.' Zoals haarproducten misschien of shopsessies met papa's creditcard.

De lach van de blonde werd hongerig. Ze likte haar lippen nog net niet af. 'Niet dat *ik* kan bedenken.'

Jordan snoof naast me en ik wierp hem een blik toe.

'Rechtszaakvoer,' mompelde hij zachtjes en ik knikte instemmend.

Ik draaide me weer terug in mijn stoel, zette mijn zonnebril op en keek uit het raam. We waren Nevada nog niet eens uit. Nog drie uur te gaan. Ik trok mijn laptop tevoorschijn en startte hem op zodat ik aan mijn nieuwe, geheime projectje kon werken. Dankzij de privacy filter kon Jordan niet zien waar ik mee bezig was, maar die meiden achter me begonnen me behoorlijk te irriteren met het gefluister en gegiechel. Dus uiteindelijk pakte ik mijn zooi en verkaste naar het achterste deel in de bus, waar nog twee lege stoelen waren en ik de ruimte had.

Toen ik de meiden passeerde, schonk ik ze een strenge blik voor het geval ze zich iets in hun hoofd zouden halen en me naar achteren zouden volgen. Een paar minuten later ging ik heerlijk op in mijn eigen kleine codeerwereldje.

Coderen vond ik heerlijk. Ik kon mezelf erin verliezen zoals een kunstenaar kon opgaan in het creëren van zijn visuele waarneming van de wereld om hem heen of de manier waarop een muzikant kon worden meegesleept door het maken van muziek tijdens jamsessies. Coderen was als een jamsessie voor mij. Ik kon een reeks codes uit mijn mouw schudden en volop van de uitdaging genieten terwijl ik eraan sleutelde en het aanpaste en problemen oploste tot ik het precies had zoals ik het hebben wilde. Het was als een gigantische puzzel die ik creëerde en tegelijkertijd oploste.

Een uur later checkte ik op bugs voordat ik naar de volgende formule ging en merkte ik dat er iemand over het gangpad mijn kant op kwam. Ik keek op en hoopte dat het geen veel te gretige stagiaire was.

Het was Emilia, op weg naar het toilet vlak achter me en ze keurde me geen blik waardig. Misschien had ze niet gemerkt dat ik was gaan verzitten. Ik keek om me heen. Er zat niemand op de stoel naast of tegenover me – een van de redenen dat ik hierheen was verhuisd – en degene schuin tegenover me, een Dragon Epoch ontwikkelaar, lag diep in slaap over zijn rugzak gebogen. Ik zette de laptop op de stoel tegenover me en wachtte tot ze uit de wc kwam.

Toen de deur weer openging en ze langs me over het gangpad schoof, schoot mijn hand naar voren en pakte haar pols beet om haar naast me te trekken.

'Wat?' bracht ze uit, maar ik legde mijn vinger tegen mijn lippen om haar tot stilte te manen en wees naar Tony – de gast die over zijn rugzak heen lag te slapen. Hij was een van mijn hardst werkende ontwikkelaars en ik denk dat dit zijn eerste beetje slaap was van de afgelopen vierentwintig uur.

Emilia keek naar hem en vervolgens weer naar mij. 'Wat doe je hier achterin?' fluisterde ze. 'Ik dacht dat je daar van voren genoeg had om je mee te vermaken.'

Ik bestudeerde haar. Interessant. Ze was duidelijk jaloers en nam niet eens de moeite het te verbloemen. Dat was een goed teken.

'Ik wil het met je over gisteravond hebben.'

Een behoedzame blik verscheen in haar ogen. 'Wat is er met gisteravond?' vroeg ze.

'Ik wil graag dat je langskomt. We moeten praten.'

Emilia zuchtte diep en keek weg. Ik liet haar pols los en legde teder mijn arm over haar schouder zodat ik over haar rug kon wrijven.

'Heb je hoofdpijn?'

'Ja,' zei ze. Ze fronste, in gedachten verzonken.

'Wil je een paracetamol? Ik heb nog ergens een pakje liggen. Volgens mij in mijn laptoptas.' Ik bukte, viste het er voor haar uit en pakte mijn flesje water.

Ze naam het pakje van me aan, schonk me een afstandelijke blik terwijl ze de pillen in haar mond gooide en een slok water achteroversloeg. 'Adam, over gisteravond...'

'Zeg het niet,' zei ik en ik stak mijn hand op om haar te onderbreken.

'Daar zouden we het ook over moeten hebben,' fluisterde ze.

'Dat gaan we ook doen. We komen er wel uit hoe we vanaf hier verder moeten.'

Ze beet op haar lip. 'Wat als we niet verder gaan?'

Ik staarde haar aan, maar zei geen woord.

Ze begon te draaien op haar stoel. 'Het hoeft niets te betekenen behalve het feit dat we allebei geil en dronken waren. Wat is er mis met een lekkere betekenisloze neukpartij eens in de zoveel tijd?'

'Een betekenisloze neukpartij?'

Ze trok haar schouders op. 'Ja.'

'Nou, mij neem je niet in de maling met die opmerking. Het was niet betekenisloos.'

Ik wachtte. Ze friemelde met haar vingers en schraapte toen haar keel. 'Ken je die uitspraak: *What happens in Vegas stays in Vegas?*'

Met mijn vinger streek ik over haar kaaklijn, naar beneden langs de zachte huid van haar hals waar de donkere bijtplekken die ik had achtergelaten nog steeds zichtbaar waren. Ik bestudeerde ze. Er waren er meer dan een half dozijn. Sommigen waren heel donker. Ik herinnerde me hoe het had gevoeld om mijn tanden in haar soepele, meegevende vlees te zetten en haar te horen huiveren van de pijn. Haar smaak. Onmiddellijk was ik hard en ik leunde dichterbij om een vleug van haar geur op te vangen.

Ze beefde toen mijn lippen haar oor raakten, maar ze trok zich niet terug.

'Ik denk niet dat wat er tussen ons is gebeurd in Las Vegas kan blijven. Jij wel?'

Mijn lippen streelden iedere plek die ik op haar had aangebracht. Ik wilde er nog meer maken. Ik wilde haar bedekken onder de plekken waarmee ik haar als mijn bezit merkte. Het was een primitief, holbewoner soort gevoel. Ik bezat Emilia niet, uiteraard, maar die bezitterige, woeste behoefte om bij haar te zijn, haar veilig te houden, was een tastbare kracht. Ik moest mijn territorium markeren.

'Adam.' Ze drukte haar hand tegen mijn borst. 'Begin hier niet nu mee.'

Ik bewoog mijn mond naar haar oor. 'Als we terug zijn... Kom met me mee naar huis.'

Ze aarzelde. 'Ik weet niet...'

Iedere spier in mijn lichaam trok gespannen samen en ik probeerde de frustratie te bedwingen. Ze gedroeg zich als een bang hert en ik was de hongerige wolf. Misschien lag dat nog niet eens zo ver van de waarheid. 'Alleen voor vandaag dan.'

Lang keek ze me aan en knikte toen stilletjes. Ik pakte mijn tablet tevoorschijn en opende de laatste app. De rest van de busrit speelden we Angry Birds Star Wars.

HOOFDSTUK ZEVENTIEN

Zodra de bus ons bij het bedrijf had afgezet, zorgde ik ervoor dat ik haar tas in mijn bezit had en stopte hem in mijn kofferbak voordat ze van gedachten kon veranderen over met me meegaan. Heath had als speler de Con bezocht en was met de gesponsorde spelersbus mee teruggereden. Het gerucht ging dat onze gamevriendin Katya ook was gekomen, vanuit Canada, en dat Heath met haar was opgetrokken. Ik was er nog niet klaar voor om naast Heath en Emilia anderen het geheim op te biechten dat FallenOne eigenlijk de directeur van Draco was, dus ondanks dat ik haar graag persoonlijk had ontmoet, hield ik afstand.

Emilia stond met Heath te praten bij zijn Jeep. Leunend tegen mijn portier keek ik vanachter mijn zonnebril naar hen. Ik kon de spanning in Heath's toon horen doordat hij probeerde zijn stem niet te verheffen. Ik vroeg me af waar ze ruzie over zouden hebben.

'Wow, mooie auto!' zei Blondie de stagiaire, die, naar het bleek, me had beslopen. Ik wist niet eens hoe ze heette en daar was ik niet in geïnteresseerd ook. Ik hield mijn blik op Heath en Emilia om er zeker van te zijn dat ze niet gewoon in zijn auto sprong en vertrok zonder haar spullen. Dat leek ze wel te willen, maar Heath zei haar met mij mee te gaan. Mooi zo.

'Bedankt,' mompelde ik. *En ga nu weg.*

'Denk je dat ik, misschien, een keer mee mag rijden?'

Ik gluurde vanachter mijn zonnebril naar haar. Haar hand lag op haar heup, haar rug was dusdanig gekromd dat haar borst vooruitstak. Ik liet mezelf kijken. Het waren mooie tieten, tenslotte. Ik opende mijn mond om te reageren toen ik het portier van de Jeep hoorde dichtslaan. Emilia kwam mijn kant op gestormd en Heath zat achter het stuur van zijn voertuig. Hij schudde zijn hoofd en keek haar na met een strenge blik op zijn gezicht.

Oké, dit ging ongemakkelijk worden.

'Ehm, ik moet gaan,' zei ik tegen de blondine, in de hoop dat ze de hint zou oppakken en weg zou lopen. Dat deed ze niet.

Emilia kwam naar de auto, wierp vanuit haar ooghoek een blik op de stagiaire en richtte zich toen tot mij. 'Ik heb mijn tas nodig. Waar heb je die gelaten?'

De wenkbrauwen van het blondje schoten omhoog en ze bekeek Emilia van top tot teen. Die twee moesten vrij regelmatig samenwerken, dus ik wilde dit niet ongemakkelijk maken voor Emilia. 'Ik hoorde dat je een lift naar huis nodig hebt,' zei ik. Toen wendde ik me tot de blonde. 'Excuseer ons. Ik kan maar één passagier meenemen.'

Haar mond zakte open en ik klemde mijn hand rond Emilia's elleboog en liet het zo ontspannen mogelijk overkomen toen ik haar naar de bijrijdersstoel leidde. Blondie vouwde haar armen voor haar borst over elkaar, draaide zich met een ruk om en stampte weg. 'Geweldig, nu is Cari boos op me,' mompelde Emilia terwijl ze ging zitten.

'Kan dat je wat schelen?'

Ze haalde haar schouders op. 'Niet echt. Het is niet alsof ik hier nog veel langer blijf werken.'

Ik startte de auto en dacht daar met een plotselinge spanning in mijn buik over na. Het voelde alsof er net een aftellende klok was begonnen met tikken. Een klok die me ineens bang maakte dat ik niet te weten zou komen wat er met haar – met *ons* –aan de hand was en dat ik het niet zou kunnen fixen voordat ze Draco verliet, waardoor ik het risico liep haar niet meer te zien. Nooit meer.

De rit naar mijn huis was kort en stil. Ze zei niets van het feit dat ik niet helemaal eerlijk was geweest over haar naar huis brengen. Ik bracht haar naar huis, dus het was geen leugen. Ik deed dat alleen niet nu meteen.

Het was halverwege de middag en ik was stijf van de busrit. Ik stelde voor dat we een duik in het zwembad zouden nemen. Ik ging ervan uit dat het de druk er wat vanaf zou halen en het ijs een beetje zou breken. Ook dacht ik dat een wijntje bij het eten van pas zou komen. Toen ik in de bus zat had ik Chef al geappt met het verzoek een lekkere avondmaaltijd voor ons klaar te maken.

Emilia was een aantal spullen in een la vergeten toen ze was verhuisd, waaronder zwemkleding. Haar sexy zwart-witte bikini, die mijn favoriet was. Ik had heerlijk stoute dingen met haar gedaan terwijl ze die bikini had gedragen.

Toen ik hem uit de la trok, knipperde ze verbijsterd met haar ogen en langzaam reikte ze ernaar. Lang keek ik haar aan. Haar blik schoot naar de mijne en ze trok wit weg.

'Ik... Ik denk dat ik alleen even mijn grote teen in het water duw. Ik heb geen zwemkleding nodig,' zei ze met een vreemde, holle echo in haar woorden. Het klonk droevig.

Ik keek naar haar en wachtte op een toelichting terwijl ik mijn broek openritste om mijn zwembroek aan te trekken.

Ze draaide zich van me af en leek zich ongemakkelijk te voelen. Aandachtig observeerde ik haar. De vreemde stijfheid in haar schouders, de manier waarop haar handen bewogen langs haar zij. Waarom ineens zo verlegen, vroeg ik me af? Ze had me al honderden keren naakt gezien. We hadden geneukt – grotendeels naakt – de afgelopen vierentwintig uur.

Ik trok mijn zwembroek aan terwijl zij ineens heel erg geïnteresseerd was in de spullen op mijn bureau, alsof ze de fotolijstjes en andere spullen nog nooit eerder had gezien. Ze keek overal heen, behalve rechtstreeks naar mij. Ze was gespannen en trilde er bijna van.

Eenmaal mijn zwemshort aan ging ik achter haar staan en legde lichtjes mijn hand op haar schouder. Ze bewoog zich niet. Haar aandacht was gefixeerd op een foto. *De* foto. Die ene van mij en mijn zus als kinderen. Over haar schouder keek ik ernaar. Ik herinnerde me de dag dat hij werd genomen. Het leek bijna een eeuwigheid geleden. Mijn zesde verjaardag.

Mijn moeder was mijn verjaardag weer eens vergeten. Bree had met oppassen wat geld gespaard en in een van mijn knuffels verstopt, om te voorkomen dat onze geweldige moeder het achterover drukte voor drank. Ze had de opgefrommelde bankbiljetten uit de zak van mijn favoriete knuffelbeer gepakt en was naar de bakker gegaan. We hadden het bij haar vriendin Christina gevierd en vermeden thuis tot het donker was. Die foto was door Christina's moeder gemaakt en een week later, toen ik op weg was naar school, had ze hem trots aan me gegeven. Ik had die foto in mijn schrijfblok gestoken en elke dag bij me gedragen.

Twee jaar later zou Bree van huis weglopen. Die foto zou de laatste tastbare herinnering zijn die ik van haar had tot ik haar weer zag, een broze schaduw van zichzelf. Mijn borst trok samen door hetzelfde donkere gevoel dat ik altijd kreeg als ik mezelf toestond eraan te denken hoezeer ik haar miste. Ik knipperde met mijn ogen.

Emilia's duim gleed over het lijstje terwijl ze de foto bestudeerde.

'Kom mee,' zei ik. 'Laten we gaan.'

Ze knikte, maar ze kwam niet in beweging, haar blik nog steeds op die foto geplakt. Ik kon de radertjes in haar hoofd bijna zien draaien. Ze werd volledig in beslag genomen door een angstaanjagende, aangrijpende gedachte en de emoties waren duidelijk van haar gezicht af te lezen. Mijn hand krulde om haar schouder en gaf een kneepje. 'Emilia.'

Ze schudde haar hoofd, alsof ze zich uit een dagdroom moest zien los te rukken en draaide zich naar me om. We stonden dicht bij elkaar en ik was halfnaakt en kon de hitte van haar lichaam voelen. Ik wilde haar tegen mijn ontblote borstkas trekken, haar rug strelen, haar handen en haar mond over me heen voelen gaan. Verdomme, dit was moeilijk. We stonden in een kamer waar ik nachten met haar in mijn armen had geslapen, langzaam en teder de liefde met haar had bedreven op zo'n beetje ieder meubelstuk hier, en in de badkamer, bij de wastafel, het bad, de douche.

Het was klote om hier nu met haar te zijn, deze afstand te voelen. Het was alsof er een kloof tussen ons lag. Zo'n epische, megagrote kloof die je op foto's van Mars ziet, genomen door de rover; een kloof zo ontzettend groot en weids dat de topografie van de aarde in vergelijking daarmee in het niet viel. We waren niet meer op de aarde. We waren op Mars, waar de bergen die we moesten zien te overwinnen zo veel hoger en de kloven zoveel breder en de ravijnen zoveel dieper waren. Waar de lucht vurig rood was. We bevonden ons op een buitenaards, afgelegen territorium en ik had geen idee hoe we onze weg terug naar huis konden vinden. Terug in elkaars armen. Niet tot alle geheimen tussen ons waren opgehelderd.

En was dat nou niet ironisch, aangezien onze hele relatie gefundeerd was op geheimen – enorme geheimen – door mijn eigen toedoen? Ik geloofde niet in karma, maar als ik dat wel had gedaan, zou dit een van die momenten zijn geweest waarin ik het had vervloekt, want nu werd ik ermee om mijn oren geslagen.

Nu stond ze naar mijn schouder te staren, haar blik gefixeerd op mijn tattoo. Welke morbide gedachten er dan ook bij haar waren opgeroepen door de tweeëntwintigjaar oude foto, ze waren nu verplaatst naar de naam die met inkt op mijn linker sleutelbeen was geschreven.

Ik nam afstand en draaide me om om haar de kamer uit te leiden. Het was een stom idee geweest om haar hierheen te brengen.

Aan de ene kant van mijn huis, tegenover het strand, bevond zich een verwarmd zwembad dat helemaal uit het zicht lag, compleet met uitschuifbaar dak en wanden. Ik koos ervoor het dicht te houden en zwom dertig minuten langs baantjes terwijl zij op de rand van het zwembad met haar voeten in het water zat en zo nu en dan – meestal als ik voorbijkwam – water omhoog schopte.

Nadat ze op z'n minst een keer of tien had geprobeerd me nat te spetteren, besloot ik uiteindelijk te happen en haar benen beet te grijpen. Ze hapte naar adem en probeerde zich los te schoppen, maar ik had mijn beide armen om haar benen geslagen. Toen ik een rukje aan haar gaf, alsof ik haar erin ging trekken, stopte ze direct met lachen en zei op ferme toon dat ik moest stoppen, dus liet ik haar los.

Ik spatte water voor haar op. Ze boog voorover en streek mijn haar uit mijn gezicht. Ze bekeek me onderzoekend. 'Ik heb plekken op je nek veroorzaakt,' zei ze. 'Ik durf te wedden dat Jordan je daar flink mee heeft gepest.'

Een lome lach trok over mijn gezicht. Als het aan mij lag, zouden we heel gauw weer plekken op elkaars nekken aanbrengen. 'Ik heb meer plekken op *jouw* nek gemaakt.' Ik hing een arm over de rand van het zwembad, vlak naast haar been. Ik stak mijn ene hand uit en legde mijn hand om haar soepele, gespierde kuit. Haar benen maakten me gek. Ze waren lang, vrouwelijk, stevig. En de zijdezachte huid tussen haar dijen was genoeg om me alleen al door de gedachte hard te maken. Sterker nog, ik was op dit moment al half hard en het zou niet lang duren voordat ik helemaal hard was.

We hadden een keer in dit zwembad geneukt. Dat was behoorlijk vermakelijk geweest. Maar vandaag had ik haar net zo makkelijk op mijn bed kunnen uitspreiden. Of haar over een stoel kunnen buigen. God, mijn kop dwaalde af naar allerlei richtingen die ik me niet kon veroorloven.

Meer dan wat dan ook wilde ik echter met haar praten. Ik wilde weten waar ze mee zat. Ik wilde helder krijgen hoe het zat tussen ons, de toekomst zeker stellen. Ik wilde haar zo snel als maar kon bij me terug en ik zou er alles voor doen om dat voor elkaar te krijgen.

Dus vanavond... Geen seks. We gingen praten.

Ik duwde mezelf op de rand van het zwembad omhoog en landde naast haar. Ik reikte achter ons om een schone handdoek van het rek te pakken en droogde mijn haren en mijn gezicht af.

Emilia pakte een andere handdoek en begon mijn borstkas droog te wrijven. Ik schoot haar kant op en deed net alsof ik haar in een zeiknatte reuzenomhelzing trok. Ze gaf me een mep en trok zich terug. Ik legde mijn hand achterin haar nek en trok haar hoofd naar het mijne om een lange, stevige kus op haar mond te duwen.

We kusten lange tijd, mijn mond op de hare. Ik drong niet aan voor meer. Ik *wilde* meer, maar het zou ons veel te snel afleiden. Met de energie die tussen ons knetterde, wist ik dat het niet lang zou duren voordat we weer in bed zouden belanden.

Nu was een goed moment om het onderwerp ter sprake te brengen. 'Dus,' begon ik nadat we ons van elkaar hadden losgemaakt. Ze ademde diep in en de koele lucht streek langs mijn lippen. Ik keek in haar goudbruine ogen.

'Dus,' zei ze terwijl ze haar voeten uit her zwembad trok en haar knieën tot aan haar kin optrok. Ze keek me doordringend aan.

'We moeten eens praten...'

Ze stopte abrupt met ademen.

Ik bedoel, zo leek het in ieder geval. Ze zat zo stil, bevroren als een standbeeld, alsof ze doodsbang was. Een fractie van een seconde schoot zelfs door mijn hoofd of haar hart was gestopt met kloppen. Ze was absoluut bleker geworden en beet op haar lip.

Er viel een lange stilte tussen ons. Ik kwam in de verleiding om haar de dans te laten ontspringen. Maar ik kon het niet. Ik *kon het niet.* Er was sprake een wankel evenwicht, dat wist ik. Tussen ervoor zorgen dat ze me vertelde wat er aan de hand was en te veel aandringen. Ik moest dat evenwicht zien te vinden en er voorzichtig mee om gaan.

Ze haalde diep adem en tilde haar hoofd van haar knieën. Weer richtte ze haar ogen op mijn tattoo. 'Waarom praat je nooit over haar?'

Ik bevroor. 'Ik heb geen reden om over haar te praten.'

Ze fronste. 'Je mist haar niet?'

Een vreemd gevoel trok achterin mijn keel samen. Mijn hart voelde... uit balans. Iedere hartslag was als een steek van beschuldiging in mijn borst. *Je mist haar niet?* Iedere verdomde dag.

'Emilia...'

'Waarom hou je haar zo geheim?' Haar voorhoofd rimpelde, alsof ze probeerde iets onmogelijks uit te puzzelen. Toen stak ze haar hand uit en trok met een vinger over mijn zus' naam.

'Je hebt haar naam zelfs nog nooit hardop gezegd. Je schrijft het met onuitwisbare inkt op je lichaam, maar je wilt niet over haar praten.'

Ik greep haar pols beet en trok haar hand bij de tattoo weg. 'Omdat. Er niets. Te zeggen. Valt,' maakte ik haar met opeengeklemde kaken nog eens duidelijk. Wat ik haar niet vertelde, was dat het veel te veel pijn deed om over haar te praten, aan haar te denken. De enige keren dat ik dat deed, was als mijn onderbewustzijn me naar die onaangename plek leidde, naar het land van verlies en eenzaamheid.

Haar bruine ogen vonden de mijne. 'Je denkt niet dat het zou helpen om over haar te praten? Je begraaft haar liever in je hart, houdt haar geheim? Zelfs voor mij?

Ik trok een schouder op. 'Wat ben jij op dit moment voor mij dat ik er met jou over zou moeten praten? Ben je mijn vriendin of ben je slechts de vrouw waar ik het de afgelopen nacht mee heb gedaan?'

Haar lip trilde weer en ze zoog hem tussen haar tanden. 'Ik weet het niet.'

Een lang, gespannen moment staarden we elkaar in stilte aan en haar blik verschoof weer naar mijn tattoo.

'Kun je me niet eens vertellen wat voor iemand ze was?'

'Waarom wil je dat weten?'

'Omdat... Ik denk,' ze keek even naar me voordat ze verderging. 'Ik denk dat haar verliezen je heeft gevormd. Op vele manieren.'

Ik grimaste en ging verder met me afdrogen, zodat ik iets te doen had. 'Ik dacht je een diploma voor biologie had gehaald, niet voor psychologie,' zei ik toen botweg.

Haar gezicht betrok en ik merkte dat ze overstuur raakte, maar ik wist niet wat ik moest zeggen. Dit was zo frustrerend en ik had het gevoel dat ze deze ondervraging als afleidingsmanoeuvre gebruikte. Ik haalde een hand door mijn druipende haren. 'Dit is niet iets waar ik over wil praten of, eerlijk gezegd, over *kan* praten.'

Lange tijd keek ze me aan, zonder enige uitdrukking op haar gezicht, toen leunde ze naar voren en duwde zich op haar voeten. 'Ik heb heel erge honger,' meldde ze.

Nu ik erover nadacht, ik ook. En ik had goede hoop dat een beetje wijn bij het eten haar zou helpen een beetje te ontspannen, haar aan de praat zou krijgen. Dus nadat ik me had afgespoeld en aangekleed, aten we in de ontbijthoek in de serre die uitkeek op de haven. Het was een beetje te fris om buiten te eten. De zon was ondergegaan, dus we aten bij kaarslicht. Het zou romantisch hebben kunnen zijn als ik in dat soort ongein geloofde. Nu romantische gebaren naar haar maken leek nep en leeg.

Het kwam bij me op dat die gedachte behoorlijk raar was, want hier waren we, samen aan het diner nadat we bijna de hele dag met elkaar hadden doorgebracht. Nadat we de nacht in elkaars gezelschap hadden doorgebracht en verbluffend goede seks hadden gehad. In de afgelopen vierentwintig uur had het net geleken alsof we weer een stelletje waren.

Maar dat waren we niet. Er stond nog steeds een muur tussen ons in, een muur die ervoor zorgde dat we niet met elkaar spraken. Ik schonk een tweede glas wijn voor haar in, keek toe hoe ze ervan nipte en hoopte dat het snel zijn werk zou doen. Wijn was als een waarheidsserum voor Emilia, had ik gemerkt. Dus ik hoopte dat het ons gesprek wat zou verlichten.

'Hmm. Narcissen,' zei ze terwijl ze op een klein stukje brood kauwde en zich op het bloemstuk met verse bloemen richtte. Ik had Chef gevraagd het voor de tafel te bestellen.

Ik zei niets, maar at rustig verder en bleef in de gaten houden hoeveel ze van haar wijn dronk.

'Is dat toeval?'

Mijn vork vertraagde op weg naar mijn mond. 'Wat?'

Ze knikte naar het bloemstuk. 'De bloemen. Gisteravond het Generaal Sylvan Wood kostuum. En nu narcissen.'

Ik keek haar lang aan, voordat ik wegkeek en mijn schouders optrok. 'Ah, geen idee. Waarschijnlijk is dat wat ze bij de bloemist hadden. En Chef heeft die toen gewoon gekozen.'

Ik keek niet naar haar terwijl ze mij aandachtig observeerde. Misschien was ze de hints bij elkaar aan het optellen. En deze hint was alleen voor haar. Voor niemand anders. Het kostuum was een hint voor iedereen geweest.

Ze zette haar wijnglas aan de kant en stond op om naar het toilet te gaan. Ze vroeg naar haar tas en nam die met zich mee, wat ik vreemd vond, maar verder niet te lang over nadacht. Ik stond op van tafel en bedacht dat we in de woonkamer konden praten, dus ik wachtte op de bank op haar terwijl ik wat op mijn tablet zat te klooien. Het duurde lang, maar uiteindelijk kwam ze tevoorschijn. Ze dumpte haar tas bij de trap, liep mijn kant op en bleef voor me staan.

'Dus… Moet ik niet eens gaan?' vroeg ze aarzelend.

Ik maakte geen aanstalten op te staan. 'Geen idee. Moet je dat?'

'Nou, ik denk niet dat er iets gebeurt als ik zeg "Beam me up, Scotty",' zei ze, verwijzend naar *Star Trek* als Captain Kirk weer naar het ruimteschip getransporteerd wilde worden.

Ik klopte op het kussen naast me. 'Emilia, kunnen we alsjeblieft praten? Of wil je dat we blijven bungelen in… niemandsland?'

Ze liet zich naast me zakken, maar toen ze dat deed, wankelde ze een beetje, alsof ze aangeschoten was. Ze had maar een vol glas met wijn leeggedronken en een paar slokjes van het tweede glas. Ze zuchtte en wreef over haar voorhoofd. 'Denk je dat één gesprek gaat herstellen wat er mis is tussen ons?'

Mijn kaak verstrakte. 'Het is een begin.'

Ze liet zich achterover in de bank vallen en met een diepe zucht keek ze op naar het plafond. 'Maar waar moeten we in hemelsnaam beginnen?'

'Laten we beginnen met elkaar te vertellen wat we willen. Ik weet wat *ik* wil. En *jij?*'

Ze draaide haar hoofd mijn kant op en keek me lange tijd vanonder haar wimpers aan alvorens ze diep inademde. 'Ik weet niet wat ik wil.'

'Je wilt arts worden,' voerde ik aan in een poging behulpzaam te zijn.

Ze rolde haar hoofd terug en keek weer naar het plafond, nu met knipperende ogen. 'Ja... misschien.'

'Emilia, wat is er aan de hand? We gingen uit elkaar omdat jij naar Maryland wilde. Nu ga je *niet* naar Maryland en...'

Ze fronste, maar haar stem was nog steeds rustig toen ze sprak. 'We gingen uit elkaar omdat jij mijn vertrouwen had beschaamd en een of andere eikel had ingehuurd om een zender onder mijn auto te plaatsen. Omdat je me niet vertrouwt.'

Ik beet op mijn tong. Het had absoluut niets te maken met haar niet vertrouwen, maar alles met een constante angst binnenin me.

Zachtjes streelde ik haar wang. 'Mag ik je vragen dat achter je te laten? Me te vergeven?'

Haar ogen vielen dicht onder mijn aanraking en ze slikte. 'Ik heb je al vergeven. Maar ik vertrouw je nog steeds niet. We hebben grote problemen, jij en ik.'

Ik streek over haar haren. 'We zijn niet perfect. Maar ik vind dat we het waard zijn om voor te vechten.'

Loom vielen haar ogen weer dicht, voordat ze ze weer opende. 'Ik vind dat je knuffels het waard zijn om voor te vechten...' murmelde ze met een slaperige stem.

'Alleen mijn knuffels?' vroeg ik, enigszins geamuseerd.

'Het is een begin.' Ze leunde naar me toe en nestelde zich tegen mijn borstkas. Bijna automatisch gleden mijn armen om haar heen.

'Mmm,' bracht ze uit. 'Strakker.' En ik gehoorzaamde.

Dus hield ik haar vast tot ze in mijn armen in slaap doezelde. Ik kuste haar haren en keek naar de klok. Het was nog maar net na negen uur en ik begon me af te vragen hoe dat zat met die vreemde slaperigheid van haar. Ze had een glas wijn op, dus dat kon het hebben veroorzaakt. En – dankzij mij – had ze afgelopen nacht niet veel geslapen. Toch klopte het gewoon niet.

Ik verschoof haar een beetje zodat ze lekkerder lag en dat was het moment dat ik twee kleine blauwe plekken op haar linkerarm opmerkte. Ik hield haar arm omhoog en dacht eerst nog dat de ruige seks van gisteravond ze had veroorzaakt, maar deze leken nog nieuw. Ik keek nog eens beter en dacht zeker te weten dat ik naaldensporen aan de buitenkant van de plekken zag.

Ik verstijfde van schrik toen ik me herinnerde dat ze haar tas mee het toilet in had genomen... en daar een behoorlijke poos was geweest. Toen ze naar buiten was gekomen, had ze meer beneveld geleken dan je van één glas wijn kon zijn. Mijn hartslag sloeg op hol. *Fuck.*

Terwijl ik keek naar het witblonde hoofd dat tegen mijn borst lag, dacht ik aan die vreemde wens van gisteravond om haar shirt aan te houden, en de weerstand om zwemkleding aan te trekken. Ik verschoof haar tegen me aan en met een koude angst die door mijn strot trok, tilde ik de zoom van haar shirt ver genoeg omhoog om naar haar buik te kunnen kijken.

Hij was bedekt met oudere blauwe plekken. Sommige waren geel, wat erop wees dat ze er al weken zaten. Injectieplekken. Ik dacht aan haar verregaande belangstelling in Sabrina vandaag, haar verlangen om meer over haar te weten te komen. Emilia injecteerde duidelijk iets bij zichzelf. Was ze verslaafd? Wat de hel? Wanneer was *dit* gebeurd?

Met een duister, koud gevoel in mijn keel legde ik haar voorzichtig neer, zodat ik kon opstaan. Toen boog ik voorover en tilde haar in mijn armen. Ik zou haar niet helemaal alleen op de bank laten slapen. Ik droeg haar de trap op naar mijn kamer. Nadat ik haar zachtjes had neergelegd, trok ik haar schoenen uit, haalde haar mobiel uit haar zak en legde hem naast de mijne op het nachtkastje. Ze rolde zich op haar zij en ik legde een dekentje over haar heen. Morgen gingen we dit bespreken.

Maar voordat we dat gesprek zouden voeren, had ik informatie nodig en ik was wanhopig. Ik liep naar haar tas en staarde er lange tijd naar. Ik aarzelde voordat ik hem openmaakte. Als ze gebruikte dan had ze hulp nodig. Als ik haar kon helpen dan *moest* ik dat doen. Ik ademde diep in en ritste de tas open, terwijl ik me er ondertussen vaag van bewust was dat ze nog geen uur geleden had gezegd dat ze problemen had me te vertrouwen.

En toch, hier was ik, aan het graven in haar tas. Mijn handen trilden en ik kon het beeld van Bree maar niet uit mijn hoofd krijgen… Ik was dat jongetje weer, dat zag hoe zijn stervende zus op de stoep stond te wankelen. Ik wist dat ik haar nooit meer zou zien toen ik uit het raam van de bus staarde. Ik was machteloos, niet in staat haar te helpen, ongeacht hoe hard ik haar smeekte me dat te laten doen.

Dat ging niet weer gebeuren, verdomme. Dat stond ik *niet* toe. Niet bij Emilia. Ik kreeg geen adem toen mijn hand zich om een plastic doosje sloot, een naaldencontainer voor onderweg. Ik pakte het uit de tas en mijn mond viel open van ongeloof. Er zaten gebruikte spuiten in.

Fucking fuck. Mijn handen beefden toen ik de injectiespuiten naar mijn kantoor bracht om op Google naar de informatie op de labels te zoeken. Oxycodon, een krachtig opioïde dat als pijnstiller werd voorgeschreven, maar ook een van de meest misbruikte medicijnvoorschrijvingen in omloop. Dat is hoe het bij Bree was begonnen. Ze had een potje pijnstillers van Christina's moeder uit het medicijnkastje gegapt. Ook die had ze in mijn knuffelbeesten verstopt.

'Speciaal medicijn, alleen voor mij,' had ze gezegd. 'Adam, je raakt dit niet aan, oké? Daar word je ziek van. Het is alleen voor mij.'

En toen had ze een manier gevonden om aan meer te komen. In die tijd was ik te jong geweest om het me te realiseren. Ze had het recept keer op keer herhaald bij de apotheek en had beweerd dat het voor een zieke tante was. En toen er geen herhaalrecepten meer waren en geen potjes meer bijgevuld konden worden, was ze begonnen op te trekken met de ruige jongelui in de buurt. Ze waarschuwde me niet naar haar toe te komen als ze met hen was. Ze had geflirt en gelachen en zij hadden haar pakketjes met spul gegeven. Die had ze ook verstopt.

Ze nam de pillen nadat mam haar sloeg. Dan schreeuwden en krijsten ze tegen elkaar en ik verstopte me in mijn kamer en huilde, te bang om eruit te komen om haar te beschermen. Ik was tenslotte nog maar klein en zij een tiener. Maar als mam haar had geslagen, kwam ze daarna naar onze kamer, nam de pillen in en snikte in haar kussen terwijl ik deed alsof ik sliep.

Ik duwde mijn hoofd in mijn handen in een poging de pijn in te dammen. Holy shit.

Het gebeurde allemaal opnieuw.

Met een stalen vastberadenheid keerde ik terug naar haar tas en haalde hem compleet overhoop. Er waren nog twee injectiespuiten, voorgevuld en ongebruikt.

De puzzelstukjes begonnen nu in ieder geval op hun plek te vallen. Ze had afstand genomen omdat ze wist van mijn problemen met verslaving. Ze was geobsedeerd door Sabrina's verhaal vanwege de overeenkomsten met dat van haarzelf. Ze had zichzelf er niet toe kunnen zetten het me te vertellen vanwege haar angst voor mijn reactie.

Was ik boos? Fuck ja, dat was ik zeker. Maar ik stond net zozeer in de probleemoplossende modus. Uren later, voordat ik bij haar ging liggen, had ik per e-mail drie verschillende aanvragen voor een afkickprogramma verstuurd. Morgenochtend gingen we ervoor zitten. We zouden het oplossen. Ze zou hier blijven en ik ging haar ervan overtuigen dat dit was hoe we het gingen doen, zelfs als dat betekende dat we die interventie moesten houden waar Alex weken geleden een grap over had gemaakt.

Wist Heath hiervan? Ik was vastberaden ook met hem te praten. Ik keek naar de klok. Ver na elven. Te laat om te bellen. Ik ging morgenvroeg met hem praten.

Het zou moeilijk worden hier doorheen te komen. Uiteindelijk zou het *haar* gevecht worden, *haar* worsteling. Maar ik zou de best mogelijke hulp voor haar regelen. Ik was zelf door de twaalf stappen gegaan nadat ik me bewust was geworden van mijn werkverslaving. Ik had het programma alleen doorlopen, maar ik wist dat Emilia hulp nodig zou hebben. En ik zou er voor haar zijn.

Ik ging naast haar liggen en trok haar tegen me aan, zelf nog steeds in mijn kleren, maar zo uitgeput dat ik nauwelijks in staat was om nog na te denken. Ik viel in slaap bij het geluid van haar vredige ademhaling.

Uren later werd ik wakker van het gevoel van haar mond en handen op mijn blote borstkas. Ik lag op mijn rug, hield mijn ogen gesloten en genoot van de sensaties. Godzijdank was het niet slechts een droom. Emilia had mijn overhemd open geknoopt en kuste me overal. En ik was keihard en verlangde naar haar.

Ik bewoog me niet, benieuwd als ik was waar dit heen ging. Ik had haar vaker gewild sinds de laatste keer. En dit zag er veelbelovend uit. Een van haar handen gleed over mijn buik om zich om mijn stijve te sluiten. Ze streelde me door mijn spijkerbroek heen en ik liet een onwillekeurige kreun horen.

Ze hield niet op me aan te raken, maar haar hoofd kwam omhoog. 'Verdorie. Ik wilde je je eigen slaapgasme geven.'

Met moeite opende ik mijn ogen. Het was vroeg in de ochtend. De hemel zag nog lichtgrijs en ik kon haar net zien in het licht van het vroege ochtendgloren. Ze zag er voor mij nog steeds buitenaards uit met die roze-met-paars-gestreepte witte haren. Ik weerstond de neiging om mijn hand uit te steken en haar vast te grijpen om haar bovenop me te trekken. Ik wilde zo graag in haar zijn dat ik er bijna van trilde.

'Let maar niet op mij,' fluisterde ik met schorre stem. 'Ik doe gewoon net alsof ik slaap en jij kunt je gang gaan.' En hopelijk hield die gang onder andere in dat ze op me klom en me als een cowgirl bereed.

Ze maakte de knoop van mijn broek los en trok voorzichtig de rits naar beneden voordat ze aan mijn jeans trok. 'Waarom ben je met je kleren aan in slaap gevallen, gekkie?'

Ik tilde mijn heupen op en ze trok de broek uit. 'Daar kan ik geen antwoord op geven. Ik slaap, weet je nog?'

'O, ja. Jammer dat je dit dan moet missen.' Ze reikte in mijn boxershort en trok mijn stijve eruit. Haar hand schoof er fijntjes overheen. Ze kneep in de top en ik kreunde weer en nog geen tel later was haar hand vervangen door haar hete, natte mond.

'Fuck,' gromde ik toen haar lippen zich om me sloten. Haar tong streelde de meest gevoelige delen van mijn schacht. Ik kneep mijn ogen dicht en het enige wat ik kon was voelen. Ik moest me beheersen om haar hoofd niet te pakken en haar bewegingen te bepalen. Tegenwoordig kreeg ik maar zelden een pijpbeurt en het was volkomen te begrijpen dat het niet haar favoriete bezigheid was na wat ze had meegemaakt. Iedere keer was een cadeautje, in mijn ogen. Ik had dat nooit van haar verwacht. In het verleden had een kerel zich op die manier aan haar opgedrongen en alleen al het feit dat ze dit vrijwillig met me deed, vertelde me iets over haar vertrouwen in mij.

Ik slikte mijn schuldgevoel bij die gedachte weg. *Vertrouwen.* Ik was gisteravond door haar tas gegaan. Wat ik had gevonden…

Het was zo moeilijk om op dit moment ergens anders aan te denken, aangezien haar mond onbeschrijflijk fantastische dingen met me deed. Ze zoog, hard, terwijl ze haar mond over mijn pik liet gaan. Ze nam hem diep, dieper dan zo ooit tevoren had gedaan. Zo diep zelfs dat ik me – in mijn uitzinnige staat – half afvroeg of ze haar kokhalsreflex zou triggeren.

Ik verzamelde mijn kracht om m'n ogen te openen en naar haar te kijken. Haar ogen waren gesloten door concentratie terwijl ze verderging en haar hoofd op en neer bewoog. Haar bewegingen waren gecontroleerd, beheerst. Haar donkere wenkbrauwen kropen naar elkaar en haar prachtige, volle lippen krulden om mijn schacht. Ik kwam al bijna door alleen dat beeld.

Maar toen vlogen haar ogen open en haar blik haakte in de mijne. Ik kon niet wegkijken terwijl haar hoofd op en neer bleef gaan. Brandend genot verspreidde zich van mijn kruis naar mijn buik en door mijn benen. Het voelde zo fucking goed. Ik wilde niet dat ze stopte. Ik wilde dat ze me bleef afzuigen tot ik kwam. En ik wilde in haar mond komen, iets wat ik nog nooit eerder had gedaan.

Ik wilde haar zo graag dat ik half geneigd was haar niet te waarschuwen toen ik die bekende steek vlak onder mijn navel voelde. 'Emilia,' hijgde ik. 'Ik ga...' Ze stopte echter niet en mijn orgasme bouwde zich op tot de golf van heet genot die over me heen spoelde. Ik kneep mijn ogen dicht en kwam in haar mond.

Fuck, het voelde zo goed, zo heerlijk en intens dat het bijna pijnlijk was. Ze trok haar mond niet weg. En ik kwam nog steeds. En zij zoog nog steeds. O. Mijn. God. Ik dacht dat de kracht ervan mijn hoofd zou laten exploderen.

Minutenlang was ik verloren in de sensatie van een overweldigend genot, maar toen ik klaar was en haar mond nog steeds om me heen lag, opende ik mijn ogen en keek naar haar. Ik was er zeker van dat ze van het bed zou stappen en naar de wastafel zou gaan om het uit te spugen. Maar in plaats daarvan, haar mond nog steeds om me heen gesloten, zag ik haar keel bewegen. Ze slikte. Ze slikte alles in.

Ik sloot mijn ogen en liet mijn hoofd achterovervallen, zo ongelooflijk opgewonden dat ik alles alweer tot leven voelde komen. Langzaam trok ze haar mond weg en ze zou van het bed zijn gestapt, maar ik hield haar tegen, sloeg mijn arm om haar middel om te voorkomen dat ze wegging.

'Dat was zo verdomde sexy. Ik moet je nog een keer hebben,' gromde ik.

Ze hijgde. 'Je hebt me net gehad.'

'Nog een keer. En nog een keer. Want ik zal nooit genoeg hebben,' kreunde ik. 'Ik heb je nodig. Hier. Bij mij. Alsjeblieft.'

Ze verstilde. 'We moeten praten,' zei ze.

Ik nam een hap lucht en liet die langzaam weer gaan. Ze zou me over de drugs vertellen. Mooi. Het was beter als dit van haar kwam… Als zij degene was die erkende dat ze een probleem had.

Ze boog zich voorover om me te kussen en stond toen op om naar de wc te gaan. Ik bleef liggen en genoot na van het heerlijke gevoel. Ik keek op de klok. Het was zeven uur op een dinsdagochtend. Ik sloot mijn ogen en was al bijna diep in slaap toen ze uit de badkamer kwam en naast me in bed kroop.

Nu was ik degene die moest opstaan, maar een ding was zeker: als ik terugkwam naar mijn bed, kreeg zij haar eigen orgasme, op wat voor manier dan ook. Met die gedachte stond ik op en nam een douche. Misschien dat ze ondertussen in slaap zou vallen. Mijn tijd onder de douche bracht ik door met het bedenken van de meest heerlijke manieren om haar te wekken. Tegen de tijd dat ik vanonder de straal stapte, was ik door alleen al de stoute gedachten die door mijn hoofd gingen half hard. Eigenlijk was het verbazingwekkend dat we emotioneel gezien zo'n afstand van elkaar konden hebben en seksueel gezien toch dusdanig op één lijn zaten dat ik de gedachte aan haar lichaam maar niet uit mijn hoofd kon krijgen.

Al gauw, nadat we hadden gepraat, zouden we de emotionele kant ook oplossen. We zouden aanpakken wat er ook met haar aan de hand was en alles zou goed komen. Ze zou weer terug bij mij komen en het samen met mij het hoofd bieden, precies zoals we de hele tijd al hadden moeten doen.

Ik sloeg een handdoek om mijn heupen en verliet de badkamer terwijl ik mijn haar droogwreef. Tot mijn verbazing stond Emilia naast het bed, over haar tas heen gebogen. Ze trok zo'n beetje alles eruit, zoals ik gisteravond ook ongeveer had gedaan. Ze was duidelijk ergens naar op zoek. Ik zoog mijn longen vol en mijn maag zakte tot op de grond. Waarschijnlijk zocht ze een van de voorgevulde injectienaalden die voor mijn computer op mijn bureau lagen.

Nou, ze wilde praten. Dit was haar kans.

'Heb jij in mijn tas gezeten?' vroeg ze zonder op te kijken.

Ik aarzelde en haar vurige blik ontmoette de mijne. Ik ademde diep in. 'Ja.'

Ze schudde haar hoofd. 'Jij bent echt *ongelooflijk*,' zei ze met opeengeklemde kaken.

'Ik maak me zorgen om je. Ik zag de blauwe plekken op je armen en buik.'

Ze trok wit weg. 'Heb je mijn shirt uitgetrokken?'

'Ik zag de plekken op je armen... en de naaldenprikken. Ik wist heel goed wat het waren, dus ik keek om te zien of er blauwe plekken op je buik zaten. En ze zaten overal.'

Ze knipperde een paar keer met haar ogen en keerde zich toen weer naar haar tas om gehaast alles er weer in te stoppen.

'Ik wil die injectienaalden, verdomme. De lege ook. Ze zijn een chemisch gevaar.'

Ik moest bijna lachen om de ironie ervan. Alleen een toekomstige arts zou tegelijkertijd gebruiken en zich om zoiets druk maken.

'Emilia, je hebt een probleem. We moeten hierover praten.'

'Nee. *Jij* hebt een fucking probleem. Je kunt je er verdomme gewoon. Niet. Buiten. Houden.' Met die woorden trok ze met een ruk de rits van de tas dicht. Tranen liepen over haar wangen.

'Ik maak me zorgen om je.'

Boos veegde ze over haar ogen. 'Dat is wat je beweert.'

'Ik lieg niet. Maar dit gaat niet over mij, dit gaat over jou. Je gebruikt.'

'Nee. Ik gebruik geen drugs. Breng me nu naar huis. *Nu.*'

Ik vouwde mijn armen voor mijn borst over elkaar. 'We moeten praten.'

Ze schudde haar hoofd. 'Ik ben *klaar* met praten. Je en ik zijn *klaar.* Je zult me nooit vertrouwen en ik zal jou *nooit* vertrouwen.' Haar stem brak met een snik.

'Emilia...'

'Nee! Breng me naar huis, Adam.'

Ik bewoog niet en zei geen woord.

Zachtjes mompelend zwaaide ze haar tas over haar schouder en banjerde de trap af naar de voordeur.

Ik volgde haar op de voet. 'Wat ga je doen?'

'Lopen.'

'Het is vijfentwintig kilometer.'

'Ik heb de beweging nodig.'

'Emilia, stop.'

Ze bleef doorlopen.

'Ik breng je wel,' gaf ik eindelijk toe. Naast elkaar beenden we over het eiland. Het was een prachtige ochtend, de zon scheen, er waaide een koel windje. Ik snoof de doordringende, aardse geur van de Back Bay en het pas gemaaide gras op, terwijl mijn hoofd overuren maakte om te bedenken wat ik moest zeggen. Ik volgde haar naar de parkeergarage, waar de frisse buitenlucht werd vervangen door de geur van uitlaatgassen en oude olie. Ik slikte en wierp een blik in haar richting. Had ik het compleet verpest? Zou ze nu mijn hulp afslaan, als ik die aanbood? Ik kon het haar niet opdringen.

Maar er viel niets te zeggen. De hele tijd liep ze over haar mobiel heen gebogen, verwoed aan het appen. Ik veronderstelde dat ze Heath op de hoogte bracht van alles. Toen we de parkeerplaats op reden, stond Heath te wachten, zijn armen voor zijn borst over elkaar geslagen als een uitsmijter die klaar stond voor een knokpartij. Emilia was de auto al bijna uit voordat die stilstond en Heath kwam voor me staan terwijl zij de benen nam,

'Emilia...' begon ik.

Ze draaide zich naar me om, haar ogen rood. 'Dag, Adam.' Toen vluchtte ze het appartement in.

Ik wendde me tot Heath, die me met medelijden op zijn gezicht aankeek. Het maakte me boos. Ik balde mijn vuisten. 'Laat me naar haar toe gaan.'

'Ze wil niet praten.'

'Ik heb het verkloot, oké?'

'Yep. *Alweer.*' Hij knikte.

'Ik denk dat ze aan de drugs is,' flapte ik eruit. Alsof die wetenschap me langs hem heen zou krijgen.

Heath's wenkbrauwen schoten omhoog. 'Waarom denk je dat?'

'Omdat er tekenen zijn. De verandering in haar uiterlijk, het gedrag. Ik heb injectienaalden gevonden...'

Heath schudde zijn hoofd. 'Omdat je in haar tas hebt gezeten.'

Ik vloekte, haalde een hand door mijn haar en keek weg. 'Ik zag de naaldensporen op haar arm! Wat de fuck had ik dan moeten doen?'

'Ze gebruikt geen drugs. Oké? Geloof me. Dat is niet wat dit is.'

'Wat de fuck is het dan *wel*?'

Zijn blik werd ijzig. 'Het is niet aan mij om je dat te vertellen. Ze wilde vandaag met je praten, maar je hebt het verknald. Ze vertrouwt je niet, net zomin als dat jij haar vertrouwt. Je blijft het maar verneuken.'

Ik uitte een gefrustreerde zucht. 'Zeg me wat ik moet doen. Ik moet het goedmaken met haar.'

'Hou je gedeisd. Blijf een poosje uit haar buurt. Als je je kop uit het zand trekt, komt ze wel naar jou.'

Wederom balde ik mijn vuisten, woede trok door me heen. Ik wilde naar hem uithalen. 'Dat zei je hiervoor ook.'

'En ze kwam, of niet dan? Ze kwam naar je toe, maar je hebt het verknald, man.'

Het was moeilijk om te horen. Moeilijk te accepteren, maar hij had gelijk. 'Prima. Maar jij belooft me...'

'Ik zal voor haar zorgen. Ik *zorg* al voor haar.'

Ik schudde mijn hoofd. 'Dat is *mijn* taak.'

Hij keek verbitterd. 'Ja, *inderdaad*.'

Lange tijd staarden we elkaar aan.

Ik sloeg mijn blik neer en schudde mijn hoofd. Weer had ik haar vertrouwen beschaamd. Het had geen zin om uit te leggen dat ik het deed in een moment van uiterste paniek. Dat ik Bree maar niet uit mijn hoofd kon krijgen. Ik nam een diepe, pijnlijke hap lucht. 'Ik ben een fucking idioot.'

Oprechte sympathie verscheen op Heath's gezicht. Hij legde een hand op mijn schouder. 'Ik heb het volste vertrouwen dat je het wel zult leren. Maar je moet haar voor nu met rust laten.'

Ik haatte wat hij te zeggen had en ik was er niet zeker van dat hij gelijk had. Die blik van verraad in haar ogen toen ze zich van me had afgedraaid. De manier waarop ze 'dag' had gezegd had zo definitief geklonken. Fuck.

Met een houterige beweging stapte ik terug mijn auto in en verliet de parkeerplaats om terug naar Newport Beach te scheuren.

HOOFDSTUK ACHTTIEN

Allebei boden we aan het volgende weekend met Thanksgiving weg te blijven, wat die onvermijdelijke ongemakkelijkheid vermeed. Zowel Peter als Kim spraken hun teleurstelling uit. Peter belde me op en maakte me duidelijk dat dit onder geen beding met Kerst zou gebeuren.

'Ik kan je niets beloven, Peter.'

'We zijn je familie, Adam. Je *enige* familie.'

Ik zuchtte. 'Ik weet alleen wat *ik* kan doen. Ik weet niet waar bij haar de grens ligt.'

'In alle eerlijkheid moet ik je wel vertellen dat het serieus is tussen Kim en mij. Ik weet dat dat voor jullie tweeën op het moment niet het meest geweldige nieuws is.'

'Nee, dat klopt. Maar we zijn volwassenen. We zullen ermee moeten leren omgaan.'

Peter zuchtte. 'Kim maakt zich erg veel zorgen over Mia.'

Dan was ze niet de enige. 'Zeg haar dat ze dan met Heath moet praten, want ik weet geen ruk.'

***

December begon met zomers weer in Zuid-Californië, terwijl de rest van het land was ondergedompeld in een vreselijke kou. Ik werd op de hoogte gesteld van het feit dat er een schikking op handen was en dat ik, als onderdeel van de overeenkomst, verplicht was de familie te ontmoeten van de jongeman die de misdaden had gepleegd.

Ik was absoluut niet blij met deze nieuwe ontwikkeling en Jordan moest pleiten, me overhalen en vleien om me zover te krijgen.

'Man, ik sta de hele tijd aan je zijde. We doen het samen.'

Mijn vuisten balden samen en ontspanden zich weer naast mijn lijf. 'Heb ik een fucking keus? Ergens in?'

'We kunnen kijken of Joseph met die verzekeringslui overeen kan komen dat eruit te halen, maar... Als de familie merkt dat jij op wat voor manier dan ook strijdlustig bent, kunnen ze hun hakken in het zand zetten, het misschien zelfs als een manier zien om meer geld te krijgen. Dan heb je pas echt de verzekeringsmaatschappij op je nek.'

Ik haalde diep adem en blies uit. 'Ik heb geen idee wat ik tegen die mensen moet zeggen. Dit betekent dat ik een half uur lang in een vergaderruimte moet zitten luisteren naar hoe zij me vertellen waarom ik het kind van de duivel ben, die hun onschuldige zoon heeft vernietigd.'

'Adam... *jij* weet dat die shit niet waar is. *Ik* weet dat die shit niet waar is. Soms moeten we in het leven gewoon... slikken, weet je?'

Ik duwde mijn handpalmen tegen mijn ogen. Ik voelde me ellendig. Het deed echt pijn om te moeten meewerken aan de aanname dat ik schuldig was aan het verspreiden van een verslavend middel als virtuele drugs. Het was *persoonlijk* voor me, verdomme.

En daar kwam nog bij dat ik Emilia niet uit mijn hoofd kon krijgen. Het was meer dan een week geleden dat ik haar had gezien en nu zou ik door deze nieuwe ontwikkelingen bijna drie weken lang de staat uit zijn. Ik had zaken te doen in Chicago, en dat stond al maandenlang gepland. Dan deze trip naar New York voor het papierwerk van de verzekeringsschikking en de ontmoeting met de familie. Dan door naar Washington, DC, waar ik was gedagvaard om te verschijnen bij een hoorzitting in het congres over de verslavende effecten van online computerspelen.

Na de geweldige roes van DracoCon en het samenzijn met Emilia voor die korte, voornamelijk gelukkige vierentwintig uur, voelde ik me nu alsof ik was neergestort en in de fik gevlogen.

Aangezien ik een vroege vlucht had de volgende ochtend koos ik er voor Emilia een appje te sturen met betrekking tot de kwestie rondom kerstmis. Het was goed mogelijk dat ik niet op tijd terug zou zijn om het met mijn familie te vieren, maar als dat wel het geval was, zou er geen tijd zijn om met haar tot een wapenstilstand te komen die tegemoet zou komen aan mijn oom en Kims verlangen om het gezamenlijk te vieren. Zoals ik hem had beloofd, we zouden er als volwassenen mee om gaan.

Ik appte haar en vroeg na het werk met me af te spreken in een nabijgelegen café. Het duurde een half uur voordat ze reageerde.

Waar gaat het over?

Fuck. Serieus? Gingen we zo doen?

Het gaat over wat we met kerst gaan doen. Ik denk dat je moeder het al ter sprake heeft gebracht?

Ik wachtte nog eens tien minuten en zat net een lange, saaie e-mail te typen toen mijn mobiel zoemde.

Ik zie je om zes uur bij Carlos Café.

Ze was er, zat achterin het café in een zitje toen ik arriveerde. Ik liep door de zaak toen ze opkeek van haar telefoon en me observeerde. Er lag geen glimlach op haar gezicht.

En ze zag er vreselijk uit. Ik had haar meer dan een week niet gezien en ze zag er… anders uit. Om te beginnen had ze vreemde kleren aan. Een soort trui-jurk met lange mouwen en een legging. Ze zag eruit als een schoolmeisje met nog steeds die belachelijke witte haren, haar donkere wenkbrauwen en grote bruine ogen. Ze zag bleek en ze had donkere kringen onder haar ogen.

Ondanks dat, leek alles op te lichten toen ik haar zag, in mijn eigen hoofd althans. Ik had me niet gerealiseerd hoezeer ik me erop had verheugd haar weer te zien en hoe erg ik haar had gemist, want ik had mezelf niet toegestaan erin te blijven zwelgen. Ik had mezelf in mijn werk begraven.

'Hoi,' zei ik. Ik pakte een menukaart en keek erin.

'Hoi,' zei ze zachtjes terwijl ze haar mobiel opzij legde en naar me opkeek.

'Hoe gaat het?'

Ze haalde haar schouders op. Ik wachtte. Dat was, blijkbaar, het enige antwoord dat ik kreeg.

De serveerster kwam en ik bestelde mijn favoriet: twee taco's met gegrild vlees. Emilia bestelde een 7Up.

'Heb je geen honger?' vroeg ik.

Ze leek zelfs nog bleker te worden door alleen al het noemen van eten. 'Niet echt.'

Ik spande mijn kaak aan, ontspande hem toen en fronste. Op dat moment trok er een pijnscheut dwars door mijn linkeroog. Ik duwde mijn vinger tegen mijn voorhoofd, vlak boven mijn oog en probeerde er doorheen te duwen, het te negeren.

Ze bestudeerde me. 'Alles oké?'

'Ja, prima. Waarom eet je niets?'

Weer haalde ze haar schouders op. 'Ik heb geen zin om iets te eten.'

Toen de serveerster terugkwam met onze drankjes bestelde ik een kom soep voor Emilia. Ze keek nors, maar protesteerde niet.

'Dus... waar wilde je het over hebben?'

'Dat zei ik al in mijn appje. Ik heb Peter beloofd dat we zouden overleggen over kerstmis. Jij en ik zullen een manier moeten zien te vinden om met elkaar om te gaan met kerst, want ze hebben ons allebei al verteld dat ze het samen willen vieren. En ongeacht wat wij daar ook van mogen vinden, ik ga mijn familie met de feestdagen niet vermijden vanwege jou.'

Ze rolde met haar ogen. 'Ik kan gewoon niet gaan. Dan is het makkelijk.'

Ik verstijfde. 'Ik ben ook niet van plan een gigantische vrachtlading shit van je moeder of Liam over me heen te laten krijgen, omdat ik de schuld krijg dat jij er niet bent.'

Ze stampte een paar keer met haar rietje in haar limonade en trok een schouder op. 'Het is pas over meer dan drie weken kerst. Waarom hebben we het hier nu al over?'

'Omdat ik een poosje weg ben en ik mijn best moet doen om op tijd terug te zijn.'

Haar hand bevroor. 'Weg? Als in... Waarheen?'

Ik wreef weer over mijn voorhoofd. De hoofdpijn begon erger te worden bij mijn slapen. 'Naar het oosten. Rechtszaak gedoe...'

'En de hoorzitting van het congres? Zetten ze dat door? Ik dacht dat het alleen geruchten op de blogs waren.'

Ik zuchtte. 'Nope, blijkbaar niet. Iemand had een goede primeur. Sorry dat jij dat niet was.'

In gedachten verzonken perste ze haar lippen op elkaar. 'Die primeur maakt me geen ruk uit. Je... je redt je toch wel?'

Ik staarde haar lange tijd in stilte aan en knikte toen. 'Ik overleef het wel. Hoe zit het met jou? Blijkbaar ben je gestopt met eten...'

Haar blik ontweek de mijne. Ik keek om me heen en schoof een luchtkussenenvelop naar haar toe. Ze keek me met een vragende blik in haar ogen aan.

'Het is het medicijn dat je bij mij thuis liet liggen. Ik heb de lege naalden op de juiste manier weggegooid.'

Zonder een woord stak ze de envelop in haar rugtas. Toen zat ze stilletjes met haar handen te friemelen. Dit was mijn gebaar, om haar te laten zien dat ik haar vertrouwde. Ik wilde haar laten zien dat ik haar vertrouwde als ze zei dat ze geen drugs gebruikte. Het had me heel wat uurtjes gekost om te beslissen wat ik zou doen. Uiteindelijk overhandigde ik ze terug aan haar met een ijzige angst achterin mijn strot en gaf ik het kleine beetje controle dat ik had op om iets aan haar te bewijzen.

'Ben je… Wil je praten?' vroeg ik en ik schraapte mijn keel.

Ze keek op, recht in mijn ogen en ik voelde een steek van iets. Die pijnlijke prik van een constant gemis van haar. Ze keek me met haar grote ogen aan en schudde toen haar hoofd.

'Emilia…' Ik reikte mijn hand over de tafel en bedekte er een van haar met de mijne. Hij voelde zacht, koel onder mijn aanraking. 'Als je iets nodig hebt. Hulp met wat dan ook. Je weet dat je dan naar me toe kan komen, toch?'

Ze wendde haar blik af en knipperde. Na een lang, gespannen moment schudde ze haar hoofd. 'We zouden het over de kerstdagen hebben,' zei ze met een klein stemmetje.

Langzaam, o zo langzaam, trok ik mijn hand terug. Ik wreef met een vinger over mijn onderlip. 'We kunnen die niet voor hen verpesten,' zei ik. 'We moeten ons omwille van hen als volwassenen gedragen. God weet dat ze allebei wat geluk in hun levens verdienen en wie zijn wij om te bepalen dat het voor hun niet werkt, alleen maar omdat *wij* samen een ramp blijken te zijn?'

Haar donkere wenkbrauwen fronsten zich en het leek bijna alsof ze emotioneel ging worden, maar ze knikte. 'Je hebt gelijk,' stemde ze in. 'Het is niet eerlijk tegenover hen. Ze verdienen het om gelukkig te zijn. Mam verdient het om iemand te hebben.'

Wij ook. Mijn keel trok strak samen. Ik kon zelfs niet slikken.

Toen het eten kwam, dipte Emilia een stukje brood in haar soep en at het langzaam op. Ik hield haar in de gaten terwijl ik mijn taco verslond.

'Dus…' begon ik toen ik me ineens ongemakkelijk begon te voelen.

Ze slikte haar met soep doordrenkte stuk brood door en keek naar me op.

'Ga je die *Doctor Who* kerstspecial met iemand meepikken?'

Haar kaak verstrakte. 'Nee. Waarschijnlijk kijk ik hem alleen.'

Ik fronste. 'Zelfs niet met Alex en Jenna?'

'Jenna gaat naar huis in de kerstvakantie. Alex zal druk zijn met familiedingen.'

'Als je wil... kun je hem bij mij in mijn filmkamer komen kijken.'

Haar gezicht werd uitdrukkingsloos. 'Adam, ik denk niet dat dat een goed idee is. Zet me niet onder druk, oké? Ik kwam hier om het met je over de kerstdagen te hebben...'

Van frustratie balde mijn hand op tafel zich tot een vuist. 'We zijn klaar over de kerst. Ik wil het over *jou* hebben.'

Ze pakte haar servet en veegde haar mond af. 'Ik moet gaan.'

Een nieuwe pijnscheut trok zo plotseling door mijn hoofd dat ik naar adem hapte en mijn hand tegen mijn slaap drukte.

'Heb je hoofdpijn?'

Ik wierp haar een blik toe. 'Kan jou dat wat schelen?'

'Natuurlijk.'

'Praat met me, Emilia.'

In plaats daarvan pakte ze haar tas en stond op. '*Alsjeblieft*, Adam. Ik zie je met de kerstdagen, oké? Ik beloof dat ik me perfect volwassen zal gedragen.'

Ik keek haar na toen ze de deur uit liep. Misschien zou ik die irritante, blonde stagiaire meenemen. Eens kijken hoe volwassen ze zich *dan* zou gedragen.

Ik liet mijn hoofd in mijn handen zakken. Mijn bord was nog maar voor de helft leeggegeten. Dat vreselijke gevoel van hulpeloosheid spoelde over me heen. Ik sloot mijn ogen en in plaats van Emilia zag ik Bree voor me…

'Ga terug de bus in, Adam! Je hoort hier niet.'

Ik trek aan haar mouw, sleur haar met me mee. 'Je moet met me meekomen. Dat moet! Ik ga niet weg totdat je meegaat.'

Ik ben zo onvermurwbaar. Ik stamp met mijn voet, vouw mijn armen over elkaar.

'Nee!' krijst ze. Mensen om ons heen draaien zich om en gapen ons aan. Ze klauwt als een gestoord wijf met haar handen door de lucht. 'Je moet weg! Dit is niet de juiste plek voor jou. Je blijft hier niet.'

'Kom met me mee!'

Haar ogen zijn leeg, gekweld. 'Dat kan niet. Ik kan niet terug. Ik ben niet zo sterk als jij.'

Ik klem mijn armen om haar heen en begin te huilen. 'Alsjeblieft. Je bent de enige in de wereld waar ik om geef, Bree. Kom alsjeblieft terug.'

Ze duwt me terug de bus in, maar ik ben koppig. Ik laat mijn rugzak vallen, glip onder haar armen door en stap er weer uit. Ze schreeuwt weer, tranen op haar wangen.'

'Ik maak mezelf van kant, Adam. Als je niet in die bus stapt, ga ik midden op de weg liggen tot er iemand over me heen rijdt.'

Ze grijpt mijn rugzak beet en haalt naar me uit. Haar bleke wangen blozen van het eerste spoortje kleur in dagen sinds ik bij haar ben.

Ik huil. Snik. 'Bree!'

Maar de buschauffeur trekt me terug de bus in en duwt me op een stoel. Zijn handen zijn niet zachtaardig en hij gromt een waarschuwing naar me dat hij bijna vertrekt en als ik één stap uit de bus zet, laat hij me alleen achter in het centrum van Seattle.

Het enige wat ik kan doen is mijn natte wang tegen het raam duwen. Ik snik zo hard dat ik me niet kan bewegen. Ik kan bijna mijn volgende ademhaling niet binnenkrijgen. Ik begin te hikken en er komt weer zo'n vreselijke hoofdpijn op, waardoor het lijkt alsof iemand mijn hoofd open hakt.

Minuten later trekt de bus op. Zij staat naar me te kijken, evenwichtig op de stoep, terwijl ze eruitziet als een schim in die enorme, slecht passende jas. Haar wangen bleek en hol. Ze gaat dood. Zelfs nu weet ik dat al.

En dit zou de laatste keer zijn dat ik haar zou zien.

Die avond lig ik in bed naar het donkere plafond te staren, overspoeld door datzelfde waardeloze gevoel van machteloosheid. Net als Bree duwde Emilia me weg, dwong me haar met rust te laten. En er was niets wat ik eraan kon doen.

***

Bijna een week later zat ik buiten de vergaderzaal in het kantoor van mijn aansprakelijkheidsverzekeringsmaatschappij, te wachten tot de gevreesde ontmoeting met de families van de slachtoffers van Tom Olmquists schietpartij plaatsvond. Ik trilde bijna van nerveuze, rauwe energie. De acht kilometer die ik vanochtend op de loopband had gelopen, had niets gedaan om dat te verminderen.

Mijn hand spande zich woedend langs mijn zijde terwijl ik in het niets staarde en Jordan op de stoel naast me ging zitten. 'Dus...' begon hij.

Ik schudde mijn hoofd. Ik was niet in de stemming voor zijn slappe gelul.

'Ik ga met je mee, man, ik sta aan je zij. Denk aan wat Joseph ons heeft opgedragen: geen schuld bekennen. We uiten onze oprechte condoleances voor hun vreselijke verlies en de afschuwelijke tragedie, bla, bla, bla.'

Ik schudde mijn hoofd weer en tikte met mijn voet. 'Dit is mooi klote. Echt. Ik ga daar naar binnen en het is net alsof ik toegeef dat ik een virtuele drugsdealer ben.'

'Nee, man. Het is gewoon… *Zij* hebben een punt en *wij* hebben een punt. We hebben allebei onze eigen moraal. Het is net als met de paintballveldslag tegen de Bliz. Ze veegden de vloer met ons aan met Koning van de Berg. Wij veegden de vloer met hen aan met Vlag veroveren. Uiteindelijk riepen we het uit tot gelijkspel.'

Ik kneep mijn ogen tot spleetjes en keek naar hem. 'Vergelijk je dit nu met een paintballspelletje?'

'Waarom niet? Het is net zo'n goede vergelijking als iedere andere. Als we niet bereid zijn tot het uitroepen van gelijkspel, dan sleept dit nog jaren en jaren door en schaadt het uiteindelijk iedereen die er mee gemoeid is des te meer.'

Daar dacht ik even over na. Ik wreef over mijn kaak. Hij had een punt, al had ik liever dat dat niet het geval was geweest.

Een paar minuten later werden we een vergaderruimte binnen geleid waar drie mensen zaten. Het echtpaar herkende ik direct als Tom Olmquists ouders, door de nieuwsuitzending. De derde persoon, een vrouw begin veertig, werd voorgesteld als de moeder van Toms vriendin, Evy. Er hing een sombere, zware sfeer. Ze rouwden nog steeds, uiteraard, aangezien het verlies van hun dierbaren nog zo recent was.

Ik voelde hun beschuldigende blikken op me rusten, dus ik probeerde niet naar hen te kijken toen ik mijn 'dek je reet in' verklaring voorlas, die was geschreven en aangepast door mijn advocaat en de raadsman van de verzekeringsmaatschappij. Ik legde het blad opzij en vlocht mijn vingers op de tafel voor me ineen toen ik klaar was.

'Sta me toe u op dit punt mijn zeer... persoonlijke condoleances aan te bieden. Ik weet dat dit heel zwaar voor u moet zijn.'

Toms vader, meneer Olmquist, sprak als eerst. Hij had me de hele tijd dat ik mijn verklaring had voorgelezen nors aangekeken en nu, gezien de vuist die hij op de tafel balde, zag ik dat hij klaar was voor de aanval. 'Zeg eens eerlijk, wat weet jij ervan hoe zwaar dit is? Je bent zelf nog een kind. Je bent nog geen, wat, vier of vijf jaar ouder dan Tom? Je hebt je hele leven achter een computer gezeten om games te programmeren. Wat weet jij van rouw, van dit soort verlies? Van de verschrikking om iemand van wie je houdt te zien afglijden tot een schaduw van zichzelf terwijl hij zich terugtrekt uit de echte wereld?'

Ik slikte toen ik door iets werd gegrepen, een gevoel dat ik niet precies kon beschrijven. Zenuwen, boosheid, frustratie. Deze man, die niets over mij wist, niets van wat ik had meegemaakt, oordeelde over me. Jordan legde zijn hand op mijn elleboog toen hij mijn lichaamstaal zag.

Ik ontspande mijn kaak. 'Meneer, het spijt me dat u er zo over denkt. Uw verlies spijt me oprecht...'

'Maar je hebt *geen* spijt van de miljoenen die je hebt verdiend met het uitbrengen van een verslavende en destructieve game voor kinderen die net zo jong zijn als jij, en jonger. Een game die levens ruïneert voordat ze zelfs maar zijn begonnen. Je rijdt rond in je limo, gebruikt je gelikte gadgets. Je hebt geen enkel geweten over de ravage die je aanricht in de levens van andere mensen. Het draait bij jou alleen maar om die almachtige dollars.'

Ik liet me achterovervallen en had het gevoel alsof hij me net had neer geknuppeld. Ik ontspande mijn handen, die tot vuisten waren geklemd. We staarden elkaar lang en verhit aan. Ik ademde diep in en liet de lucht langzaam ontsnappen in een poging niet aan mijn eigen boosheid toe te geven. 'Met alle respect, meneer Olmquist, ik mag dan misschien jong zijn. Ik ben misschien slechts zes jaar ouder dan uw zoon, maar ik weet wel het een en ander over verslaving en gebruik. En ik weet hoe het is om te lijden doordat iemand die je na staat verslaafd is. Mijn moeder is een alcoholist. Vanwege dat feit raak ik zelf zelden sterke drank aan, bang als ik ben om hetzelfde probleem te ontwikkelen...'

Hij zei niets, gelukkig, en bleef me slechts met kille ogen aankijken. De vrouw naast hem, Toms moeder, depte met een tissue haar ogen droog. Ik staarde naar mijn ineengevouwen handen. 'Maar zij is niet degene die me kennis heeft laten maken met de rauwe pijn en machteloosheid, veroorzaakt door het houden van een verslaafde.' Mijn stem verstrakte door emoties en Jordan verschoof aan mijn zij. Misschien probeerde hij mijn aandacht te trekken, zodat ik mijn mond zou houden. Maar iets in me zei me dat het tijd was om dit geheim nu los te laten. Want door het zo dichtbij te houden, zo diep binnenin me, beschadigde het me alleen maar en sloot ik iedereen buiten.

Ik schraapte mijn keel en slikte. 'Ik heb... *had* een oudere zus. Ze was zeven jaar ouder dan ik en vanwege onze thuissituatie was ze als een moeder voor me. Ze begon met het gebruiken van drugs toen ze dertien was.'

Evy's moeder ademde scherp in. Ik zette door. 'Tegen de tijd dat ze vijftien was, liep ze weg en liet mij achter. Ze leefde op straat, een slaaf van haar verslaving. Dus, om op uw opmerking te reageren, meneer Olmquist, ik weet wel *degelijk* hoe het is. Heel goed zelfs. En het spijt me dat u dat heeft moeten meemaken. Het spijt me dat u uw zoon ziek heeft zien worden. Want ik weet...' Ik stopte, wachtte, schraapte mijn keel. Waarom was dit zo makkelijk en moeilijk tegelijk? Ik sprak over dingen waar ik *nooit* over sprak. Zelfs niet met de mensen die het dichtst bij me stonden. Jordan, bijvoorbeeld, hoorde dit voor de allereerste keer. Hij had geen fucking idee dat ik een zus had gehad. Hij zat aan mijn zij, volkomen stil. Ik durfde niet naar hem te kijken uit angst medelijden in zijn ogen te lezen.

Haperend ademde ik in. 'Ik ken dat gevoel van machteloosheid. Die strijd ertegen. Steeds alles opnieuw overdenken. Ik heb dat *geleefd* de afgelopen dertien jaar, sinds ze stierf. Had ik maar geweigerd op die bus te stappen. Had ik maar geweigerd haar achter te laten. Was ik maar wat ouder geweest, in staat geweest voor haar te zorgen als een man in plaats van het jongetje dat ik was...' Ik zoog bevend mijn longen vol en zei verder niets.

Meneer Olmquist leunde achterover en staarde me aan. Zijn mond hing open. Mevrouw Olmquist huilde openlijk en Evy's moeder veegde haar tranen af met haar hand. Ik maakte mijn blik niet los van de man voor me. 'Ik weet dat verslaving verslaving is, of het nu alcohol of eten of gokken of zelfs een computergame is. Iemand met die neiging in zich wordt onherroepelijk naar zijn gif van keuze getrokken en tenzij hij hulp voor zichzelf wil zoeken, zijn degenen die van hem houden hulpeloos het te stoppen. Mijn hoop voor u – voor u allemaal – is dat u niet doet wat ik heb gedaan. Leef uw leven niet vanuit spijt, met de verborgen schaamte van het niet hebben kunnen veranderen wat u onmogelijk kon veranderen.'

Niet lang daarna kwam de ontmoeting tot een eind. Meneer Olmquist en ik waren in staat elkaar de hand te schudden, al keken we elkaar niet echt recht in de ogen.

Toen ze waren vertrokken, draaide Jordan zich naar mij en bekeek me aandachtig. 'Gast, ik moet het vragen… Je hebt al die shit toch niet verzonnen om jezelf vrij te pleiten, of wel?'

Ik keek hem aan of hij zojuist in het Klingon tegen me had gebrabbeld. 'Wauw, je hebt me wel hoog zitten, of niet?'

Hij snoof en werd toen serieus. 'Nee, het is gewoon… Nou, dat was behoorlijk heftige shit. Ik… ik had echt geen idee.'

Ik wilde het wegwuiven. De ongerustheid afwimpelen, want die gaf me een ongemakkelijk gevoel, alsof ik zijn medeleven niet verdiende. In plaats daarvan accepteerde ik het. 'Ik praat nooit over die shit. En ik denk dat dat een grote fout was.'

Hij bestudeerde me aandachtig en knikte.

Ik wendde mijn blik af en wreef over mijn kaak. 'Ik denk dat dat was wat ze me probeerde te vertellen,' mompelde ik.

Jordan was even stil. 'Mia?'

Ik knikte. Ze zei dat het verlies van Bree me had gevormd en ze had gelijk. Ik had die verborgen schaamte over mijn machteloosheid dicht bij mijn ziel gehouden. Ik had het als een pantser gebruikt om iedereen op afstand te houden, vooral haar. Ik had de angst voor verlies gebruikt om roekeloos te worden. Haar te kwetsen.

Het enige wat ik op dat moment kon denken, was hoezeer ze gelijk had over mij. Hoe zij me beter dan wie dan ook kende, in mijn ziel had gekeken, het slechtste van me had gezien en nooit had weggekeken, niet tot mijn eigen woeste angst me ertoe had gedreven haar weg te jagen.

De emotie die in mijn keel opkwam, moeste van mijn gezicht af te lezen zijn, want Jordan verontschuldigde zichzelf, waarschijnlijk om me een moment te geven mezelf bijeen te rapen.

Die avond, toen ik terugkwam in mijn hotelkamer, moest ik mijn spullen inpakken voor het volgende deel van mijn reis, de korte vlucht naar Washington DC de volgende ochtend. Maar voordat ik mijn bed in dook, pakte ik mijn mobiel en staarde ernaar. Het was middernacht aan de oostkust, maar in Californië nog maar negen uur in de avond. Ik wilde haar bellen. Moest haar stem horen. Mijn vinger hing boven haar nummer, maar ik deed het niet. Ik kon niet het risico lopen dat ze niet zou opnemen. Ik voelde me te gevoelig, te emotioneel om me vanavond zo kwetsbaar op te stellen.

Hé. Wilde je even laten weten dat ik aan je denk. xoooooo (alle o's zijn strakke knuffels)

Mijn duim hing boven de 'verstuur' knop.

Ze zou haar ogen waarschijnlijk niet geloven. We wisselden zelden van die mierzoete berichtjes uit. Onze appjes waren normaal gesproken enkel functioneel. We spreken hier af. Ik zie je daar, enzovoort. Het intieme spul bewaarden we voor dichtbij en persoonlijk contact, precies zoals wij het wilden. Met een diepe zucht wiste ik de tekst voordat ik hem kon versturen. Ik probeerde de drukkende pijn op mijn borst te negeren. Nadat ik mijn telefoon opzij had gegooid, ging ik in bed liggen en lag uren wakker.

Ik begon te geloven dat ik enigszins in begon te begrijpen hoe ik met haar verder moest. Dat moment van openbaring, door wat Jordan had gezegd – dat je soms moest toegeven om een eind te maken aan een lange strijd die alleen maar meer leed veroorzaakte – bleef bij me. Alsof het misschien een aanwijzing was voor hoe ik met deze situatie met Emilia moest omgaan, als ik maar kon uitvogelen hoe ik die daarop moest toepassen. Ik had advies van *The Art of War*, dat in dezelfde richting wees, overwogen en vervolgens naast me neergelegd. *De generaal die doorzet zonder roem te begeren en zich terugtrekt zonder zich te schamen, wiens enige doel is zijn land te beschermen en goede dienst te bewijzen... is het kroonjuweel van het koninkrijk.*

Ik was bereid me over te geven, eindelijk. Ik was bereid dit in haar handen te leggen. Ik had geen idee wanneer ik de kans zou krijgen het te doen en of ik te laat was. Alles lag zo buiten mijn bereik, was zo'n chaos… en zo onzeker.

*****

De daaropvolgende week vond de hoorzitting van het congres over verslaving en online computergames plaats. Ik was gedagvaard als een kroongetuige, samen met collega's van andere prominente bedrijven. Mijn oude baas van Sony was er. We lunchten samen, lachten over het verleden terwijl hij me grappig bedoeld uitschold vanwege de concurrentie die Dragon Epoch leverde voor de creatie van zijn bedrijf, Everquest, en de vervolgspelen daarop.

Verder waren het vooral stressvolle dagen. Vooral toen een senator van de zuidelijke *Bible Belt*-staten me begon uit te kafferen over de weergave van magie en demonische elementen in mijn game. Hij begreep niet dat veel van die zaken kernelementen van het fantasygenre waren; draken, tovenaars, spreuken. Ik schatte hem in als een van die lui die ik helemaal in het begin van het millennium had gehoord over het verbranden van alle Harry Potter boeken. *Onwetende dreuzel,* wilde ik zachtjes mompelen. Ondanks dat het stressvol was, waren er momenten dat er een respectloze gedachte als dat door mijn hoofd schoot. Dan stelde ik me voor hoe deze bezadigde, conservatieve politicus een paar slakken uitkotste of op een smekkie dat naar kots smaakte kauwde. Of misschien oorsmeer.

Toen het slechte weer zich aandiende en de feestdagen in zicht kwamen, werd het congres voor de rest van het jaar geschorst en het deed de ronde dat, vanwege andere problemen die in het nieuws opdoken, deze hoorzittingen mogelijk voorlopig niet heropend zouden worden.

Ik hoopte dat de politici hun belangstelling zouden verliezen en dat het hiermee klaar was. Nog een reden om blij te zijn met de kerstdagen. En na een ijskoud verblijf in het oosten was ik maar al te gretig om terug naar huis te keren, naar het zonnige weer, de droge winden en de zevenentwintig graden die voor Eerste Kerstdag was voorspeld. God zij dank voor Zuid-Californië.

De dag voor kerst kwam ik in de ochtend thuis. Terwijl ik weg was geweest, had ik Maggie cadeaus laten kopen. Normaal gesproken viel ik hier niet op terug en gaf ik de voorkeur aan het maken van meer persoonlijke cadeaus. Maar dit jaar moest ik, met alle gekte die er was geweest, bekennen dat dat niet ging lukken.

Jordan belde toen hij voor de feestdagen op weg was naar San Luis Obispo, waar zijn ouders woonden. Hij was een aantal dagen eerder dan ik teruggevlogen vanaf de oostkust, zodat hij kon helpen de zaak voor de vakantie te sluiten.

'Hoi,' zei ik.

'Prettige kerstdagen, maat.'

'Wat is er gaande?'

'Toen jij in de lucht hing, kreeg ik een telefoontje van de afdeling development. De verborgen quest is vrijgespeeld. Holy strontballen, Adam. Generaal SylvanWood? Over verborgen gesproken. Je hebt dat ding recht voor *iedereen* z'n neus verstopt. Ik kan niet geloven dat ik dat zelfs niet door had. Je bent een fucking genie.'

Even tolde mijn wereld en het voelde alsof ik me weer in de gewichtloosheid van de ruimte bevond. Ik kon geen woorden vinden. Het voelde alsof er een last van me viel. Ik was licht in mijn hoofd en een beetje draaierig. Was dit het gevoel van opluchting, deze onthulling van nog zo'n diep, donker geheim? Een van die geheimen waar ik zo van hield, volgens Emilia.

Ik realiseerde me dat het personeel bij development ervan op de hoogte moest zijn dat de quest was getriggerd, omdat het zo was geprogrammeerd dat er een melding naar hen werd gestuurd als dat gebeurde. We hadden dus enige informatie over het personage dat het had getriggerd, en het account.

'Vertel me wat je weet. Wie was het? Een van die grote, fanatieke spelers op een hardcore server?'

Jordan lachte. 'Eerlijk gezegd hebben ze geen idee. De naam van het personage is MisterRogers en hij is een level vier moordenaar.'

Een groentje. 'Het moet een nieuw personage van een andere speler zijn. Het moet een fanatieke gamer zijn, of een speler die hoort bij een grote gilde en anoniem op een andere server speelt. Heb je de accountinformatie gecheckt?'

'MisterRogers heeft geen gildeplaatje en hij is het enige personage op zijn account. Geen hoge level personages op geen enkele server. We hebben het gecheckt. Het account is nieuw. En mag ik eraan toevoegen dat ik de naam hilarisch vind?'

'Hoe zit het met de betalingsgegevens van het account?'

'Nope. Nog zo'n dood spoor, want het account is met een prepaid gamecard betaald.'

De quest was dusdanig ontworpen dat hij werd getriggerd als een personage Generaal SylvanWood benaderde en hem vroeg naar zijn verloren liefde in plaats van het normale script met de welbekende beginnersquest met de narcissen te volgen. Een bepaalde reeks vragen, die de speler intuïtief moest aanvoelen, ontgrendelde het script, wat ertoe leidde dat de gebroken generaal het begin van de questreeks gaf waarmee je de gevangengenomen elvenprinses kon redden.

Het gesprek werd daarna beëindigd, omdat Jordan zei dat hij op het punt stond de lange tunnel van de 101 in te rijden, vlak voor Lompoc. Ik staarde een poos naar mijn mobiel, bijna in de verleiding gekomen om Emilia te appen. Maar ik deed het niet. Ik zou haar morgen zien. Dan kon ik het haar vertellen... of niet.

Toch, het gevoel dat ik nu had, leek totaal niet op de paniek die ik had gevoeld toen Emilia in Yosemite voor de grap had gezegd dat de quest was vrijgespeeld. Nee, dit voelde... licht.

Alsof er een last van me was afgevallen. Ik kan makkelijker ademen. Ik verbaasde mezelf zelfs met die reactie.

Ik ging naar huis en bracht kerstavond in m'n eentje door terwijl ik met haar had kunnen zijn. Als ik het maar niet zo grondig had verkloot.

En na een paar weken onderweg te zijn geweest, besteedde ik de avond alleen met trainen, zwemmen en vroeg naar bed gaan.

We zouden kerst bij Peter thuis vieren, zoals altijd. En dit jaar was de nieuwe familiedynamiek zo ongemakkelijk dat er geen woorden voor waren. Emilia arriveerde laat. Ze zag bleek en had haar extra-vreemde haren in twee vlechten. Het was duidelijk dat Kim haar dochter een poos niet had gezien, want ze maakte een opmerking over Emilia's nieuwe look, ook over de roze en paarse strengen.

Nu ik thuis was en mijn gedachten over haar op een rijtje kon zetten, terwijl ik keek hoe ze haar moeder stijfjes begroette zonder ook maar enige expressie op haar gezicht, verbaasde ik me over dit mysterie. De verandering in haar verschijning. Het gebruik van drugs, maar wat vermoedelijk, als we Heath moesten geloven, geen drugsgebruik *was*. Het vermijden van haar moeder. De afstandelijkheid richting haar andere vrienden. Haar vreemde en soms wispelturige gedrag tegenover mij.

En dan alle vragen over haar studie geneeskunde. Ze ging niet meer? Ze zei dat het was uitgesteld. Mijn hersenen deden er pijn van. Van waar ik stond, leek het alsof haar hele wereld voor mijn ogen instortte en ik was dat kind in de bus, sniffend, niet in staat er iets aan te veranderen.

Iedere keer dat ik had geprobeerd het uit te zoeken, had ik het verkloot doordat ik het verkeerd had aangepakt. Dus nu moest ik een directere aanpak gebruiken. Eerlijk, maar niet opdringerig. Kon ik dat eigenlijk wel?

Het kerstdiner was sterk verbeterd met de toevoeging van Kim aan het kookteam van Peter en mijn nicht Britt. Liam was nog steeds kwaad op me, maar hing warempel met ons in de woonkamer rond terwijl we zaten te praten en cadeaus uitpakten. Hij zat naast Emilia en ze kletsten en maakten grapjes.

Omringd door mijn familie – die nu groter was geworden – voelde ik me meer alleen dan ooit tevoren. Emilia zat slechts enkele meters bij me vandaan, maar ze had evengoed op een andere planeet kunnen zijn als het ging om met haar praten, haar vast houden en uitvinden wat de fuck er in dat wit-gebleekte hoofd van haar omging.

Vakkundig vermeed ze mijn blik. Zelfs als ik regelrecht iets tegen haar zei, kwamen haar ogen nooit hoger dan mijn borst en ze gaf me nooit een rechtstreeks antwoord. Gefrustreerd leunde ik achterover. Fuck. We waren er nu nog slechter aan toe dan voor de Con.

Het was alsof Las Vegas niet was gebeurd. Het was alsof er *nooit* iets tussen ons was gebeurd. En net als eerder werd ik het kotsbeu om te moeten wachten.

De familie was aan de eettafel een kaartspel aan het klaarleggen toen Emilia verdween. Ik nam aan dat ze met Liam ging praten. Maar nadat ik me had geëxcuseerd om in de gang naar de wc te gaan, draaide ik me om en stak mijn hoofd in Liams kamer om te zien waarmee hij bezig was. Liam was alleen en bracht details aan op een paar D&D figuurtjes.

'Hé kerel,' zei ik en wist dat ik afgepoeierd zou worden.

Liam draaide zijn hoofd mijn kant op, maar keek me niet aan. 'Mia heeft me verteld dat het niet jouw schuld was.'

Ik verschoof in de deuropening en leunde tegen de deurpost. 'Eh, wat?'

'Ze zei dat ik niet meer boos op je moet zijn. Ze wil dat we weer vrienden zijn.'

'Dat is mooi. Ik wil dat ook.'

'Ik zei dat ze zelf dan ook de daad bij het woord moet voegen. Zo gaat dat gezegde toch? Dat ze vrienden met je moet zijn.'

Ik glimlachte. 'Ja. Je zegt het goed.'

'Ja, dat zei ik tegen haar. Toen raakte ze overstuur en ging naar de wc.'

Ik verstijfde tegen de deurpost. 'Huilde ze?'

Liam haalde zijn schouders op.

Ik excuseerde mezelf en liep verder de gang in om me naast de wc-deur te gaan staan. Ze was daar al een poosje. Injecteerde ze zichzelf daarbinnen? Ik had nog steeds niet al mijn achterdocht losgelaten.

Eindelijk, na bijna een half uur, hoorde ik de deurknop. Ik kwam overeind, klaar voor haar. Ze opende de deur, stapte de gang in en, toen ze mij zag, bevroor.

Ze keek weg en ontweek mijn blik. 'Sorry. Wachtte je om…?'

Dat leek nogal dom, aangezien er nog twee wc's in het huis waren. 'Ja,' zei ik.

'O, sorry,' herhaalde ze ongemakkelijk en zette een stap om me in de smalle gang te passeren, maar ik stak mijn arm uit om de doorgang te blokkeren.

Ze keek me aan. 'Wat?'

Ik wees boven ons. Er hing een grote bos mistletoe aan het plafond. Dat had ik zo gepland.

'Je moet me kussen,' merkte ik op.

Ze keek omhoog en toen, tot mijn uiterste verbazing, verscheen de eerste lach van die dag op haar gezicht.

Ze kwam dichterbij en probeerde een kus op mijn wang te drukken zonder me verder aan te raken. Maar aangezien ze korter was dan ik en ze mij niet gebruikte om haar evenwicht te bewaren toen ze op haar tenen ging staan, hoefde ik alleen maar een stap achterwaarts te zetten en haar op te vangen toen ze haar evenwicht verloor. Ik trok haar tegen me aan draaide me om, terwijl ik een betoverende kus op haar mond drukte. Tot mijn verbazing kuste ze me terug en klemde ze haar vuist in mijn overhemd. Ik stapte naar voren, zette ons tegen de muur waar ik met mijn lichaam wat meer druk kon geven tegen dat van haar. Het voelde goed, zo goed.

Ze ademde zwaar toen ze haar mond losmaakte en wierp een blik de gang in. 'Straks ziet iemand ons nog.'

'Kan me niets schelen.'

Ze keek weer naar mij. 'Mij wel.'

Ik leunde naar voren om haar mond in een volgende kus te vangen. Ik zou haar gewoon bij zinnen kussen als niets anders werkte. Als op haar in praten, als proberen aardige dingen te doen, als niets hielp, werkte *dit* nog steeds tussen ons. Waarom dat niet in mijn voordeel gebruiken? Ik kon haar nog steeds overweldigen met een gepassioneerde kus, een omhelzing.

Ze stopte me door haar hoofd weg te draaien, dus ik drukte kusjes op haar kaaklijn tot aan haar oor. 'Vrolijk kerstfeest,' fluisterde ik terwijl ze tegen me aan huiverde en mijn lust opwekte.

'Adam…' fluisterde ze. 'Stop.'

'Je klinkt niet heel erg overtuigend.'

'Dit is veel te verwarrend.'

'Dat hoeft het niet te zijn.'

Ze legde haar handen tegen mijn wangen om te voorkomen dat mijn hoofd weer naar haar toe boog. Ze bloosde, ademde snel. Ze wilde het net zo graag als ik. 'We kunnen niet... We moeten niet. We hebben deze fout al een keer eerder gemaakt.'

'Dat was geen fout. Het was de normale manier voor ons. We zijn net als magneten... Probeer ons uit elkaar te halen en we maken onszelf kapot in een poging weer bij elkaar te komen. Hou ons bij elkaar, laat ons draaien, dan maken we elektriciteit.'

'God, wat ben je toch een nerd.' Ze lachte toen ze het zei. 'Maar het is het meest romantische wat ooit iemand tegen me heeft gezegd.'

'Emilia, kom met me mee naar huis. Laten we dit uitpraten. Ik... ik wil je een aantal dingen vertellen.' Ik wilde haar zo graag vertellen wat er in New York met de ouders van Tom Olmquist was gebeurd. Hoe ik me tegenover hen had opengesteld. Dat het helemaal dankzij haar was dat ik daar überhaupt toe in staat was geweest. Hoe ik me had gerealiseerd dat als ik me tegenover hen kon openstellen, ik ook bij haar mijn ziel kon blootleggen.

Ze had me er, terecht, van beschuldigd dat ik geheimen bewaarde. Zij had haar eigen geheimen. En als ik haar die van mij vertelde, als ik haar gaf wat ze die avond bij mij thuis bij me had gezocht, voordat ze in mijn armen in slaap was gevallen, misschien dat ze me dan genoeg zou vertrouwen om met die van haar naar mij toe te komen.

Tenminste, God, ik hoopte dat ze dat zou doen. Soms moest je gewoon toegeven en gelijkspel uitroepen om de worsteling te verkorten. Die levensles van de paintballwedstrijd en de schikking stond in mijn brein gegrift.

Emilia aarzelde. Toen – en ik zag dat het elk spoortje overtuigingskracht in haar vergde – schudde ze haar hoofd.

Ik probeerde de frustratie te onderdrukken die zich nu in iedere spier opbouwde. Frustratie had me tot zover al heel wat keren in de problemen gebracht. Ik kon niet vanuit mijn instinct reageren; erin stappen, het overnemen, *domineren.*

Ik ving haar blik met de mijne. 'Betekent dit dat je helemaal niet wilt praten?'

Ze sloeg haar blik neer, naar het midden van mijn torso, overal behalve mijn ogen. Ze stak haar hand uit en friemelde met een van de knoopjes van mijn overhemd. Ik verplaatste mijn gewicht, maar stond verder stil met mijn handen aan beide kanten van haar hoofd terwijl ik tegen de muur achter haar leunde.

'Niet vandaag...'

Ik kantelde mijn hoofd, haakte mijn blik in die van haar. 'Wanneer?'

Ze sloot haar ogen en opende ze toen weer. 'We *moeten* praten. Maar ik...'

'Blijf dit niet steeds uitstellen.'

Ze schudde haar hoofd. Ik ging rechtop staan en maakte me van haar los. Mijn geduld begon op te raken en ik werd pissig. 'Ik hoop dat het je lukt om jezelf snel uit de zeik te halen, want je bent absoluut niet van plan iemand je te laten helpen.'

Ze vertoonde geen enkele emotie bij het horen van mijn boze woorden. 'Ik heb geen hulp nodig.'

'Iedereen heeft van tijd tot tijd hulp nodig. Maar jij weigert het. Ondanks alle mensen om je heen die om je geven. Die van je houden. Zoals je moeder. Waarom mag zij je niet helpen?

Waarom iedereen op afstand houden? Je hebt het erover geen geneeskunde te gaan studeren. Je verandert je uiterlijk. Je bent…'

Ze rechtte haar rug. 'Stop ermee me onder druk te zetten, Adam.' Ze stapte opzij, uit mijn buurt. Toen draaide ze zich om en liet me daar staan, alleen onder de mistletoe.

Ik wreef met mijn hand over mijn gezicht. Ik was in de war en volledig machteloos en ik verafschuwde dat gevoel. Ik begon het feit dat ik nog steeds zo gek op haar was te haten. Misschien was het gewoon tijd om weg te lopen van deze puinzooi? Het was duidelijk dat ze het niet wilde oplossen. Ze vond ons duidelijk niet *belangrijk* genoeg om aan de slag te gaan met wat we op moesten zien te lossen. Ik had haar in het begin al praktisch moeten paaien om deze relatie aan te gaan.

Misschien *was* ze gewoon te onvolwassen, te veel een lafaard. Simpelweg te jong, zoals Jordan en Lindsay hadden gezegd. Ze bevond zich niet op dezelfde plek als ik, omdat ze dat niet *kon*. Die gedachte nestelde zich in mijn binnenste en deed vooral veel pijn omdat ik er met geen verdomde mogelijkheid enige controle over had.

HOOFDSTUK NEGENTIEN

TWEE DAGEN NA KERST WAS IK WEER AAN HET WERK. IK was op weg naar development voor de dagelijkse bespreking – die we 'de vroege ochtend scrum' noemden – waarin we de recent geopende *Golden Mountains* questreeks zouden bespreken. Onderweg lukte het me nog net aan een ontmoeting met de roofzuchtige stagiaires van marketing te ontkomen. Ze stonden vlakbij de toiletten bij elkaar. Ik bleef staan, niet in de stemming dat ze me zouden zien en weer met hun domme gekrioel zouden beginnen.

Vanmorgen bevond ik me in een zeer donkere bui, toevallig, wat al het geval was sinds kerst, vanwege alle stress op het werk en ook nog moeten omgaan met de familiebullshit. Emilia was niet lang na onze confrontatie in de gang vertrokken. Peter had Kim moeten troosten. Hoewel ze niets hadden gezegd, wist ik dat ze dachten dat ik iets had gezegd om haar te beledigen, waardoor ze vroeg naar huis vertrok.

Ik had nog geen plan bedacht over hoe ik verder moest. Het kwam steeds weer neer op 'wacht tot ze in januari stopt, dan zien we verder'. Ze wilde duidelijk haar vrijheid, om wat voor reden dan ook. Langzaam begon ik het feit te accepteren dat wat het ook was wat Emilia wilde, ik het niet was.

Nee, dat was niet helemaal waar. Ze wilde me *wel*. Maar ze was bang.

In plaats van een omweg nemen om de stagiaires te ontwijken, wachtte ik om de hoek tot de giechelende bende vertrok. Degene die op Sneeuwwitje leek, was net uit het toilet gekomen. 'Ik weet niet wie daarbinnen is, maar ze is weer aan het kotsen! Net als iedere dag deze week.'

'Shht, we stonden te wachten om te zien wie het is,' zei de blonde met al dat haar. 'Ze moet wel zwanger zijn of zo.'

'Misschien heeft ze zich volgevreten met het ontbijt en kotst ze het nu uit,' merkte Sneeuwwitje op.

'Weet iemand wie het is?' vroeg een derde stagiaire, die ik niet kende. Wie de hel nam al die stagiaires trouwens aan? Waarom zwermden ze roddelend over collega's rond in mijn gebouw?

Ik stapte in het zicht en bleef toen staan terwijl ik ze allemaal in me opnam. Ik besloot de lul uit te hangen. 'Wat is hier gaande?' vroeg ik met luide stem.

Als één geheel draaiden ze zich om en schrokken allemaal op toen ze me zagen. De blonde had een enorme lach op haar gezicht. 'Goedemorgen, Adam! Hoe...'

Ik liet haar niet uitspreken. In plaats daarvan maakte ik er een duidelijke show van om op mijn horloge te kijken en mijn wenkbrauwen op te trekken. 'Ik geloof niet dat ik jullie betaal om hier te staan roddelen.'

Sneeuwwitje ademde scherp in en ze wisselde een lange blik uit met de blonde. 'O, ja, sorry. We stonden alleen... Ja, laten we gaan.' Ze keerde zich om en volgde de rest van de roedel. Iedereen smeerde hem zo snel als ze zich konden bewegen, de gang door verder het gebouw in.

Ik keek hen even na voordat ik zelf ook verder de gang in liep. Ik passeerde net de deur van het damestoilet toen die openging. Ik had niet moeten kijken, maar toen ik vanuit mijn ooghoek dat helderwitte haar zag, keek ik als vanzelf. Emilia kwam het toilet uit met een gezicht dat bleker zag dan de muur. Ze stond abrupt stil zodra ze mijn blik ontmoette. Ze zag er bijna schuldig uit.

Ik probeerde met man en macht de schok die ik voelde uit mijn gezicht te houden. Toen veinsde ze een lach en haalde haar schouders op terwijl iets mompelde wat leek op: 'Aan het werk!' Vervolgens draaide ze zich om en liet me daar staan, aan de grond genageld. Ik keek haar na en in mijn hoofd draaide ik het gesprek van de kleine, gemene stagiairemeisjes nog eens af.

Ze kotste al een weeklang iedere ochtend? De gemene meiden waren tot een conclusie gekomen die ik nog niet had bedacht: een eetstoornis. Maar iedere keer als ik een maaltijd met haar had doorgebracht, had ze normaal gegeten. En toen ze bij mij thuis had gedineerd, had ze weliswaar minder eetlust getoond, maar niets anorectisch. Ze was wat afgevallen, maar niet drastisch. Aan de andere kant, toen we in het café hadden afgesproken en op Eerste Kerstdag had ze weinig tot geen eetlust gehad.

Ik liep terug naar mijn kantoor en las vluchtig het een en ander over eetstoornissen op het Internet. Boulimia? Misschien...

Of misschien duidden het wispelturige gedrag en het veranderde uiterlijk op een psychische stoornis, zoals een angststoornis of depressie. Ik voegde die toe aan mijn lijst met mogelijke problemen waaraan ze zou kunnen lijden.

Een zwangerschap was het in ieder geval niet. Ze was aan de pil, dus dat viel af. Maar iets aan die conclusie zat me dwars, zonder dat ik er precies mijn vinger op kon leggen waarom. Uren later, terwijl ik me door een stapel papieren heen werkte die ik moest ondertekenen, bevroor mijn pen toen ik me realiseerde wat het was. Die avond dat ze bij mij thuis in slaap was gevallen, had ik vrij grondig door haar tas gerommeld. Ik had de naaldencontainer gevonden, de injectiespuiten, en ik was geflipt. Daarna had ik alles doorzocht, had in haar make-uptasje gekeken, overal. En wat had ik niet gezien?

Anticonceptiepillen. Ze zaten in een speciaal doosjes. Ik had ze, uiteraard, eerder gezien, toen ze bij me woonde en we samen op reis waren. Het soort dat zij gebruikte zat in een klein, groen vierkant doosje en als je op het zilveren knopje duwde, ging het open. De pilletjes zaten in een raster met de naam van de dag erop.

Ze vergat ze nooit, nam ze overal waar we heen gingen mee naar toe, uiteraard. Maar ze hadden niet in de tas met haar spullen gezeten toen we terug waren gekomen uit Las Vegas.

En in Las Vegas hadden we...

Ik telde de dagen terug tot de Con. Bijna vier weken. Ik hapte naar adem na dat besef. Een half uur lang beende ik voor mijn raam heen en weer. De meeste van mijn medewerkers, waaronder Jordan, waren nog steeds de stad uit vanwege de feestdagen. Ik bedacht een langdurige klus voor Maggie, zodat ze bij haar bureau vandaan moest en toen ging ik tijdens mijn lunchpauze naar de drogist.

Zodra ik terugkwam, belde ik direct naar Emilia's kantoor. Bij de eerste keer nam ze op. Ik wist dat ze wist dat ik het was, want mijn naam stond op het scherm. 'Ik wil je in mijn kantoor spreken.'

Een lange stilte aan de andere kant van de lijn. 'Ehm. Oké, kan...'

'Nu,' snauwde ik en smeet de hoorn neer. Ik probeerde de onverwachte woede en frustratie die bij het horen van haar stem waren opgekomen te beheersen. Ik haalde diep adem en dwong mezelf te ontspannen, want anders zou dit heel erg akelig worden.

Ik stapte naar de deur en trok hem open, zodat ze niet zou hoeven kloppen, en checkte voor de zekerheid of Maggie nog steeds weg was.

Toen ze binnenkwam, moest ze hebben gemerkt dat er iets aan de hand was, want ze sloot de deur niet, maar bleef er juist vlakbij staan. Ik zat op mijn stoel en keek uit het raam naar de binnentuin in het atrium. Mijn kin rustte in mijn hand en ik probeerde te bedenken wat ik in godsnaam tegen haar moest zeggen.

Zonder naar haar te kijken, zei ik: 'Doe de deur dicht, alsjeblieft.'

Ze aarzelde en sloot vervolgens langzaam de deur achter zich. Zonder een woord gebaarde ik naar de stoel tegenover me. Ze sloop door de kamer en liet zich in de stoel zakken om op het uiterste randje te gaan zitten. Het was 'casual vrijdag', dus ze droeg een spijkerbroek. Hij leek veel te groot voor haar en ik besefte dat het de oude was die ze altijd droeg, en die haar ooit als gegoten had gezeten, die haar lange benen en haar prachtige, ronde kont benadrukte. Nu flodderde hij.

Met grote ogen keek ze me aan. 'Heb ik iets gedaan waardoor je kwaad op me bent?'

Mijn blik zocht de hare, mijn kin nog steeds in mijn hand. 'Waarom denk je dat?'

Ze knipperde met haar ogen. 'Ehm, omdat je nogal boos doet.'

'Misschien ben ik meer dan klaar met de bullshit tussen ons.'

Ze ademde diep in en uit en leek wat bleker te worden, als dat al mogelijk was. Ze vouwde haar vingers op haar schoot ineen en haar ene knie wiebelde op en neer.

'Ik weet dat je wilt praten. Ik weet dat je dingen hebt te zeggen. Ik heb ook dingen te zeggen. Ik... Ik kan het gewoon niet. Niet nu.'

'Je bent ziek,' flapte ik eruit.

Haar knie stond stil. Haar handen vielen slap in haar schoot. Ze sloot haar ogen. 'Ehm. Ja,' zei ze eindelijk zachtjes.

'Ben je zwanger?'

Ze stootte een halve lach uit. 'Nee.'

'Weet je het zeker?'

'Natuurlijk. Het is...'

'Je bent nog steeds aan de pil, toch?' Dit was het punt waarop ik zou weten of ze loog. Want ik wist het antwoord op de vraag al.

Ze wendde haar blik af en keek uit het raam. 'Ik neem de pil niet meer. Maar ik heb andere...'

'Dat heb je in Las Vegas niet verteld, dat je de pil niet meer neemt.'

'Ik was behoorlijk bezopen. Er zijn een heleboel dingen die ik niet heb gezegd, maar...'

'Dus je weet het niet zeker, dan.'

Ze keek weer naar mij. 'Wat?'

'Je weet niet zeker dat je niet zwanger bent.'

Ze ademde diep in. 'Ik ben niet zwanger... Ik ben niet eens vruchtbaar.'

'Ik heb geen idee wat dat betekent.'

Ze verschoof in haar stoel, pakte een lok van die achterlijke witte haren en draaide hem rond haar wijsvinger. 'Het betekent dat ik niet zwanger kan raken, oké? Hou op je daarover zorgen te maken.'

'Er is maar een manier waarop ik me daar geen zorgen over zal maken.'

Ze keek me met een vragende blik in haar ogen aan.

Ik opende de la van mijn bureau, stak mijn hand erin en klapte de zwangerschapstest op het bureau tussen ons in.

Ze schudde haar hoofd en rolde met haar ogen. 'Ik ga geen zwangerschapstest doen.'

'Waarom niet?'

Ze keek me aan alsof ik een idioot was. 'Omdat. Ik. Niet. Zwanger. Ben.'

'Dan is het ook geen probleem om naar de wc te gaan en die test te doen... voor mijn gemoedsrust.'

'Adam, je moet het laten gaan...'

'Ik ga het niet laten gaan. Ik heb het recht het te weten en het kost je twee minuten om dat ding te gebruiken.'

'Nu begin je *mij* echt kwaad te maken.'

'Je blijft gewoon je geheimen bewaren. Jij weigert met mij – of met wie dan ook – te praten over waarom je leven recht voor onze neus in het afvoerputje lijkt te verdwijnen. Maar *ik heb het recht dit te weten*, verdomme. Dus ga naar de wc en pis op dit fucking stickje en als het negatief is kun je de deur uit stormen en hoeven we elkaar nooit meer te zien.'

Ze keek boos en griste het doosje van het bureau. Toen stond ze op en liep om me heen naar mijn privébadkamer. Met een klap sloeg ze de deur achter zich dicht.

Ik wachtte tot ik hoorde dat de wc werd doorgespoeld en dat de wastafel werd gebruikt. Zodra ik hoorde dat de kraan werd dichtgedraaid, opende ik de deur en ging naar binnen. Ik had de gebruiksaanwijzing al gelezen. Er had gestaan dat je drie minuten moest wachten na gebruik. Ik keek op mijn horloge. Ze staarde me via de spiegel aan terwijl ze haar handen afdroogde.

'Hopelijk ben je nu blij. Je bent deze keer zo ver over de top gegaan dat je net zo goed weer op je trip naar het ruimteschipstation had kunnen zijn,' brieste ze en ze zag rood van boosheid. 'Ik ben weg. Als in, ik pak mijn spullen van mijn bureau en ik ben hier *de fuck* weg.'

'Je gaat niet een minuut op de uitslag wachten?'

Ze rolde met haar ogen. 'Ik weet al wat de uitslag is. Het is al vernederend genoeg dat je me in je badkamer op een stick hebt laten pissen. Ik hoef niet te blijven wachten om te zien wat ik al weet.'

Ik keek naar de test op het plateau achter de wc, waar ze hem had neergelegd. Ze draaide ze om om te vertrekken. Heel duidelijk zag ik twee streepjes. Twee roze streepjes. De drie minuten waren nog niet eens voorbij.

Ze liep al half de deur uit toen ik zei: 'Het is positief.'

Ze bevroor en draaide zich om. Via de spiegel gaapte ze me aan. 'Is dat een fucking…'

Maar ik hield de test zo omhoog dat ze hem zelf kon zien en ze maakte haar vraag verder niet af. Haar blik landde op de test en haar ogen sperden zich open van schrik. Ze was er heilig van overtuigd geweest dat ze niet zwanger was.

Maar dat was ze *wel*. Ik zocht in mezelf naar een reactie op dat besef en het enige wat ik voelde was een kilte, afstand. Shock. Ongeloof. Ooit had ik gelezen dat dat mechanismen waren van het brein om zichzelf te beschermen en te voorkomen dat het in tijden van enorme stress doordraaide.

Haar hele voorkomen veranderde onmiddellijk. Ze begon te beven. 'Dat klopt niet. Dat moet een vergissing zijn. Waar is de andere?' Emilia vloog dwars door de shock rechtstreeks naar de ontkenning.

Ik pakte het doosje en gaf haar de andere test uit de dubbelverpakking. Ik was er vrij zeker van dat deze hetzelfde resultaat zou geven, maar als zij de bevestiging nodig had, ging ik die haar niet ontnemen. Ze staarde ernaar, haar wenkbrauwen gefronst van verwarring.

'Dat… dat klopt niet. Die dingen zitten er soms naast, toch?' Haar stem hield het midden van iets tussen hysterie en paniek en trilde net zo erg als de rest van haar. 'Ik kan niet meteen weer plassen.'

Ik zal toegeven dat ik onder andere omstandigheden, als ik niet zo ontzettend pissig was geweest, haar waarschijnlijk had geprobeerd te troosten. Maar dat deed ik niet.

Want ik had net zomin als zij gewild dat dat ding positief was. Alle hoop die ik nog had dat het goed zou komen tussen ons, dat we terug zouden krijgen wat we waren kwijtgeraakt, leek nu verdwenen, weggeblazen in de wind. De zware druk van deze nieuwe ontwikkeling zou het prille lijntje waaraan onze harten vastzaten, onze levens vastzaten, breken. We konden onze eigen levens nog niet eens op orde krijgen en nu was er nog een om rekening mee te houden?

Ze staarde me lang aan en ik verroerde geen vin, zei geen woord. Ik had geen idee wat de hel ik moest zeggen. Ik wist niet wat ik wilde. Ik was zo klaar met dit. Met ons. Met de leugens en de stomme spelletjes. De woede begon op te borrelen, brandde door de lagen ijs in mijn binnenste, liet de shock smelten. Wat haatte ik de machteloosheid die ik op dat moment voelde. Mijn leven vloog uit de bocht, was niet meer onder controle.

Mijn handen balden tot vuisten en die rood-hete lava verbrandde al mijn ledematen. Ze leek zichzelf tegen de badkamerdeur te drukken, of gebruikte hem om zichzelf staande te houden. Ik wurmde me langs haar heen en beende terug mijn kantoor in. Het eerste wat ik deed was die belachelijke vaas pakken die Maggie vorige maand op de tafel had gezet en gevuld was met gekleurde knikkers. Ik draaide me om en smeet hem tegen de muur. Hij spatte in stukken uiteen, knikkers vlogen alle kanten op. En het zorgde er niet in het minst voor dat ik me beter voelde. *Fuck.*

Ik draaide me om en ging naast het raam staan. Het bovenste deel van mijn gezichtsveld had zo'n vreemd, golvend beeld. Een migraine-aura die erop wees dat er ieder moment weer zo'n venijnige aanval van lichtflitsen in mijn hersenen zou verschijnen. Geweldig. Gewoon fucking geweldig.

Na een lange tijd waarin ik in het daglicht bleef kijken, alsof ik de hoofdpijn uitdaagde zijn opwachting te maken, kwam ze de kamer weer binnen. Ik kon niet naar haar kijken.

Ik stond verstijfd, doodstil, mijn armen voor mijn borst over elkaar geslagen. Ik was zo voorzichtig geweest, altijd, met mijn sekspartners. Ik had nooit seks gehad zonder een condoom en meestal ook nog een ander soort voorbehoedsmiddel van haar kant. Maar met Emilia had ik nooit een condoom gebruikt. Ik had haar de zorg van het voorbehoedsmiddel toevertrouwd. Dat was waarschijnlijk niet echt eerlijk van me, maar godsamme, het is hoe het vanaf het begin tussen ons was geweest en verdomme dat ze de regels had veranderd zonder me dat te vertellen.

Of het nu bewust was of niet, het was een hinderlaag. Ze was willens en wetens met me naar bed gegaan zonder enige bescherming.

'Adam,' begon ze, haar stem zacht, hees van de ingehouden tranen.

Ik schudde mijn hoofd. Ik kon geen woorden vinden.

'Ik weet dat je denkt dat ik dit bewust heb gedaan.'

'Ik weet niet wat ik moet denken.'

'Ik dacht echt dat dit onmogelijk was. Ik… Ik ben al maanden niet meer ongesteld geweest.'

Ik draaide me om en keek naar haar. Oké, ze was dun, maar ze was niet *zo* dun. Van mijn vluchtige onderzoek naar ernstige eetstoornissen wist ik dat vrouwen soms niet meer menstrueerden, maar het leek niet alsof ze daarvoor genoeg gewicht had verloren.

'Er is duidelijk iets met je aan de hand. Zeg me wat het is.'

Ze opende haar mond om antwoord te geven en schudde toen haar hoofd. Haar handen trilden toen ze zenuwachtig haar haren uit haar gezicht streek.

'Ik moet gaan,' zei ze.

Ik kon mijn oren niet geloven. 'Je loopt nu gewoon weg? Je laat het zo en vertrekt zonder me verdomme ook maar iets te vertellen?'

'Je bent nu veel te boos. We zijn op het werk, in godsnaam. Je secretaresse bevindt zich vlak achter die deur. Ik *kan* hier niet met je praten.'

'Genoeg met die bullshit, Emilia. Ik ben klaar met die smoesjes van je.'

Haar hoofd kwam omhoog en ze vernauwde haar ogen. 'Je hebt net die vaas aan gruzelementen gegooid en dan denk jij dat dit een goed moment is om te praten? Echt niet.'

Mijn hoofdpijn intensiveerde tot het punt dat het leek alsof er een leger in mijn schedel zat dat oorlog voerde om eruit te komen. Ik duwde mijn hand tegen mijn hoofd.

'Doet je hoofd zeer?'

Ik schudde mijn hoofd en klemde mijn tanden op elkaar. 'Stop ermee dit uit te blijven stellen.'

'We gaan praten. Morgen. Ik... Ik kom wel naar jouw huis.'

'Als je nu die deur uit loopt... je weer bij me wegloopt, zijn we *klaar. Voorgoed.* Zoals het had moeten zijn toen je in oktober mijn huis uit verhuisde.'

Een traan gleed over haar bleke wang.

'Er zijn er twee voor nodig om het te verkloten en als jij je eigen fouten niet kunt erkennen, dan heb je gelijk... dan *zijn* we klaar,' zei ze met trillende stem.

'We waren maanden geleden al klaar. Ik ben gewoon de idioot geweest die hoop bleef houden.'

Ze knikte, knipperend met haar ogen, verwoed vechtend om de tranen binnen te houden, maar ze ontsnapten weer. Ineens wenste ik dat ik nog tien vazen had om tegen de muur kapot te smijten.

'Dan hoef jij je hier geen zorgen over te maken. Ik regel het wel,' perste ze eruit. Toen draaide ze zich om en liep de deur uit. Met een ruk draaide ook ik me om en staarde het atrium in, want ik weigerde haar voorgoed mijn leven uit te zien lopen.

Ik sloot mijn ogen, kneep ze strak dicht tegen de pijn die heviger werd en leek op een stortvloed aan hamers die uit de hemel regende. Zelfs al had ik achter haar aan willen rennen, ik betwijfelde of ik het kon. De deur ging open en klikte net zo snel weer in het slot. Ik drukte mijn voorhoofd tegen het koele glas terwijl mijn kop barste van de pijn.

HOOFDSTUK TWINTIG

DE HALVE NACHT LAG IK TE PIEKEREN OVER WAT IK moest doen. Ik wilde dat er iemand was met wie ik dit kon bespreken. Echt niet dat ik hiermee naar Jordan zou gaan. Het kwam in me op om Heath te bellen, maar ik wist niet zeker of Emilia het hem al had verteld. Bijna belde ik mijn advocaat om na te vragen wat mijn rechten waren.

Vanuit mijn boosheid en pijn had ik haar heel effectief van me weggeduwd door in volle overtuiging te zeggen dat het over was tussen ons. Nu werkte ze niet langer voor me. Ze had zichzelf vervreemd van haar moeder, dus het was niet waarschijnlijk dat zelfs een familieband iets waard zou zijn. Ironisch genoeg had ik gesteigerd bij het idee dat als ze eenmaal niet meer voor me werkte, we niet langer een connectie met elkaar zouden hebben.

Het leek erop dat ik me *daar* onnodig zorgen over had gemaakt. Nu waren we namelijk voor altijd met elkaar verbonden.

Ik wist niet zeker hoelang het zou duren voordat we onszelf genoeg in de hand hadden om dit als de volwassenen die we zouden moeten zijn uit te praten. Hoelang zou het duren voordat ik was gekalmeerd? Of voor haar om haar kop lang genoeg uit het zand te halen om te bepalen of ze het aankon hiermee door te gaan?

Uiteindelijk bleek ik haar heel wat sneller te zien dan ik had gedacht.

Om acht uur de volgende ochtend, zaterdag, toen ik nog lag te slapen, zoemde mijn mobiel op mijn nachtkastje. Ik pakte hem op en zag een appje van Heath.

Kom hierheen NU. 112

Ik ging overeind zitten en appte terug: **Wat is er?**

Heb je hulp nodig. ZSM. Ze flipt, reageerde hij.

Ik aarzelde en overweeg daadwerkelijk hem te zeggen dat hij iemand anders moest bellen. Ik was klaar met haar, toch? Maar mijn maag draaide zich om bij het idee dat ze het moeilijk had. Haar gedrag maakte me woest, maar ik kon er niets aan doen. Zou ik zelfs maar weg kunnen blijven als ik het probeerde?

Die maand nadat we in St. Lucia uit elkaar gingen en zij terug naar haar moeders huis verhuisde, had ik geprobeerd haar te vergeten. Onze scharrel had maar een paar korte weken geduurd. Sterker nog, de keren dat we seks hadden gehad waren op één hand te tellen. Maar ik kon proberen wat ik wilde, ik kreeg haar niet uit mijn hoofd.

Onuitwisbaar was ze ingeprent in iedere gedachte, ieder gevoel, als een tattoo op mijn ziel. De herinnering aan haar stem, haar lach, het gevoel van haar lichaam was permanent een deel van me. Ik zuchtte en haalde mijn handen door mijn haren. Ik kon worstelen en ik zou de kracht vinden om dit te weerstaan, haar te weerstaan. Maar… *we waren als magneten. We maakten onszelf kapot om weer bij elkaar te komen.*

Ik slikte, mijn keel prikte. Een laatste uitbarsting van koppige weerstand maakte dat ik mijn mobiel opzij legde, vastberaden haar te vergeten.

Toen schold ik mezelf uit voor de lul die ik was, pakte hem weer op en antwoordde.

Kom zsm.

Iets meer dan een kwartier later kwam ik daar aan. Heath woonde in Orange Hills, dus het was een stukje rijden van mijn huis in Newport Beach. Ik overtrad een paar snelheidslimieten onderweg, maar met een beetje geluk zou de verkeerspolitie er niets van merken.

Zodra ik op de deur klopte, trok Heath hem open. Hij had zijn pyjama nog aan. Ik keek hem aan.

'Wat is er aan de hand?'

'Ze heeft zich in de badkamer opgesloten en zit te huilen. Ze geeft geen antwoord en blijft keer op keer je naam en "het spijt me" zeggen. We moeten haar eruit zien te krijgen, man.'

Ik zoog mijn longen vol en liep naar binnen. Ik wist niet zeker wat Heath wist of wat zij wilde dat hij wist. Dus liep ik naar de badkamer zonder een woord te zeggen. Ik kon haar aan de andere kant van de deur horen snikken, dus ik klopte.

Ze reageerde niet.

'Emilia,' riep ik. 'Doe die deur open.'

'Adam?' antwoordde ze na een lange stilte.

Ze klonk vreemd, alsof ze met dubbele tong sprak. Ik keek naar Heath en vroeg zachtjes: 'Heb je gereedschap? Een schroevendraaier? Ik heb ook een zaklamp nodig.'

Heath vertrok om de keukenla te doorzoeken. Ik keerde me weer naar de deur.

'Doe de deur open, Emilia. We maken ons zorgen over je.'

'Je maakt je geen zorgen over me,' reageerde ze. 'Je bent boos op me.'

'Ik kan allebei tegelijkertijd zijn. Doe de deur open.'

'Er komt steeds hetzelfde uit. Bij allemaal.'

Heath keerde terug met een enorme schroevendraaier en een zaklamp. Ik probeerde de schroevendraaier in het kleine gat van de deurknop te wurmen. Ik schudde mijn hoofd naar hem. Hij ging weer weg en kwam met de hele la terug, die hij uit de keukenkast had getrokken. Ik rommelde door het gereedschap om iets te vinden wat ik kon gebruiken.

Ik koos een kleine schroevendraaier en terwijl ik de zaklamp voor de deurknop hield, stak ik hem in het gat. 'Emilia, je moet eruit komen. Doe die deur open.'

'Jij zei dat je er niet over wilde praten. Dat het over is tussen ons.'

'Ik heb wat tijd gehad om af te koelen.' Heath zwaaide om mijn aandacht te krijgen. Met een diepe frons zei hij geluidloos: '*Wat de hel?*'

Daar was mijn antwoord. Hij wist het niet. Emilia had nog steeds geheimen. Ze huilde weer, op een gesmoorde manier, alsof ze haar handen of een handdoek voor haar gezicht hield. Ik draaide aan de schroevendraaier. Ik had hem bijna. 'We kunnen er nu over praten. Laat me erin.'

De deurknop klikte. Zachtjes draaide ik hem om en langzaam duwde ik de deur open. Emilia zat in de badkuip, met slechts een badjas om zich heen geslagen. Over het hele wastafelmeubel lagen verschillende zwangerschapstests verspreid. Verschillende merken, kleuren en vormen. Ze moest er honderden dollars aan hebben uitgegeven. Allemaal waren ze gebruikt. Allemaal lieten ze, op verschillende manieren, precies hetzelfde resultaat zien; sommige hadden roze streepjes, sommige blauw, sommige een rood 'plus'-teken en op sommige stond eenvoudigweg het woord 'zwanger' op een mini digitaal scherm. Nou, dat beantwoordde die vraag. Ze moest de halve nacht op zijn geweest om op die sticks te kunnen plassen.

En afgaande van hoe ze eruitzag, had ze niet geslapen sinds de laatste keer dat ik haar had gezien. Ik ging op de rand van de badkuip zitten en met verdrietige, roodomrande ogen keek ze naar me op. 'Emilia, je moet slapen.'

Heath kwam binnengelopen, keek naar de wastafel en zijn mond zakte open. Hij vuurde een dodelijke blik op Emilia af. 'Wat de fuck is dit?'

Emilia bewoog zich niet, drukte alleen haar handpalmen tegen haar ogen. Ik wendde me tot Heath. 'Hé man, ik regel het. Als je het niet erg vindt…?'

Dat was het moment dat hij me bij mijn shirt greep, me omhoogtrok en me achteruit tegen de muur drukte. 'Heb jij haar dit aangedaan?' vroeg hij, zijn gezicht vlakbij dat van mij. Ik duwde hem van me af. Heath was een grote kerel en met gemak tien kilo of meer zwaarder dan ik. Het zou voor ons allebei niet best zijn om op de vuist te gaan en nu was ik al helemaal niet in de stemming voor deze bullshit.

'Blij verdomme van me af…'

'Wat de fuck heb je gedaan, man? Heb je haar zwanger gemaakt?' Heath's gezicht, slechts centimeters van die van mij vandaan, stond moordzuchtig.

Emilia stond inmiddels in de badkuip. Ze stak haar hand uit en greep Heath bij zijn schouder. 'Heath, laat hem los!'

Het volgende dat ik voelde was de dreun in mijn maag. Vuur ontvlamde in mijn onderbuik. Ik duwde Heath weg terwijl ik snakte naar adem. Hij vloog achteruit tegen de gootsteen en stootte het leger aan piesstickjes van het meubel. Ik struikelde de badkamer uit en stak mijn armen omhoog.

'Kalm aan, Heath.'

Emilia schreeuwde tegelijkertijd: 'Heath, ik regel dit zelf wel, oké? Kappen!'

Heath keerde zich van me af en richtte zijn woede op Emilia. 'Je regelt dit zelf? Je fucking *regelt* dit? Je hebt volgende week je chemo. Hoe de fuck denk je dat dit nu nog mogelijk is?'

Chemo? In een fractie van een seconde raakte dat woord me diep vanbinnen. Emilia zei op lage toon iets tegen Heath, maar hij zag knalrood en was woedend. Hij stapte terug de badkamer in. 'Nee, nee. Ik ga verdomme niet "mijn bek houden", oké? Je had het hem weken geleden moeten vertellen. Je had het ze *allemaal* weken geleden moeten vertellen. Misschien dat hij je dan niet had geneukt en je doodsvonnis had getekend.'

Ik zette een stap achteruit, totaal verbijsterd. Van waar ik stond, kon ik hen beiden niet zien, maar wat ik wel kon zien was het meubel bij de wastafel en nu merkte ik, naast de veelheid aan verspreide zwangerschapstests, een hele rij met voorgeschreven medicatiepotjes. Toen drong het tot me door, als een enorme Mack truck die dwars door mijn borst reed.

Emilia had kanker.

En ze was zwanger.

En ze had chemotherapie nodig.

Ik draaide me om en strompelde door de gang terwijl ik probeerde adem te halen. Mijn hand greep mijn haar beet. Heath kwam de gang in, achter me aan. Met een ruk draaide ik me om.

Hij zag eruit alsof hij me nog een beuk ging verkopen. 'Je hebt het verneukt, man. Je hebt het goed verneukt… *letterlijk.*'

Ik voelde het bloed uit mijn gezicht trekken. Ik stapte bijna naar voren om mezelf expres bloot te stellen voor een volgende stomp. Het zou beter hebben gevoeld dan de uiterste paniek die op dit moment door mijn aderen trok. Ik was nauwelijks in staat tot nadenken.

'Ze heeft fase twee HER2-positieve borstkanker,' spuugde hij uit en hij leek net zozeer als ik op het randje van doordraaien te balanceren. 'Het is *extreem* gevaarlijk, *extreem* agressief. Toen ze in Maryland was, heeft ze een knobbeltje uit haar borst laten verwijderen en ze heeft medicijnen gebruikt die haar hormonen overhoop schopten. Ook gebruikte ze een poosje pijnstillers, die injectiespuiten die je in haar tas vond. Ze was vlak voor de Con klaar met de bestralingen. En volgende week zou ze met haar chemo beginnen, maar dat zullen ze niet doen als ze zwanger is, dus heel erg fucking bedankt daarvoor.'

Ik keerde me van hem af, duwde mijn gezicht in mijn handen. Het maakte me niet eens uit als hij me zou aanvallen. O, God. Dit werd met de minuut erger en erger. Ik verlangde terug naar gisteren, toen het grootste probleem dat ik dacht dat we hadden, was bedenken wat we met die zwangerschap gingen doen. Maar dit zorgde ervoor dat ik wenste dat de grond onder mijn voeten zou opensplijten en me helemaal zou opslokken.

Er viel een stilte tussen ons en ik merkte dat Heath probeerde te bedenken wat hij moest doen of zeggen. Nou, dan waren we mooi met z'n tweeën. Ik stond te zwaaien op mijn benen, alsof de kamer om me heen draaide. Ik sloot mijn ogen, kneep ze stijf dicht. Mijn hart ging nog steeds als een malle tekeer.

Toen Heath eindelijk sprak, was het met een stem die dik was van de emoties. 'Ik heb het ook verkloot. Want ik had het je moeten vertellen, ook al zou ze me hebben afgemaakt. Ze heeft iedereen buitengesloten en ik ben degene die al deze shit op z'n schouders draagt.'

Ik knipperde met mijn ogen, keek naar beneden, vertrouwde mezelf nauwelijks genoeg om te spreken en was blij dat hij mijn gezicht niet kon zien. 'Bedankt dat je voor haar hebt gezorgd. Ik...' Mijn stem beefde en ik onderbrak mezelf, schudde mijn hoofd. Mijn strot prikte en ik kon niet nadenken.

Ik hoorde Heath langzaam naar me toe lopen. 'Je moet met haar gaan praten, man.'

Ik hapte naar adem en zelfs die eenvoudige taak was al pijnlijk. 'Ik heb geen idee wat we tegen elkaar te zeggen hebben.'

Heath kwam dichterbij en ik verstijfde. Hij klemde zijn hand op mijn schouder. 'Je moet met haar praten. Je weet wat ze zal moeten doen en naar mij gaat ze niet luisteren.'

'Naar mij gaat ze ook niet luisteren.'

'Adam,' zei Heath en zijn stem klonk nu harder. 'Verman je, oké? Kijk verder dan je eigen gekwetste gevoelens. Als ze niet doet wat we allebei weten dat ze moet doen, kan ze doodgaan.'

Ik schudde zijn hand van me af, keerde me naar hem om en wreef over het ochtendbaardje op mijn kin. Ik wist dat hij gelijk had, dus ik knikte.

Heath slaakte een diepe zucht. 'Ik ga me aankleden en maak me een paar uur lang uit de voeten. Dan kunnen jullie twee praten.'

Ik knikte weer, nog steeds niet in staat naar hem te kijken of me ergens op te focussen. Hij draaide zich om en liep weg. Ik zakte op de bank neer en staarde lange tijd nadat Heath zijn hoofd in de logeerkamer had gestoken en tegen Emilia had gezegd dat hij haar bij mij achterliet de gang in. Ik trok mijn smartphone tevoorschijn en deed onderzoek naar fase twee HER2-positieve borstkanker. Ik voegde zwangerschap aan de zoekopdracht toe. Zo snel ik kon scande ik de pagina's om zoveel mogelijk informatie te verkrijgen. De ijzige angst verdween naar de achtergrond en werd ingewisseld door een harde, rationele probleemoplossende modus. *Hier* voelde ik me bij op m'n gemak. *Dit* kende ik… Terwijl ik de informatie verzamelde die ik nodig had, draaiden mijn hersenen volop om deze puzzel te bevatten.

Ik wachtte tot ze naar buiten kwam, boog over het kleine scherm, mijn ellebogen op mijn knieën, mijn gezicht in mijn ene hand. Eindelijk, na meer dan een half uur, hoorde ik haar door de gang lopen. Ik schoof mijn telefoon terug in mijn zak.

Ze droeg diezelfde losse spijkerbroek als gisteren en had een felroze T-shirt aangetrokken, net zo slobberig. Ik bewoog niet, keek niet op tot ik voelde dat ze naast me op de bank ging zitten en haar benen onder zich vouwde.

Ik stond op. 'Je hebt een ontbijt nodig,' zei ik.

Ze ontweek mijn blik. 'Heb nu niet echt honger.'

Ik negeerde haar, ging de keuken in, stak een stuk brood in de broodrooster, smeerde er wat boter op, zoals ik wist dat ze het lekker vond, en bracht het naar haar terug. Ik duwde het brood voor haar neus. 'Opeten,' droeg ik haar op.

Met een overdreven zucht pakte ze het van het bord af en nam een klein hapje, trok het toen bij haar gezicht vandaan en nam een eeuwigheid de tijd om erop te kauwen. Ik bleef naar haar kijken en toen ze het eerste hapje inslikte, trok ik nadrukkelijk mijn wenkbrauwen naar haar op. Ze grimaste en nam nog een hap door een stukje af te breken en er met tegenzin op te kauwen.

Toen ik ervan overtuigd was dat ze door zou eten, ging ik weer naast haar zitten. Ze had slechts de helft van haar toast op toen ze de rest op het bord legde. Ik protesteerde niet. Het was beter dan niets.

'Heath vertelde me dat je alles weet,' zei ze uiteindelijk met een bevende stem.

Ik kantelde mijn hoofd naar haar en probeerde de ijskoude brok paniek die zich in me vormde te negeren. Maar het was niet alleen paniek. Het was verraad. Pijn. Hulpeloosheid. God, het was weer net als met Bree, maar dan tien keer zo erg.

'Is dat zo?' vroeg ik uiteindelijk met gespannen stem.

Ze knipperde. 'Ik wilde het je vanaf het begin vertellen, maar...' Ze stopte door mijn ongelovige blik. '*Echt*. Die avond dat we bij Dale and Boomers rondhingen... De dag erna moest ik voor de biopsie en ik wilde het je vertellen, maar... je was gestrest en overstuur door de rechtszaak en ik wist niet eens of het iets bleek te zijn, dus zei ik niets.'

Ik bleef naar haar kijken zonder te reageren, in de hoop dat er daardoor meer details zouden volgen.

'Adam, het zijn een paar klote maanden voor je geweest en ik wilde het niet erger maken. Maar toen de test positief was... kwam ik naar jouw huis om het te vertellen.'

Ik wendde mijn blik af. De dag dat ze achter die privédetective kwam.

'En ja, ik werd boos op je omdat je probeerde de boel over te nemen en de controle van me afnam in plaats van dat je mij naar jou liet komen. Ik was zo kwaad en ik voelde me verraden. Dus wilde ik het je een poosje niet vertellen. Daarna was jij kwaad, omdat ik naar Baltimore was gegaan en toen begon jij andere mensen te daten, dus dacht ik dat het over was…' Haar stem trilde en werd onderbroken door een snik. Ze legde de rug van haar hand tegen haar mond, alsof ze de snik wilde onderdrukken.

Ik sloot mijn ogen, helemaal kapot door wat ze in haar eentje had moeten doorstaan, terwijl ze dacht dat ik met iemand anders was verdergegaan. 'Eén ander. Eén keer. En alleen omdat… omdat ik dacht dat jouw trip naar Maryland betekende dat je had besloten zonder mij verder te gaan.' Ik stak mijn hand uit en pakte die van haar. Hij voelde slap, koud. Als de dood. 'Het spijt me,' fluisterde ze.

Haar vingers beantwoordden de druk, maar ze keek me niet aan. 'Er waren zoveel momenten dat ik het je wilde vertellen, dat ik dat ook bijna deed. Maar iedere keer hield iets me tegen. Of misschien was het gewoon mijn eigen lafheid.'

Die frustratie stak de kop weer op, trok mijn borst samen. 'Ik had je kunnen helpen. Ik zou voor je hebben gezorgd. Fuck, ik zou op blote voeten door de hel lopen voor je, als het nodig was.'

'Je zou het *overgenomen* hebben.'

Ik bleef stil en haalde toen een hand over mijn gezicht. 'En dat ik helemaal geen controle had heeft fantastisch uitgepakt,' reageerde ik droogjes.

'Adam…'

'Weet je nog dat je zei dat ik als een storm was die je alle kanten op blies? En ik zei dat het leven de storm was en ik het anker dat je op je plek hield. Dat had ik *kunnen* zijn, hiervoor. Ik *zou* er voor je zijn geweest, als je me dat had toegestaan.'

Ze liet haar hoofd zakken, dus ik kon het niet zien toen ik naar haar keek, maar ze snifte een beetje en veegde met haar hand een traan weg. Er strekte een lange stilte tussen ons uit, dik, stevig. Ik voelde me licht in mijn hoofd, gedesoriënteerd.

'En nu?' vroeg ik.

Ze opende haar mond om te reageren en sloot hem toen weer. 'Ik... ik heb nog niet zo ver vooruitgedacht,' zei ze uiteindelijk.

Natuurlijk niet. Dat hadden we beiden niet. Maar Heath's woorden klonken nog vers in mijn oren. *Je weet wat ze zal moeten doen.* Dat wist ik inderdaad. En ik had geen idee hoe haar reactie zou zijn.

'Nou, je zult maandagochtend direct een afspraak met je arts moeten plannen. Heb je een oncoloog?'

Ze knikte.

'Een *goede?*'

Ze schraapte haar keel. 'De dag na de diagnose heb ik Dr. Martin gesproken, de oncoloog waar ik mijn bacheloronderzoek bij deed. Hij is degene die mijn aanmelding bij Hopkins heeft gesteund. Hij heeft een collega gebeld die zich hier in borstkanker heeft gespecialiseerd en vervolgens mijn afspraak en operatie in Maryland geregeld.'

Mijn mond viel open. 'Hoe heb je dat allemaal kunnen betalen?'

Ze haalde diep adem en keek me angstig aan. 'Ehm, creditcard en... de verlovingsring.'

Ik keek weg en bizar genoeg kwam er een grinnik in mijn keel omhoog. Een vreemd wezen, die cynische, droge lach. Hij werd geboren uit de bizarre ironie waarin we ons bevonden.

 Die ring, die symbool stond voor mijn poging om de controle over te nemen in een situatie die als zand tussen mijn vingers glipte, was door haar gebruikt om haar onafhankelijkheid veilig te stellen, zodat ze niet naar mij hoefde te komen voor financiële hulp.

Ik trok mijn hand van de hare weg. Waarschijnlijk zou het me meer hebben moeten kwetsen dan het geval was, maar op dit punt begon ik me vanbinnen doods te voelen.

'Je hebt een second opinion nodig. Ik ga achterhalen wie de beste is en jij gaat hem of haar zien.'

Ze verstijfde naast me. 'Mijn behandelplan is al klaar. Ik ben al...'

Mijn stem ging omhoog. 'O echt? In welk deel van je behandelplan staat iets over zwanger worden?'

Ze knipperde. Onmiddellijk voelde ik me een lul dat ik dat er zo had uitgeflapt. Ik pakte haar hand weer vast. 'Het spijt me. Ik weet dat je dit niet hebt gepland. Ik ben gewoon...' Ik liet mijn stem wegsterven.

'Bang?' vulde ze aan.

Fucking tot op het bot doodsbang leek er meer op. Ik keek weg en knikte. Mijn hand klemde zich steviger rond de hare. Had Heath gelijk? Was haar zwanger maken in feite het tekenen van haar doodsvonnis?

'Ik zal ook een goede kliniek vinden. Ik weet zeker dat er in Los Angeles wel iets goeds zit waar we het snel kunnen laten doen.'

Ze fronste. 'Waar we wat snel kunnen laten doen?'

'De abortus.'

Ze leunde naar achteren en trok haar hand los. 'Die beslissing heb ik nog niet genomen.'

Ik ging verzitten, zodat ik haar recht aankeek. 'Die beslissing is voor je gemaakt. Je hebt kanker. Je hebt chemotherapie nodig. Dat kan niet als je zwanger bent. En wie weet wat voor schade de bestraling heeft aangericht...'

Ze schudde haar hoofd. 'Die was al klaar voordat ik werd bevrucht. Daarna is er geen risico meer van.' Haar blik gleed naar het raam en nadenkend kantelde ze haar hoofd opzij. 'Wat betreft de chemo, die zou ik kunnen uitstellen.'

Mijn vuist sloot zich aan mijn zij, op de bank. '*Nee,* dat kun je *niet.* Je hebt geen tijd. Je moet deze shit *nu* bestrijden.'

Haar blik keerde terug naar de mijne. 'Er zijn een aantal vormen van chemo die veilig zijn voor een foetus in het tweede semester.'

Ja, dat had ik net gelezen. Maar dat was niet het soort chemo dat zij nodig had en het tweede semester duurde op z'n minst nog twee maanden. 'Die tijd heb je niet. Ik heb er hier net over zitten lezen en het is erger dan de meeste soorten borstkanker en...'

Ze stak haar hand op om me te stoppen. 'Alsjeblieft. Dat weet ik en dat hoef ik nu niet te horen.'

'Maar misschien moet je eraan herinnerd worden dat jouw soort kanker uitzonderlijk gevoelig is voor hormonen. Dat is waarom je met de pil moest stoppen, toch?'

Ze knikte.

'En wat denk je dan dat de zwangerschapshormonen met je gaan doen? Wat denk je *echt* dat je oncoloog zal gaan zeggen?'

Ze liet zich achterover zakken en wreef over haar voorhoofd. 'Vertel me alsjeblieft dat je dit niet allemaal zegt omdat je dit niet wilt.'

'Wat *ik* wil doet er in dit gesprek niet eens toe, behalve dan het feit dat ik wil dat je de beste kans krijgt om hiertegen te *vechten*. Om te *leven*.'

'Waar zou *ik* zijn als mijn moeder de keuze had gemaakt om haar zwangerschap af te breken?' zei ze met een klein stemmetje. 'Ze had de keuze en ze koos ervoor dat niet te doen.'

Ah, fuck. *Fuck*. Ze overwoog deze waanzin serieus. 'Haar omstandigheden waren anders. Als ze nu hier was, zou ze je precies hetzelfde vertellen.'

Met een wit weggetrokken gezicht keek ze me aan. 'Vertel het haar alsjeblieft niet. Ze zal alleen maar ongerust zijn. Misschien wordt ze wel weer ziek… Alsjeblieft, Adam!'

Dat was een discussie voor een andere dag. Ik ging haar niets beloven. Als ik ervan overtuigd was dat Kim de enige was die tot haar door kon dringen, dan ging ik het haar verdomme *echt* wel vertellen. En in godsnaam, er was hier al meer dan genoeg geheimzinnigheid over geweest.

'Je kunt hier niet mee doorgaan.'

'Mijn vader wilde dat mijn moeder een abortus nam,' zei ze met schorre stem terwijl ze me aankeek.

Geweldig. Nu vergeleek ze me met die klootzak. Waarom draaide het daar elke keer weer op uit? 'Emilia, je kunt andere kinderen krijgen als je weer gezond bent.'

'Als de chemo mijn vruchtbaarheid niet verwoest, zoals waarschijnlijk het geval zal zijn. *Dit* is misschien mijn enige kans.'

Ik klemde mijn kaken op elkaar. 'Dit is geen kans, voor jou niet en voor de baby niet. Als de kanker uitzaait tijdens de zwangerschap, is het allemaal voorbij en heeft dat kind geen moeder om mee op te groeien.'

'Het zou een vader hebben,' zei ze.

Gespannen blies ik mijn adem uit en keek weg. Een minuut later schudde ik mijn hoofd. 'Vertel me alsjeblieft dat je dit niet serieus overweegt...'

'Ik zeg dat ik een keuze heb en ik moet erover nadenken.'

'*Nee!* schreeuwde ik bijna, waardoor ze opschrok. Toen schraapte ik mijn keel en ademde diep in om de fuck te kalmeren. 'Nee, er valt nergens over na te denken. Het is de keuze tussen leven en dood.'

'Nee, het is leven of *leven*. Mijn leven of de baby's leven. En het beëindigen van de zwangerschap garandeert alsnog niet dat ik genees.'

Ik haalde mijn hand door mijn haren en kromde mijn vingers zodat ze eraan trokken. Ik zou ze er met alle liefde hebben uitgetrokken als dit probleem daarmee zou zijn opgelost. Ik schoot overeind van de bank en stroomde over van rusteloze energie. Ik begon te ijsberen, alsof ik over een programmering *snarl* liep te peinzen of een probleem met de ontwikkeling probeerde op te lossen, ging mijn hoofd alle mogelijkheden langs.

Bij allemaal, behalve die ene waar Emilia abortus liet plegen, zag ik haar doodgaan. Ofwel volgend jaar ofwel over vijf jaar.

Ze volgde me, haar blik bij iedere beweging aan me vastgelijmd. 'Ik verwacht niet dat je begrijpt...'

Driftig schudde ik mijn hoofd. 'Nee. Nee, ik begrijp het *inderdaad* niet. Het is alsof je het opgeeft. Alsof je geen zak om je eigen leven geeft.' Ik bleef staan en keek haar aan. 'Nou, hoe zit het met *mijn* leven? Wat denk je dat het met mij doet als je het kind laat komen en dan doodgaat?'

Bevend ademde ze in. 'Neem het niet van me over. Het is mijn keuze, *mijn* gevecht, *mijn* worsteling. Dit is deels de reden dat ik je niets heb verteld. Omdat ik wist hoe het zou gaan. Je zou je ermee bemoeien, het wel even "regelen". Het is mijn leven…'

'Het is *ons* leven, Emilia. Maar je hebt het nooit willen zien als *ons*. Nooit. Dat is de hele tijd al het probleem.'

Ze schoot overeind, haar gezicht rood van boosheid. 'Ik dacht aan *jou*, Adam. *Echt.* Dit flik je me niet. Wie was degene die over de zeik ging toen ik naar Hopkins wilde? Dacht jij toen aan *"ons"* of aan jezelf? En hoe zit het met toen je die privédetective inhuurde om me te stalken en je alles te vertellen? Of toen je in mijn tas zat. Of… fuck, kom er ooit een eind aan? Dus waag het niet op de proppen te komen met dat "ik ben de enige die aan ons denkt". Want *dat* is gewoon dikke vette bullshit!'

Tijdens haar tirade had ze een blos op haar bleke wangen gekregen. Ik opende mijn mond om te reageren, maar ze wuifde me weg met een handgebaar.

'Je begrijpt het niet. Je zult het nooit kunnen begrijpen. Je *weigert* het te begrijpen. Ik heb nu leven *en* dood in me groeiend op het moment. Ik kies het leven.' Ze draaide zich om en verliet de kamer.

Ik stond daar, verbijsterd, en zag haar gaan. Ze verdween in haar kamer en ik kon horen dat ze in de lades van haar kast rommelde. Ik wist wat dat betekende. Ik stoof door de deur toen haar rugzak al half was ingepakt.

'O, nee, dat gaat verdomme niet gebeuren,' waarschuwde ik haar terwijl ik de rugzak op z'n kop hield en leegschudde op het bed. 'Je gaat er *niet* weer vandoor.'

'Hou op! Ik moet weg om alles op een rijtje te krijgen. Ik ga voor een paar dagen naar Anza.'

'Betekent dat dat je je met je moeder gaat praten?'

Ze wierp een blik op me terwijl ze een vuistvol spullen terug in de rugzak propte. 'Ze is dit weekend bij Peter. Ze probeerden me over te halen om vanavond met ze uit eten te gaan. Ze is niet in Anza.'

'Dus je gaat daar helemaal alleen naar toe?'

Ze trok haar voorhoofd op. 'Ik ben een grote meid.'

'Je kunt er maar beter voor zorgen dat je maandagochtend met je kont in het kantoor van die dokter zit.'

'Want anders?'

'Want anders kom ik je halen en sleur ik je erheen.'

Fronsend schudde ze haar hoofd. 'Dit is niet een van de probleempjes die je oplost door je portemonnee tevoorschijn te halen, een cheque uit te schrijven of het uit te vogelen met je denktank. Er is niet maar één goed antwoord en jij denkt dat je *jouw* antwoord door *mijn* strot kunt duwen. Dit is waarom ik je niet kon vertrouwen.'

De beuk die Heath me een uur geleden in mijn maag gaf? Ja, die deed minder zeer dan haar woorden. *Dit is waarom ik je niet kon vertrouwen.*

'Emilia...' Ik pakte haar arm beet toen ze, met haar weer ingepakte rugzak, om me heen liep.

Ze trok hem los. Ik pakte haar weer beet en ze draaide zich om om me een klap in mijn gezicht te geven, waarna ze achteruitdeinsde. Nu kwamen de tranen en ze stond compleet te trillen.

'Nee! Jij moet iets goed begrijpen. Dit is *mijn* lichaam en al maandenlang heb ik geen controle over wat ermee gebeurt. Er is in me geprikt en gesneden en ik ben bestraald. Nu willen ze gifstoffen door me heen pompen om de kanker uit te roeien. Maar *hier* heb ik controle over en niemand, ook jij niet, helemaal niemand kan dat van me afnemen.'

Ik zwoegde voor mijn volgende hap adem. Die angst was terug. Bree die naar me schreeuwde dat ik terug in die bus moest stappen, mijn rugzak achter me aan gooide. Een fractie van een seconde werd mijn gezichtsveld wazig.

'Je kunt niet weggaan.' Maar ze draaide zich al om, was de slaapkamerdeur al door. Met een ruk keerde ik me om en volgde haar. Het enige wat ik echter kon zien, was mijn stervende zus op de stoep, starend naar de bus die wegreed. Ik had mijn hoofd helemaal meegedraaid, mijn natte, plakkerige gezicht tegen het raam gedrukt. Ik had net zo lang naar haar gekeken tot ze uit het zicht verdween. *Voor altijd.*

Soms moest je toegeven en gelijkspel uitroepen om de lange strijd te stoppen.

Haar hand lag op de deurknop en ik wilde haar de weg versperren, mijn gewicht tegen de deur gooien, met geweld voorkomen dat ze vertrok. Maar dat kon ik niet. Ze had gelijk. Het was haar keuze.

Maar nu ik haar geheim kende, was het tijd dat ze het mijne wist. 'Ik hou van je,' zei ik met schorre stem toen ze de deurknop omdraaide. Ze bevroor.

Toen, na een diepe ademteug, trok ze de deur open. Nauwelijks harder dan een fluistering zei ze: 'Dat weet ik.'

'Nee, dat weet je niet. Er is zoveel dat je niet weet, omdat... omdat ik het je nooit kon vertellen. Omdat het te veel pijn deed. Als je die deur uitloopt, is dat hetzelfde als wat Bree die avond deed toen ze wegging en nooit meer terugkwam.'

Zachtjes sloot Emilia de deur weer en haalde haar hand van de knop, maar ze draaide zich niet naar me toe. Ze wachtte tot ik verder ging, vermoedelijk.

'Ze stopte me iedere avond in. Nadat ik me had omgekleed en zij had gecontroleerd of ik mijn tanden had gepoetst. Ze deed het iedere avond. Liet me mijn mond opendoen zodat ze wist dat ik niet loog, want ik haatte het mijn tanden te poetsen.' Mijn stem trilde en ik voelde me behoorlijk onmanlijk op het moment, maar ik kon niet stoppen met praten. Emilia liet haar voorhoofd tegen de deur zakken en luisterde.

'Maar die avond was anders, want ze trok haar pyjama niet aan. Ze hield haar kleren aan en haar plunjezak was ingepakt. Ze vertelde me dat ze een poosje bij Christina zou blijven. Maar ik wist dat dat een leugen was, want Christina mocht al maanden niet meer met haar omgaan, omdat Bree haar moeders medicijnen had gestolen en haar moeder dat had ontdekt.' Ik ratelde als een idioot, ik wist het. De kans bestond dat Emilia geen enkel idee had waar ik het over had.

'Dus die avond kwam ze voordat ik naar bed ging bij me zitten en ze vertelde me dat ze van me hield en dat ze altijd op me zou passen. Ze zou me een poosje niet zien, omdat mam maar niet ophield haar in elkaar te slaan en ze moest gaan. Ik deed precies wat ik nu ook bij jou wil doen. Ik gooide mezelf voor haar, barricadeerde de deur. Want ik wist dat ze niet zou terugkomen. Hoe kon ze me gewoon zo achterlaten?' Mijn stem stierf weg. Emilia's schouders schokten alsof ze huilde.

Ik schraapte mijn keel en wachtte even tot ik er weer op vertrouwde te kunnen praten. 'Ze was een goede meid. Slim. Ze wilde journalist worden en over de wereld reizen. Ze is nooit verder gekomen dan het goorste deel van Seattle. Ze was volledig de weg kwijt. Maar ze was een moeder voor me. Mijn kleine moeder noemde ik haar altijd. Ze vertelde me verhalen en zorgde ervoor dat ik schone kleren in mijn la had. Toen ze vertrok, moest ik dat voor mezelf gaan doen. Ik was verdomme acht jaar oud en de enige persoon die ooit van me had gehouden – waar ik ooit van had gehouden – verliet me en ik was volkomen machteloos om haar te helpen. Ik kon geen fucking ding doen en ze ging dood. Ik zal het mezelf altijd kwalijk blijven nemen dat ik niet in staat was haar te redden.'

Ik wreef over de achterkant van mijn nek en probeerde op adem te komen. 'Het spijt me dat ik het met *ons* zo enorm heb verknald. Ik wilde dat ik je kon uitleggen hoe verdomd bang ik vanbinnen ben – *de hele tijd* – om jou te verliezen, zoals ik ook haar heb verloren. Die angst is de stem in mijn hoofd die me vertelt dat ik in actie moet komen en de controle moet pakken. Als ik dat niet doe, verlies ik alles. Maar het is zo gestoord, want juist die angst heeft ervoor gezorgd dat ik je wegduwde...'

Ik stopte toen ze zich met een ruk omdraaide om me aan te kijken. Ze leunde met haar rug tegen de deur, haar gezicht nat van de tranen, haar ogen rood van vermoeidheid. *Ik* kon wel janken toen ik haar zo zag. De emotie prikte in mijn keel, als duizenden kleine naaldjes in de achterkant van mijn ogen. Maar ik slikte. Ik kon me niet laten gaan. Niet hier, niet recht voor haar neus.

'Waarom vertel je me dit nu allemaal?' piepte ze eindelijk. 'Waarom vertelde je me dat maanden geleden niet?'

Ik schudde mijn hoofd en streek met mijn hand over mijn gezicht. 'Ik had alles precies andersom moeten doen dan ik heb gedaan. Ik weet dat dat nu een schrale troost is. Ik kan Heath's woorden maar niet uit mijn hoofd krijgen, dat ik je doodsvonnis heb getekend...' Mijn stem stokte, de woorden vielen als stenen in mijn strot.

Ze duwde zich van de deur af en kwam naar me toe, weer huilend. Ze legde op allebei mijn wangen een hand en trok mijn gezicht naar beneden om haar aan te kijken. 'Dit is niet jouw schuld, oké? Ik had je over de diagnose moeten vertellen. Ik had meegaander moeten zijn, over alles. Maar ik was ook bang. Om mezelf in jou te verliezen. Dat als ik de doelen die ik voor *ons* had zou opgeven, ik op een bepaalde manier de persoon die ik daarvoor was, verraadde. Maar je hebt gelijk. We zijn een *"ons."* Het ging niet meer alleen over *"mij."'*

Ik sloeg mijn arm om haar middel en trok haar tegen me aan. 'Ik beloof je dat je naar school kunt waar je maar wilt. Ik zal er niets over zeggen. Al wil je naar Duitsland, ik ga met je mee, waar dan ook naartoe. Ik laat mijn reet eraf vriezen in Alaska of bak in de Sahara of waar dan ook. Ik ga waar jij gaat. Maar je moet me beloven dat je hiertegen gaat vechten, verdomme.'

'Ik ben zo in de war, Adam. Ik weet niet wat ik moet doen.'

Dan konden we elkaar een hand geven. Haar hoofd viel tegen mijn borstkas en ze huilde weer, in mijn shirt. Ik kuste haar haren, slikte de emotie die weer opkwam weg. 'Het eerste wat je moet doen is slapen, want je hebt al te lang zonder gedaan.'

Het duurde even voordat ze zich had herpakt. Toen schoof ik langzaam haar rugzak van haar schouders. Ze protesteerde niet en leunde zwaar tegen me aan. 'Kom mee...'

'Ik kon de hele nacht niet slapen.'

'Ik ben er nu. Je kunt slapen, oké? Ik hou je zo strak vast als je maar wilt.'

We liepen haar kamer weer in en snel haalde ik de spullen die ze na het gehaaste inpakken had achtergelaten van haar bed. Ze trok haar schoenen uit en haar spijkerbroek en stortte zo'n beetje op het bed neer. Ik trok haar dekbed over haar heen en streelde haar lokken uit haar gezicht. 'Waarom het witte haar?'

Ze knipperde loom met haar ogen. 'Ik dacht dat het toch allemaal zou uitvallen, dus ik wilde eerst weten hoe ik er als blondine uitzag.'

Een vuist van emoties kneep mijn strot dicht bij de gedachte dat ze alleen door de chemo had moeten gaan. Ik wendde mijn blik af. Ging dat nu überhaupt nog gebeuren? Die beslissing lag volledig buiten mijn bereik. Het *was* haar lichaam. Ik was echter doodsbang dat ze de keuze zou maken die ik niet kon verdragen.

Ik boog voorover en kuste haar voorhoofd. 'Je zou er met groen, geel of paars haar nog steeds geweldig uitzien. Maar ik vind de originele kleur het best,' zei ik,

Ze lachte. 'Hmm. Dat is een idee… Misschien volgende week groen.'

'Een dag tegelijk, oké? Eerst wat slapen. Ik blijf bij je, als je dat wilt.'

Ze rolde zich om, gezicht naar de muur, net zoals ze had gedaan op de avond dat Heath en ik uit de kroeg waren gekomen. Ik kroop op haar smalle bed, nam haar in mijn armen en hield haar stevig vast. 'Je hebt zo veel pijn gehad en ik wist er niets van. En ik liep te zeiken over een beetje hoofdpijn.'

Ze bracht haar hand omhoog en legde hem op mijn wang. 'Shht. Laten we elkaar iets beloven, oké? Geen verwijten, naar jezelf of anderszins. We hebben allebei een hoop fouten gemaakt. Maar we zijn slimme mensen. We leren ervan.'

God, dat hoopte ik maar.

Een poosje was ze stil, toen fluisterde ze: 'Strakker.' Ze duwde haar rug en benen tegen me aan. 'Ik hou van je,' zei ze zachtjes.

'Dat weet ik,' antwoordde ik terwijl ik haar strakker in mijn armen nam.

'Jouw armen om me heen... het beste recept voor alles wat me mankeert.'

Als dat toch eens waar zou zijn.

'Ze zullen er altijd zijn als je ze nodig hebt,' fluisterde ik.

Ze ontspande zich in mijn armen. 'Ik ben steeds bang geweest, elke dag opnieuw sinds dit gebeurde. De enige keren dat ik dat niet was, was als jij me vasthield. Alleen toen had ik het gevoel dat alles goed zou komen.'

Ik drukte mijn lippen tegen haar slaap. 'Slaap, mijn lieve Mia. Ik ben hier om je vast te houden.'

Mijn hart bonkte tegen haar rug. Met iedere slag hoorde ik de vraag. Wat de hel gaan we doen? Wat moeten we in godsnaam doen? De vraag kroop over me heen, als een dikke deken die dreigde me te verstikken. Ik voelde de paniek weer in me opkomen. Ik had geen enkele controle en ik verafschuwde dat gevoel.

Het enige wat ik wist, was dat ik haar niet kon verliezen. Dat kon ik niet. Ik luisterde naar het vertragen van haar ademhaling terwijl ze in slaap viel. Ze voelde dunner in mijn armen. Ik drukte mijn wang tegen die van haar en dacht aan de zware weg die voor haar lag. Er zouden maanden en maanden van gruwelijke medische behandelingen volgen. En dat kwam bovenop de toegevoegde complicatie van haar zwangerschap.

Wat als ze het niet haalde? De cijfers waren voor haar type kanker lang niet zo goed als voor andere vormen van borstkanker. En hoe jonger een patiënt was, hoe gevaarlijker de kanker kon zijn.

Vorig jaar rond deze tijd, vlak voor oudjaarsavond, was Emilia slechts mijn onlinevriend, degene van wiens gezelschap ik zo genoot, wiens blog ik zo graag las. Degene die ervoor zorgde dat ik smoesjes bedacht om in te loggen en samen met een groep te gamen. Ik genoot van de anderen, maar Emilia was degene door wie ik keer op keer bleef terugkomen. De dag dat ik had besloten haar veiling te winnen, had ik me nooit, maar dan ook nooit kunnen indenken hoe mijn leven zou veranderen. Ik dacht dat we die trip naar Amsterdam zouden maken, de mislukte poging om aan de voorwaarden van de veiling te voldoen, en dan zou ik weer uit haar leven verdwijnen. Maar toen ik eenmaal tijd in haar aanwezigheid had doorgebracht, kon ik het niet laten gaan. Kon ik *haar* niet laten gaan. Hoe graag ik het destijds ook niet aan mezelf had willen toegeven, ik was hard en snel voor haar gevallen. Mijn leven was voor altijd ten positieve veranderd sinds zij erin voorkwam.

Maar zou ze me bijna net zo snel weer verlaten?

Na een uur van dat soort paniekerige gedachten die door mijn hoofd schoten en moeite om zelfs maar te ademen, maakte ik me van haar los en kuste haar voordat ik de gordijnen dichttrok om de kamer te verduisteren. Toen ging ik naar de keuken om een fles van Heath's microbrouwerijbiertjes te pakken. Nadat ik er een had geopend, ging ik achter Emilia's computer zitten om mijn ingezette zoektocht voort te zetten. De rest van het weekend zou ik doorbrengen met het op een rij zetten van wat we maandag allemaal moesten doen: spoedoverleg met haar arts, noodzakelijke second opinion, misschien zelfs een derde als het nodig was. En hopelijk, als ik haar kon overhalen, een afspraak met haar moeder.

Ik bewoog haar muis om haar computer te activeren. De inlogmuziek van Dragon Epoch speelde; waarschijnlijk had ze hem weer de hele nacht aan laten staan. Hij stond op het inlogscherm, waar Heath over had geklaagd. Ik wilde de game wegklikken toen mijn hand bevroor.

Ze had op een andere server gespeeld en er bevond zich een compleet nieuw personage op het laadscherm. Een level vier moordenaar. Ik knipperde met mijn ogen en door een onverklaarbaar waas en de dikke emotie die in mijn keel opkwam, las ik de naam van het personage. MisterRogers.

Zij had de verborgen quest ontgrendeld. Toepasselijk, aangezien zij ook het onmogelijk labyrint had doorlopen om zich stevig in mijn hart te nestelen. Ze had me volledig gestript van alle geheimen waarin ik mezelf had gehuld. Ik was rauw en eerlijk en niet langer verborgen.

Had ze enig idee van de macht die ze over me had? Of wat ze had gedaan? Ik was een nieuwe man. Emilia had me mijn eigen rode pil aangeboden, zoals in The Matrix, en ik had hem aangepakt. Die rode pil was de keuze om de pijnlijke waarheid van de realiteit te omhelzen. Maar zoals het spreekwoord was: die waarheid zal je bevrijden. Er viel een last van me af. Het was vrijheid.

Ik begroef mijn gezicht in mijn handen en stond mezelf dat moment van verdriet toe. Verdriet dat ik had onderdrukt vanaf het moment dat ik het ontdekte van haar ziekte. Eindelijk kwamen de tranen. Ze voelden als punaises die achterin mij ogen staken, in mijn keel. Ik kon haar niet verliezen. Niet haar ook.

Mijn handen balden tot vuisten door een machteloze woede en drukten tegen mijn vochtige ogen. Ik wilde met iets gooien. Mijn gezichtsveld vervaagde, mijn *gedachten* vervaagden. *Hoe* kon ik nog nadenken als zij iedere gedachte bezat? Hoe kon ik zonder haar ademhalen als zij mijn adem was? Hoe kon ik zonder haar leven als zij mijn leven was?

Dit leven. Onvoorspelbaar. Ingewikkelder dan welke game dan ook kon nabootsen. Het ene moment bevond je je op je hoogste high, alleen om schreeuwend naar je diepste diepte te worden gestuurd. Bij elke wending verschoof het, veranderde het. En wat eens normaal was, is nu voor altijd verloren in het verleden.

Dus gaf ik mezelf vijf minuten om het er allemaal uit te gooien en te huilen als een kleuter, voor het eerst sinds ik als jongetje uit het raam van de bus naar mijn stervende zus had gekeken. Meer kon ik me echter niet veroorloven. Ik moest er voor haar zijn, haar anker. Ik moest sterk voor haar zijn. Voor *ons.*

Ik had heel wat goed te maken.

Brenna Aubrey è un'autrice bestseller di USA TODAY di romanzi contemporanei centrati sulla cultura geek.

Ha sempre cercato conforto in un buon libro e nelle storie lunghe e convolute che intesse nella sua testa. Brenna è una ragazza di città con un grande amore per la natura nel cuore. Quindi, appena può, cerca i grandi spazi verdi e aperti. È anche una mamma, un'insegnante e una geek, una francofila, un'indomita dipendente dai videogiochi, nonché un'accumulatrice compulsiva di libri.

Attualmente risiede sulla costa occidentale degli Stati Uniti con suo marito, due bambini e due adorabili golden retriever.

Ulteriori informazioni sul sito www.BrennaAubrey.nl.